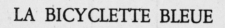

LA BICYCLETTE BLEUE

RÉGINE DEFORGES

LA BICYCLETTE BLEUE

Editions Ramsay
9, rue du Cherche-Midi — 75006 - Paris

L'auteur tient à remercier pour leur collaboration, la plus souvent involontaire, les personnes suivantes : Henri Amouroux, Robert Aron, Marcel Aymé, Robert Brasillach, Benoist-Méchin, Louis-Ferdinand Céline, Colette, Arthur Conte, Jacques Delarue, Jacques Delperrié de Bayac, Jean Galtier-Boissière, le général de Gaulle, Jean Giraudoux, Jean Guéhenno, Gilbert Guilleminault, Adolf Hitler, Bernard Karsenty, Jacques Laurent, Roger Lemesle, le général Alain Le Ray, François Mauriac, Claude Mauriac, Henri Michel, Margaret Mitchell, Pierre Nord, Gilles Perrault, le maréchal Pétain, L.G. Planes et R. Dufourg, Lucien Rebatet, P.R. Reid, le colonel Rémy, Maurice Sachs, Charles Tillon, Jean Vidalenc, Gérard Walter, la princesse Wiazemsky et le prince Yvan Wiazemsky.

A la mémoire
du prince Yvan Wiazemsky

PROLOGUE

Le premier levé, Pierre Delmas prenait un mauvais café, tenu au chaud par la servante sur un coin de l'antique cuisinière. Puis, sifflant son chien, il sortait, l'hiver dans la nuit, et l'été, dans le petit matin triste qui précède l'aube. Il aimait l'odeur de la terre quand tout dort encore. Souvent, le jour le surprenait sur la terrasse, le visage tourné vers la ligne sombre des Landes vers la mer. On disait dans la famille que son seul regret était de n'avoir pas été marin. Enfant, il passait à Bordeaux de longues heures sur le quai des Chartrons à regarder entrer et sortir les cargos. Il se voyait capitaine d'un de ces navires, sillonnant les mers, affrontant les tempêtes, seul maître à bord après Dieu. Un jour, on l'avait retrouvé, caché dans la cale d'un charbonnier en partance pour l'Afrique. Rien, ni menaces ni caresses, n'avait pu lui faire dire comment il était monté sur le navire, ni pourquoi il avait voulu quitter ainsi, sans explication, une mère qu'il adorait. Depuis, il n'avait plus jamais rôdé sur ces quais encombrés de marchandises aux parfums d'aventures, de goudron et de vanille.

Comme son père, Pierre Delmas était devenu vigneron. Etait-ce son goût contrarié pour la mer qui lui avait fait acheter année par année, des hectares de pins balayés par le vent d'ouest ? A trente-cinq ans, il avait senti la nécessité de se marier. Mais il avait refusé de prendre femme dans la société bordelaise, en dépit des beaux partis qu'on lui avait présentés. Il avait rencontré Isabelle de Montpleynet à Paris, chez un de ses amis négociant en vins.

Dès qu'il la vit, il en tomba amoureux. Elle venait d'avoir dix-neuf ans et paraissait plus âgée à cause d'un lourd chignon noir qui lui tirait la tête en arrière et de ses beaux yeux bleus mélancoliques. Elle était avec Pierre attentive et charmante, bien que, par moments, elle lui parût triste et lointaine. Il désira faire disparaître cette tristesse et fut drôle sans être lourd. Quand le rire d'Isabelle éclata, il se sentit le plus heureux des hommes. Il approuvait qu'elle n'eût pas sacrifié sa splendide chevelure comme la plupart des respectables Bordelaises qui avaient succombé à la mode !

Isabelle de Montpleynet était la fille unique d'un riche proprié-taire de la Martinique. Elevée dans l'île jusqu'à l'âge de dix ans, elle en avait gardé le parler chantant et une certaine mollesse dans les gestes. Cette apparente nonchalance cachait un caractère fort et fier que les années accentuèrent. A la mort de sa mère, une ravis-sante créole, son père, désespéré, la confia à ses deux sœurs, Alber-tine et Lisa de Montpleynet, deux vieilles demoiselles qui vivaient à Paris. Six mois plus tard, il mourait à son tour, laissant à sa fille d'immenses plantations. Très vite, sans grand espoir, Pierre Delmas dit à Isabelle qu'il l'aimait et qu'il désirait l'épouser. A sa surprise et à sa joie, la jeune fille accepta. Un mois après, elle se mariait en grande pompe à Saint-Thomas-d'Aquin. Ils firent un long séjour à la Martinique et s'installèrent à Montillac avec Ruth la vieille gou-vernante dont Isabelle n'avait pas voulu se séparer.

Bien qu'étrangère à la province, elle fut très vite adoptée par sa belle-famille et par les voisins. A son mariage, elle avait reçu une dot considérable, qu'elle utilisa à embellir sa nouvelle demeure. Pierre, en vieux garçon, ne vivait que dans deux ou trois pièces, les autres étant laissées à l'abandon. En moins d'un an, tout fut changé et à la naissance de Françoise, leur première fille, la vieille maison était méconnaissable. Deux ans plus tard, Léa naissait, puis, trois années après, Laure.

Pierre Delmas, le propriétaire du domaine de Montillac, passait pour l'homme le plus heureux de la région. De La Réole à Bazas, de Langon à Cadillac, nombreux étaient ceux qui enviaient son bonheur tranquille entre sa femme et ses trois ravissantes filles.

Le château de Montillac était entouré de plusieurs hectares de bonne terre, de bois mais surtout de vignes, qui donnaient un très honnête vin blanc, parent du prestigieux Sauternes. Ce vin blanc avait remporté plusieurs médailles d'or. Venait aussi un vin rouge au bouquet puissant. Château était un bien grand mot pour cette vaste demeure du début du XIXe siècle, encadrée par des chais et flanquée d'une ferme avec ses granges, ses écuries et ses remises. Le grand-père de Pierre avait fait remplacer les jolies tuiles rondes du pays, allant du rose au bistre, par une froide ardoise jugée plus chic. Heureusement, les chais et les communs avaient gardé leur toiture originale. La couverture grise donnait à la maison un air respectable et un peu triste, plus conforme à l'esprit bourgeois de l'ancêtre bordelais.

On entrait dans la propriété, admirablement située, sur une colline dominant la Garonne et le Langonnais, entre Verdelais et Saint-Macaire, par un long chemin bordé de platanes près duquel se dressait un antique pigeonnier, puis on abordait les bâtiments de la ferme, et, tout de suite après la première grange, la rue (c'est ainsi que l'on avait toujours nommé le passage entre la ferme et les communs du château où se trouvait l'immense cuisine qui était en fait l'entrée principale de la maison). Seuls les étrangers passaient par le vestibule, au mobilier hétéroclite, dallé de larges carreaux noirs et blancs où était jeté un tapis aux couleurs vives. Sur les murs blancs, des assiettes anciennes, de mignonnes aquarelles, un fort beau miroir Directoire, mettaient des notes de gaieté. En traversant cet aimable vestibule, on sortait dans la cour plantée de deux énormes tilleuls sous lesquels la famille se tenait en permanence dès que venaient les beaux jours. On ne pouvait rêver endroit plus apaisant que celui-là : en partie bordé par des buissons de lilas et des haies de troènes, il s'ouvrait entre deux piliers de pierre sur une longue pelouse descendant vers la terrasse qui dominait le pays. A droite, un petit bois, un jardin planté de fleurs, puis la vigne jusqu'à Bellevue, se déployant tout autour du château.

Pierre Delmas avait appris à aimer cette terre et il l'adorait aujourd'hui presque autant que ses filles. C'était un homme violent et sensible. Son père, mort trop tôt, lui avait laissé le contrôle de Montillac, que ses frères et sœurs dédaignaient parce que trop éloigné de Bordeaux et d'un maigre rapport. Il avait, en s'installant, fait le pari de réussir. Pour racheter à ses frères leur part d'héritage, il s'était endetté auprès d'un ami, Raymond d'Argilat, riche propriétaire près de Saint-Emilion. Et c'est ainsi que faute d'être à bord d'un cargo le seul maître après Dieu, il était devenu le seul maître de Montillac.

1.

Août touchait à sa fin. Léa, la deuxième fille de Pierre Delmas, qui venait d'avoir dix-sept ans, les yeux mi-clos, assise sur la pierre encore chaude du petit mur de la terrasse de Montillac, tournée vers la plaine d'où montait certains jours l'odeur marine des pins, balançait ses jambes nues et bronzées, aux pieds chaussés de bazadaises rayées. Les mains appuyées sur la murette de part et d'autre de son corps, elle se laissait aller au voluptueux bonheur de sentir sa chair vivre sous la légère robe de toile blanche. Elle soupira de bien-être et s'étira avec une lente ondulation, telle sa chatte Mona quand elle se réveillait au soleil.

Comme son père, Léa aimait ce domaine, dont elle connaissait les moindres recoins. Enfant, elle se cachait derrière les fagots de sarments, les rangées de tonneaux, poursuivait cousins et cousines, fils ou filles de voisins. Son inséparable compagnon de jeux avait toujours été Mathias Fayard, le fils du maître de chais, de trois ans son aîné. Totalement dévoué, il succombait au moindre de ses sourires. Léa avait les cheveux bouclés perpétuellement emmêlés, les genoux écorchés, le visage mangé par d'immenses yeux violets qu'elle cachait sous de longs cils noirs. Son jeu favori était de mettre Mathias à l'épreuve. Le jour de ses quatorze ans, elle lui avait demandé :

— Montre-moi comment on fait l'amour.

Fou de bonheur, il l'avait prise dans ses bras, baisant à petits coups le beau visage abandonné dans le foin de la grange. Mi-clos, les grands yeux violets regardaient attentivement chaque geste du garçon. Quand il avait déboutonné le fin chemisier blanc, elle s'était soulevée pour l'aider. Puis, dans un mouvement de pudeur tardive, elle avait caché ses seins naissants et senti monter en elle un désir inconnu.

Quelque part, dans les communs, ils avaient entendu la voix de Pierre Delmas. Mathias avait suspendu ses caresses.

— Continue, avait murmuré Léa en appuyant contre elle la tête aux cheveux bruns et frisés du jeune homme.

— Ton père...

— Et alors, aurais-tu peur ?

— Non, mais s'il voyait, j'aurais honte.

— Honte ? Pourquoi ? Que faisons-nous de mal ?

— Tu le sais très bien. Tes parents ont toujours été très bons avec les miens et avec moi.

— Mais puisque tu m'aimes.

Il l'avait regardée longuement. Qu'elle était belle ainsi, les cheveux dorés piquetés de petites fleurs séchées et de brins d'herbe, les yeux brillants, la bouche entrouverte sur de petites dents blanches et carnassières, et ses jeunes seins aux pointes dressées.

La main de Mathias s'était tendue, puis avait reculé. Il avait dit, comme se parlant à lui-même :

— Non, ce serait mal. Pas ainsi..., puis, ajouté, d'une voix plus ferme : Oui, je t'aime et c'est parce que je t'aime que je ne veux pas te... tu es la demoiselle du château, et moi...

Il s'était éloigné et avait descendu l'échelle.

— Mathias...

Il n'avait pas répondu et elle avait entendu la porte de la grange se refermer sur lui.

— Quel idiot...

Elle avait reboutonné son corsage et s'était endormie jusqu'au soir où le second coup de cloche du dîner l'avait réveillée.

Cinq heures sonnèrent au loin, au clocher de Langon ou bien de Saint-Macaire. Sultan, le chien de la ferme, aboya joyeusement poursuivant deux jeunes gens qui dévalaient la pelouse en riant. Raoul Lefèvre, avant son frère Jean, atteignit le mur sur lequel était assise Léa. Essoufflés, ils s'appuyèrent de chaque côté de la jeune fille qui les regarda avec une moue.

— Ce n'est pas trop tôt, j'ai cru que vous préfériez cette sotte de Noëlle Villeneuve, qui ne sait que faire pour vous plaire.

— Elle n'est pas sotte ! s'exclama Raoul.

Son frère lui lança un coup de pied.

— C'est son père qui nous a retenu. Villeneuve pense que la guerre ne va pas tarder.

— La guerre, la guerre, on ne parle que de ça. J'en ai marre. Ça ne m'intéresse pas, dit Léa avec brusquerie en passant ses jambes par-dessus le mur.

Jean et Raoul, d'un même mouvement théâtral, se précipitèrent à ses pieds.

— Pardonne-nous, reine de nos nuits, soleil de nos jours. Fi de la guerre qui bouleverse les filles et tue les garçons ! Ta fatale beauté ne saurait s'abaisser à ces vils détails. Nous t'aimons d'un amour sans égal. Lequel de nous deux préfères-tu, ô reine ? Choisis. Jean ? L'heureux homme, je meurs à l'instant de désespoir, déclama Raoul en se laissant tomber bras en croix.

Les yeux pleins de malice, Léa fit le tour du corps étendu qu'elle enjamba d'un air méprisant puis, s'arrêtant, le poussa du pied, et dit sur le même ton mélodramatique :

— Il est encore plus grand mort que vivant.

Prenant par le bras Jean, qui s'efforçait de garder son sérieux, elle l'entraîna.

— Laissons là ce cadavre puant. Venez, mon ami, me faire votre cour.

Les jeunes gens s'éloignèrent sous l'œil faussement désespéré de Raoul, qui relevait la tête pour les regarder partir.

Raoul et Jean Lefèvre étaient d'une force peu commune. Agés de vingt et un et vingt ans, ils étaient extrêmement attachés l'un à l'autre, presque comme des jumeaux. Si Raoul faisait une bêtise, Jean s'en accusait aussitôt ; si Jean recevait un cadeau, il en faisait immédiatement don à son frère. Elevés dans un collège de Bordeaux, ils faisaient le désespoir des professeurs par leur indifférence à tout enseignement. Bons derniers durant des années, ils avaient réussi à avoir tardivement leur bachot. Uniquement, disaient-ils, pour faire plaisir à leur mère Amélie. Mais surtout, racontaient certains, pour éviter les coups de cravache que l'impétueuse femme n'hésitait pas à distribuer à sa nombreuse et turbulente progéniture. Restée veuve très jeune avec six enfants dont le benjamin n'avait que deux ans, elle avait repris avec fermeté la direction de la propriété vinicole de son mari : la Verderais.

Elle n'aimait pas beaucoup Léa, qu'elle jugeait insupportable et mal élevée. Ce n'était un secret pour personne que Raoul et Jean Lefèvre étaient amoureux de la jeune fille, c'était même un sujet de plaisanterie de la part des autres garçons et d'agacement de la part des filles.

— Elle est irrésistible, disaient-ils. Quand elle nous regarde en fermant à demi ses yeux, nous mourons d'envie de la prendre dans nos bras.

— C'est une allumeuse, répondaient les filles. Dès qu'elle voit un homme s'intéresser à une autre, elle lui fait les yeux doux.

— Peut-être, mais avec Léa, on peut parler de tout : de chevaux, de pins, de vignes et de bien d'autres choses.

— Ce sont des goûts de paysan, elle se comporte en garçon manqué et non en jeune fille du monde. Est-il convenable d'aller voir les vaches vêler, les chevaux s'accoupler, seule ou en compagnie d'hommes et de domestiques, de se lever pour regarder le clair de lune avec son chien Sultan ? Sa mère est désespérée. Léa s'est fait renvoyer de la pension pour indiscipline. Elle devrait prendre exemple sur sa sœur Françoise. Voilà une jeune fille bien...

— Mais tellement ennuyeuse, qui ne pense qu'à la musique et à ses toilettes...

En fait, l'ascendant de Léa sur les hommes était total. Pas un qui ne lui résistât. Jeune ou vieux, métayer ou propriétaire, la jeune fille les subjuguait. Pour un sourire d'elle, plus d'un aurait fait des bêtises. Son père le premier.

Quand elle avait fait quelque sottise, elle allait le trouver dans son bureau, s'asseyait sur ses genoux, et là, se blottissait dans ses

16

bras. Dans ces moments-là, Pierre Delmas était envahi d'un bonheur tel, qu'il fermait les yeux pour mieux le savourer.

D'un bond, Raoul se releva et rejoignit Léa et Jean.

— Coucou, je suis ressuscité. De quoi parliez-vous ?

— De la garden-party que M. d'Argilat donne demain, et de la robe que Léa doit mettre.

— Quelle que soit la robe, je suis convaincu que tu seras la plus belle, dit Raoul en prenant Léa par la taille.

Elle s'écarta en riant.

— Arrête, tu me chatouilles. Ce sera une fête magnifique. Pour ses vingt-quatre ans, Laurent va être le héros du jour. Après le pique-nique, il y aura un bal, puis un souper, puis un feu d'artifice. Rien que ça !

— Laurent d'Argilat sera doublement le héros de la fête, dit Jean.

— Pourquoi ? fit Léa en levant vers Jean son joli visage piqueté de quelques taches de rousseurs.

— Je ne peux pas te le dire, c'est encore un secret.

— Comment, tu as des secrets pour moi ! Et toi, dit-elle en se tournant vers Raoul, tu es au courant ?

— Oui, un peu...

— Je croyais que j'étais votre amie, que vous m'aimiez assez pour ne rien me cacher, dit Léa en se laissant tomber sur le petit banc de pierre appuyé au mur du chais, face aux vignes, feignant de s'essuyer les yeux avec l'ourlet de sa robe.

Tout en reniflant, elle surveillait du coin de l'œil les deux frères, qui se regardaient d'un air embarrassé. Sentant leur indécision, Léa leur porta le coup de grâce en levant vers eux ses yeux embués de fausses larmes :

— Allez-vous en, vous me faites trop de peine, je ne veux plus vous voir.

Ce fut Raoul qui se décida.

— Voilà. Demain, M. d'Argilat annoncera le mariage de son fils...

— Le mariage de son fils ? l'interrompit Léa.

Elle cessa aussitôt de jouer et dit d'un ton d'une grande violence :

17

— Tu es complètement fou, Laurent n'a nullement l'intention de se marier, il m'en aurait parlé.

— Il n'en a sans doute pas eu l'occasion, mais tu sais très bien qu'il est fiancé, depuis son enfance, avec sa cousine Camille d'Argilat, continua Raoul.

— Avec Camille d'Argilat ? Mais il ne l'aime pas ! C'étaient des histoires de gosses pour amuser les parents.

— Tu te trompes. Demain seront annoncées les fiançailles officielles de Laurent et de Camille, et ils se marieront très vite à cause de la guerre...

Léa n'écoutait plus. Elle, si gaie tout à l'heure, sentait une formidable panique l'envahir. Elle avait chaud et froid, mal au cœur et à la tête. Laurent ? se marier ? ce n'était pas possible... cette Camille dont tout le monde disait tant de bien n'était pas une femme pour lui, c'était une intellectuelle toujours plongée dans ses livres, une citadine. Il ne peut pas épouser cette fille puisque c'est *moi* qu'il aime... Je l'ai bien vu l'autre jour à la manière dont il a pris ma main et m'a regardée... Je le sais, je le sens...

— Hitler s'en fiche pas mal...

— Mais la Pologne, tout de même...

Tout à leur conversation, les deux frères ne remarquèrent pas le changement intervenu dans l'attitude de Léa.

— Il faut que je le voie, dit-elle tout haut.

— Que dis-tu ? demanda Jean.

— Rien, je disais qu'il était temps que je rentre.

— Déjà ? On vient à peine d'arriver.

— Je suis fatiguée, j'ai mal à la tête.

— En tout cas, demain, aux Roches-Blanches, je veux que tu ne danses qu'avec Raoul et moi.

— D'accord, d'accord, dit Léa excédée en se levant.

— Hourra ! s'exclamèrent-ils dans un bel ensemble.

— Présente nos respects à ta mère.

— Je n'y manquerai pas. A demain.

— N'oublie pas : toutes tes danses sont pour nous.

Raoul et Jean partirent en courant, se bousculant comme de jeunes chiens.

« Quels gamins », pensa Léa qui, tournant le dos résolument à la maison, se dirigea vers le calvaire, lieu de refuge de tous ses chagrins d'enfant.

Petite fille, quand elle s'était disputée avec ses sœurs, fait punir par Ruth pour avoir négligé ses devoirs, quand sa mère surtout la grondait, elle s'abritait dans une des chapelles du calvaire pour y calmer sa peine ou sa colère. Elle évita la ferme de Sidonie, l'ancienne cuisinière du château, que la maladie plus que l'âge avait forcée à interrompre son travail. Pour la remercier de ses bons services, Pierre Delmas lui avait donné cette maison qui dominait toute la région. Souvent Léa venait bavarder avec la vieille femme qui, à chaque fois, tenait à lui offrir un petit verre de liqueur de cassis fabriquée par ses soins. Elle était très fière de son breuvage et attendait un compliment, que Léa ne manquait jamais de lui faire, bien qu'elle eût horreur du cassis.

Mais là, aujourd'hui, subir le bavardage de Sidonie et boire son cassis étaient au-dessus de ses forces.

Essoufflée, elle s'arrêta au pied du calvaire et se laissa tomber sur la première marche, la tête entre ses mains glacées. Une horrible douleur la transperça, ses tempes battaient, ses oreilles bourdonnaient, un goût de bile envahissait sa bouche, elle releva la tête et cracha.

— Non, ce n'est pas possible ! Ce n'est pas vrai !

C'est par jalousie que les frères Lefèvre lui avaient dit ça. Est-ce qu'on se mariait sous prétexte, qu'enfant, on était fiancé ? D'ailleurs, Camille était bien trop moche pour Laurent, avec son air sage et mélancolique, sa santé qu'on disait délicate, ses manières trop douces. Quel ennui ce devait être que de vivre avec une femme comme elle ! Non, Laurent ne pouvait pas l'aimer, c'est elle, Léa, qu'il aimait et non cette maigrichonne pas même capable de se tenir correctement à cheval ou de danser une nuit durant... Il l'aimait, elle en était sûre. Elle l'avait bien vu à sa manière de retenir sa main, à son regard qui cherchait le sien... Hier encore, sur la plage... elle avait rejeté la tête en arrière... Elle avait bien senti qu'il mourait d'envie de l'embrasser. Il n'avait rien fait, bien entendu... Qu'ils étaient agaçants, les jeunes gens de la bonne société, tellement coincés par leur éducation ! Non, Laurent ne pouvait pas aimer Camille.

Cette certitude lui redonna courage, elle se redressa, bien décidée à savoir ce qu'il en était vraiment de cette fable, et à faire payer cher aux Lefèvre leur mauvaise plaisanterie. Elle leva la tête vers les trois croix et murmura ·

— Aidez-moi.

Son père avait passé la journée aux Roches-Blanches, il n'allait pas tarder à rentrer. Elle décida d'aller à sa rencontre. Par lui, elle saurait à quoi s'en tenir.

En chemin, elle fut surprise de le trouver venant vers elle.

— Je t'ai aperçue courant comme si tu avais le diable à tes trousses. Encore une dispute avec tes sœurs ? Te voilà bien rouge et décoiffée.

Léa, en voyant son père, avait tenté de remettre un peu de calme sur son visage, comme on se met de la poudre, à la hâte, quand arrive une visite imprévue : le résultat n'était pas parfait. Elle s'efforça de sourire, et prenant le bras de son père, lui dit en appuyant sa tête contre son épaule, du ton le plus câlin :

— Quelle joie de te voir, mon petit papa, je voulais justement aller au-devant de toi. Quelle belle journée, n'est-ce pas ?

Un peu surpris du badinage, Pierre Delmas serra sa fille contre lui, regardant les coteaux couverts de vignes, dont la belle régularité donnait une impression d'ordre et de calme parfait. Il soupira :

— Oui, une belle journée, une journée de paix ; la dernière peut-être ?

Etourdiment, Léa répliqua :

— La dernière ? Pourquoi, l'été n'est pas fini, et à Montillac, l'automne est toujours la plus belle saison.

Pierre Delmas relâcha son étreinte et dit d'un ton songeur :

— Oui, c'est la plus belle saison, mais ton insouciance me surprend ; autour de toi, tout annonce la guerre et tu...

— La guerre !.. la guerre !.. l'interrompit-elle avec violence, j'en ai assez d'entendre parler de la guerre... Hitler n'est pas assez fou pour déclarer la guerre à la Pologne... et puis, même s'il fait la guerre là-bas, en quoi est-ce que ça nous regarde ? qu'ils se débrouillent ces Polonais !...

— Tais-toi, tu ne sais pas ce que tu dis, s'écria-t-il en lui saisissant le bras. Ne dis plus jamais de choses semblables : il y a une alliance entre nos deux pays. Ni l'Angleterre ni la France ne peuvent s'y dérober.

— Les Russes se sont bien alliés avec l'Allemagne.

— Pour leur plus grande honte, et Staline se rendra compte un jour qu'il n'a été que le dindon de la farce.

— Mais Chamberlain ?...

— Chamberlain fera ce que l'honneur commande, il confirmera à Hitler sa volonté de respecter le traité anglo-polonais.

— Et alors ?

— Alors ? Ce sera la guerre.

Un silence peuplé d'images guerrières s'installa entre le père et la fille. Léa le rompit :

— Mais Laurent d'Argilat dit que nous ne sommes pas prêts, que nos armes datent de 14-18, qu'elles sont tout juste bonnes à figurer au musée des armées, que notre aviation est nulle, notre artillerie lourde minable...

— Pour quelqu'un qui ne veut pas entendre parler de la guerre, je vois que tu es au courant mieux que ton vieux père de notre force militaire. Et que fais-tu du courage de nos soldats ?

— Laurent dit que les Français n'ont pas envie de se battre...

— Il le faudra bien pourtant...

— .. et ils se feront tous tuer, pour rien, pour une guerre qui n'est pas la leur...

— Ils mourront pour la liberté...

— ... la liberté... Où est la liberté quand on est mort ? Je ne veux pas mourir, moi, je ne veux pas que Laurent meure.

Sa voix se brisa, et elle détourna la tête pour cacher ses larmes à son père.

Bouleversé par les paroles de sa fille, ce dernier ne remarqua rien.

— Si tu étais un homme, Léa, je dirais que tu es un lâche.

— Je ne sais pas, papa, pardonne-moi, je te fais de la peine, mais j'ai si peur.

— Nous avons tous peur...

— Pas Laurent, il dit qu'il fera son devoir, bien qu'il soit sûr que nous serons battus.

— Les mêmes propos défaitistes que son père me tenait cet après-midi.

— Ah !... tu étais aux Roches-Blanches ?

— Oui.

Léa mit sa main dans celle de son père et l'entraîna en lui souriant de son air le plus tendre.

— Viens, rentrons, sinon nous serons en retard et maman s'inquiétera.

— Tu as raison, fit-il, en lui rendant son sourire.

Ils s'arrêtèrent à Bellevue pour saluer Sidonie qui venait de terminer son repas du soir et prenait le frais, assise sur une chaise, devant sa maison.

— Alors, en forme, Sidonie ?

— Oh ! Monsieur, ça pourrait aller plus mal. Tant qu'il fait beau, le soleil réchauffe mes vieux os. Et puis, ici, monsieur, comment voulez-vous que le cœur ne soit pas content ?

D'un geste large de la main, elle leur montrait le magnifique paysage d'où on apercevait les Pyrénées, disait-elle, quand le temps était très clair. Le couchant faisait scintiller l'émeraude des vignes, dorant les routes poudreuses, blondissant les tuiles des chais, irradiant sur toutes choses une paix trompeuse.

— Entrez donc, vous prendrez bien une petit goutte...

Le premier coup de cloche annonçant le dîner arriva jusqu'à eux, ce qui leur permit d'échapper à la liqueur de cassis.

Tout en marchant, accrochée au bras de son père, Léa demanda :

— De quoi avez-vous parlé avec M. d'Argilat, en dehors de la guerre ? Avez-vous parlé de la fête de demain ?

Voulant effacer de l'esprit de sa fille la conversation de tout à l'heure, Pierre Delmas répondit :

— Ce sera une très belle fête, la plus belle qu'on ait vue depuis longtemps. Je vais même te dire un secret, si tu me promets de ne pas le répéter à tes sœurs, qui sont incapables de tenir leur langue.

Machinalement, Léa ralentit, les jambes soudain lourdes.

— Un secret ?...

— Demain, M. d'Argilat annoncera le mariage de son fils.

Léa s'arrêta, sans voix.

— Tu ne me demandes pas avec qui ?

— Avec qui ? parvint-elle à articuler.

— Avec sa cousine Camille d'Argilat. Ce n'est une surprise pour personne, mais du fait des bruits de guerre, Camille a voulu avancer la date de son mariage... mais... qu'as-tu ?

Pierre Delmas retint sa fille qui semblait sur le point de tomber.

— Ma chérie, tu es toute pâle... que se passe-t-il ? Tu n'es pas malade au moins ? C'est à cause du mariage de Laurent ?... Tu ne serais pas amoureuse de lui ?

22

— Si... je l'aime et il m'aime !

Abasourdi, il conduisit Léa sur un banc en bordure du chemin, la fit s'asseoir et se laissa tomber auprès d'elle.

— Que me racontes-tu là, il n'a jamais pu te dire qu'il t'aimait, puisqu'il sait depuis toujours qu'il doit épouser sa cousine. Qu'est-ce qui te fait croire qu'il t'aime ?

— Je le sais, c'est tout.

— C'est tout !...

— Je lui dirai que je l'aime, comme ça, il ne pourra pas épouser sa sotte de cousine.

Pierre Delmas regarda sa fille avec tristesse, puis sévérité.

— D'abord, Camille d'Argilat n'est pas une sotte, c'est une jeune fille charmante, bien élevée et très cultivée, exactement le genre de femme qu'il faut à Laurent...

— Je suis sûre que non.

— Laurent est un garçon à principes rigides ; une jeune fille comme toi s'ennuierait très vite avec lui.

— Ça m'est égal, je l'aime comme il est. Je vais le lui dire...

— Tu ne lui diras rien. Je ne veux pas que ma fille se jette à la tête d'un homme qui en aime une autre.

— Ce n'est pas vrai, c'est *moi* qu'il aime.

Devant le visage bouleversé de son enfant, Pierre Delmas eut un moment d'hésitation, puis lança :

— Il ne t'aime pas. C'est lui-même qui m'a annoncé avec joie son mariage.

Le cri qui jaillit de la gorge de sa fille l'atteignit comme un coup. Sa Léa qui était encore un bébé il n'y a pas si longtemps, qui venait le rejoindre dans son lit quand elle avait peur du loup des contes de la brave Ruth, sa Léa était amoureuse.

— Ma roussotte, ma belle, mon agneau, je t'en prie.

— Papa... oh papa !...

— Doux, doux, je suis là... essuie tes yeux... si ta mère te voit dans cet état elle va en être malade. Promets-moi d'être raisonnable. Tu ne dois pas t'abaisser à avouer ton amour à Laurent. Tu dois l'oublier...

Léa n'écoutait pas son père. Dans son esprit troublé, naissait peu à peu une idée qui la rasséréna. Elle prit le mouchoir que lui tendait son père, se moucha bruyamment, « pas comme une femme du monde » aurait dit Françoise, et leva son visage marbré, mais souriant.

— Tu as raison, papa, je vais l'oublier.

L'étonnement qui se peignit sur les traits de Pierre Delmas devait être comique, car Léa éclata de rire.

« Décidément, je ne comprends rien aux femmes », se dit-il, soulagé d'un grand poids.

Le second coup de cloche accéléra leurs pas.

Léa monta en courant dans sa chambre, heureuse d'avoir échappé aux regards vigilants de Ruth, passa de l'eau froide sur sa figure, se brossa les cheveux. Elle contempla avec indulgence son reflet dans le miroir. « Allons, pas trop de dégâts », pensa-t-elle, c'est à peine si ses yeux étaient un peu plus brillants que d'habitude...

2.

Prétextant une migraine, ce qui lui avait valu la sollicitude de Ruth et, de sa mère, une caresse inquiète sur le front que l'on avait unanimement trouvé chaud, Léa n'avait pas accompagné la famille dans la presque quotidienne promenade de l'après-dîner, et s'était réfugiée dans ce qu'on appelait encore « la chambre des enfants ».

C'était en fait une grande pièce dans l'aile la plus ancienne de la maison où se tenaient les chambres des domestiques et les débarras. « La chambre des enfants » était un vaste capharnaüm, où s'entassaient des malles d'osier pleines de vêtements démodés qui avaient fait la joie des petites Delmas quand, les jours de mauvais temps, elles jouaient à se déguiser ; des mannequins de couturière à la poitrine si large, à la cambrure si exagérée, qu'ils semblaient être la parodie d'un corps féminin ; des caisses débordant de livres de prix ayant appartenu à Pierre Delmas et à ses frères. C'est dans ces livres, souvent édifiants, que Léa et ses sœurs avaient appris à lire. Cette pièce aux larges poutres, éclairée par de hautes fenêtres hors de portée des enfants, dont le sol de tommettes pâlies et disjointes, quelquefois cassées, étaient recouvertes de vieux tapis aux couleurs fanées, dont les murs étaient tendus de papier aux dessins à demi effacés, était un autre refuge de Léa. Là, parmi les jouets brisés de son enfance, blottie dans le haut lit de fer où elle avait dormi jusqu'à l'âge de six ans, elle lisait, rêvait, pleurait en berçant sa vieille poupée préférée, ou dormait recroquevillée, les genoux au menton, retrouvant dans cette position la sérénité du beau bébé souriant et calme d'autrefois. Les dernières lueurs du jour éclairaient faiblement la pièce, laissant des recoins obscurs. Léa, assise dans le petit lit, les bras entourant ses jambes pliées, les sourcils froncés, fixait, sans le voir, le portrait qui s'enfonçait dans l'ombre. d'une lointaine aïeule. Depuis quand aimait-elle Laurent d'Argilat ? Depuis toujours ? Non ! ce n'était pas vrai. L'année dernière, elle ne l'avait même pas remarqué, ni lui non plus d'ailleurs. C'était cette année que tout avait commencé, aux dernières vacances de Pâques, quand il était venu voir son père souffrant. Comme à chacun de ses séjours, il avait tenu à saluer M. et Mme Delmas.

Ce jour-là, elle était seule dans le petit salon d'entrée, absorbée dans la lecture du dernier roman de François Mauriac, leur plus proche voisin. Toute à sa lecture, elle n'entendit pas la porte s'ouvrir. Dans l'air frais du printemps encore jeune, apportant avec lui l'odeur forte de la terre mouillée, elle frissonna, et releva la tête. Surprise, elle vit la regardant avec une admiration si visible qu'elle en ressentit un vif plaisir, un grand et bel homme blond, en tenue de cavalier, tenant dans ses mains gantées sa bombe et sa cravache. Distraite, elle ne le reconnut pas immédiatement, tandis que les battements de son cœur s'accéléraient. Il sourit. Le reconnaissant enfin, elle se leva d'un bond et se jeta à son cou dans un mouvement enfantin.

— Laurent…
— Léa ?…
— Oui, c'est bien moi.
— Comment est-ce possible, la dernière fois que je vous… que je t'ai vue, tu étais une enfant, ta robe était déchirée, tes cheveux en broussaille, tes jambes écorchées, et… maintenant… je vois une ravissante jeune fille, élégante (il la faisait tourner devant lui comme pour mieux l'admirer), à la coiffure savante (ce jour-là, elle s'était abandonnée aux mains de Ruth qui avait discipliné ses boucles en de savantes torsades lui donnant l'air d'une châtelaine du Moyen Age).

26

— Je te plais alors ?

— Plus que je ne saurais dire.

Les grands yeux violets papillotèrent naïvement comme à chaque fois que Léa voulait séduire. On lui avait déjà tellement dit qu'elle était irrésistible avec cette mine-là !

— Je ne me lasse pas de te regarder. Quel âge as-tu ?

— J'aurai dix-sept ans au mois d'août.

— Ma cousine Camille a deux ans de plus que toi.

Pourquoi éprouva-t-elle un si grand déplaisir en entendant ce nom ? La politesse aurait voulu qu'elle demandât des nouvelles de cette famille qu'elle connaissait bien, mais l'idée de prononcer le nom de Camille lui était intolérable.

Laurent d'Argilat lui avait demandé des nouvelles de ses parents, de ses sœurs. Elle n'entendait pas ses questions, répondant oui, non, au hasard, attentive seulement au son de sa voix qui la faisait tressaillir.

Surpris, il cessa de parler, la regardant plus attentivement. Léa était sûre qu'à ce moment-là, il l'aurait prise dans ses bras si ses sœurs et sa mère n'étaient rentrées inopinément.

— Comment, Léa, Laurent était là et tu ne nous appelais pas ?

Le jeune homme baisa la main qui se tendait.

— Je vois mieux aujourd'hui de qui Léa tient ses beaux yeux, dit-il en relevant la tête.

— Taisez-vous, il ne faut pas trop dire à Léa qu'elle est belle, elle ne le sait que trop.

— Et nous, alors ? s'écrièrent ensemble Françoise et Laure.

Laurent se pencha et souleva la petite Laure dans ses bras.

— Il est bien connu que les femmes de Montillac sont les plus belles de la région.

Sa mère avait retenu Laurent à dîner. Léa était restée sous le charme, même quand il avait parlé pour la première fois de l'éventualité d'une guerre. En partant, il l'avait embrassée sur la joue, plus longuement, elle en était sûre, que ses sœurs. D'émotion, elle avait, un bref instant, fermé les yeux. Quand elle les avait rouverts, ceux de Françoise la regardaient avec une incrédulité méchante. Dans l'escalier conduisant aux chambres, elle lui avait murmuré :

— Celui-là, il n'est pas pour toi.

Toute au souvenir heureux de cette soirée, elle n'avait pas relevé, ce qui avait étonné Françoise plus que tout le reste.

Une larme coula sur la joue de Léa.

La nuit était tout à fait tombée. La maison, jusqu'alors silencieuse, retentit des voix des promeneurs de retour. Léa devina son père allumant le feu de la cheminée du salon pour chasser l'humidité du soir, s'asseyant dans son fauteuil, les pieds sur les chenets, prenant sur le guéridon ovale son journal et ses lunettes, sa mère travaillant à sa tapisserie, son beau et doux visage éclairé par la lampe à l'abat-jour de soie rose ; Ruth, en retrait près du lampadaire, terminant l'ourlet de leurs robes pour la fête du lendemain ; Laure jouant avec un puzzle ou une de ces poupées miniatures qu'elle aimait tant. Les premières mesures d'une valse de Chopin montèrent : Françoise s'était mise au piano. Léa aimait entendre jouer sa sœur dont elle admirait le talent, sans, bien entendu, jamais le lui dire... Toute cette chaleur familiale qui l'agaçait quelquefois, lui manquait ce soir dans le froid noir de la chambre des enfants. Elle eût voulu, sans avoir à bouger, se retrouver assise aux pieds de sa mère, sur le petit tabouret qui lui était exclusivement réservé, regarder les flammes, ou bien, la tête appuyée sur les genoux maternels, rêver d'amour et de gloire, ou bien lire, ou, mieux encore, regarder les vieux albums de photos aux reliures fatiguées que sa mère conservait comme des reliques.

Presque chaque jour, depuis le début de l'été, Laurent était venu à Montillac. Il l'emmenait galoper à travers les vignes ou bien, dans sa nouvelle voiture, visiter les environs, et rouler à vive allure sur les routes des Landes, droites jusqu'à l'obsession. Léa, la nuque inclinée sur le siège de la décapotable, ne se lassait pas du défilé monotone des cimes de pins qui s'élançaient vers un ciel d'un bleu faux de carte postale. Ils étaient rarement seuls au cours de ces excursions, mais elle était sûre que les autres n'étaient là que pour préserver les convenances et elle savait gré à Laurent de ne pas avoir l'empressement maladroit des frères Lefèvre. Lui, au moins, parlait d'autre chose que de chasse, de vignes, de forêt ou de chevaux. Elle oubliait qu'avant de le revoir, elle avait toujours eu en horreur ses subtils commentaires sur les romanciers anglais et américains. Pour lui plaire, elle avait lu Conrad, Faulkner et Fitzgerald dans le texte original, ce qui était une épreuve, car elle lisait bien mal l'anglais. Elle, si impatiente, supportait même ses accès de mélancolie chaque fois qu'il pensait la guerre inévitable.

— Tant d'hommes vont mourir à cause d'un aquarelliste de second ordre, disait-il tristement.

Elle acceptait chez lui tout ce qui l'agaçait chez d'autres, récompensée par un sourire, un regard tendre ou une pression de la main.

— Léa, tu es là ?

La porte s'ouvrit projetant un rectangle de lumière dans la pièce sombre. Léa sursauta en entendant la voix de sa mère. Elle se redressa, faisant grincer le petit lit.

— Oui, maman.

— Que fais-tu dans le noir ?

— Je réfléchissais.

La lumière brutale de l'ampoule nue lui fit mal aux yeux, qu'elle cacha sous son bras replié.

— Eteins, s'il te plaît, maman.

Isabelle Delmas obéit et s'avança, enjambant une pile de livres qui lui barrait le passage. Elle s'assit au pied du lit sur un vieux prie-dieu défoncé et passa sa main dans les cheveux décoiffés de sa fille.

— Dis-moi ce qui ne va pas, ma chérie.

Léa sentit une grosse boule de sanglots monter dans sa gorge et le désir pressant de se confier. Sachant sa mère stricte sur ces choses, elle résista à l'idée de lui avouer son amour pour un homme qui allait en épouser une autre. Pour rien au monde, Léa ne voulait peiner cette femme un peu lointaine qu'elle admirait, vénérait et à laquelle elle voulait tellement ressembler.

— Mon petit, parle-moi. Ne me regarde pas avec cet air d'animal pris au piège.

Léa tenta de sourire, de parler de la fête du lendemain, de sa nouvelle robe, mais sa voix s'étrangla et elle se jeta en larmes au cou de sa mère en hoquetant :

— J'ai peur de la guerre !

3.

Tôt le lendemain matin, la maison retentit des cris, des rires et des cavalcades des trois sœurs. Ruth ne savait plus où donner de la tête devant les exigences de ses trois « petites ». Elle cherchait partout les sacs, les chapeaux, les chaussures...

— Dépêchez-vous, vos oncles et vos cousins arrivent.

En effet, trois limousines venaient de s'arrêter près des hangars. Luc Delmas, le frère aîné de Pierre, avocat célèbre de Bordeaux, ne jurant que par Maurras, était venu avec les trois plus jeunes de ses enfants : Philippe, Corinne et Pierre. Léa ne les aimait guère, les trouvant snobs et sournois, sauf Pierre que tout le monde appelait Pierrot pour le distinguer de son parrain, car il promettait d'être différent. A douze ans, il s'était fait renvoyer de tous les établissements religieux de Bordeaux pour insolence et impiété, et suivait ses études dans un lycée au grand mécontentement de son père.

Bernadette Bouchardeau, veuve d'un colonel, avait reporté tout son besoin de tendresse sur son unique enfant, Lucien, né peu de temps avant son veuvage. Le garçon n'en pouvait plus à dix-huit ans de la sollicitude maternelle et attendait la première occasion pour s'éloigner.

Adrien Delmas, dominicain, « la conscience de la famille »,

avait coutume de taquiner son frère Pierre. Léa était la seule de ses neveux et nièces à n'être pas intimidée par le moine, colosse rendu plus impressionnant encore par sa longue robe blanche. Prédicateur remarquable, il prêchait dans le monde entier, et entretenait une correspondance régulière avec des personnalités religieuses de toutes confessions. Parlant plusieurs langues, il faisait de fréquents voyages à l'étranger.

Dans la bonne société de Bordeaux, comme dans sa propre famille, le père Adrien faisait figure de révolutionnaire. N'avait-il pas donné asile à des réfugiés espagnols, violeurs de nonnes et de sépultures, fuyant leur pays après la chute de Barcelone ? N'était-il pas l'ami de l'écrivain socialiste anglais George Orwell, ancien lieutenant de la 29e division, qui avait erré, blessé, sous une chaleur torride, de cafés en établissements de bain, couchant la nuit dans les maisons détruites ou dans les fourrés, avant de pouvoir passer en France où Adrien lui avait offert l'hospitalité. Il était le seul de ses frères à avoir dénoncé comme étant une iniquité l'accord de Munich, et à prédire que cette lâcheté n'éviterait pas la guerre. M. d'Argilat seul partageait cette opinion.

Raymond d'Argilat et Adrien Delmas étaient des amis de longue date. Ils aimaient Chamfort, Rousseau et Chateaubriand, mais s'opposaient sur Zola, Gide et Mauriac pour se retrouver sur Stendhal et Shakespeare. Leurs discussions littéraires pouvaient durer des heures. Quand le père Delmas se rendait aux Roches-Blanches en visite, les domestiques disaient :

— Tiens, voilà le bon père encore avec son Zola, il devrait pourtant savoir que monsieur ne l'aime pas.

De toutes les jeunes filles, Léa était la seule à porter une toilette foncée qui étonnait en cette fin de matinée d'été.

Elle avait dû insister longuement auprès de sa mère pour obtenir la permission de se faire faire cette robe de lourde soie noire à minuscules fleurs rouges dont la forme faisait ressortir la finesse de sa taille, la rondeur de sa poitrine et la cambrure de ses reins. Ses pieds nus étaient chaussés de hautes sandales de cuir rouge. Elle portait, crânement penché sur l'œil, un chapeau de paille noire,

31

orné d'un petit bouquet de fleurs assorti aux chaussures. Elle tenait à la main un sac également rouge.

Les frères Lefèvre furent bien entendu les premiers à se précipiter. Lucien Bouchardeau l'embrassa ensuite, puis chuchota à l'oreille de Jean :

— Drôlement bien roulée, la cousine.

Philippe Delmas s'approcha à son tour, et l'embrassa en rougissant. Léa l'abandonna aussitôt pour se tourner vers Pierrot, qui se jeta à son cou, bousculant son chapeau.

— Mon Pierrot, que je suis contente de te voir, dit-elle en lui rendant ses baisers.

Ecartant la grappe d'admirateurs, le dominicain en robe blanche parvint enfin à approcher la jeune fille.

— Me laissera-t-on passer, que j'aille embrasser ma filleule !

— Oh ! oncle Adrien vous êtes venu, que je suis contente. Mais qu'avez-vous, je vous trouve l'air soucieux ?

— Ce n'est rien, mignonne, ce n'est rien. Que te voilà grandie. Quand je pense que je t'ai tenue sur les fonts baptismaux ! Il va falloir songer à te marier. J'ai l'impression que tu ne manques pas de prétendants !...

— Oh ! mon oncle, minauda-t-elle en redressant son chapeau.

— Dépêchons, dépêchons, nous allons être en retard aux Roches-Blanches. Tout le monde en voiture, criait Pierre Delmas avec une gaieté forcée.

Lentement on se dirigea vers les hangars où étaient garées les automobiles. Léa voulut monter avec son parrain, au grand désappointement des frères Lefèvre qui avaient astiqué en son honneur leur vieille Celtaquatre.

— Passez devant avec votre tacot. On se retrouvera aux Roches-Blanches. Mon oncle, est-ce que je peux conduire ?

— Tu sais ?

— Oui, mais il ne faut pas le dire à maman. Papa me laisse conduire quelquefois et il m'apprend le code de la route, c'est le plus difficile. J'espère passer mon examen prochainement.

— Mais tu es bien trop jeune !

— Papa a dit qu'on s'arrangerait.

— Ça m'étonnerait. En attendant, montre-moi ce que tu sais faire.

32

Lucien, Philippe et Pierrot montèrent avec eux. Retroussant sa robe blanche, le moine monta le dernier après avoir donné un coup de manivelle pour lancer le moteur.

— Sacré nom de...

Léa avait démarré un peu brusquement.

— Excusez-moi, mon oncle, je n'ai pas l'habitude de votre voiture.

Après quelques secousses qui agitèrent fort les passagers, Léa réussit à maîtriser le véhicule.

Ils arrivèrent bons derniers aux Roches-Blanches, la propriété de M. d'Argilat près de Saint-Emilion. Une longue allée de chênes conduisait au château, dont l'élégante architecture de la fin du XVIIIe siècle contrastait avec les châteaux voisins tous d'un style néo-gothique de la seconde moitié du XIXe siècle. Laurent et son père étaient très attachés à cette demeure qu'ils entretenaient et embellissaient autant qu'ils le pouvaient.

Quand elle descendit, la jupe croisée de sa robe s'ouvrit largement découvrant haut ses jambes. Raoul et Jean Lefèvre ne purent retenir un sifflement d'admiration dont ils furent honteux devant les regards courroucés des dames et des jeunes filles.

Un domestique alla garer la voiture dans une cour derrière les bâtiments.

Dans la foule qui se pressait maintenant devant le château, Léa ne cherchait qu'une personne : Laurent. La petite troupe se dirigea vers le maître de maison.

— Léa, enfin te voilà. Aucune fête ne saurait être réussie sans ton sourire et ta beauté, dit Raymond d'Argilat en la contemplant avec affection.

— Bonjour monsieur. Laurent n'est pas là ?

— Bien sûr que si. Il ne manquerait plus que cela ! Il montre les nouveaux aménagements à Camille.

Léa frissonna. Tout le soleil de cette belle journée de septembre disparut. Pierre Delmas remarqua le changement d'attitude de sa fille. Il lui prit le bras, et l'entraîna à l'écart.

— Je t'en prie, pas de scènes, pas de larmes. Je ne veux pas que ma fille se donne en spectacle.

Léa refoula ses sanglots.

— Ce n'est rien, papa, juste un peu de fatigue qui passera quand j'aurai mangé.

Retirant son chapeau, elle rejoignit ses admirateurs la tête haute. Ils étaient devant une grande table sur laquelle on avait placé des rafraîchissements. Elle souriait à leurs propos, riait à leurs plaisanteries tout en buvant un délicieux château-d'Yquem tandis que dans sa tête une petite phrase tournait : « Il est avec Camille. »

La fête s'annonçait superbe. Le soleil brillait dans un ciel sans nuages, les pelouses, arrosées à l'aube, étaient d'un vert profond et exhalaient une odeur d'herbe fraîchement coupée, les roses des massifs embaumaient. Une grande tente blanche et grise abritait un buffet abondamment garni derrière lequel se tenaient des serviteurs en veste blanche. Des tables sous des parasols, des chaises et des fauteuils de jardin étaient disposés çà et là. Les toilettes claires des femmes, leurs mouvements, leurs rires donnaient à l'assemblée une note frivole qui contrastait avec les mines grises de certains hommes. Même Laurent d'Argilat, pour lequel tous ces gens étaient réunis, parut à Léa pâle et tendu quand il se montra enfin avec, à son bras, une jeune fille au doux visage rayonnant de bonheur, vêtue d'une simple robe blanche. A leur arrivée, tous les invités applaudirent sauf Léa qui arrangeait ses cheveux.

Raymond d'Argilat fit signe qu'il voulait parler.

— Mes chers amis, nous sommes réunis ce 1ᵉʳ septembre 1939 pour fêter l'anniversaire et les fiançailles de mon fils Laurent avec sa cousine Camille.

Les applaudissements reprirent de plus belle.

— Merci, mes amis, merci d'être venus si nombreux. C'est une joie pour moi de vous voir tous aujourd'hui dans ma maison. Buvons, mangeons, rions en ce jour de fête... Ici, la voix de M. d'Argilat s'étrangla d'émotion. Son fils s'avança, tout sourire :

— Que la fête commence !

Léa s'était assise à l'écart en compagnie de ses admirateurs. Tous revendiquaient l'honneur de la servir. Bientôt, elle eut devant elle de quoi manger pendant plusieurs jours. Elle riait, parlait, multipliait sourires et œillades sous les regards chagrins des autres jeunes filles en mal de galants. Jamais elle n'avait paru plus joyeuse. Mais le moindre de ses sourires lui faisait mal aux mâchoires, ses ongles s'enfonçaient de rage dans ses paumes moites, atténuant, par une douleur nouvelle, celle qui lui broyait le cœur. Elle crut qu'elle allait mourir quand elle vit venir vers leur groupe Laurent ayant toujours à son bras la trop visiblement heureuse Camille, suivie de son frère.

— Bonjour Léa, je n'ai pas encore eu le temps de te saluer, dit Laurent en s'inclinant. Tu te souviens de Léa, Camille ?

— Evidemment que je m'en souviens, dit-elle en quittant le bras de son fiancé, comment aurais-je pu l'oublier ?

Léa s'était levée et regardait cette rivale qu'elle jugeait indigne d'elle. Elle se raidit quand Camille l'embrassa sur les deux joues.

— Laurent m'a beaucoup parlé de toi. J'aimerais que nous soyons amies.

Elle ne parut pas remarquer le peu d'empressement mis par Léa à lui rendre ses baisers. Camille poussa devant elle son frère, un jeune homme à l'air timide.

— Te souviens-tu de mon frère Claude ? Il meurt d'envie de te revoir.

— Bonjour, Léa.

Comme il ressemblait à sa sœur !

— Viens, ma chérie, n'oublions pas nos autres invités, dit Laurent en entraînant sa fiancée.

Léa les regarda s'éloigner, éprouvant un tel sentiment d'abandon qu'elle eut du mal à retenir ses larmes.

— Puis-je me joindre à vous ? demanda Claude.

— Donne-lui ta place, fit Léa durement, en poussant Raoul Lefèvre qui était à sa droite.

Surpris et peiné, Raoul se leva et s'approcha de son frère.

— Tu ne trouves pas qu'elle est bizarre, Léa, aujourd'hui ?

Sans répondre, Jean haussa les épaules.

Léa tendit à Claude une assiette débordante de charcuteries.

— Tenez, je n'y ai pas touché.

Claude s'assit, prit l'assiette et remercia en rougissant.

— Vous allez rester quelque temps aux Roches-Blanches ?

— Ça m'étonnerait, avec ce qui se prépare...

Léa n'écoutait pas. Elle venait d'être frappée par une idée : « Laurent ne sait même pas que je l'aime. »

Cette découverte amena sur son visage un tel air de soulagement, suivi d'un éclat de rire joyeux, que tous la regardèrent avec étonnement. Elle se leva et se dirigea vers ce qu'on appelait le petit bois.

Claude d'Argilat et Jean Lefèvre se précipitèrent à sa suite. Ils furent rabroués sans aucun ménagement.

— Laissez-moi tranquille, je veux être seule.

Penauds, ils revinrent vers la table autour de laquelle se pressaient les invités.

— Tu crois qu'on va se battre ? demanda Raoul Lefèvre à Alain de Russay qui, un peu plus âgé, lui semblait plus apte à donner une réponse sérieuse.

— Cela ne fait aucun doute. Vous avez bien entendu la radio la nuit dernière : le retour immédiat de Dantzig à l'Allemagne, l'ultimatum lancé à la Pologne à la suite des propositions qu'Hitler aurait faites au plénipotentiaire polonais, valables jusqu'au 30 août au soir. Nous sommes le 1er septembre. A cette heure, vous pouvez être sûrs que le gauleiter Forster a proclamé le rattachement de Dantzig au Reich et que l'Allemagne a envahi la Pologne.

— Alors, c'est la guerre ? dit Jean Lefèvre d'une voix soudain vieillie.

— Oui, c'est la guerre.

— Chic, on va se battre, fanfaronna Lucien Bouchardeau.

— Oui, et nous vaincrons, déclara Raoul Lefèvre avec une ferveur gamine.

— J'en suis moins convaincu que toi, fit d'un ton las Philippe Delmas.

Léa avait traversé en courant le grand pré qui menait au petit bois. Là, sous l'ombre des arbres, on dominait la propriété des Argilat. C'était une belle terre, plus riche et mieux exposée que Montillac donnant un vin plus généreux. Léa avait toujours aimé les Roches-Blanches. Elle contemplait ces champs, ces vignes, ces bois et ce château avec des yeux de propriétaire.

Non, personne mieux qu'elle ne pouvait chérir et comprendre cette terre à part son père et M. d'Argilat... et Laurent bien sûr. Laurent... il l'aimait, cela ne faisait pas le moindre doute. Mais lui ne savait pas qu'elle l'aimait... il avait l'air de tellement la considérer comme une enfant. Pourtant, elle était à peine plus jeune que Camille. Camille... que pouvait-il bien lui trouver à

36

cette maigrichonne, plate, si mal habillée, si gauche, qu'elle semblait avoir à peine quitté son couvent ? Et cette coiffure... comment pouvait-on se coiffer comme ça à notre époque ! Une couronne de tresses blondasses... il ne lui manquait plus que le nœud alsacien ! En ces temps de fureur patriotique, ce serait parfait !... et cette fausse gentillesse. « J'aimerais tellement devenir votre amie. » Et puis quoi encore !... non, décidément, Laurent n'aimait pas cette fadasse. En gentleman à la manque il se croyait obligé de respecter une promesse faite au berceau. Mais, quand il saurait que, elle, Léa, l'aimait, il romprait ces fiançailles ridicules et s'enfuirait avec elle.

Toute à l'exaltation de ses rêves, Léa n'avait pas remarqué un homme appuyé contre un arbre qui la regardait avec un air amusé.

Ouf, elle se sentait mieux ! Rien de tel qu'un peu de solitude et de réflexion pour se remettre les idées en place. Maintenant, elle était tranquille, tout allait marcher comme elle le désirait. Elle se leva et frappa de son poing droit fermé la paume de son autre main, geste qu'elle avait emprunté à son père, geste qu'il faisait quand il venait de prendre une décision :

— Je l'aurai !

Un éclat de rire la fit sursauter.

— J'en suis sûr, dit une voix faussement respectueuse.

— Vous m'avez fait peur. Qui êtes-vous ?

— Un ami de M. d'Argilat.

— Ça m'étonnerait. Oh ! pardon...

Il éclata de rire à nouveau. Il est presque beau quand il rit, pensa Léa.

— Ne vous excusez pas, vous n'avez pas tort, il n'y a pas grand-chose de commun entre les très convenables MM. d'Argilat et votre humble serviteur, si ce n'est quelques intérêts. D'ailleurs, je m'ennuierais trop en leur compagnie.

— Comment pouvez-vous dire une chose pareille ! Ce sont les hommes les plus courtois et les plus cultivés de la région !

— C'est bien ce que je disais.

— Oh !...

Léa regarda avec curiosité son interlocuteur. C'était la première fois qu'elle entendait parler des propriétaires des Roches-Blanches avec cette désinvolture. L'homme qu'elle avait en face d'elle était très grand, les cheveux bruns soigneusement coiffés, les yeux bleus insolents, qu'un visage fortement bronzé, plutôt laid, aux traits accusés, faisait ressortir, une bouche aux lèvres épaisses qui s'ouvraient sur de belles dents. Il mâchonnait un cigare tordu, qui dégageait une odeur épouvantable. Le costume gris très pâle à fines rayures blanches, admirablement coupé, contrastait violemment avec le teint boucané et l'affreux cigare.

Léa fit un geste de la main comme pour chasser l'écœurante odeur.

— La fumée vous gêne peut-être ? C'est une mauvaise habitude que j'ai prise en Espagne. Maintenant que je suis dans la bonne société bordelaise, il va falloir que je me réhabitue aux havanes, dit-il en jetant son cigare qu'il écrasa soigneusement du pied. Il est vrai qu'avec la guerre, on risque d'en manquer.

— La guerre... la guerre... vous autres, les hommes, vous n'avez que ce mot-là à la bouche. Pourquoi ferait-on la guerre ? Ça ne m'intéresse pas.

L'homme la regarda avec un sourire comme on regarde un enfant capricieux.

— Vous avez raison, je suis une brute d'importuner une aussi délicieuse jeune fille avec des histoires aussi peu importantes. Parlons plutôt de vous. Avez-vous un fiancé ? Non ? Un amoureux alors ? Même pas. Je n'en crois rien. Je vous ai vue tout à l'heure entourée d'une troupe d'aimables jeunes gens qui semblaient très épris de vous, sauf l'heureux fiancé, bien sûr...

Léa qui s'était rassise, se leva brusquement.

— Vous m'ennuyez, monsieur, laissez-moi rejoindre mes amis.

Il s'inclina dans une révérence pleine d'ironie, qui mit la jeune fille en fureur.

— Je ne vous retiens pas, loin de moi le désir de vous être désagréable ou de vous disputer à vos soupirants.

Léa passa devant lui et partit, la nuque raide, sans le saluer.

L'homme s'assit sur le banc, sortit, d'un étui de cuir brun, un de ses cigares, en coupa avec les dents le bout qu'il recracha devant lui, l'alluma et, songeur, regarda s'éloigner la jolie silhouette de l'amusante petite fille qui n'aimait pas la guerre.

Sur un parquet, sous les arbres, les musiciens commençaient à installer leur matériel, sous l'œil intéressé des jeunes convives.

Le retour de Léa fut salué par les exclamations de ses amis.

— Où étais-tu ? Nous t'avons cherchée partout.

— Ce n'est guère gentil de nous fausser ainsi compagnie.

— Mais voyons, fit sa cousine Corinne, Léa préfère la compagnie des hommes mûrs, un peu louches, à celle des jeunes gens de bonne famille.

Les sourcils de Léa marquèrent son étonnement.

— De qui veux-tu parler ?

— Tu ne nous feras pas croire que tu ne connaissais pas François Tavernier avec lequel tu roucoulais dans le petit bois.

Léa haussa les épaules et regarda la jeune fille d'un air apitoyé.

— C'est bien volontiers que je t'aurais abandonné la compagnie de ce monsieur que j'ai vu aujourd'hui pour la première fois et dont tu m'apprends le nom. Que veux-tu, ce n'est pas ma faute si les hommes me préfèrent à toi.

— Surtout ce genre d'homme.

— Mais, tu m'ennuies à la fin ! Il ne doit pas être aussi affreux que tu le laisses entendre puisque M. d'Argilat le reçoit chez lui.

— Je crois que Léa a raison. Si M. d'Argilat reçoit M. Tavernier c'est qu'il mérite de l'être, dit Jean Lefèvre en venant au secours de son amie.

— On pense dans la région que c'est un trafiquant d'armes et qu'il en a vendu des tonnes aux républicains espagnols, murmura Lucien Bouchardeau.

— Aux républicains ! s'exclama Corinne Delmas en roulant des yeux horrifiés.

— Et alors ? Il fallait bien qu'ils aient des armes pour se battre, fit Léa d'un ton agacé.

A ce moment-là, ses yeux rencontrèrent ceux de son oncle, le père Adrien, qui la regardait, semblait-il, avec un sourire d'approbation.

— Comment peux-tu dire une chose pareille, s'écria Corinne, des monstres qui ont violé des religieuses, déterré des cadavres, tué, torturé !

— Et les autres, ils n'ont pas tué, torturé ?...

— Mais c'était des communistes, des anticléricaux, des...

— Et alors ? ils avaient le droit de vivre.

— Comment peut-tu dire de telles horreurs, toi, une Delmas dont toute la famille a prié pour la victoire de Franco.

— Peut-être avons-nous eu tort.

— Voilà des conversations bien sérieuses pour de jolies têtes, dit Adrien Delmas en s'avançant. Ne croyez-vous pas que vous feriez mieux de vous apprêter pour la danse ? L'orchestre est prêt.

Tel un vol de palombes, la quinzaine de garçons et de filles qui entouraient Léa, s'élancèrent vers le parquet mis en place au bas du pré sous une vaste tente aux bords relevés. Léa ne bougea pas.

— Qui est ce François Tavernier ?

Le dominicain eut l'air surpris et gêné par la question.

— Je ne sais pas très bien. Il appartient à une riche famille lyonnaise avec laquelle il a rompu, dit-on, à cause d'une femme et de divergences politiques.

— Est-ce vrai, cette histoire de livraison d'armes ?

— Je n'en sais rien, c'est un homme discret. S'il l'a fait, il a sauvé un peu de l'honneur de la France qui, dans l'affaire de la guerre d'Espagne, ne s'est pas très bien conduite.

— Comment, mon oncle, toi, un prêtre, peux-tu parler comme ça ? Le pape n'a-t-il pas apporté son soutien à Franco ?

— Oui, oui... mais le pape peut se tromper.

— Mon oncle, là tu exagères, dit Léa avec un grand rire, je croyais qu'il était infaillible, le pape.

Adrien Delmas éclata de rire à son tour.

— Tu es une petite futée ! Et moi, je croyais que toutes ces histoires, comme tu dis, ne t'intéressaient pas.

Léa prit le bras de son oncle et l'entraîna en marchant doucement vers le bal d'où leur parvenaient les échos d'un paso-doble endiablé.

— C'est ce que je dis aux autres, car, si on les écoutait, on ne parlerait que de ça. Et comme ils en parlent souvent à tort et à travers, je préfère qu'ils s'abstiennent. Mais à toi, je peux bien le dire, cela m'intéresse beaucoup. Je lis tous les journaux en cachette, j'écoute la radio, surtout celle de Londres...

— Tu l'as écoutée ce matin ?

— Non, avec ce pique-nique, je n'ai pas eu le temps. Pour...

— Léa. Enfin te voilà ! Oublies-tu que tu m'as promis une danse ? dit Raoul Lefèvre.

— Et à moi aussi, fit son frère.

Léa abandonna à regret le bras de son oncle, et se laissa entraîner sur la piste. Adrien Delmas se retourna. Près de lui, François Tavernier, fumant son cigare tordu, regardait danser Léa.

Pendant près d'une heure, Léa ne manqua pas une danse, tout en cherchant Laurent des yeux. Où pouvait-il être ? Elle vit venir Camille, seule avec Françoise. Il fallait profiter de l'occasion. Elle dansait avec Claude d'Argilat, qui se découvrait de minute en minute de plus en plus amoureux. Au milieu d'un boston, le corps de la cavalière s'affaissa lègèrement.

— Léa, qu'as-tu ?

— Ce n'est rien, un simple étourdissement. Je suis un peu lasse. Veux-tu me raccompagner dans un endroit tranquille et aller me chercher un verre d'eau ?

Claude s'empressa et la conduisit à l'écart du bruit, à l'ombre d'un arbre, à mi-chemin de la maison et du bal. Il l'installa de son mieux sur un banc de gazon, avec des gestes précis et tendres.

— Ne bouge pas, repose-toi, je reviens tout de suite.

Dès qu'il se fut éloigné, Léa se releva et courut vers la maison. Elle entra dans la serre, orgueil des Roches-Blanches. Il y régnait une moiteur qui collait à la peau. Les flons-flons de l'orchestre n'étaient plus qu'un lointain bruit de fond. Les plantes les plus extravagantes rampaient sur le sol, s'élançaient vers la voûte vitrée. Une allée de pierre sinuait entre les massifs et aboutissait à une fausse grotte aux parois de laquelle s'accrochaient des grappes d'orchidées. Une porte donnait sur le vestibule du château. Léa la poussa. Du grand salon lui parvenaient les voix de son père, de son oncle Adrien et de M. d'Argilat. Elle écouta : Laurent ne semblait pas être avec eux. Il n'était ni dans la bibliothèque ni dans le petit salon. Elle retourna dans le jardin d'hiver. Une odeur de tabac blond flottait dans l'air : c'était celle des cigarettes de Laurent. Près d'un haut vase d'où s'écroulaient de longues tiges piquées de fleurs blanches au parfum entêtant, dans une demi-pénombre, un point rouge scintillait.

— Léa... c'est toi ?... Que fais-tu ici ?

— Je te cherchais.

— Tu en as déjà assez de tes amoureux que tu fuis la fête ? demanda-t-il en s'avançant.

Comme il était beau, dans la lumière glauque qui éclairait son visage. Comment ne pas l'aimer ? Elle tendit la main.

— Laurent...

Il prit les doigts nerveux sans paraître remarquer son trouble.

— Qu'y a-t-il ?

Léa passa sa langue sur ses lèvres sèches. Sa main trembla dans celle de Laurent. Elle sentit que la sienne tremblait aussi ! Alors sa gorge se desserra, un frisson de volupté troubla son corps quand elle murmura fermant à demi les yeux tel un animal aux aguets :

— Je t'aime.

Dès qu'elle eut prononcé ces mots, un immense soulagement l'envahit. Son visage aux yeux mi-clos se tendit vers celui de l'homme dans l'attente d'un baiser, qui ne vint pas. Elle ouvrit les yeux et recula d'un pas.

Laurent avait l'air étonné et contrarié. Comme celui de son père quand, petite, elle faisait une bêtise. Qu'avait-elle dit de si surprenant ? Il devait bien se douter, puisqu'il lui faisait la cour, et qu'elle l'acceptait, qu'elle l'aimait ! Pourquoi ne disait-il rien ? Il sourit, « d'un air faux » pensa-t-elle.

— Rien ne me fait plus de plaisir que ton amitié, ma petite Léa...

Mais, de quoi parlait-il ? D'amitié ?

— ... tu vas rendre tous tes soupirants jaloux...

« Que raconte-t-il là ? Je lui dis que je l'aime et il me parle de mes soupirants... »

— Laurent, cria-t-elle, arrête de me taquiner. Je t'aime et tu le sais et tu m'aimes aussi.

Une main, où demeurait accrochée l'odeur du tabac, se posa sur ses lèvres.

— Léa, tais-toi. Il ne faut pas dire des choses que tu regretteras tout à l'heure.

— Jamais, gronda-t-elle, en arrachant la main qui la bâillonnait, je t'aime et je te veux. Je te désire autant que tu me désires. Ose dire le contraire, ose dire que tu ne m'aimes pas ?

Jamais Léa ne devait oublier le visage bouleversé de Laurent.

Tout un monde semblait à la fois naître et disparaître devant ses yeux, un mélange de joie et de peur se disputait la possession de cet esprit fait pour le calme d'un amour sans histoire.

La beauté de Léa était à ce moment surprenante. Ses cheveux décoiffés par la colère, son visage animé, ses yeux brillants, ses lèvres gonflées, tout en elle appelait les baisers.

— Réponds-moi. Tu m'aimes, n'est-ce pas ?

— Oui, je t'aime, murmura-t-il.

La joie illumina Léa, la rendant plus belle encore.

Les deux jeunes gens se retrouvèrent dans les bras l'un de l'autre, leurs lèvres se baisèrent avec une affolante avidité. Brusquement, Laurent la repoussa. Léa le regarda avec un tendre étonnement, sa bouche humide entrouverte.

— Léa, nous sommes fous, oublions cela.

— Non, je t'aime et je veux t'épouser.

— Je dois épouser Camille.

Les yeux violets le regardaient éperdument et peu à peu devenaient noirs.

— Mais, c'est moi que tu aimes. Si le mariage te fait peur, partons. Tout ce que je veux, c'est vivre avec toi.

— Ce n'est pas possible. Mon père a annoncé mes fiançailles avec Camille. Cela les tuerait tous les deux si je rompais cet engagement.

Léa lui donna un coup de poing.

— Et moi, tu n'as pas peur que je meure ?

Cette phrase amena un léger sourire sur le visage pâle de Laurent. Il prit Léa aux épaules et dit en secouant la tête :

— Non, pas toi. Tu es forte, rien ne peut t'entamer. Tu as en toi un instinct de vie que Camille et moi n'avons pas. Nous appartenons à une trop vieille famille au sang et aux nerfs usés. Nous avons besoin du calme de nos bibliothèques... Non, laisse-moi parler. Camille et moi nous sommes semblables, nous pensons les mêmes choses, nous aimons le même genre de vie, studieuse et sévère...

— Moi aussi, j'aime l'étude.

— ... Bien sûr, reprit-il d'un ton las. Mais très vite tu t'ennuierais auprès de moi : tu aimes la danse, le flirt, le bruit, le monde, tout ce que je déteste...

— N'as-tu pas flirté avec moi ?

— Non, je ne crois pas. Le tort que j'ai eu, c'est de te voir trop souvent, d'être trop souvent seul avec toi...

— ... et de me faire croire que tu m'aimais.

— Je n'ai pas voulu cela. J'avais tant de plaisir à te regarder vivre, si libre, si fière... si belle... J'étais tranquille, je ne pensais pas que tu puisses t'intéresser à quelqu'un d'aussi ennuyeux que moi...

— Jamais tu ne m'as ennuyée...

— .. je t'étais reconnaissant de m'écouter... tout en toi célébrait la vie dans ce qu'elle a de plus naturel...

— Mais tu m'aimes, tu me l'as dit.

— J'ai eu tort... Comment ne pas t'aimer comme on aime un bonheur impossible...

— Rien n'est impossible. Il faut seulement un peu de courage.

Laurent regardait Léa, songeur, comme sans la voir.

— Un peu de courage, sans doute... Ce courage-là me fait défaut.

Depuis un moment déjà, Léa sentait monter les picotements de la colère. Soudain, les traits durcis, elle s'écria :

— Vous êtes un lâche, Laurent d'Argilat. Vous m'aimez, vous me le dites et vous me laissez m'humilier devant vous.... Vous me préférez une sainte-nitouche, moche et mal fagotée, qui vous fera une nuée de gosses timorés et tordus.

— Tais-toi, Léa, ne parle pas ainsi de Camille.

— Je vais me gêner ! Qu'a-t-elle fait cette gourde pour te plaire ? A moins que tu n'aimes les airs penchés, les regards sournois, les mines confites, les cheveux ternes...

— Léa, je t'en prie...

— Pourquoi m'as-tu fait croire que tu m'aimais ?

— Mais, Léa...

Toute à sa hargne, elle était incapable de reconnaître que jamais Laurent n'avait dépassé les bornes de l'amitié. A la colère, se mêlait la honte d'être rejetée. Elle se précipita sur lui et le gifla à toute volée.

— Je te hais...

Une marque rouge apparut sur le visage blême du jeune homme.

La brutalité de son geste calma Léa, mais la laissa en proie à un désespoir qui la submergea. Elle se laissa glisser sur le sol et, le front appuyé contre la grotte, caché par ses mains croisées et, le désordre de ses cheveux, elle éclata en sanglots.

Avec un air de profonde tristesse, Laurent la regarda. Il s'approcha du corps frémissant de chagrin, tendit la main vers les doux cheveux qu'il effleura, puis se retourna et quitta lentement la pièce. Doucement, la porte se referma.

Le léger bruit du pêne glissant dans la gâche suspendit les sanglots de Léa. Maintenant, c'était fini, elle avait tout gâché, jamais il ne lui pardonnerait cette scène ridicule, ces insultes. Le salaud... l'avoir laissée s'humilier comme elle l'avait fait ! De sa vie, elle ne pourrait oublier cette honte.

Elle se releva péniblement, le visage marbré, le corps meurtri comme après une chute.

— Le salaud, le salaud, le salaud...

D'un coup de pied, elle envoya promener un pot contenant une fragile orchidée, qui se brisa sur la pierre.

— Ce n'est pas bientôt fini cette comédie ? dit une voix surgissant de la pénombre.

Le cœur de Léa s'arrêta, sa gorge se dessécha. Elle se retourna d'un bloc.

Lentement, François Tavernier s'avança.

Léa frissonna et croisa ses bras sur sa poitrine.

— Voulez-vous que je vous réchauffe ou que j'aille vous chercher un cognac ?

Le ton protecteur et ironique fouetta l'amour-propre de la jeune fille.

— Je n'ai besoin de rien. Que faisiez-vous ici ?

— Je me reposais en attendant de voir M. d'Argilat. Est-ce défendu ?

— Vous auriez pu manifester votre présence.

— Ma chère, vous ne m'en avez pas laissé le temps. Je m'étais assoupi. Je ne me suis réveillé que pour vous entendre déclarer votre flamme au fils de notre hôte. Quelle fougue ! Quelle passion ! M. d'Argilat fils n'en mérite pas tant...

— Je vous interdis de parler de lui en ces termes.

— Oh ! pardonnez-moi, je ne voulais pas vous blesser, mais convenez que ce charmant gentleman se conduit comme un sot en repoussant d'aussi charmantes et... précises propositions...

— Vous êtes une brute !

— Peut-être, mais si vous m'aviez manifesté le moindre intérêt, j'aurais...

— Je ne vois pas quelle femme pourrait éprouver le moindre intérêt pour un individu tel que vous.

— Vous vous trompez, petite fille, les femmes, les vraies, aiment assez qu'on les bouscule.

— Les femmes que vous avez l'habitude de fréquenter sans doute, mais pas les jeunes filles...

— Bien élevées. Comme vous ?...

Ses poignets se retrouvèrent prisonniers d'une main large qui l'attirait. Bras maintenus derrière le dos, elle fut plaquée contre cet homme qui avait été le témoin de son humiliation. La haine qui l'envahit lui fit fermer les yeux.

François Tavernier la regardait comme s'il eût voulu voir jusqu'au fond de ses pensées tandis que la lueur moqueuse de son œil s'effaçait.

— Lâchez-moi, je vous déteste !

— La colère vous sied, ma sauvage.

Les lèvres de l'homme effleurèrent doucement celles de la fille immobilisée. Elle se débattit avec une fureur silencieuse. La main resserra sa pression arrachant un léger cri à sa victime pendant que l'autre agrippait les cheveux décoiffés. Les lèvres au goût de tabac et d'alcool se firent pressantes. Une rage submergeait Léa... Brusquement, elle se rendit compte qu'elle rendait ses baisers à cet ignoble... Pourquoi cette faiblesse soudaine dans tout le corps, ce poids délicieux au creux des cuisses ?

— Non !

Avec un hurlement, elle se dégagea.

Que faisait-elle ? Elle était folle ! Se laisser embrasser par cet homme qu'elle méprisait ! qu'elle aurait voulu voir mort alors qu'elle en aimait un autre ! Et si encore elle n'avait pas pris plaisir à ses baisers dégoûtants !

— Salaud !

— Vous manquez de vocabulaire. Vous avez dit la même chose à un autre tout à l'heure.

— Je vous déteste !

— Aujourd'hui, mais demain ?

— Jamais ! Je souhaite que la guerre éclate et que vous disparaissiez

— Pour la guerre, vous serez entendue. Mais, pour ce qui est de ma disparition, n'y comptez pas trop, je n'ai pas l'intention de laisser ma peau dans une guerre perdue d'avance.

— Lâche ! Comment pouvez-vous dire cela ?

— Je ne vois pas ce qu'il y a de lâche à être lucide. C'est d'ailleurs l'avis de ce cher Laurent d'Argilat.

— N'insultez pas quelqu'un dont vous ne pouvez comprendre la grandeur d'âme.

Le grand rire fouailla Léa plus sûrement qu'une parole blessante.

— Vous me dégoûtez !

— Je n'avais pas cette impression tout à l'heure.

Rassemblant ce qui lui restait de dignité, Léa sortit en claquant la porte.

Au milieu de la grande entrée au sol de marbre blanc, au pied du large escalier qui montait aux chambres, Léa tournoya sur elle-même comme quelqu'un qui ne sait plus où aller.

Des exclamations, des cris traversèrent les murs du bureau de M. d'Argilat, dont la porte s'ouvrit brutalement. Léa se rejeta à l'ombre de la portière qui dissimulait l'escalier du sous-sol. Laurent d'Argilat et François Tavernier se retrouvèrent au milieu de l'entrée.

— Que se passe-t-il ? demanda Tavernier.

— On retransmet à la T.S.F. l'appel de Forster sur le viol de Dantzig ainsi que « l'acceptation du rattachement de la ville au Reich ».

La pâleur de Laurent d'Argilat était telle que François Tavernier lui demanda avec plus d'ironie qu'il ne l'eût voulu :

— Vous n'étiez pas au courant ?

— Bien sûr que si, mais en accord avec mon père, Camille, le père Adrien, M. Delmas et quelques autres, nous avions décidé de garder la nouvelle secrète, pour ne pas gâcher la dernière fête de la paix.

— Bah ! Si vous pensez qu'il en est mieux ainsi. Et la Pologne ? Que dit-on de la Pologne ?

— Depuis 5 h 45, la bataille a lieu sur tout le front et Varsovie est bombardée.

Raoul et Jean Lefèvre rentrèrent en courant.

— Vincent Leroy arrive de Langon, c'est la mobilisation générale.

Derrière eux, les invités se pressaient, inquiets, pour avoir des détails. Certaines femmes pleuraient déjà.

M. d'Argilat sortit de son cabinet de travail en compagnie du père Adrien et de M. Delmas.

— Mes amis, mes amis, murmura-t-il soudain voûté.

Par la porte ouverte du bureau, on entendait les grésillements de la radio, puis des voix allemandes, polonaises, puis celle plus forte d'un traducteur.

Quelqu'un augmenta le son.

« Hommes et femmes de Dantzig, l'heure est arrivée que vous avez désirée depuis vingt ans. A partir d'aujourd'hui Dantzig est rentré dans le grand Reich allemand. Notre Führer Adolf Hitler nous a libérés. Pour la première fois, le drapeau à croix gammée, le drapeau du Reich allemand flotte sur les édifices publics de Dantzig. Il flotte également à partir d'aujourd'hui sur les anciens édifices polonais et partout dans le port. »

Un silence pesa sur la petite assemblée tandis que le speaker commentait l'acceptation par Hitler du retour de Dantzig au Reich et décrivait les monuments pavoisés, la liesse populaire.

— *« Article premier : La constitution de la ville libre est abolie avec effet immédiat »*, récita Adrien Delmas comme se parlant à lui-même.

« L'Allemagne a ouvert ce matin les hostilités contre la Pologne », continua impavide la voix de la radio.

— C'est la guerre, dit d'une voix mourante Bernadette Bouchardeau en s'effondrant dans un fauteuil.

— Oh, Laurent !

Camille se précipita dans les bras de son fiancé, les yeux emplis de larmes.

— Ne pleure pas, ma chérie, ce sera très vite terminé.

Tout près, Léa les regardait. Dans le désarroi général, personne ne remarqua sa pâleur, ses cheveux décoiffés. Elle oubliait la scène du jardin d'hiver, son amour rejeté pour ne penser qu'à la mort possible de Laurent.

— Je croyais que vous le haïssiez, murmura à son oreille la voix chaude de Tavernier.

Léa rougit, se retourna, et dans un sifflement répondit à son interlocuteur :

— C'est vous que je hais. Je souhaite que vous soyez le premier mort de cette guerre.

— Je le regrette, ma chère amie, mais comme je vous l'ai déjà dit, je n'ai pas l'intention de vous faire ce plaisir. Demandez-moi tout ce que vous voulez, bijoux, fourrures, maisons, je les déposerai bien volontiers à vos pieds. Mais ma vie, si misérable soit-elle, j'y tiens.

— Vous êtes bien le seul. Quant à vous épouser...

— Qui vous parle de mariage ? Je n'aspire qu'à être votre amant.

— Sal...

— Oui, je sais, je suis un salaud.

— Taisez-vous, taisez-vous, Hitler parle...

4.

Isabelle Delmas avait insisté pour que les parents de son mari passent la nuit à Montillac. On avait déplié les lits-cages qu'on avait mis dans les chambres d'amis, dans celles des trois sœurs et dans la chambre des enfants. Par faveur spéciale, Léa avait accepté de prêter son lit-refuge à Pierrot, qui avait apprécié le geste à sa juste valeur.

Toute la soirée, les cousins et cousines, oubliant la guerre, avaient aidé Ruth et Rose, la femme de chambre, à transporter et à faire les lits. Ce n'étaient à travers la maison que rires, cris et galopades. Essoufflés, les jeunes gens, leurs travaux terminés, se laissèrent tomber sur les lits, les coussins ou le sol de la chambre des enfants, préférant cette pièce encombrée, où flottait encore la poussière soulevée par le balayage énergique de Rose, au salon où s'étaient réunis leurs parents.

Léa, assise dans son lit avec Pierrot, faisait une crapette. Distraite, elle perdait. Agacée, elle repoussa les cartes et s'appuya, songeuse, aux barreaux de fer.

— A quoi penses-tu ? Tu joues ?

— Elle pense à François Tavernier, dit Corinne.

— Il n'a parlé qu'avec elle, ajouta Laure.

— Vous vous trompez. ce n'est pas à François Tavernier qu'elle pense, susurra Françoise.

— A qui alors ? demanda Corinne.

Léa, manipulant les cartes, s'efforçait à l'indifférence. Qu'allait dire cette chipie ? Quand elles étaient petites, déjà, Françoise devinait, avant tout le monde. ce que pensait sa cadette, les bêtises qu'elle avait faites, les endroits où elle s'était cachée. Cela mettait Léa dans une telle fureur qu'elle frappait son aînée. Que de fois, Ruth avait dû séparer les combattantes... Françoise ne pouvait pas s'empêcher de surveiller constamment sa sœur et de rapporter à leur mère la moindre de ses fautes. Isabelle Delmas, n'admettant pas la délation, la punissait sévèrement. ce qui accentuait la rivalité entre les deux sœurs.

— Oui, à qui ? répétèrent les deux cousines.

Françoise faisait durer l'attente, un sourire de jubilation méchante au coin des lèvres.

— Elle pense à Laurent d'Argilat.

— Il est fiancé à Camille !...

— Ce n'est pas possible !...

— Tu es folle !...

— Je suis sûre que tu te trompes !...

Les exclamations s'entrechoquaient dans la tête de Léa, qui voyait devant elle, démesurément grossi. le visage interrogatif de Pierrot.

— Mais si, croyez-moi, elle aime Laurent d'Argilat.

Léa sauta du lit avec une souplesse inquiétante et avant que Françoise ait pu esquisser un geste, la saisit par les cheveux. Bien que surprise, celle-ci réagit rapidement. Ses ongles accrochèrent la joue de sa sœur. Un peu de sang apparut. Mais Léa, plus forte, eut rapidement le dessus et. à califourchon sur Françoise, lui cogna la tête sur le sol en la tenant par les oreilles. Tous se précipitèrent pour les séparer. Quand ils y réussirent, la malheureuse Françoise resta immobile un instant.

Le bruit et les cris avaient alerté les parents.

— Léa, tu es insupportable. Pourquoi as-tu frappé ta sœur ? dit Isabelle Delmas d'un ton sévère. A vos âges...

— Maman...

— Va dans ta chambre. tu te passeras de dîner.

La colère de Léa tomba d'un seul coup. Elle eût voulu dire à sa mère qu'elle était malheureuse, combien elle avait besoin d'être consolée, cajolée par elle. Au contraire, celle-ci la grondait et la renvoyait. Léa aurait peut-être pleuré, là, si elle n'avait pas surpris le regard triomphant de Françoise. Elle refoula ses larmes et sortit tête haute en passant devant ses oncles et ses tantes qui la regardaient d'un air réprobateur. Seul l'oncle Adrien eut un geste tendre accompagné d'un bon sourire qui disait : ça n'a pas d'importance. Ce geste faillit avoir raison de son courage. Elle s'enfuit en courant.

— Ma pauvre Isabelle, vous aurez bien du mal avec cette petite, dit sa belle-sœur, Bernadette Bouchardeau.

Isabelle ne répondit pas et quitta la chambre des enfants.

Léa n'obéit pas à sa mère et n'alla pas dans sa chambre. Elle se précipita dans le jardin, traversa la cour et, en courant, coupa à travers les vignes en direction de Bellevue. Pour éviter de passer devant la maison de Sidonie, elle escalada le mur qui bordait la propriété, prit la route poudreuse, puis le sentier qui montait au calvaire. A mi-chemin, une bourrasque tiède et humide la força à ralentir sa course, puis à s'arrêter.

Les mains croisées sur sa poitrine comme pour comprimer les battements de son cœur, elle contempla, peu à peu subjuguée, le ciel menaçant au-dessus de la plaine. Tout autour d'elle, la nature courbée par un vent en folie se tordait, gémissante et rebelle, comme pour échapper à la tempête qui venait de la mer. Seconde après seconde, le ciel s'obscurcissait, dévoilant des nuages aux formes effrayantes.

Léa, les cheveux soulevés et agités par l'ouragan, tels les serpents de la Gorgone, contemplait immobile ce déchaînement qui apaisait le sien. Elle sentait passer en elle le frémissement de la terre qui, sous les chaudes gouttes de la pluie commençant à tomber, libérait peu à peu de lourds parfums qui montaient à la tête, la saoulant plus sûrement que le vin le plus subtil. Sa robe plaquée, rapidement mouillée, soulignait son corps la rendant pis que nue, tandis que le vent durcissait la pointe de ses seins. Les éléments en furie l'enlevaient à elle-même. Un éclair bleu déchira les nues suivi presque immédiatement d'un coup de tonnerre qui ébranla le sol. Léa hurla. Une joie primitive éclairait son visage sur lequel, telles des larmes, coulait la pluie. Un rire sauvage et libérateur monta en elle et éclata, accompagnant le bruit de la foudre. Le rire devint cri, cri de triomphe et de bonheur d'exister. Elle se laissa glisser sur la terre du chemin que la pluie transformait en boue. Ses lèvres rencontrèrent cette boue encore tiède de soleil et s'enfoncèrent dans la masse molle. Sa langue lappa cette glaise dont le goût lui parut charrier tous les effluves de Montillac. Elle eût voulu que ce sol s'ouvrît et se refermât sur elle, la digérant afin de la faire revivre dans la vigne, dans les fleurs, dans les arbres de ce pays qu'elle chérissait. La jeune fille roula sur elle-même, offrant son visage barbouillé à l'eau du ciel.

Quand Léa se réveilla, tard le lendemain matin, brisée, elle essaya de se rappeler ce qui s'était passé la veille. Ses vêtements boueux, jetés pêle-mêle autour de son lit, lui remirent en mémoire l'orage et ce qui avait précédé. Une grande détresse l'envahit. Pour la première fois de sa vie, elle n'obtenait pas ce qu'elle voulait. Elle rabattit les couvertures sur sa tête comme pour étouffer sa peine. Des bruits de pas, des appels traversèrent le rempart de tissus qu'elle rejeta en s'asseyant.

Mon Dieu ! Qu'allait dire Ruth en voyant sa chemise de nuit, ses draps maculés de boue ? On frappa un coup sec à la porte.

— Léa, Léa, lève-toi, Laurent et Claude d'Argilat viennent nous faire leurs adieux.

Elle arracha sa chemise et se précipita dans le cabinet de toilette. fit couler l'eau dans le lavabo et enleva de son visage et de son corps les traces de boue. Elle brossa vigoureusement ses cheveux, tellement emmêlés qu'ils s'arrachaient par poignées. Elle saisit la première robe qui lui tomba sous la main, une vieille robe de toile rose qu'elle affectionnait particulièrement, mais qui était maintenant trop étroite et trop courte. Elle enfila une vieille paire d'espadrilles et vola dans l'escalier.

Toute la famille était réunie dans le grand salon, entourant Laurent et Claude d'Argilat. Le visage des deux jeunes hommes s'éclaira quand ils virent entrer leur amie, les joues rouges de son nettoyage brutal, auréolée de sa flamboyante chevelure en désordre, serrée dans sa robe de petite fille trop vite grandie.

Léa contint son envie de se jeter dans les bras de Laurent. Au prix d'un effort qui la faisait trembler, elle s'efforça au calme et dit d'une voix douce :

— Tu pars déjà, Laurent ?

— Je dois rejoindre mon régiment.

— Moi, je rejoins le mien à Tours, ajouta Claude.

Voulant donner le change à son père, à sa sœur et à Laurent, Léa prit le bras de Claude et l'entraîna à l'écart.

— Promets-moi d'être prudent.

— Je te le promets. Tu penseras un peu à moi quand je serai au front ?

— Je ne ferai que ça.

Claude ne remarqua pas l'ironie du ton. Un pur bonheur l'envahissait, le faisait bredouiller :

— Tu... tu... m'aimes donc... un peu ?

A cet instant, Léa entendit derrière elle la voix de Laurent :

— ... nous nous marierons dès que j'aurai une permission. Camille y tient beaucoup.

La douleur lui fit baisser la tête. Une larme coula sur sa joue. Claude, une nouvelle fois, se méprit.

— Léa, tu pleures ?... pour moi ?... Tu m'aimes tant que ça ?...

Elle réprima un geste de mauvaise humeur. Comment pouvait-il croire qu'elle puisse s'intéresser à lui, si fade, si semblable à sa sœur. Ah ! se venger ! punir Laurent de sa lâcheté, Camille de son amour et Claude de sa bêtise !

Elle releva la tête et regarda durement le jeune homme éperdu.

— Bien sûr que je t'aime.

— Mais alors... tu voudrais bien m'épouser ?...

— Evidemment.

— Quand ?

— A ta première permission.

— Sortons.

Avec une autorité qui ne correspondait pas à son caractère, Claude saisit la main de Léa et l'entraîna hors du salon, puis dans le jardin. Là, derrière un massif d'hortensias, il l'attira à lui et l'embrassa. La jeune fille faillit le repousser, mais se dit qu'il fallait bien en passer par là. Dieu, qu'il était maladroit ! Le souvenir du baiser de Laurent, brutalement chassé par celui du baiser de François Tavernier, lui arracha un frémissement sur lequel le frère de Camille se méprit de nouveau.

— Tu m'aimes !

Léa manqua d'éclater de rire.

— Serais-tu d'accord ?

— Pourquoi ?

— Pour que je demande ta main à ton père ?

De sa réponse, Léa sentit que tout son avenir allait dépendre. Etait-ce bien malin d'épouser ce malheureux garçon uniquement pour punir Laurent ? Ne serait-elle pas la première à en souffrir ?

A travers le feuillage, la silhouette de Françoise passa.

— Oui, mon chéri, dit Léa en enlaçant Claude.

Quand ils rentrèrent, Claude d'Argilat demanda à Pierre Delmas la permission de lui parler aussitôt en privé. Lorsqu'ils ressortirent de leur rapide entretien le visage du père de Léa était sombre.

Sous un ciel gris et nuageux, de larges flaques d'eau achevaient de s'évaporer dans les allées du jardin. Le temps était lourd. Près des écuries, des nuées de mouches bourdonnaient. Léa poussa la porte d'une grange aux murs de planches devenues grises sous l'effet du temps. Comme aux jours de son enfance, elle grimpa le long de l'échelle appuyée contre le foin et se laissa tomber dans la masse odorante et piquante.

Elle réfléchit à ce qui venait de se passer. Laurent et Claude étaient partis et elle s'était aussitôt enfuie pour éviter le regard douloureux et interrogatif de son père. A cette évocation, un mauvais goût lui venait dans la bouche. Elle ne se sentait pas encore le courage d'accepter la discussion. Elle ferma les yeux et chercha l'oubli dans le sommeil. Tout enfant, elle avait recours à cette forme de fuite quand sa mère l'avait grondée ou qu'elle se sentait inexplicablement lasse de tout et d'elle-même. Chaque fois, le sommeil bienheureux était au rendez-vous. Mais aujourd'hui, il ne venait pas. Léa, se tournant et se retournant sur le foin, n'était pas loin de se sentir trahie.

Un corps rebondit contre le sien.

— Mathias, qu'est-ce qui te prend ?

Son camarade d'enfance l'enlaçait, la couvrait de baisers en murmurant :

— Garce... petite garce...

— Arrête, lâche-moi, tu me fais mal !

— Tu ne disais pas cela tout à l'heure, quand Claude d'Argilat t'embrassait

Léa éclata de rire en le repoussant.

— Ah, c'est ça !

— Quoi, « c'est ça », ce n'est pas suffisant, peut-être ?

— Je ne vois pas en quoi ça te regarde. Je suis libre d'embrasser qui me plaît.

— Tu ne vas pas me dire que ce freluquet te plaît ?

— Et après ? Je ne vois pas ce que tu pourrais avoir à redire.

Mathias contempla son amie avec colère, puis, lentement, son regard s'attendrit.

— Tu sais bien que je t'aime.

Cela fut dit avec tant de douceur que Léa en ressentit un plaisir ému. Elle passa sa main dans les cheveux épais du garçon et lui dit avec plus de sentiment qu'elle ne l'aurait voulu :

— Moi aussi, je t'aime, Mathias.

Tout naturellement, ils se retrouvèrent dans les bras l'un de l'autre.

La profonde détresse de Léa trouvait dans ces caresses un réconfort. Peu à peu, elle oublia et Claude et Laurent et son chagrin pour ne goûter que le plaisir des baisers. Sans doute se fut-elle abandonnée complètement, si la voix de son père ne lui était parvenue à travers l'épaisseur du foin. Elle s'arracha des bras de Mathias et sans utiliser l'échelle, sauta sur le sol de terre battue de la grange.

Maintes fois, Léa avait sauté de la meule avec l'aisance d'un chat. Mais, une de ses chevilles se déroba. Elle cria. Aussitôt, Mathias fut à son côté.

— Mon pied !

Son cri avait été entendu par son père, dont la haute stature s'encadra dans la porte. Quand il vit sa fille sur le sol, il se précipita, bousculant le jeune homme

— Qu'as-tu ?

— Ce n'est rien, papa, je me suis tordu le pied.

— Fais voir.

Pierre Delmas prit la jambe blessée dans ses mains, arrachant un cri à Léa. La cheville avait déjà doublé de volume. Avec précaution, il la souleva.

— Mathias, demande à Ruth d'appeler le médecin.

Bientôt Léa fut allongée sur le canapé du salon d'entrée, le dos et le pied calés par des coussins. Le docteur Blanchard arriva. Après avoir ausculté et bandé le pied malade, il rassura les parents.

— C'est une belle entorse. Ce n'est pas bien grave. Repos absolu pendant huit jours et après, elle pourra à nouveau courir et sauter.

— Huit jours sans bouger ! Je ne pourrai jamais, docteur.

— Ne t'inquiète pas, on s'y fait très vite.

— On voit bien que ce n'est pas à vous que cela arrive, fit Léa d'un air boudeur.

Pour faciliter le service, Isabelle Dumas décida que sa fille dormirait au rez-de-chaussée, sur le divan du bureau de son père. Cet arrangement ramena le sourire sur les lèvres de Léa. Léa aimait beaucoup cette pièce, aux murs garnis de bibliothèques, qui s'ouvrait, par une large porte-fenêtre, sur la partie la plus agréable du jardin et d'où l'on pouvait voir les vignes et les bois.

En fin d'après-midi, les frères Lefèvre vinrent faire leurs adieux. Elle fut avec eux, si douce, si tendre, si coquette que chacun des jeunes gens partit convaincu d'être l'élu de son cœur.

— Cela ne te suffit pas de courir après Laurent, de te compromettre avec François Tavernier, de flirter avec Claude et Mathias, il te faut encore tourner la tête à ces benêts de Lefèvre ? dit Françoise qui avait assisté à la scène. Tu n'es qu'une...

— Les enfants, encore à vous disputer ! Françoise, ta sœur est souffrante, elle a besoin de repos. Laisse-la tranquille, dit avec sévérité leur mère en entrant dans la pièce.

Elle s'assit sur une chaise près de Léa.

— Souffres-tu encore ?

— Un peu, cela me donne des coups dans la jambe.

— C'est normal, fais-moi penser ce soir à te donner un calmant.

— Maman, c'est bien d'être malade et d'être soignée par toi.

Léa attira à elle la main de sa mère et la baisa.

— Je t'aime tant, maman.

Emue, Isabelle caressa la main de sa fille. Un long moment, la mère et l'enfant restèrent silencieuses, unies par une tendresse commune.

— Est-ce vrai ce que m'a dit ton père ?

Léa retira sa main, son visage se ferma.

— Réponds-moi. Est-ce vrai que tu désires épouser Claude d'Argilat ?

— Oui.

— Tu l'aimes ?

— Oui.

— Cet amour me semble bien soudain. Tu ne l'avais pas revu depuis plus d'un an. S'est-il passé quelque chose que j'ignore ?

Une brusque envie de tout dire, de tout avouer, de se faire consoler envahit Léa. Elle lutta contre son émotion : surtout, ne pas faire de peine à sa mère, ne pas la décevoir, la rassurer.

— Non, dit-elle fermement, je l'aime.

5.

Léa, toujours allongée sur le divan encombré de journaux du bureau de son père, écoutait par la porte ouverte du salon la fin du discours radiodiffusé d'Edouard Daladier « ... *Nous faisons la guerre parce qu'on nous l'a imposée. Chacun de nous est à son poste sur le sol de France, sur cette terre de liberté où le respect de la dignité humaine trouve un de ses derniers refuges. Vous associerez tous vos efforts dans un profond sentiment d'union et de fraternité pour le salut de la Patrie. Vive la France.* »

Claude d'Argilat était assis près du divan sur une chaise basse, un bras plâtré soutenu par une écharpe.

— Sans ce maudit bras, j'irai montrer à ces sales Boches ce que peut faire un soldat français.

— C'est de ta faute aussi, qu'avais-tu besoin de faire galoper comme un fou la pauvre vieille jument de ton oncle ?

— Tu as raison, reconnut-il d'un ton piteux, j'étais tellement heureux de savoir que tu m'aimais et que tu acceptais de m'épouser, que j'ai éprouvé le besoin de galoper, de crier dans le vent de la course mon bonheur d'être aimé de toi.

— Pauvre Claude, nous faisons une jolie paire d'éclopés.

— Tu vas sans doute trouver cela mal ; je suis plutôt heureux de ce stupide accident puisqu'il me permet de profiter de toi pendant que tes autres amoureux sont déjà partis. As-tu reparlé à tes parents de notre mariage ? Camille, à qui j'ai tout raconté, m'a dit qu'elle était très heureuse de t'avoir pour sœur.

— Pourquoi lui en as-tu parlé ? Je voulais que ça reste entre nous jusqu'à ce que papa donne son accord ! dit Léa avec colère.

— Mais, ma chérie, Camille est ma sœur, je lui ai toujours tout dit...

— Et bien là, il fallait te taire.

— Ce que tu peux avoir l'air méchant par moments... Tu sais être si douce !

— Je ne suis pas douce. Je n'aime pas que tout le monde soit au courant de mes affaires.

— Mais Camille n'est pas tout le monde.

— Oh ! ça suffit, tu m'ennuies avec ta Camille ! Va-t'en, laisse-moi seule.

— Léa...

— Va-t'en, je suis fatiguée.

— C'est vrai, j'oubliais, je suis une brute, pardonne-moi... Dis, tu me pardonnes ?

— Oui, oui.

— Merci, ma chérie, à demain, dit Claude en lui prenant une main qu'elle lui abandonna de mauvaise grâce.

— C'est ça, à demain.

Peu après son départ, Pierre Delmas entra.

— Comment va la blessée ?

— Très bien, papa, mais je voudrais que ce soit terminé, j'ai des fourmis partout.

— Sois patiente, petit chat, souviens-toi de la phrase de Kipling...

— ... « Trop de hâte a perdu le serpent jaune qui voulait avaler le soleil. »

— Je vois que tu n'as pas oublié les conseils de ton vieux père. Mets-les en pratique, ma fille, tu verras à quel point ils sont justes.

— Je n'en doute pas, soupira Léa.

Pierre Delmas s'assit à son bureau, mit ses lunettes, agita quelques papiers, feuilleta quelques journaux, ouvrit un tiroir, le referma, s'absorba dans la contemplation du plafond, se leva, alla jusqu'à la porte-fenêtre.

60

— Les jours raccourcissent, fit-il comme pour lui-même, toujours tourné vers le jardin.

Léa regardait attentivement la haute silhouette massive de son père. Il lui sembla que ses larges épaules s'étaient légèrement affaissées, que ses cheveux paraissaient plus gris. Bizarrement, il lui parut fragile. Elle sourit à cette pensée. Fragile, Pierre Delmas, capable de soulever à lui seul une barrique, d'abattre les pins de leurs terres des Landes aussi vite et aussi bien que le meilleur bûcheron ?

— Papa ! s'écria-t-elle dans un élan de tendresse.

— Oui.

— Je t'aime.

— Tu m'aimes et tu veux me quitter, dit-il en se retournant et en venant vers elle.

— Ce n'est pas la même chose.

Pierre Delmas soupira et s'assit sur la chaise basse, qui craqua sous son poids.

— Tu es bien sûre de vouloir épouser ce manchot ?

Léa ne répondit pas, mais baissa la tête d'un air boudeur.

— Ne serait-ce pas par dépit que tu veux te marier ?

Léa rougit, en secouant ses cheveux décoiffés.

— C'est une chose sérieuse que le mariage, qui engage toute une vie. As-tu bien réfléchi ?

Il fallait à tout prix que son père croie qu'elle était sincèrement amoureuse de Claude et que « l'affaire Laurent » était une chose classée, un enfantillage oublié.

— Je connaissais mal Claude. Quand je l'ai vu à la fête, j'ai senti que c'était lui que j'aimais et que je n'avais éprouvé pour son cousin rien de plus qu'une vive amitié que j'avais confondue avec l'amour.

Pierre Delmas la regarda d'un air de doute.

— Pourtant, l'autre soir, au calvaire, tu m'avais l'air autrement passionnée que maintenant.

Le cœur de Léa se serra et elle craignit de ne pas avoir la force de continuer à jouer cette comédie.

— L'autre soir au calvaire, j'étais fatiguée, énervée, furieuse que Laurent ne m'ait pas annoncé lui-même son mariage, alors que je le croyais amoureux de moi et que je m'amusais à faire la coquette avec lui. Ça m'est égal qu'il se marie. D'ailleurs, il est tellement ennuyeux que je me demande comment Camille peut le supporter.

— C'est bien mon avis, je trouve que pour une fille comme toi, un des frères Lefèvre conviendrait mieux.

— Mais, papa, ce ne sont que des camarades !

— Des camarades ? Ma pauvre fille, tu ne connais rien aux hommes. Ces deux-là sont fous de toi et ce ne sont pas les seuls. Maintenant, il faut dormir. Bonne nuit, mon petit chat.

Tout heureuse d'obéir, elle s'endormit très vite en pensant qu'il était doux d'être appelé « mon petit chat » par un père qu'on aimait tendrement.

Bientôt, Léa fut rétablie et put reprendre ses promenades à travers la campagne, le plus souvent en compagnie de Claude. Les vendanges approchaient et, comme chaque année, Montillac bourdonnait d'activité. Cet automne-là, les jeunes hommes étant partis, ils furent remplacés par les femmes. Durant quelques jours, la guerre fut reléguée au second plan : le raisin n'attendait pas.

L'orage menaçait. Chacun s'empressait de son mieux pour avoir terminé avant qu'il n'éclatât. Personne ne fit la pause à quatre heures comme de coutume, il fallait terminer la cueillette du raisin avant l'orage. Mais à cinq heures, les premières gouttes de pluie, rapidement suivies par des trombes d'eau, forcèrent les travailleurs à s'arrêter. Bientôt les charrettes, tirées par des bœufs, contenant les tonneaux emplis de raisins furent à l'abri sous les vastes hangars.

Dans une grange étaient disposées de longues tables recouvertes de draps d'une parfaite blancheur, sur lesquelles s'étalaient en abondance des pâtés, des viandes, des volailles, des fromages, des soupières fumantes et des pichets de vin. Avant d'entrer, les vendangeurs se lavaient les mains dans un grand tonneau d'eau posé près de la porte. Ils allaient ensuite prendre place sur les bancs autour des tables.

Pierre Delmas présidait le repas, tandis qu'Isabelle, un grand tablier blanc recouvrant sa robe d'été, faisait le service, aidée de Françoise, Laure et Ruth. Léa, dont les ampoules aux mains attestaient l'ardeur au travail, avait pris place près de son père. Elle adorait ces banquets dans la grange à l'occasion des vendanges. Chaque année, c'était une fête qui durait plusieurs jours. Toute la jeunesse des environs se retrouvait et ce n'étaient que rires, chants et danses. Mais cette année, le cœur n'y était pas. La majorité des convives était des femmes et les rares hommes, des vieillards. Sans doute chacun pensait-il aux absents et à la gaieté des précédentes vendanges, car le repas commença en silence. Sensible à cette tristesse qui accablait ses hôtes, Pierre Delmas se leva, souleva son verre en disant :

— Buvons à la santé de nos soldats et accomplissons dans la bonne humeur le travail qu'ils ne peuvent faire.

— A la santé de nos soldats, s'écrièrent les participants.

Léa posa sa main sur le genou de son père, qui leva de nouveau son verre, rien que pour elle.

— Je bois à ton bonheur, ma chérie, ajouta-t-il à voix basse.

6.

— Oh ! Léa, je suis si heureuse que tu épouses mon frère. En attendant que vous trouviez un appartement, vous viendrez vous installer chez nous, rue de Rennes.

— Mais je n'ai pas envie d'aller à Paris ! s'écria Léa.

— Il le faudra bien, ma chérie. Si la guerre se termine, Claude reprendra ses études.

— Et moi, qu'est-ce que je ferai pendant ce temps-là ?

Camille éclata d'un joli rire.

— Je te ferai découvrir Paris. Je suis sûre que tu l'aimeras, c'est la ville la plus belle du monde. Nous irons voir les expositions, les musées, écouter des concerts, nous irons à l'Opéra, à la Comédie française...

— Tout cela est très bien, mais je préfère Montillac.

— Tu as raison, Montillac est merveilleux, tout comme les Roches-Blanches, mais rien ne remplace Paris.

— Je ne te croyais pas si futile.

Camille écarquilla les yeux :

— Comment peux-tu dire cela ? Ce n'est pas être futile que d'aimer une ville où tout ce qui est intelligent trouve sa place. Laurent est comme moi, il pense que l'on travaille mieux à Paris, car tout ce dont on a besoin est là. Les bibliothèques...

— Je n'aime pas les bibliothèques, on dirait des cimetières de livres.

— Oh !...

Léa exagérait un peu, elle le savait, mais Camille, avec son Paris et sa soif de culture, lui tapait sur les nerfs...

Pierre Delmas, à bout d'arguments, avait cédé à sa fille. Il avait donné son consentement pour le mariage. Claude d'Argilat l'avait remercié avec de si grands transports qu'il s'était dit qu'après tout, sa petite serait peut-être heureuse avec lui. Quant à Isabelle, elle s'était contentée de la serrer très fort entre ses bras.

Françoise avait murmuré :

— A défaut de grives on mange des merles.

Seules Laure et Ruth se disaient ouvertement satisfaites de ce mariage. Laure parce qu'elle aimait les mariages, et Ruth, parce qu'elle pensait que ça « mettrait du plomb dans la tête de cette écervelée ».

Peu de temps après l'annonce officielle des fiançailles, une nouvelle vint bouleverser les deux familles et Léa manqua de se trahir : le lieutenant Laurent d'Argilat avait été blessé en se portant au secours d'un de ses hommes tombé dans un champ de mines. Pierre Delmas et sa fille se trouvaient aux Roches-Blanches, quand un courrier leur apporta la nouvelle. En voyant M. d'Argilat pâlir, Camille avait deviné que quelque chose venait d'arriver à son fiancé. Elle s'était levée, et tremblante, s'était approchée de son oncle.

— Laurent ?...

A son tour, Pierre Delmas s'était levé.

— Répondez, je vous en prie. Qu'est-il arrivé à Laurent ? supplia Camille.

— Rien de grave, mon enfant, rien de grave, parvint à dire M. d'Argilat. Une blessure au bras.

Au même moment, un domestique apporta un télégramme. M. d'Argilat le tendit à son ami.

— Pierre, ouvrez-le, je n'en ai pas le courage.

Pierre Delmas obéit et lut. Un sourire éclaira son large visage.

— C'est Laurent. Il est en parfaite santé, il sera là demain.

— Demain !

— Oui, demain. Tenez, regardez...

Camille arracha le papier qu'il tendait au père incrédule.

— Oh ! mon oncle, c'est vrai, Laurent sera là demain, dit la jeune fille en éclatant en sanglots.

Durant toute la scène, Léa s'était tenue à l'écart, dominant son envie de crier, puis de pleurer de bonheur. Laurent était vivant ! Il allait revenir, elle allait le voir. Elle ferma les yeux. C'est la voix de Camille qui la tira de son heureuse rêverie.

— Mon oncle, profitons de cette occasion pour avancer la date de notre mariage, je suis sûre que c'est le plus cher désir de Laurent.

— Comme tu voudras, Camille, tout ce que tu feras sera bien.

— Léa, pourquoi ne veux-tu pas te marier à Saint-Macaire, comme moi. Ce serait bien si nous nous mariions le même jour.

La sotte ! Léa s'en fichait pas mal, du lieu du mariage, puisque ce n'était pas elle que Laurent épousait. Pour rien au monde, elle ne voulait entendre l'homme qu'elle aimait accepter de prendre une autre pour femme. Elle coupa court.

— Je tiens à me marier à Verdelais. Papa, partons, maman nous attend.

Tout le long du chemin du retour, Léa eut du mal à retenir ses larmes. Elle sentait se poser sur elle le regard inquiet de Pierre Delmas. Elle, d'habitude si bavarde, répondait par monosyllabes aux questions de son père, qui se tut bientôt.

Arrivée à Montillac, elle n'eut pas le courage d'affronter les remarques de Françoise. Elle s'enfuit dans la chambre des enfants, où elle resta jusqu'à l'heure du dîner, recroquevillée dans son petit lit, les yeux secs et douloureux.

Réveillée dès l'aube, Léa ne tenait pas en place. Claude lui avait promis, la veille, de l'appeler dès l'arrivée de Laurent. Elle n'avait cessé d'aller et venir dans la maison. Isabelle excédée l'avait envoyée à Bellevue prendre des nouvelles de Sidonie :

— Le grand air te fera du bien.

Furieuse, elle était partie en courant vers Bellevue, se tordant les pieds sur le chemin de terre raviné par les dernières pluies et par le passage des charrettes. Essoufflée, elle se reposa un instant sur le petit banc devant la maison. Le vieux chien de Sidonie lui fit fête, aboyant et gambadant autour d'elle. Son manège alerta sa propriétaire, qui ouvrit sa porte.

— C'est toi, petite ? Pourquoi tu n'entres pas ? Tu es en nage. Rentre vite, que tu vas prendre mal.

Pas question de résister à Sidonie. Léa obéit et entra après avoir embrassé la brave femme.

— Rien de grave au château pour que tu aies couru comme ça jusqu'ici ?

— Non, non, c'est maman qui m'a envoyée voir si tu n'avais besoin de rien.

— Qu'elle est brave, ta mère ! Tu lui diras que je vais aussi bien que la vieillerie le permet. Ah ! mignonne, être vieux, c'est la pire chose qui puisse arriver !

— Allez, Sidonie, il vaut mieux être vieux que mort.

— Je m'demande ? C'est ce qu'on dit quand on est jeune, quand le sang circule bien rouge dans les veines, quand on peut grimper à l'échelle sans avoir peur de tomber, quand on peut être utile. Regarde-moi, maintenant. A quoi je sers ? Qu'à être une charge pour ton père, un souci pour ta mère...

— Il ne faut pas dire ça, Sidonie, tout le monde t'aime à Montillac, tu le sais bien.

— Sûr que j'le sais. Mais cela n'empêche que je m'sens une gêne, surtout maintenant avec c'te foutue guerre. Même tricoter que j'peux pas, mes pauvres mains tordues laissent échapper la laine et les aiguilles. J'voudrais tant faire des chaussettes pour nos soldats. Ils ont eu si froid, les malheureux, pendant l'autre guerre !

Une larme coula sur la joue ridée. Léa, le cœur serré, la regardait glisser, se perdre dans les rides des lèvres. Une tendre pitié la porta aux pieds de la vieille. Elle s'agenouilla comme elle le faisait quand, petite, elle avait un gros chagrin, et qu'elle enfouissait son visage dans le tablier qui sentait le blé et la lessive. Comme autrefois, la main, aujourd'hui abîmée par les rudes travaux de la terre et le travail servile, caressa les cheveux dorés.

— Ma jolie, n'aie pas de chagrin. Je suis une vieille folle qui radote et se plaint tout le temps. Ne fais pas attention, c'est l'orage qui réveille mes douleurs et me fait voir tout en noir. Allez, regarde-moi. Voyez-moi dans quel état ça se met, ce bébé-là ! Est-ce qu'on dirait une grande jeune fille qui va bientôt se marier ? Il en ferait une tête, ton fiancé, s'il te voyait comme ça, le nez et les yeux rouges comme les lapins blancs. Tu te souviens des lapins blancs ? C'était toute une histoire quand il fallait les tuer pour les manger. Tu ne voulais pas, tu te mettais devant les clapiers, bras en croix en criant : « Non, pas eux, ce sont des princesses que les mauvaises fées ont changées en lapins. » Il fallait à ton père et à moi beaucoup de ruse pour les attraper. On devait attendre la nuit et mettre dans la cage autant de bouts de ruban qu'il y avait de lapins pour que tu croies, le lendemain, que les lapins redevenus princesses avaient oublié leur ruban en s'en allant...

Le souvenir de ce conte de son enfance amena un sourire sur les lèvres de Léa.

— J'étais sotte à l'époque, je croyais encore aux fées.

— Tu n'y crois plus ? Tu as bien tort. Qu'est-ce qui t'a fait si belle ? Bien sûr, il y a le Bon Dieu, mais les fées y sont aussi pour quelque chose.

Léa riait.

— Arrête, Donie, je ne suis plus un bébé.

— Pour moi, tu seras toujours ma petite enfant, l'enfant que j'ai pas eue, dit-elle, la forçant à se relever et la serrant farouchement contre sa poitrine.

Longtemps les deux femmes restèrent enlacées.

Sidonie, la première, interrompit l'étreinte. Elle sortit de la poche de son tablier un mouchoir à carreaux, se moucha bruyamment et s'essuya les yeux.

— Allons, c'est pas bon de s'attendrir. Tu diras à ta mère qu'elle ne s'inquiète pas, que je n'ai besoin de rien. Remercie Mlle Ruth pour sa visite d'hier... Où avais-je la tête ! Tu ne vas pas partir sans prendre une lichette de liqueur de cassis.

— Merci, Sidonie, ce n'est pas la peine.

— Pas question ! Pas question !...

7.

— Laurent d'Argilat, acceptez-vous de prendre pour épouse Camille d'Argilat ici présente ?

— Oui.

Ce « oui » fermement prononcé roula sous la voûte gothique et atteignit Léa en pleine poitrine. Elle sentit son corps se pétrifier, son sang se geler, son cœur s'arrêter tandis qu'un froid mortel l'enveloppait.

Comme les pièces d'un kaléidoscope, les couleurs des vitraux illuminés par un soleil de fête se mirent à danser, irisant l'autel où officiait le prêtre, nimbant Camille dans ses voiles blancs et transformant l'uniforme de Laurent en un habit d'arlequin. « On dirait mon vieux pantin Jonas », pensa-t-elle. Les pièces du jeu magique envahissaient l'église, voilant lentement toute l'assistance. Bientôt de cette masse mouvante et colorée, n'émergea qu'une grise et froide statue. Léa éprouvait un grand soulagement à se retrouver seule maîtresse des couleurs sous ses paupières closes. Un bourdonnement projeta les rouges, tel un jet de sang, vers les voûtes pour un instant réapparues ; un son plus aigu dispersa les bleus, tandis que les verts s'étalaient en un tapis sombre sur lequel, tels des pétales, vinrent se poser les jaunes, les roses et les violets. Puis, tandis que le grondement s'amplifiait, comme sous les ordres d'un chef d'orchestre invisible, les couleurs s'assemblèrent en des formes monstrueuses entourées d'un trait noir et épais, qui en soulignait l'horreur. Une figure rougeoyante et diabolique, plus effrayante encore, se dressa devant Léa. Sa peur fut si grande qu'elle s'entendit pousser un cri.

D'où provenait cette chaleur insupportable ? Qui avait repoussé les monstres ? Où étaient les teintes vives et dansantes ? Pourquoi tout était-il si sombre ? Et cette musique qui broyait le cœur et martelait les tempes...

— Mademoiselle, voulez-vous faire la quête ?

Que lui voulait ce géant vêtu de rouge ? Pourquoi cet homme à l'habit grotesque, à la coiffure emplumée, lui adressait-il la parole ? D'où venait cette pression insupportable sur son bras ?

— Léa...

— Mademoiselle...

Elle tourna sur la gauche et aperçut dans une sorte de brume le visage inquiet de son fiancé. La pression ? C'était sa main. Elle se dégagea avec brusquerie. De quel droit osait-il la toucher ? Et l'autre, le bonhomme en rouge, que voulait-il avec sa corbeille doublée de satin blanc ? Qu'elle fasse la quête... Et puis quoi encore ? Ne comprenait-il pas que l'idée de passer entre les rangs de l'assistance, sa robe d'organdi rose pâle relevée d'une main et la corbeille de l'autre, lui était intolérable.

Le suisse insista :

— Mademoiselle, voulez-vous faire la quête ?

— Non, merci, dit-elle d'un ton sec.

L'homme la regarda d'un air surpris. D'habitude, les jeunes filles aimaient bien faire la quête, cela leur permettait de faire admirer leur robe... Déçu, il alla vers Françoise qui s'empressa d'accepter avec un sourire de défi.

Enfin la messe se termina. Les jeunes mariés reçurent les vœux de leurs parents et de leurs amis devant l'autel recouvert de hauts bouquets de fleurs blanches.

Quand vint le tour de Léa, tenue debout par son orgueil, Camille, rosissante, devenue belle, lui tendit les bras et la serra contre sa poitrine.

70

— Ma Léa, bientôt ce sera ton tour, puisses-tu être aussi heureuse que je le suis en ce moment.

Léa se laissa embrasser, lointaine. Dans son esprit bouleversé, tournoyaient des mots auxquels elle s'accrochait : « Ce n'est pas vrai, c'est un rêve, un mauvais rêve... ce n'est pas vrai, c'est un rêve, un mauvais rêve... ce n'est pas vrai... »

Poussée par Claude, elle se retrouva devant Laurent et le regarda, immobile.

— Embrasse-le, dit Claude.

La musique éclatante de l'orgue accompagnait le cortège. Camille avançait heureuse, ravissante sous le voile de dentelles légèrement jaunies porté depuis des générations par les mariées de la famille d'Argilat, sa longue robe de satin crème scintillant sous le soleil. La main de la jeune femme se posait, légère, sur la manche de l'habit noir de son mari qui, prévenant, accordait son pas au sien. Derrière eux, les huit demoiselles d'honneur, toutes vêtues d'organdi rose, leurs frais visages encadrés par des capelines assorties... Léa détestait le rose et l'organdi.

Sur le parvis de l'église, une foule nombreuse attendait et salua de ses cris et de ses bravos les nouveaux époux.

Un photographe aux cheveux longs et au col orné d'une large lavallière fit se placer la noce devant le haut portail pour la traditionnelle photo. Sur l'un des clichés, Léa bougea et son visage fut si flou qu'on la reconnaissait à peine, sur l'autre, elle baissa tant la tête qu'on ne voyait que le dessus de sa large capeline.

En quittant Saint-Macaire dans la voiture de son oncle Adrien, en compagnie de Claude, Lucien et Laure, Léa fut prise d'un malaise qui la précipita pliée en deux, sur le bas-côté de la route.

— Mais cette enfant est brûlante de fièvre, s'écria Adrien en lui soutenant la tête. Les nausées calmées, Léa se laissa tomber sur l'herbe, le visage pâle, marbré de rouge.

Adrien la mit debout, la souleva et la porta jusqu'à la voiture.

— J'ai froid, balbutia-t-elle.

Lucien sortit du coffre une couverture de voyage, dont il la recouvrit.

Le docteur Blanchard diagnostiqua une forte rougeole, ordonna une diète absolue et un repos total.

Le mariage, qui devait avoir lieu début novembre, fut repoussé à plus tard et Claude, au désespoir, dut partir rejoindre son régiment sans avoir revu sa fiancée toujours assommée de fièvre.

Veillée jour et nuit par son père, sa mère ou Ruth, Léa fut longue à se remettre. Jamais en quarante ans de carrière, le docteur Blanchard n'avait vu une rougeole aussi forte, à tel point qu'il craignit qu'elle n'annonçât une épidémie. Il n'en fut rien et le cas de Léa demeura isolé.

Presque chaque jour, parvenaient à Montillac de longues lettres de Claude d'Argilat, qui s'entassaient, non ouvertes, sur une des tables de chevet de la chambre de Léa. Chaque semaine, Isabelle Delmas informait le malheureux soldat de l'état de santé de sa fiancée. A la fin de la troisième semaine, Léa put ajouter une petite phrase à la lettre de sa mère.

Claude d'Argilat ne lut jamais cette phrase. Quand la lettre parvint à son cantonnement, il venait de mourir tué par l'explosion d'une grenade au cours d'un exercice.

Durant plusieurs jours, on cacha la nouvelle à la convalescente, la croyant trop faible encore pour la supporter.

Par un bel et chaud après-midi de décembre, Léa faisait quelques pas sur la terrasse en s'appuyant au bras de Ruth. Elle sentait son corps renaître et soupirait de bien-être.

— Il faut rentrer maintenant. Pour une première sortie c'est assez.

— Restons encore un peu, Ruth, je suis si bien.

— Non, ma petite, dit fermement la gouvernante.

Léa savait qu'en certaines circonstances on ne résistait pas à Ruth. Elle n'insista pas.

Quelle était cette menue silhouette noire qui venait maintenant vers elles ? Pourquoi ces voiles de deuil ? Immobile, Léa regardait venir avec un sentiment d'horreur cette femme en costume de veuve.

— Laurent !

Le nom haï et aimé jaillit de sa gorge en un cri qui effraya les oiseaux des arbres. Ruth la regarda sans comprendre.

La femme en noir, le visage dissimulé par son voile, était maintenant toute proche.

— Laurent, gémit Léa en resserrant sa cape de laine.

La femme releva son voile et le visage bouleversé de Camille apparut. Elle tendit les bras à la convalescente qui, raide, se laissa embrasser.

— Ma chérie, ma pauvre chérie.

— Laurent ?...

— Que tu es généreuse de penser aux autres. Laurent va bien, il m'a chargée de t'embrasser très fort et de te dire que notre maison était la tienne.

Léa n'entendait plus. Après la trop forte angoisse, une joie folle l'envahissait. Ce fut avec un sourire radieux qu'elle embrassa Camille.

— Quelle peur tu m'as faite ! Pourquoi ces oripeaux ? De qui, de quoi portes-tu le deuil ?

— Oh ! Léa, tu ne sais donc pas ?

— Qu'est-ce que je devrais savoir ?

Camille se laissa tomber sur le sol, le visage enfoui dans ses mains.

— Mais enfin, que se passe-t-il ? Qu'as-tu ? Pourquoi te mettre dans un état pareil ? Ruth, pourquoi Camille est-elle en deuil ?

— Son frère est mort.

— Son frère ? Quel frère ?... Oh !... Tu veux dire ?...

Ruth hocha la tête.

— Claude ?...

« Comme ça, je n'aurai pas à lui dire que je ne voulais plus entendre parler de ce mariage », pensa instinctivement Léa, qui devint rouge de confusion d'avoir eu une telle pensée. La honte amena des larmes dans ses yeux, sur lesquelles Camille se méprit.

— Oh ! ma pauvre chérie.

Léa se rétablissait à vue d'œil. Malgré un froid intense qui lui rosissait les joues et le nez, elle avait repris avec son père ses longues chevauchées à travers les vignes et les prés. La guerre semblait loin. Le noir lui allait très bien.

Pour la distraire, Pierre Delmas lui proposa de l'accompagner à Paris où l'appelaient ses affaires. Ils logeraient chez les tantes d'Isabelle : Lisa et Albertine de Montpleynet. Avec enthousiasme, elle accepta. A Paris, elle pourrait revoir Laurent, qui venait d'être muté au ministère de la Guerre.

8.

Le père et la fille arrivèrent à Paris par le train du soir, dans une gare si faiblement éclairée qu'on y voyait à peine. Dehors, c'était la nuit noire. De rares réverbères à la lumière tamisée n'arrivaient pas à percer les ténèbres. Après une attente qui leur sembla longue, ils trouvèrent un taxi aux phares voilés, qui les conduisit lentement le long des quais.

Léa avait l'impression de rouler dans une ville fantôme tant les voitures et les piétons étaient rares. Quelques lumières bleutées accentuaient l'irréalité des lieux.

— Voilà Notre-Dame, dit Pierre Delmas.

Léa ne remarqua qu'une masse plus sombre que le ciel.

— Voici la place Saint-Michel.

C'était donc là ce fameux quartier Latin si gai, si animé ! Seules quelques silhouettes à l'allure frileuse, qui semblaient s'éviter allaient d'un pas pressé. Répondant à sa pensée, son père lui dit :

— Comme c'est triste, comme tout cela a changé ! A cette heure-ci, autrefois, tous les cafés de la place et du boulevard étaient encore ouverts.

Perdus dans leurs rêveries moroses, ils arrivèrent rue de l'Université sans avoir échangé d'autre parole.

L'accueil de Lisa et d'Albertine leur redonna le sourire. Une table joliment dressée les attendait dans la salle à manger, rendue plus vaste, en apparence, par le papier panoramique qui ornait les murs, représentant une scène d'embarquement pour les îles. Petite, Léa, chaque fois qu'elle était venue voir ses tantes, avait fait de cette pièce son univers. Dès qu'elle apercevait la porte entrouverte, elle se précipitait et se glissait sous le tapis de la longue table. De cet abri, elle voyait les bateaux, les énormes fleurs aux couleurs violentes et la mer d'un bleu intense. Que de voyages l'enfant avait entrepris dans cette caravelle magique qu'étaient la table et son tapis de lourd tissu vert sombre à longues franges ! Les murs racontaient toute une vie aventureuse et bariolée, qui lui rappelait les légendes que racontait Isabelle, chaque fois que ses filles voulaient entendre parler de son pays lointain qu'elles ne connaissaient pas.

— Tante Albertine, quel bonheur ! Rien n'a changé ici.

— Pourquoi veux-tu que ça change, ma mignonne ? N'est-ce pas assez que nous changions, nous ?

— Mais, tante Albertine, vous ne changez pas. Je vous ai toujours connue pareille.

— Ce qui veut dire que tu m'as toujours connue vieille.

— Oh non, tante Albertine ! Tante Lisa et vous, vous ne serez jamais vieilles.

Albertine embrassa sa nièce et la fit asseoir devant son couvert. Pierre Delmas prit place en face de sa fille.

— Vous devez avoir faim. Estelle vous a mijoté du veau aux morilles, comme vous l'aimez, Pierre, dit Albertine.

— C'est elle qui s'est souvenue que vous étiez gourmand, ajouta Lisa en minaudant.

— Je sens qu'avec vous, je vais encore prendre quelques kilos et que votre nièce me grondera.

— Hi ! hi ! hi ! il n'a pas changé, toujours à plaisanter, s'esclaffèrent les deux vieilles filles.

Léa se régala et, en la voyant manger de si bon appétit, Pierre ne put s'empêcher de penser au pauvre Claude, qui avait été bien vite oublié.

Dans sa chambre, celle de sa mère autrefois, Léa trouva un magnifique bouquet de roses-thé dans lequel était glissée une carte.

Charmée devant la beauté des fleurs, elle prit la carte et lut :
« Pour la nouvelle Parisienne, avec toute la tendresse de Camille et
de Laurent. » Son plaisir fut gâché : qu'avait-elle à faire de la tendresse de Camille ? Quant à celle de Laurent, associée à celle de sa
femme, il pouvait se la garder. Elle déchira le bristol et se coucha
de mauvaise humeur.

Elle fut réveillée le lendemain par une bonne odeur de chocolat
et par un éclatant soleil qui la fit se réfugier sous les draps.
— Fermez les rideaux...
— Debout, paresseuse, reste-t-on au lit par un temps pareil ?
Sais-tu l'heure qu'il est ?
Léa risqua le bout de son nez au-dehors.
— Non ?
— Bientôt onze heures. Ton père est sorti depuis longtemps, et
Camille d'Argilat a déjà appelé deux fois, dit Albertine en posant
le plateau du petit-déjeuner près du lit.
— Oh la barbe ! fit Léa en s'asseyant, tandis qu'Albertine lui
tendait le plateau.
— Pourquoi dis-tu cela ? C'est très aimable de la part de
Camille de prendre ainsi de tes nouvelles.
Léa préféra ne pas répondre et s'installa confortablement.
— Ma tante, que c'est gentil ! Tout ce que j'aime ! dit-elle en
enfonçant ses dents dans une brioche tiède et dorée.
— Profites-en, ma chérie, on annonce toute une série de restric-
tions. Aujourd'hui, c'est un jour avec gâteaux, mais sans viande,
demain les pâtisseries seront fermées et les boucheries ouvertes. Il
va falloir s'habituer.
— Alors, enfin réveillée ? fit Lisa en passant son nez pointu par
la porte laissée entrouverte. As-tu bien dormi ?
— Bonjour, ma tante. J'ai dormi comme un caillou. Cette
chambre est si pleine de maman que j'ai l'impression qu'elle ne l'a
pas quittée.
Après l'avoir embrassée, les deux sœurs sortirent.
Léa engloutit encore trois brioches et deux tasses de chocolat.
Repue, elle repoussa le plateau et s'allongea les mains croisées sous
la tête.

Par une des fenêtres légèrement entrebâillée passait un courant d'air qui agitait doucement les rideaux de tulle. Un soleil printanier semblait donner vie aux personnages de la toile de Jouy aux bleus passés des murs de la chambre.

Sans peine, Léa imaginait sa mère dans cette pièce, douce et calme, à son image. A quoi rêvait la jeune Isabelle par les matins de printemps ? Pensait-elle à l'amour, au mariage ? Avait-elle envie d'attraper la vie à pleins bras, de serrer contre elle un corps amoureux, d'être caressée, embrassée ? Non, cela n'était pas possible. Tout en elle paraissait si loin de ces choses.

Le téléphone sonna au loin dans l'appartement. Quelques secondes plus tard, un léger coup fut frappé à la porte.

— Entrez.

La porte s'ouvrit et une forte femme d'une cinquantaine d'années, vêtue d'une blouse gris pâle recouverte d'un grand tablier d'un blanc impeccable, entra.

— Estelle ! Que je suis contente de vous voir. Comment allez-vous ?

— Bien, mademoiselle Léa.

— Estelle, ne faites pas tant de cérémonies, venez m'embrasser.

La cuisinière-femme de chambre des demoiselles de Montpleynet ne se fit pas prier. Elle embrassa sur les deux joues celle qu'elle avait tenue, bébé, dans ses bras.

— Ma pauvre enfant ! Quel malheur !... Votre fiancé...

— Taisez-vous, je ne veux pas que l'on m'en parle.

— Oui, bien sûr... Pardonnez-moi, ma petite, je suis maladroite.

— Mais non.

— Oh ! J'oubliais... mademoiselle... Mme d'Argilat vous demande au téléphone. C'est la troisième fois qu'elle appelle.

— Je sais, fit Léa d'un ton excédé. Le téléphone est toujours dans le petit salon ? continua-t-elle en enfilant sa robe de chambre de velours grenat, cadeau de sa mère pour Noël.

— Oui, mademoiselle.

Pieds nus, elle parcourut le long couloir des chambres et entra dans le petit salon, l'endroit préféré des sœurs Montpleynet.

— Tiens, remarqua Léa, elles ont changé les tentures, elles ont bien fait, ce papier est plus gai.

78

Elle s'approcha de la console où était posé le récepteur décroché.

— Allô, Camille ?

— Léa, c'est toi ?

— Oui, excuse-moi de t'avoir fait attendre.

— Cela ne fait rien, ma chérie. Je suis si heureuse que tu sois à Paris. Il fait beau, veux-tu que nous allions nous promener cet après-midi ?

— Si tu veux.

— Je passe te prendre à deux heures. Ça te va ?

— Très bien.

— A tout à l'heure. Si tu savais comme je me réjouis de te revoir.

Léa raccrocha sans répondre.

Assises sur un des bancs du jardin des Tuileries, deux jeunes femmes en deuil savouraient le retour du soleil après un hiver qui avait recouvert la France d'une épaisse couche de neige durant des semaines. Le printemps enfin était là, tout l'annonçait : la douceur de l'air, la lumière plus légère rosissant doucement les immeubles de la rue de Rivoli et la façade du palais du Louvre, les jardiniers qui plantaient les premières tulipes dans les massifs bordés de buis, les regards des promeneurs sur les jambes des femmes, une certaine langueur dans les gestes, les cris plus aigus des enfants se poursuivant autour du bassin et, surtout, cette odeur indéfinissable qui flotte dans Paris au printemps et trouble jusqu'aux plus sages.

Camille, comme Léa, se laissait aller à ce bien-être voluptueux qui effaçait de son esprit le chagrin causé par la mort de son frère et la peur de voir cette drôle de guerre reprendre et lui arracher son mari. Un ballon roulant entre ses pieds la tira de sa rêverie.

— Pardon, m'dame.

Camille sourit à l'enfant blond debout devant elle, ramassa le ballon et le lui tendit.

— Merci, m'dame.

Camille le regarda partir et soupira d'un air attendri .

— Qu'il est mignon ! Regarde, Léa, il a les cheveux de la même couleur que ceux de Laurent.

— Je ne trouve pas, répondit-elle sèchement.

— J'aimerais tellement avoir un enfant comme celui-ci.

— Quelle drôle d'idée de vouloir faire un enfant maintenant. Il faut être fou ou inconscient.

L'âpreté du ton fit croire à Camille qu'elle avait blessé son amie en évoquant le bonheur d'être mère alors que la pauvre Léa venait de perdre...

— Pardonne-moi, je suis d'un égoïsme. On pourrait croire que j'ai déjà oublié le pauvre Claude alors... alors qu'il me manque tellement, dit-elle en éclatant en sanglots le visage entre ses mains.

Deux femmes ralentirent et regardèrent avec compassion la mince silhouette noire secouée de chagrin. Ces regards portèrent à son comble l'exaspération de Léa.

— Arrête de te donner en spectacle.

Camille prit le mouchoir que sa compagne lui tendait.

— Excuse-moi, je n'ai ni ton courage ni ta dignité.

Léa se retint de lui dire qu'il ne s'agissait ni de courage ni de dignité. A quoi bon se faire une ennemie de la femme de celui qu'elle aimait et qu'elle reverrait le soir même, puisque Camille l'avait invitée à dîner ?

— Viens, partons. Si on allait boire un thé ? Connais-tu un endroit pas très loin d'ici ?

— C'est une bonne idée. Si nous allions au Ritz, c'est tout près.

— Va pour le Ritz.

Elles quittèrent les Tuileries pour se diriger vers la place Vendôme.

— Vous ne pouvez pas faire attention ! s'écria Léa.

Un homme qui sortait en courant du célèbre hôtel l'aurait renversée si deux mains vigoureuses ne l'avaient pas retenue in extremis.

— Excusez-moi, madame. Mais... n'est-ce pas la ravissante Léa Delmas ? Ma chère, malgré ce déguisement je vous aurais reconnue entre toutes. Je garde de vous un inoubliable souvenir.

— Voulez-vous me lâcher ? Vous me faites mal.

— Pardonnez-moi, je suis une brute, dit-il en souriant.

François Tavernier retira son chapeau et s'inclina devant Camille.

— Bonjour. madame d'Argilat, vous souvenez-vous de moi ?

80

— Bonjour, monsieur Tavernier. Je n'ai oublié aucune des personnes présentes le jour de l'annonce de mes fiançailles.

— Je sais que votre mari est désormais à Paris. Si je ne suis pas indiscret, puis-je vous demander de qui vous portez le deuil ?

— De mon frère, monsieur.

— Je suis sincèrement désolé, madame d'Argilat.

— Et moi, on ne me demande rien, dit Léa, furieuse d'être tenue à l'écart.

— Vous ? répliqua-t-il sur le ton de la plaisanterie, je suppose que c'est par coquetterie que vous vous affublez de noir. Un de vos amoureux a dû vous dire que cela vous allait et mettait en valeur votre teint et vos cheveux.

— Oh ! monsieur, taisez-vous ! s'exclama Camille. Comment pouvez-vous dire cela... Mon frère Claude était son fiancé.

Si Léa avait été plus observatrice et moins en colère, elle aurait remarqué les diverses expressions qui se succédèrent sur le visage de François Tavernier : étonnement, compassion, doute et enfin ironie.

— Mademoiselle Delmas, je vous demande pardon à genoux. Je ne savais pas que vous étiez éprise de M. d'Argilat et que vous alliez l'épouser. Je vous présente mes très sincères condoléances.

— Ma vie privée ne vous regarde pas. Je n'ai que faire de vos condoléances.

Camille s'interposa :

— Monsieur Tavernier, ne lui en voulez pas. Elle ne sait plus ce qu'elle dit. La mort de mon frère l'a bouleversée. Ils s'aimaient tellement.

— J'en suis convaincu, fit François Tavernier en faisant un clin d'œil à Léa.

Ainsi ce malotru, ce voyou, cette canaille n'avait pas oublié la scène des Roches-Blanches et il avait le culot de le lui faire comprendre. Léa prit Camille par le bras.

— Camille, je suis fatiguée, rentrons.

— Non, pas tout de suite, viens boire un thé, ma chérie, cela te fera du bien.

— Mme d'Argilat a raison. Je vous recommande le thé au Ritz. Quant aux pâtisseries, c'est un délice, dit François Tavernier d'un ton précieux qui contrastait tellement avec son aspect que, malgré sa fureur, Léa faillit éclater de rire.

Elle ne put cependant empêcher un bref sourire de venir, un instant, éclairer sa physionomie renfrognée.

— Voilà qui est mieux, s'écria-t-il. Pour un sourire de vous, fugitif hélas, précisa-t-il devant le joli visage redevenu sombre, je serais capable de me damner.

Un homme en uniforme gris, la casquette à la main, qui depuis le début de la conversation se tenait à peu de distance du groupe devant une grande limousine noire, s'avança.

— Pardonnez-moi, monsieur, mais vous allez être en retard, le ministre vous attend.

— Merci, Germain. Que peut un ministre contre une jolie femme ? Qu'il attende ! Cependant, mesdames, je dois prendre congé de vous. Me permettez-vous, madame d'Argilat, de venir vous présenter mes respects un jour prochain ?

— Avec grand plaisir, monsieur Tavernier. Mon mari et moi, en serons ravis.

— Mademoiselle Delmas, aurai-je le bonheur de vous revoir ?

— Cela m'étonnerait, monsieur. Je reste peu de temps à Paris et je suis très occupée à voir mes amis.

— Alors nous nous reverrons, je me sens plein d'amitié pour vous.

François Tavernier salua une dernière fois, monta dans la voiture. Le chauffeur ferma la portière, se glissa au volant et démarra doucement.

— Alors, nous allons le boire ce thé ?
— Je croyais que tu voulais rentrer.
— J'ai changé d'avis.
— Comme tu voudras, ma chérie.

Dans son ravissant appartement du boulevard Raspail, où de très beaux meubles Louis XIV, mélangés à du mobilier moderne, donnaient un aspect de luxe raffiné, Camille achevait de disposer les fleurs au centre de la table. Toute au plaisir calme de ces préparatifs auxquels chaque nouvelle épousée s'adonne avec une fierté de propriétaire, Camille n'entendit pas Laurent entrer. Son baiser dans le cou, au-dessus du col de dentelle noire de sa robe de crêpe, lui arracha un petit cri.

— Tu m'as fait peur, dit-elle tendrement en se retournant, un bouquet de primevères roses à la main.

— Comment s'est passée ta journée avec Léa ?

— Bien. La pauvre est encore sous le choc de la mort de Claude. Elle est tour à tour triste et gaie, abattue et énergique, douce et brutale. Je ne savais que faire pour lui être agréable.

— Il fallait l'emmener dans des endroits où il y avait du monde.

— C'est ce que j'ai fait, je l'ai emmenée prendre un thé au Ritz, où nous avons rencontré François Tavernier.

— Ce n'est pas surprenant, puisqu'il y habite.

— Il a été charmant et compatissant avec moi, et très bizarre avec Léa.

— Comment cela bizarre ?

— On dirait qu'il cherche sans cesse à la taquiner, à la mettre hors d'elle, ce qu'il ne réussit que trop bien. Toi qui le connais un peu, quel genre d'homme est-ce ?

Laurent réfléchit avant de répondre.

— C'est assez difficile à dire. Au ministère, certains le prennent pour une canaille, capable de tout pour gagner de l'argent ; d'autres, pour un des hommes analysant le mieux la situation. Aucun ne doute de son courage, ses blessures en Espagne l'attestent, ni de son intelligence ni de ses connaissances... Il passe aussi pour avoir de nombreuses maîtresses et quelques amis fidèles.

— Ce portrait n'est ni convaincant ni engageant. Mais toi, qu'en penses-tu ?

— Je n'ai pas vraiment d'avis. Il m'est à la fois sympathique et antipathique. Nous sommes d'accord sur de nombreux points, notamment sur la faiblesse du commandement militaire et sur l'imbécillité de cette situation d'attente qui dégrade l'esprit des troupes. J'ai approuvé l'analyse terrible qu'il a faite de la guerre russo-finlandaise malgré les propos cyniques qu'il a tenus... J'éprouve à son encontre une certaine réticence : il me séduit et l'instant d'après il me révolte. On dirait qu'il n'a aucun sens moral ou alors qu'il le cache bien. Que t'en dire d'autre ? C'est une personnalité trop complexe pour être analysée en quelques mots...

— C'est la première fois que je te vois dérouté par quelqu'un.

— Oui, c'est une forme d'intelligence que je ne comprends pas. Quelque chose m'échappe chez lui. Nous avons la même éducation, nous sortons des mêmes écoles, d'un milieu semblable. notre culture, nos goûts littéraires et musicaux sont très proches : nous avons voyagé, étudié, réfléchi. Tout cela aboutit chez moi à de l'indulgence envers l'humanité, à un désir de me battre pour préserver nos libertés, chez lui à de la dureté, à de l'indifférence quant à l'avenir du monde.

— Je ne le crois ni dur ni indifférent,

Laurent regarda avec attendrissement sa jeune femme.

— Tu es tellement bonne que tu ne peux imaginer le mal chez personne.

Un coup de sonnette retentit.

— Ce sont nos invités. Reçois-les, je vais voir à la cuisine si tout est près.

« Ce dîner, quel ennui. » Jamais de sa vie, Léa ne s'était autant ennuyée. Comment pouvait-on supporter plus de cinq minutes les bavardages de Camille et des demoiselles de Montpleynet, qui ne portaient que sur les difficultés d'approvisionnement des Parisiens, la défense passive et les domestiques ? Encore heureux qu'il n'y ait pas eu d'enfants, sinon on était bon pour les mérites comparés des laits maternels, concentrés en poudre, ou des différentes manières d'emmailloter les poupons. Et même son père, qui n'était pourtant pas très au courant de ces choses, leur donnait la réplique !

Quant à Laurent, le mariage ne lui réussissait pas. Bien évidemment, il avait pris de l'embonpoint et perdu ses cheveux ; ses dents paraissaient moins blanches et son œil, éteint. Il y avait de quoi, avec un éteignoir comme sa femme ! Malgré cette image dégradée, toute la vie de Léa s'était arrêtée au moment où elle avait franchi le seuil de l'appartement. Comme il était beau, mince et naturellement élégant ! Son regard brillant la contemplait avec une admiration qu'il ne pouvait dissimuler. Et, quand il l'avait tenue dans ses bras, serrée contre lui, plus longuement qu'il n'était convenable, pensait-elle, sa bouche dans ses cheveux, sur ses joues... Qu'avait-il dit ? « Qu'elle était sa sœur... » Où prenait-il cette idée ridicule ?... Sa sœur !... Qu'avait-il ajouté encore ? « Claude l'aurait voulu ainsi. » Que savait-il des désirs d'un mort ? Et elle ?

N'avait-elle pas son mot à dire. « Cette maison est la tienne. » Ça c'est gentil. Mais qu'il n'insiste pas trop, sinon, elle pourrait bien le prendre au mot. La seule chose qu'elle désirait de lui c'était ses lèvres sur les siennes. Elle s'était contentée de répondre :

— Merci, Laurent.

Elle qui s'était fait une joie de ces retrouvailles, voilà que tout était parti dans un ennui qui la rendait injuste envers son amour.

Deux semaines passèrent, durant lesquelles Léa vit presque chaque jour Laurent. Malheureusement, jamais seul. Pour ces quelques instants passés auprès de lui, elle supportait la présence de Camille, dont la gentillesse lui était de plus en plus odieuse. Dans ses rares moments de lucidité et de bonne humeur, elle convenait que Camille était moins ennuyeuse que la plupart des femmes, sachant parler de tout sans paraître pédante et se donnant, pour la distraire, beaucoup de mal. N'avait-elle pas accepté, elle, si à cheval sur les convenances, de l'emmener au cinéma, au théâtre malgré son deuil ? Léa la revoyait encore, retirant de son chapeau noir le long voile de crêpe qu'elle avait plié, avec une lenteur qui disait mieux que des mots son chagrin. Elle avait fait cela pour lui plaire quand Léa lui avait décrété qu'elle en avait assez de sortir avec une veuve, que cela la démoralisait et la rendait malade...

Un matin, Pierre Delmas entra dans la chambre de sa fille qui prenait son petit déjeuner au lit.

— Bonjour, ma chérie, es-tu contente de ton séjour à Paris ?

— Oh ! oui, papa, bien que je n'aie pas fait des choses très amusantes.

— Qu'appelles-tu « faire des choses amusantes » ? Tu es sortie tous les jours ; tu as été dans les musées, les grands magasins, tu as fait du canot au bois de Boulogne. Que veux-tu de plus ?

— J'aurais voulu aller danser, au cabaret, aux Folies-Bergère, m'amuser quoi.

— Te rends-tu compte de ce que tu dis ? Ton fiancé est mort depuis quatre mois à peine et tu ne penses qu'à danser. N'aurais-tu pas de cœur ?

— Ce n'est pas de ma faute s'il est mort.

— Léa, tu dépasses les bornes. Je ne t'ai jamais crue amoureuse de ce pauvre Claude, mais là, vraiment, tu me déçois.

Le ton méprisant de son père blessa Léa comme une gifle. Elle se sentit brusquement si malheureuse, si incomprise et si dévoilée à la fois, qu'elle éclata en sanglots.

Pierre Delmas pouvait tout supporter, sauf les larmes de son enfant préférée.

— Ma petite, ce n'est rien, ce n'est pas grave. Je comprends, c'est dur de devoir te priver des plaisirs de ton âge. Nous allons rentrer à la maison, tu retrouveras ta mère, nous reprendrons nos promenades...

— Je ne veux pas rentrer à Montillac.

— Pourquoi, puisque tu t'ennuies à Paris ?

Léa ne répondit pas.

— Ma chérie, réponds-moi.

Elle leva vers son père un visage sillonné de larmes, sachant bien qu'à cette vue, il ferait ce qu'elle voudrait.

— Je voudrais m'inscrire à la Sorbonne pour suivre des cours de littérature, dit-elle d'une petite voix.

Pierre Delmas la regarda avec étonnement.

— Quelle drôle d'idée ! En d'autres temps, je ne dis pas. As-tu oublié que nous sommes en guerre ?

— Ce n'est pas une drôle d'idée. Camille et plusieurs de ses amies y vont. Quant à la guerre, elle n'est pas encore ici. Mon petit papa, dis oui, je t'en prie.

— Il faut que j'en parle à ta mère et que je demande à tes tantes si elles seraient d'accord pour te loger, dit Pierre Delmas en tentant de repousser Léa qui l'étouffait sous les baisers.

— Téléphone à maman, je me charge des tantes, dit-elle en sautant du lit. D'ailleurs, ajouta-t-elle, Camille m'a proposé de venir m'installer chez elle si cela posait le moindre problème.

— Je vois que j'ai à faire à un véritable complot. Où vas-tu aujourd'hui ?

— Je ne sais pas encore, Camille doit me téléphoner. Et toi, que fais-tu ?

— J'ai un rendez-vous et un déjeuner d'affaire.

— N'oublie pas que ce soir nous dînons chez Laurent, qui veut nous présenter quelques-uns de ses amis.

— Je n'oublierai pas. A ce soir.

— A ce soir. N'oublie pas également de téléphoner à maman !

La porte refermée, Léa se mit à danser dans la chambre, sûre d'obtenir de son père ce qu'elle venait de lui demander. Aujourd'hui, elle passait à l'attaque. La veille, elle avait dit à Camille qu'elle avait des courses à faire seule, et à ses tantes, qu'elle déjeunait avec Camille. Que c'était bon d'être libre, d'avoir une journée à soi ! Quelle chance, il faisait beau ! Elle allait pouvoir étrenner le joli tailleur acheté en cachette dans cette élégante boutique du faubourg Saint-Honoré. Avec le chapeau, le sac, les chaussures et les gants. Toutes ses économies y étaient passées. En chantonnant, elle se dirigea vers la salle de bains. Quand elle sortit, enveloppée dans un vaste peignoir blanc qui embaumait fortement *Après l'ondée*, Albertine qui passait par là lui demanda si elle n'avait pas renversé le flacon de parfum.

Bientôt onze heures. Si elle voulait être à midi au ministère de la Guerre, il fallait qu'elle se dépêche. Avec hâte, elle s'habilla. Elle frémit de plaisir au contact de la blouse de soie rose pâle qui lui éclairait le visage. La jupe de lourd crêpe noir lui allait à merveille. Quant à la veste, elle faisait ressortir la minceur de sa taille. Elle fixa sur ses cheveux relevés un de ces délicieux chapeaux qu'on ne trouve qu'à Paris, sorte de tambourin de paille noir discrètement orné de fleurettes roses et d'une voilette. De hauts escarpins, des gants de la peau la plus fine et une mince pochette assortie au chapeau complétèrent cette toilette un peu sévère, qui n'arrivait pas à vieillir Léa, malgré son désir de paraître plus femme. Un dernier regard avant de partir pour vérifier la couture de ses bas et son aspect général : l'image renvoyée par la glace de la haute armoire lui plut tellement qu'elle lui sourit avec bonheur.

Maintenant, il s'agissait de sortir sans être vue des tantes et d'Estelle, qui ne manqueraient pas de s'étonner qu'une fiancée en deuil porte du rose et des fleurs à son chapeau.

Sur le trottoir de la rue de l'Université, la porte cochère claqua derrière elle. Léa poussa un soupir de soulagement. En frissonnant, elle se dirigea vers le boulevard Saint-Germain pour trouver un taxi Quel froid ! Le soleil n'était qu'un leurre, l'hiver était revenu.

Heureusement que le gouvernement avait autorisé le chauffage jusqu'au 15 avril !

Elle dut marcher jusqu'à Saint-Germain-des-Prés pour trouver un taxi, suivie par les regards admiratifs des hommes et ceux, souvent envieux, des femmes. A la station, les chauffeurs prenaient le soleil appuyés à leur véhicule fumant une cigarette ou tapant des pieds pour se réchauffer. Léa monta dans la première voiture. Un homme encore jeune, coiffé d'une incroyable casquette à carreaux, s'installa au volant.

— Où dois-je vous conduire, joli printemps noir ?

— Au ministère de la Guerre, s'il vous plaît.

— Va pour le ministère de la Guerre.

Léa s'approcha du planton.

— Je voudrais parler au lieutenant d'Argilat.

— Vous avez rendez-vous ?

— Oui, bredouilla Léa impressionnée par le lieu où circulaient, comme dans le hall d'une gare, des soldats, des officiers de tous les corps d'armée.

— Léa, que fais-tu ici ?

— Mademoiselle dit qu'elle a rendez-vous avec vous.

Laurent haussa les sourcils mais, devant l'air penaud de Léa, dit en l'entraînant :

— C'est exact. Que se passe-t-il ? Rien de grave ?

— Non, j'avais simplement envie de te voir, répondit-elle en lui jetant un regard en biais, et de déjeuner avec toi, ajouta-t-elle rapidement.

— Voilà une excellente idée. Par chance, je suis libre. Viens dans mon bureau, je vais appeler Camille pour lui dire de venir nous rejoindre.

— Oh non ! s'écria-t-elle.

Devant le regard surpris de Laurent, Léa dit d'un ton radouci :

— Camille n'est pas libre à déjeuner aujourd'hui : elle avait des courses à faire pour ce soir.

— C'est vrai, j'oubliais la réception ! Où veux-tu que nous allions déjeuner ?

— Dans un endroit très élégant.

— D'accord, dit-il en riant. Que dirais-tu de Maxim's ?

— Magnifique !

Un chauffeur du ministère les déposa rue Royale. Albert, le maître d'hôtel, les accueillit avec sa courtoisie habituelle.

— La table de M. d'Argilat.

Beaucoup de têtes se levèrent à l'entrée de Léa, dont le cœur battait fort sous la blouse de soie rose. Assise, elle regarda autour d'elle sans essayer de dissimuler sa curiosité et son plaisir d'être dans le restaurant le plus célèbre du monde. Tout lui semblait inoubliable : les fleurs dans les vases d'argent, la porcelaine, les cristaux, le service silencieux et rapide des garçons, les miroirs qui reflétaient à l'infini la lumière rose des abat-jour, les bijoux des femmes, leurs chapeaux, la dentelle des rideaux, le rouge du velours sur les boiseries sombres. Tout ici respirait le luxe ; la guerre était loin.

— On dirait Maurice Chevalier, dit-elle à l'oreille de Laurent.

— C'est lui. Et là-bas, dans le fond, c'est Sacha Guitry. A la table voisine, la belle Mary Marquet...

Un maître d'hôtel leur tendit les cartes.

— Que veux-tu manger ?

— Cela m'est égal, je suis sûre que tout est bon. Choisis pour moi.

La commande passée, le sommelier s'approcha.

— Que désirez-vous boire, monsieur ?

— Du champagne, s'écria Léa.

— Vous avez entendu ? Madame désire du champagne.

Très vite le vin arriva.

— Buvons à nous, dit Léa en levant son verre.

— A nous et à ceux que nous aimons, ajouta Laurent.

Ils burent en silence en se regardant.

Sous les yeux de l'homme qu'elle aimait, Léa s'épanouissait. Le pointillé de la voilette donnait du mystère à son frais visage, faisait paraître plus sensuelle sa bouche humide. Elle sentait sur elle, comme une caresse, le regard de Laurent. Avec une coquetterie délibérée, elle releva lentement sa voilette livrant ainsi la nudité de son visage.

— Que tu es belle !

A cette voix émue, Léa répondit par un rire de gorge. Laurent crispa les mains sur la nappe blanche. Ce mouvement la fit tressaillir, comme si les doigts s'étaient refermés sur sa peau. Elle eut alors un geste qui remontait à son enfance, mais qui, dans les circonstances, était d'une inconcevable provocation : entre son pouce et son index, elle tordit sa lèvre inférieure.

— Arrête !

Les doigts restèrent en suspens et Léa fit une moue faussement étonnée. Laurent fut sauvé d'une explication par l'arrivée des plats, sur lesquels, gourmande et affamée, Léa se précipita. En quelques bouchées, elle mangea son saumon fumé.

— Hum ! Que c'est bon !

Puis sans transition, elle ajouta :

— Tu crois que la reprise de la guerre est pour bientôt ?

Il s'attendait si peu à cette question qu'il faillit renverser son verre.

— Oui. Je dois rejoindre mon régiment.

Les yeux soudain agrandis, le cœur arrêté, Léa demanda :

— Quand ?

— Après-demain.

— Où ?

— Près de Sedan.

— Tu le sais depuis longtemps ?

— Depuis trois jours.

— Tu l'as dit à Camille ?

— Je n'ai pas encore eu le courage.

Léa toucha à peine au plat suivant, mais but plusieurs verres de champagne. Peu à peu les images de Laurent mort ou blessé s'éloignèrent. Une euphorie, née de l'alcool, colora ses pensées.

— Parlons d'autre chose, veux-tu, proposa-t-elle en posant la main sur la sienne.

— Tu as raison. Pourquoi attrister ces derniers instants de bonheur et de paix. Je garderai de toi, dans les pires moments, ton image de belle dame rose et noire.

Le menton appuyé sur la paume de sa main, Léa se pencha, les yeux mi-clos.

— Tu vois bien que tu m'aimes.

Une rougeur juvénile enflamma le visage de Laurent.

— Ne le nie pas, je le sens. Non ! Tais-toi, laisse-moi parler. Toi, tu dirais des bêtises. Je t'aime, Laurent, je t'aime encore plus que le jour où je te l'ai dit. Je me suis fiancée à Claude pour me venger, pour te faire mal. Heureusement, il est... ce n'est pas ça que je voulais dire. Je voulais dire que je suis toujours libre.

— Tu oublies que moi je ne le suis pas.

— C'est vrai, mais c'est moi que tu aimes.

— C'est faux. Et quand bien même, crois-tu que je serai assez lâche pour abandonner Camille ? Surtout...

— Surtout ?

— Tiens, mais c'est ce cher d'Argilat.

— Tavernier ! Comment allez-vous ?

Il était insupportable d'élégance. « Un vrai parvenu », pensa Léa avec la plus grande mauvaise foi, devant la haute silhouette vêtue d'un complet gris souris d'une coupe irréprochable.

— Pas aussi bien que vous, hélas. Je suis ravi de vous revoir, mademoiselle Delmas.

Léa inclina la tête d'un geste rageur qui fit sourire le gêneur.

— Je vois qu'il n'en est pas de même pour vous. Permettez-moi de prendre congé, nous nous verrons plus longuement ce soir.

Après un geste de la main, François Tavernier s'éloigna, saluant deux ou trois personnes avant de quitter la salle.

— Je ne peux pas le voir. J'ai dû mal comprendre : tu ne l'as pas invité pour ce soir ?

— Si, cela faisait plusieurs fois qu'il me disait vouloir saluer Camille.

— Eh bien, elle va être gaie cette soirée.

— Tu es injuste, il peut être très drôle et charmant.

— Ça m'étonnerait, c'est un grossier personnage. J'en ai assez de cet endroit, sortons.

Dehors le temps s'était gâté : plus de soleil, mais un ciel maussade.

— On dirait qu'il va neiger, fit Laurent en se dirigeant vers la voiture du ministère qui venait de se garer le long du trottoir.

— Oui, rentrons, j'ai froid.

— Ça ne m'étonne pas, tu n'es pas habillée assez chaudement. Viens vite dans la voiture.

Une fois installé, il recouvrit Léa de son imperméable et lui entoura les épaules de son bras.

Durant quelques instants, ils roulèrent en silence.

— Rue de l'Université, s'il vous plaît.

— Serre-moi, cela me réchauffe, dit-elle en inclinant la tête sur l'épaule de son compagnon.

Les yeux fermés, Léa sentait un trouble comparable au sien envahir le jeune homme. Bientôt elle n'y tint plus.

— Embrasse-moi.

Laurent tenta d'ignorer ces lèvres tendues, mais, lentement, fermement, Léa l'attira à elle. Il ne résista plus. Oubliant Camille, la présence du chauffeur, sa bouche happa celle de la tentatrice et le temps s'abolit. Quand il réussit à s'arracher d'elle, la voiture roulait au pas dans la rue de l'Université.

— A quel numéro dois-je m'arrêter, mon lieutenant ? dit le chauffeur d'une voix basse et gênée.

— C'est ici. Arrêtez-vous.

— Bien, mon lieutenant.

En silence, Léa le regardait d'un air triomphant. On dirait un animal, pensa Laurent en essayant de se composer une attitude et en se coiffant du bout des doigts. L'automobile s'arrêta. Sans attendre que le chauffeur lui ouvre la portière, Léa descendit son chapeau à la main. Laurent l'accompagna jusqu'à la porte.

— Excuse-moi pour tout à l'heure.

— Pourquoi t'excuser ? C'était très agréable, non ! Ne fais pas cette tête, ce n'est pas catastrophique d'être amoureux. A ce soir, mon amour.

Le lieutenant d'Argilat resta un moment immobile devant la porte qui venait de se refermer.

Bien que son père ait insisté pour qu'elle se prépare à temps, Léa arriva avec vingt minutes de retard à la réception donnée en leur honneur par Laurent et Camille. Elle étrennait ce soir là un long fourreau de satin noir qu'elle avait acheté au début de son séjour. Quand Pierre Delmas avait vu sa fille ainsi vêtue, moulée comme dans une double peau brillante, les épaules et les bras paraissant plus nus d'émerger de ce noir qui en soulignait la blancheur, il s'était écrié :

— Tu ne peux pas sortir dans cette tenue !

— Enfin, papa ! C'est la mode, toutes les femmes portent des fourreaux.

— Peut-être, mais pour une jeune fille, ce n'est pas convenable. Retire cette robe.

Les yeux de Léa s'assombrirent, ses lèvres se pincèrent.

— Je n'ai pas d'autre robe. J'irai avec celle-ci ou je n'irai pas.

Connaissant sa fille, Pierre Delmas savait que rien ne pouvait la faire changer d'avis.

— Mets au moins un châle, dit-il, capitulant.

— J'ai mieux que ça. Regarde ce que m'a prêté tante Albertine : sa cape de renard noir.

De longues boucles d'oreilles de diamant, empruntées à Lisa, complétaient sa tenue et faisaient paraître plus fragile sa nuque aux cheveux relevés.

Une jeune femme de chambre les conduisit au vestiaire encombré de vêtements. Sous le regard courroucé de son père, Léa y laissa la veste de renard noir. Quand elle entra dans le salon, d'une allure désinvolte, appuyée au bras de son père, tenant à la main un réticule de perles blanches et noires, tous les regards se tournèrent vers elle.

— Léa, que tu es belle, s'exclama Camille vêtue d'une simple et longue robe de crêpe noir à la jupe froncée, au sage corsage blanc fermé par un camée, aux manches s'arrêtant au coude. J'ai une surprise pour toi, regarde qui est là.

— Raoul ! Jean !

Redevenant enfant, Léa se précipita dans les bras des frères Lefèvre, tous les deux en uniforme.

— Quel bonheur ! Que faites-vous à Paris ?

— Nous étions en permission, dit Raoul.

— Nous remontons au front, précisa Jean.

— Notre train n'étant que demain matin, nous sommes passés voir Camille et Laurent, qui nous ont invités pour ce soir.

— Nous voulions aller te voir, quand Camille nous a dit que tu venais et qu'il fallait te faire une surprise.

— Quelle bonne idée ! fit Léa avec un sourire radieux à l'adresse de Camille.

— Viens, que je te présente à nos amis.

Léa salua un général, un colonel, un académicien, un écrivain en renom, un peintre connu, une jolie femme, deux dames d'âge mûr et... François Tavernier.

— Encore vous !

— Quel aimable accueil. je reconnais bien là votre charmant caractère.

Cavalièrement Léa lui tourna le dos.

— L'envers vaut l'endroit.

Elle se retourna d'un seul mouvement.

— Cessez vos grossièretés !

— Ma chère, quand une femme porte certaines robes, c'est pour que les hommes remarquent autre chose que la couleur du tissu. Vous ne pensez pas ? Demandez à notre cher Laurent d'Argilat.

— Que doit-on me demander ? dit Laurent en s'arrêtant près d'eux.

— Mademoiselle Delmas s'inquiétait de savoir si sa robe lui allait bien et si elle vous plaisait.

— Beaucoup, balbutia Laurent. Excusez-moi, je crois que Camille a besoin de moi, dit-il en s'éloignant.

— Goujat ! fit Léa à l'adresse de François, qui éclata de rire tandis qu'un général s'approchait de lui.

— Alors, Tavernier, avez-vous réussi ?

— Pas encore, mon général.

Léa se dirigea vers le buffet, où Raoul et Jean Lefèvre étaient en grande discussion avec son père.

— Nous parlions du pays, dit Raoul. Quand rentrez-vous ?

— Je crois que je vais rester encore un peu, je voudrais suivre des cours à la Sorbonne. Papa, as-tu téléphoné à maman ?

— Oui.

— Elle accepte ?

— Pour la Sorbonne, elle dit que l'année est trop avancée, mais que tu peux rester encore une quinzaine de jours si tes tantes sont d'accord.

— Bien sûr qu'elles sont d'accord ! Merci, papa. Tu restes aussi ?

— Ce n'est pas possible, je partirai dans deux jours.

Raoul tendit un verre de champagne à Léa et l'entraîna à l'écart.

— Tu ne devrais pas rester ici. La guerre va reprendre, ça peut devenir dangereux.

— Tu imagines les Allemands à Paris, toi ? Mais vous allez les arrêter. N'êtes-vous pas plus nombreux qu'eux ?

94

— Ça n'a rien à voir, ils sont mieux préparés, leurs armes sont mieux adaptées et leur aviation est supérieure.

— Peut-être, mais vous êtes plus courageux.

Raoul hocha la tête.

— Le courage, tu sais, face à leurs chars...

— Ecoute, je suis si heureuse de te voir, ne gâche pas cette soirée.

— Tu as raison. Buvons à la victoire et à toi qui es si belle.

Léa, Raoul et Jean se dirigèrent vers une petite pièce, ouverte par une porte à double battant sur le salon où se tenaient les invités. Les murs en étaient couverts de livres, un feu brûlait dans une cheminée de marbre blanc sur laquelle était posé un magnifique bronze représentant un cheval et son cavalier attaqués par des loups. Léa s'assit dans l'un des deux fauteuils à oreilles encadrant le foyer. Les garçons prirent place à ses pieds.

Silencieux, les trois jeunes gens regardaient sans les voir les flammes claires. Ils se laissaient doucement engourdir par la chaleur, bercés par le crépitement des bûches. Depuis un moment, appuyé contre un des montants de la porte, François Tavernier les observait, un verre de champagne à la main. Il éprouvait une instinctive sympathie pour les deux frères, dont les qualités de cœur et de courage étaient si simplement évidentes. Il s'amusait de les voir tellement épris de leur coquette amie, se demandant ce qu'il adviendrait si d'aventure elle jetait son dévolu sur l'un ou l'autre.

Léa bougea et s'étira avec une sorte de grognement heureux. Ses bras, ses épaules, son visage tendus vers les flammes étaient nimbés de lumière dorée. La ligne pure de son profil se découpait sur un fond de lumière qui laissait ses traits dans l'ombre. Puis, sa tête s'inclina, présentant une nuque qui appelait le baiser ou la morsure.

François Tavernier porta si brusquement son verre à ses lèvres qu'un peu de champagne se renversa sur l'impeccable smoking. Il lui fallait cette fille. Il ne se souvenait pas avoir aussi violemment désiré une femme. Qu'avait-elle de plus que les autres ? Certes, elle était belle, très belle même, mais c'était une enfant, une vraie jeune fille, très certainement. Et il avait horreur des vraies jeunes filles, toujours si sottement sentimentales et pleurnichant immanquablement sur la perte de leur virginité. Celle-là, cependant, lui semblait d'une autre trempe. Il avait encore dans l'oreille l'accent avec lequel elle avait déclaré son amour à ce benêt d'Argilat. Si ç'avait été à lui qu'elle était venue faire une pareille déclaration, il l'aurait allongée sur un canapé ou entraînée dans une grange voisine. Il était sûr qu'elle aurait aimé ça : le piquant du foin sur sa peau de rousse. Son sexe se gonfla... Un jour, elle serait à lui.

Léa se tourna vers la porte et surprit le regard ardent posé sur elle ; elle ne se trompa point sur sa nature. Elle aimait ces regards d'homme lourdement appuyés, sans équivoque. Bien que haïssant celui qui la contemplait, elle éprouva un brusque frisson de plaisir sur lequel ses jambes se resserrèrent. Ce bref mouvement n'échappa pas à l'œil de François Tavernier, qui sourit avec une satisfaction de mâle. Ce sourire agaça Léa, qui ne savait pas qu'il cachait une émotion plus grande.

— Que faites-vous, planté ainsi ?

— Je vous regarde.

L'intensité mise dans la réponse irrita davantage Léa, qui se leva avec une lenteur étudiée.

— Vous, venez, dit-elle aux frères Lefèvre, impossible d'être tranquille, même ici.

Sans les attendre, elle se dirigea vers le salon. Comme elle passait devant François Tavernier, il l'arrêta, lui prit le bras et dit d'une voix tendue :

— Je n'aime pas que l'on me traite ainsi.

— Il faudra pourtant vous y habituer si nous devons, par malheur, nous revoir. Lachez-moi.

— Avant, laissez-moi vous donner un conseil... oui, je sais, vous n'en avez rien à faire. Ne restez pas à Paris, cela va devenir dangereux.

— Vous vous trompez sûrement, cela ne doit pas être dangereux puisque vous y êtes, au lieu d'être au front comme tous les hommes dignes de ce nom.

Il pâlit sous l'insulte, ses traits se durcirent et son regard devint mauvais.

— Si vous n'étiez une gamine, je vous enverrai mon poing dans la figure.

— Les femmes sont sans doute les seuls ennemis que vous sachiez combattre. Lâchez-moi, vous me faites mal.

Sans raison apparente, il éclata d'un grand rire qui domina le bruit des conversations et lâcha le bras où ses doigts avaient laissé une trace rouge.

— Vous avez raison, seules les femmes sont des adversaires à ma taille et je dois reconnaître que je ne gagne pas toujours.

— Il me paraît étonnant que vous puissiez gagner quelquefois.

— Vous verrez bien.

— C'est tout vu, monsieur.

Léa rejoignit Camille qui bavardait avec une de ses invités.

— J'ai l'impression que notre jeune amie a eu maille à partir avec Tavernier, dit la belle jeune femme.

Léa la regarda avec cet air hautain qu'elle avait parfois quand on lui posait une question indiscrète, et que sa mère avait tenté, vainement, de lui faire perdre.

— Je ne vois pas de quoi vous voulez parler.

— Mme Mulsteïn, qui le connaît bien, nous parlait de M. Tavernier dans les termes les plus élogieux, dit Camille précipitamment.

Léa ne répondit pas, attendant la suite avec une indifférence à peine polie.

— Mon père et mon mari ont pour lui la plus grande estime. Il est le seul à m'aider pour obtenir qu'on leur permette de quitter l'Allemagne.

— Pourquoi veulent-ils quitter l'Allemagne ? fit, presque malgré elle, Léa intriguée.

— Parce qu'ils sont juifs.

— Et alors ?

Sarah Mulsteïn regarda cette belle fille à la fois provocante et enfantine dans son fourreau de satin noir, et se revit quelques années plus tôt, entrant dans un élégant cabaret de Berlin au bras de son père et de son jeune mari, étrennant, elle aussi, une nouvelle robe de satin, blanche celle-là. Le directeur s'était précipité en reconnaissant en son père Israël Lazare, le chef d'orchestre mondialement connu, et leur avait proposé sa meilleure table. Ils l'avaient suivi, quand un homme grand et blond, au visage congestionné, en uniforme de SS, leur avait barré le passage, un verre de cognac à la main, en interpellant son père :

— Israël Lazare ?

Son père s'était arrêté. avait souri et s'était incliné pour saluer tandis que l'autre s'était écrié :

— Mais, c'est un nom juif, ça...

Dans la vaste salle rouge et noir, les conversations s'étaient arrêtées ; seul le piano se faisait entendre, soulignant le silence tendu. Le directeur avait tenté de s'interposer, mais d'un revers de la main, l'officier l'avait repoussé avec une telle violence qu'il était tombé en heurtant un serveur. Quelques femmes avaient crié. L'officier avait alors attrapé Israël Lazare par le revers de son smoking en lui crachant au visage qu'il n'aimait pas les Juifs. Le mari de Sarah était intervenu, mais un coup de poing l'avait assommé.

— Vous ne savez pas que dans ce pays, on n'aime pas les Juifs ? Qu'on les considère comme moins que des chiens ? Et qu'il n'y a de bon Juif qu'un Juif mort ?

Le piano s'était tu. Tout s'était mis à tourner autour de Sarah. Elle s'était étonnée d'éprouver plus de surprise que de peur, et de remarquer des détails étrangers à ce qui se passait : cette robe qui allait bien à cette grande blonde ; le beau collier de perles de cette dame aux cheveux gris ; les danseuses groupées près du rideau rouge et qui avaient de bien belles jambes. Elle s'était entendue crier :

— Papa...

Les soldats qui accompagnaient l'officier l'avaient entourée, disant que pour une Juive, elle n'était pas mal. Un de ces hommes avait tendu la main vers sa robe blanche. Comme dans un cauchemar, elle avait entendu le tissu se déchirer. Son mari, revenu à lui, s'était précipité. Une bouteille s'était brisée sur son crâne. Il s'était effondré lentement le visage soudain couvert de sang.

Sur sa robe blanche des gouttes vermeilles s'étaient imprimées. Incrédule, elle avait baissé la tête sans chercher à cacher ses seins nus et maculés. Elle avait eu le geste curieux de regarder ses mains. Alors, elle avait hurlé.

— Ta gueule, sale Juive !

Le contenu du verre de cognac avait stoppé son cri, lui brûlant les yeux et les narines. L'odeur de l'alcool lui avait donné la nausée ; elle s'était penchée et avait vomi à longs traits. Elle n'avait pas vu venir le coup. La pointe de la botte l'avait atteinte en plein ventre et l'avait projetée contre un pilier.

98

— La salope, qui me dégueule dessus !

A partir de ce moment, tout était devenu confus : son mari gisant dans son sang, elle dans ses vomissures, son père traîné par ses longs cheveux blancs qui se teintaient de rouge, les cris, les coups de sifflet, les sirènes et puis, ces derniers mots entendus quand les portes de l'ambulance s'étaient refermées sur elle.

— Ce n'est rien, ce sont des Juifs...

— Et alors ? répéta Léa.

— Alors, fit d'une voix douce Sarah Mulsteïn, on les met dans des camps, on les torture et on les tue.

Léa la regarda, incrédule, mais les yeux sombres disaient la vérité.

— Pardonnez-moi, je ne savais pas.

9.

Le lendemain, Léa fut réveillée par un appel de Laurent lui demandant de venir déjeuner avec lui à la Closerie des Lilas. Léa ne douta pas qu'avant la fin de la journée, il serait son amant. Elle fit une toilette minutieuse choisissant une lingerie de soie saumon ornée de dentelle crème. Comme il faisait froid, elle mit une robe-chemisier de lainage noir, agrémentée d'un col de piqué blanc, qui lui donnait l'air d'une pensionnaire. Elle brossa ses cheveux qu'elle laissa libres sur ses épaules trouvant que cette auréole dorée contrastait heureusement avec sa tenue sage. Elle enfila le manteau de drap noir fait par la couturière de Langon et renonça, après plusieurs essais, à mettre un chapeau.

Elle était en avance et remonta à pied le boulevard Saint-Michel. La promenade la mit en beauté et elle entra, la mine éclatante, à la Closerie.

L'endroit lui plut tout de suite, avec ses sobres boiseries, ses banquettes de velours et son barman, qui agitait avec virtuosité un shaker éclatant. Elle abandonna son manteau aux mains de la dame du vestiaire. Laurent l'attendait au bar, lisant *Le Figaro*, l'air soucieux. Il ne vit Léa que lorsqu'elle s'assit en face de lui.

— Les nouvelles ne sont pas bonnes ?

— Léa. Excuse-moi, dit-il, en faisant mine de se lever.

— Ne bouge pas. Bonjour, je suis si heureuse de te voir.

— Bonjour. Tu veux boire quelque chose ?

— La même chose que toi.

— Garçon, un porto, s'il vous plaît.

Léa le regardait avec intensité, d'avance totalement soumise à ses désirs.

Un maître d'hôtel s'approcha.

— Monsieur, votre table est prête. Voulez-vous y aller maintenant ?

— Oui, on sera plus tranquille qu'ici. Qu'on y apporte le verre de mademoiselle.

Dès qu'ils furent installés, un serveur apporta le porto et le maître d'hôtel leur tendit la carte.

— Aujourd'hui, monsieur, c'est un jour sans viande et sans pâtisserie, dit-il d'un ton si navré que Léa faillit éclater de rire. Mais nous avons d'excellents poissons.

— Ce sera parfait. Veux-tu quelques huîtres pour commencer ? Ce sont les dernières et ici elles sont toujours excellentes.

— C'est très bien, dit Léa en portant son verre de porto à ses lèvres.

Sur les conseils du sommelier, Laurent choisit un Meursault avec une indifférence rare chez cet homme de la vigne.

« Comme il a l'air fatigué et soucieux », remarqua la jeune fille.

— Quelque chose ne va pas ?

Laurent la regarda comme s'il voulait inscrire chaque trait de son visage dans sa mémoire. Sous les yeux qui la détaillaient, Léa s'épanouissait.

— Tu es très belle... très forte aussi.

Les sourcils de Léa se relevèrent dans un mouvement interrogatif.

— Oui, tu es forte, continua-t-il. Tu vas, sans te poser de question, où te conduisent tes désirs. Tu es comme un animal, sans aucun sens moral, sans souci des conséquences ni pour toi ni pour les autres.

Où voulait-il en venir ? Il ferait mieux de lui dire qu'il l'aimait plutôt que de s'égarer dans des considérations philosophiques.

— Mais je ne suis pas comme toi, Léa. J'ai voulu te voir pour te dire trois choses et te demander un service.

On leur apporta le vin, puis les huîtres. L'amour ne coupait pas l'appétit de Léa qui attaqua les belons avec gourmandise. L'œil attendri, Laurent s'était tu et la contemplait, oubliant de manger.

— Tu avais raison, elles sont délicieuses. Tu ne manges pas ?

— Je n'ai pas vraiment faim. Tu les veux ?

— Je peux ? dit Léa avec une convoitise qui amena un sourire sur le visage tendu de Laurent.

— Que voulais-tu me dire ?

— Je pars ce soir.

— Ce soir !...

— A minuit. Je dois rejoindre mon régiment dans les Ardennes.

Léa repoussa l'assiette d'huîtres, les yeux soudain emplis d'anxiété.

— On s'attend à une offensive allemande.

— Les soldats la repousseront.

— Je voudrais bien avoir ta conviction.

— Tu parles comme François Tavernier.

— Tavernier est probablement l'homme le mieux informé de ce qui se passe. Malheureusement l'état-major du général Gamelin ne l'écoute pas.

— Ça ne m'étonne pas, qui pourrait avoir confiance en lui ? Que voulais-tu me dire d'autre ?

Sans regarder la jeune fille, Laurent lança d'un trait :

— Camille attend un enfant.

Sous le choc, Léa ferma les yeux. Elle s'agrippa à la table. Désespéré de la souffrance qu'il provoquait, inquiet de cette pâleur, de ces doigts crispés, Laurent posa sa main sur les mains glacées.

— Léa, regarde-moi.

Jamais il n'oublierait ce regard blessé. Cette douleur muette était plus qu'il n'en pouvait supporter. Et cette larme unique qui glissait sur la joue si douce, se perdait dans la commissure des lèvres puis, débordant, coulait le long du menton dont elle suivait la courbe avant de laisser sa trace humide sur le cou.

— Mon amour, ne pleure pas. Je voulais te dire aussi que je t'aimais.

Qu'avait-il dit ? Qu'il l'aimait !... Mais alors, rien n'était

102

perdu ! Pourquoi pleurait-elle ? Camille attendait un enfant. La belle affaire, cela la rendrait laide pendant des mois, tandis qu'elle !... Ce n'était pas le moment de s'enlaidir par les larmes. Il l'aimait. Il venait de le lui dire. La vie était magnifique.

Sans transition, elle éclata de rire et s'essuya les yeux avec sa serviette.

— Puisque tu m'aimes, le reste n'a aucune importance. Ça m'est bien égal que Camille attende un enfant, moi, c'est toi que je veux.

Il la regarda avec un sourire las devant la difficulté à lui faire comprendre que, pour lui, leur amour était sans issue. Maintenant, il s'en voulait de ce qu'il considérait comme une trahison vis-à-vis de sa femme.

— Redis-moi que tu m'aimes.

— Que je t'aime ou non ne changera rien à nos relations. Je suis le mari de Camille.

— Ça ne m'intéresse pas, tout ce que je sais, c'est que je t'aime et que tu m'aimes. Tu es marié, et alors ? Ce n'est pas ça qui nous empêchera de faire l'amour ensemble.

Comme elle était désirable, prononçant des mots provocants dont elle ignorait sans doute le sens. Mais ce que lui proposa Léa lui prouva que c'était lui le candide.

— On pourrait aller à l'hôtel. Il y en a plein à Montparnasse.

N'en croyant pas ses oreilles, il rougit et mit quelque temps à répondre.

— Il n'en est pas question.

Les yeux de Léa s'arrondirent.

— Mais pourquoi, puisque c'est moi qui te le propose ?

— Je veux oublier ce que j'ai entendu.

— Tu ne sais même pas ce que tu veux. Tu as envie de moi et tu n'oses pas le reconnaître. Tu es lamentable.

Accablé, Laurent la regardait avec tristesse.

Devant eux, refroidissait le poisson qu'ils n'avaient pas touché.

— Mademoiselle, vous n'avez pas aimé ? Vous voulez autre chose ?

— Non, c'est très bien, l'interrompit Laurent, donnez-moi l'addition.

— Bien, monsieur.

— Verse-moi à boire.

Apparemment plus détendue, bien que profondément désespérée, Léa but lentement.

— Que voulais-tu me demander ?

— A quoi bon, tu n'accepteras pas.

— Je suis seule juge. Qu'est-ce que c'est ?

Poussant un soupir, Laurent répondit :

— Je voulais te demander de veiller sur Camille. Le médecin
redoute une grossesse difficile et veut qu'elle reste allongée jusqu'à
la naissance.

— C'est gentil d'avoir pensé à moi, fit Léa d'un ton ironique.
Mais n'a-t-elle personne pour s'occuper d'elle ?

— Non, elle m'avait que son frère, maintenant, elle n'a plus
que mon père et moi.

— Pourquoi ne pas l'envoyer aux Roches-Blanches ?

— Le médecin redoute les fatigues de la route.

— Et toi, tu n'as pas peur de laisser ta chère femme enceinte aux
mains de sa rivale, sans compter les Allemands qui seront à Paris
très vite si j'en crois tes propos et ceux de ton ami Tavernier ?

Laurent mit son visage entre ses mains. Ce geste de détresse émut
Léa qui ne put s'empêcher de sourire devant l'attitude de l'homme
qu'elle aimait.

— D'accord, je m'en occuperai, de ta famille.

Laurent releva la tête, les yeux humides, incrédule.

— Tu acceptes ?

— Je te l'ai dit. Mais ne crois pas t'en tirer à si bon compte. Je
t'aime et je ferai tout pour que tu oublies Camille.

10.

Huit jours après le départ de Laurent, Léa ne comprenait toujours pas à quel motif elle avait obéi. L'accueil de Camille lui avait été particulièrement odieux, quand, cédant à ses appels pressants, elle lui avait rendu visite.

Camille était dans sa chambre, allongée sur le lit. A l'entrée de Léa, elle avait voulu se lever mais un malaise l'en avait empêchée. Elle avait tendu ses bras amaigris vers la visiteuse.

— Ma chérie, je suis si heureuse de te voir.

Léa s'était assise sur le bord du lit et n'avait pu faire autrement que de lui rendre ses baisers, malgré sa répulsion. Avec une joie méchante, elle avait remarqué la mauvaise mine, les yeux cernés de la jeune femme.

— Laurent t'a dit pour le bébé ? fit-elle en rougissant, serrant entre ses doigts fiévreux la main qui s'abandonnait avec réticence.

Léa acquiesça en silence.

— Il m'a dit que tu avais accepté de t'occuper de moi. Comment te remercier ? Tu es si bonne. Je me sens si seule depuis le départ de Laurent. Quand je cesse de penser à lui, je pense à mon pauvre frère, mort si bêtement. Je tremble pour cet enfant que je porte... J'ai honte de le dire, mais à toi, je peux tout dire, n'est-ce pas ?... j'ai peur, j'ai terriblement peur de souffrir et de mourir.

— Ne sois pas idiote, on ne meurt pas de mettre un enfant au monde.

— C'est ce que dit le médecin, mais je me sens si faible. Tu ne peux pas comprendre, toi qui es si resplendissante de santé et de force...

— Ce n'est pas en te lamentant comme ça que tu te sentiras mieux, l'interrompit Léa avec mauvaise humeur.

— Tu as raison, pardonne-moi.

— As-tu des nouvelles de Laurent ?

— Oui, il va très bien. Tout est calme sur le front. Il ne sait comment occuper ses hommes qui s'ennuient et passent leur temps à jouer aux cartes et à boire. Sa seule joie c'est d'avoir retrouvé ses chevaux. Dans sa dernière lettre, il me fait la description détaillée de Fauvette, Gamin, Wazidou et Mystérieux.

On avait frappé à la porte et la femme de chambre était entrée annonçant la visite du médecin. Léa en profita pour prendre congé, promettant de revenir le lendemain.

Le jour suivant, fidèle à sa promesse, Léa alla voir Camille. Le temps était magnifique. Tous les Parisiens semblaient être sortis tant ils étaient nombreux sur les trottoirs du faubourg Saint-Germain, à la terrasse des cafés. Au carrefour Bac-Saint-Germain, il y avait un embouteillage énorme. Les trompes des voitures s'en donnaient à cœur joie, plus pour le plaisir du bruit que pour manifester l'énervement de l'attente. Par cette belle journée de mai, tout le monde paraissait joyeux et détendu. Sans la présence d'assez nombreux soldats et officiers en uniforme, nul n'aurait pu croire que le pays était en guerre.

En passant devant la librairie Gallimard, boulevard Raspail, Léa était entrée acheter un livre pour Camille. Ne connaissant rien des goûts littéraires de la jeune femme, elle regardait, perplexe, les nombreux ouvrages exposés.

— Puis-je vous aider, mademoiselle ?

L'homme qui venait de lui adresser la parole, élégamment vêtu d'un costume clair, était plutôt grand, le visage large, légèrement empâté, aux yeux très bleus bordés de longs cils épais qui féminisaient le regard. La bouche, aux lèvres rouges, était bien dessinée. Machinalement, il rajusta son nœud papillon jaune à pois verts. Léa, le prenant pour le libraire, lui répondit :

— Bien volontiers. Je cherche quelque chose de distrayant pour une amie malade, mais je ne sais pas ce qu'elle aime.

— Donnez-lui ceci, ça lui plaira sûrement.

— *L'école des cadavres...* Louis-Ferdinand Céline... vous croyez ? Ça a l'air plutôt macabre.

— C'est évident, fit-il, contenant mal un sourire ironique. Céline est exactement l'auteur qui convient à une personne déprimée. Sa lecture est facile, son style inimitable, et sa pensée à la fois comique et élevée le place au premier rang des écrivains de ce temps.

— Je vous remercie, monsieur, je prends ce livre. Combien vous dois-je ?

— Je ne sais pas, la caissière va vous le dire. Excusez-moi, je dois partir.

Il prit sur une table un feutre gris dont il salua Léa, s'inclinant avant de sortir.

— Vous prenez cet ouvrage, mademoiselle ? dit une vendeuse.

— Oui, ce monsieur qui vient de sortir me l'a recommandé. C'est bien ?

— Si M. Raphaël Mahl vous l'a recommandé, il ne peut être que bien, affirma la vendeuse dans un grand sourire.

— C'est le directeur de la librairie ?

— Oh non ! M. Mahl est un de nos plus fidèles clients. C'est un homme très cultivé qui connaît mieux que personne la littérature contemporaine.

— Que fait-il ?

— On ne sait pas vraiment. Tantôt il a beaucoup d'argent, tantôt il emprunte aux uns et aux autres. Il s'occupe de tableaux, d'objets d'arts, je crois, d'éditions anciennes, aussi. Il est également écrivain. Il a publié deux ouvrages très remarqués à la N.R.F.

Léa paya et sortit, bizarrement impressionnée par cette rencontre. Elle remonta le boulevard Raspail, son paquet à la main.

Comme elle arrivait devant la porte cochère de l'immeuble de Camille, un homme en sortait. Elle reconnut aussitôt Tavernier.

— Que faites-vous ici ?

— Je viens de rendre visite à madame d'Argilat, dit-il en retirant son chapeau.

— Je ne pense pas que cela lui fasse plaisir.

— Détrompez-vous, ma chère, elle aime énormément ma compagnie. Elle me trouve amusant.

— Ça ne m'étonne pas d'elle. Toujours à se tromper sur les gens.

— Pas sur tous, sur certains seulement... Comme sur vous, fit-il en la regardant d'un air songeur.

— Que voulez-vous dire ?

— Qu'elle ne vous voit pas telle que vous êtes, car elle vous aime.

Léa haussa les épaules, l'air de dire : « Que m'importe ! ».

— Eh oui, elle aime celle qui a juré de lui prendre son mari. Car c'est bien ce que vous vous êtes juré dans votre jolie tête ?

Léa rougit mais réussit cependant à dominer sa colère. C'est d'une voix douce, avec un sourire innocent, qu'elle répondit :

— Comment pouvez-vous dire des horreurs pareilles ? Il y a longtemps que tout cela est oublié. Laurent n'est pour moi qu'un ami qui m'a confié sa femme au moment de son départ.

— Cela n'a pas l'air de vous amuser ?

Léa éclata de rire, un rire jeune et franc.

— Là, vous avez raison : Camille ne s'intéresse qu'à des choses ennuyeuses.

— Tandis que vous ?

— J'ai envie de tout connaître, de tout voir. Sans mes tantes qui surveillent mes sorties et sans cette guerre qui mobilise tous les hommes jeunes, j'irais tous les soirs dîner dans les grands restaurants, danser dans les cabarets, passer des heures dans les bars.

— Voilà un beau programme. Que diriez-vous si je passais vous prendre vers sept heures ? Nous irions prendre un verre, puis au music-hall, souper ensuite dans un endroit à la mode, et pour finir, danser dans un cabaret ou écouter des chants russes.

Devant cette énumération de plaisirs, les yeux de Léa s'écarquillèrent comme ceux d'une enfant à son premier Noël. François Tavernier dut faire un effort surhumain pour ne pas la prendre dans ses bras, tant elle lui plaisait avec son fichu caractère, son appétit de vivre et sa sensualité à fleur de peau !

— Ce serait merveilleux, je m'ennuie tellement.

Cet aveu fait d'un ton si pitoyable par une aussi jolie bouche faillit avoir raison des bonnes résolutions de Tavernier qui masqua son trouble par un grand rire.

« On dirait un loup, pensa Léa, il est comme les autres, j'en ferai ce que je voudrai. »

— Alors, c'est entendu, je passerai vous prendre vers sept heures. Entre-temps, j'aurai téléphoné à mesdames vos tantes pour solliciter leur autorisation.

— Et si elles refusaient ?

— Sachez, ma belle amie, que jamais une femme ne m'a refusé ce que je lui demandais, fit-il avec une ironie que Léa prit pour de la suffisance.

— Je verrai bien ce que mes tantes diront quand je rentrerai. Au revoir.

Son changement d'humeur n'échappa pas à François Tavernier qui la quitta en se demandant : « N'aurait-elle pas le sens de l'humour ? »

Quand Léa entra dans la vaste chambre blanche et beige de Camille, celle-ci était debout, le front appuyé contre la vitre de la fenêtre. Vêtue d'une robe d'intérieur en satin crème, elle se confondait avec la couleur des murs et de la moquette. Elle se retourna quand la porte se referma.

— Que fais-tu debout ! s'écria Léa. Je croyais que tu devais rester allongée.

— Ne me gronde pas, je me sens beaucoup mieux. J'ai eu la visite de M. Tavernier, qui m'a fait du bien.

— Je sais, je l'ai rencontré dans le hall.

— Il s'inquiète pour nous, et pense que nous devrions quitter Paris. Je lui ai dit qu'il s'inquiétait à tort, que tout est calme sur le front. Si calme, que le général Huntzinger a convié à son quartier-général le Tout-Paris pour un gala théâtral.

— Comment le sais-tu ?

— C'est Laurent qui l'écrit dans la lettre que j'ai reçu aujourd'hui.

— Comment va-t-il ?

— Très bien, il me charge de t'embrasser et de te dire qu'un petit mot de toi lui ferait plaisir As-tu des nouvelles de tes parents ?

— Oui, maman me demande de rentrer.

— Oh ! gémit Camille en se laissant tomber dans un fauteuil.

— Ne t'inquiète pas, j'ai répondu que je ne pouvais pas te laisser seule, que tu avais besoin de moi.

— C'est tellement vrai ! Je le disais tout à l'heure à M. Tavernier : la présence de Léa me rassure, et me donne force et courage.

Léa, sans répondre, sonna la femme de chambre.

— Aidez madame à se mettre au lit. Maintenant, Camille, tu dois te reposer. Ah ! j'oubliais, je t'ai apporté un livre.

— Merci, ma chérie, d'y avoir pensé. De qui est-il ?

— D'un certain Céline. On m'a dit que c'était un grand écrivain.

— Céline !... tu as déjà lu ses livres ?

— Non. Et toi ?

— J'ai essayé, mais c'est si dur, si terrible ce qu'il raconte...

— Tu dois confondre : un certain Raphaël Malh m'a assuré que c'était un livre très distrayant.

— Quel nom as-tu dit ?

— Raphaël Malh.

— Je comprends, il se sera moqué de toi. C'est un être immonde qui salit tout ce qu'il touche et dont le plus grand plaisir est de faire le mal, surtout à ses amis.

La véhémence de Camille surprit Léa. Jamais elle ne l'avait entendue parler aussi durement de quelqu'un.

— Que t'a-t-il fait ?

— A moi, rien, mais il a désespéré, trahi, volé une personne que Laurent et moi aimions beaucoup.

— Je la connais ?

— Non.

Quand Léa arriva rue de l'Université, un livreur venait de déposer trois énormes bouquets de roses devant lesquels Lisa et Albertine s'extasiaient en poussant des exclamations :

— Quelle merveille !

— Ce monsieur Tavernier est un homme du monde comme il n'en existe plus !

Léa trouvait délicieuses ces deux vieilles demoiselles qui non seulement avaient passé toute leur vie ensemble mais ne s'étaient jamais quittées fût-ce un seul jour. Tout naturellement, l'aînée, Albertine, de cinq ans plus âgée que sa sœur, était devenue le chef de famille, gérant les biens laissés par leurs parents, dirigeant les domestiques d'une main ferme, décidant des voyages, comme des travaux à entreprendre. C'était ce que l'on appelait une maîtresse femme.

Lisa, elle, vivait depuis le début de la guerre dans une peur permanente, dormant mal, réveillée au moindre bruit, son masque à gaz auprès d'elle. Jamais elle ne serait sortie sans l'avoir en bandoulière, même pour aller à la messe du dimanche à Saint-Thomas-d'Aquin ou rendre visite à une amie demeurant de l'autre côté de la rue. Elle lisait tous les journaux, écoutait toutes les radios, passant de Radio-Paris à Radio-37, du poste parisien à Radio-Ile-de-France. Ses bagages étaient prêts depuis l'invasion de la Pologne. Elle avait insisté auprès de sa sœur pour que celle-ci vende leur vieille et magnifique Renault carrossée par Arthur Boulogne et achète une familiale Vivastella Grand Sport, plus rapide et plus spacieuse. Après quelques promenades autour de Paris, afin qu'Albertine, qui seule savait conduire, se familiarise avec la nouvelle voiture, on l'avait conduite dans un garage du faubourg Saint-Germain où le garagiste avait pour mission de veiller au bon état de marche du véhicule. L'eût-il oublié, que la visite, chaque semaine, de Lisa et de son masque à gaz, venant s'assurer que tout était en ordre, le lui eût rappelé.

— Léa, ma fille, ce cher monsieur Tavernier s'est aimablement proposé de t'inviter à un concert donné au profit des orphelins de guerre.

— Vous avez accepté ? dit Léa réprimant mal un sourire devant le mensonge de Tavernier.

— Naturellement. Pour une œuvre de charité, malgré ton deuil, tu peux sortir dans le monde, affirma Albertine.

— Mais est-ce bien convenable ? fit d'un ton hypocrite une Léa qui avait de plus en plus de mal à retenir son fou rire.

— Evidemment. C'est un homme bien élevé, ami des ministres et du président de la République. De plus, ton amie Camille le reçoit, c'est tout dire, affirma Lisa.

— Alors ! si Camille le reçoit, je peux sortir avec lui sans problème.

— Regarde la délicatesse de ce rose, s'exclama Lisa en montrant son bouquet à Léa.

— Tu ne regardes pas les tiennes ? dit Albertine en pliant soigneusement le papier qui avait enveloppé ses roses jaune foncé.

Léa déchira l'emballage découvrant de magnifiques roses blanches bordées de rouge. Une enveloppe était glissée entre les tiges. Elle s'en empara rapidement et la glissa dans la poche de son tailleur.

— Je crois bien que les fleurs de mademoiselle Léa sont les plus belles, dit Estelle qui venait d'entrer dans le petit salon portant un lourd vase de cristal rempli d'eau.

— Ma tante, pouvez-vous me prêter vos renards ?

— Bien sûr, ma chérie, Estelle te les apportera dans ta chambre.

Léa finissait de s'habiller quand le coup de sonnette de la porte d'entrée la fit sursauter. « Déjà », pensa-t-elle. La haute glace de l'armoire lui renvoya une image à laquelle elle sourit avec complaisance. Tavernier avait raison : cette robe lui allait très bien et mettait en valeur son teint et sa ligne. Cependant, elle s'en voulait d'avoir cédé à la demande exprimée sur la carte trouvée dans les roses : « Mettez la robe de l'autre jour, vous y êtes si belle. » De toute façon, elle n'avait pas le choix, c'était sa seule robe longue.

Avant de quitter sa chambre, elle enfila la veste de renard noir afin de cacher ses épaules nues à ses tantes. Quand elle les rejoignit dans le petit salon, les demoiselles riaient aux éclats aux propos de François Tavernier, en smoking noir, accoudé à la cheminée.

— Bonsoir, Léa, dépêchons-nous, nous ne pouvons pas arriver après le Président.

— En effet, dépêchez-vous, dit Albertine impressionnée.

François Tavernier ouvrit la portière d'une splendide Bugatti rouge et noir garée devant l'immeuble. L'odeur du cuir de la luxueuse automobile était follement agréable. Elle démarra dans un ronflement sourd.

— Quelle belle voiture !

— J'étais sûr qu'elle vous plairait. Il faut en profiter, car des pur-sang comme ça, on n'en fabriquera plus.

— Pourquoi ? Les gens rouleront de plus en plus en automobile.

— Vous avez raison. Mais ces modèles représentent un art de vivre qui va disparaître dans cette guerre...

— Ah non ! pas un mot de la guerre ce soir ou je descends à l'instant.

— Pardonnez-moi, dit-il en lui saisissant une main qu'il porta à ses lèvres.

— Où m'emmenez-vous ?

— Ne vous inquiétez pas, je ne vous emmène pas à un concert de charité comme je l'ai dit à vos tantes. Mais rassurez-vous, demain vous pourrez lire dans *Le Temps* et dans *Le Figaro* que : « Monsieur François Tavernier, conseiller auprès du ministre de l'Intérieur, était présent au gala de charité de l'Opéra en compagnie de la ravissante et élégante Mademoiselle Léa Delmas. »

— Comment cela ?

— J'ai des amis dans ces journaux qui ont accepté de me rendre ce petit service. Que diriez-vous de prendre un verre au bar de la Coupole avant d'aller écouter Joséphine Baker et Maurice Chevalier au Casino de Paris ? Le barman fait d'excellents cocktails.

Léa trouva Joséphine Baker superbe mais n'aima pas Maurice Chevalier.

— Vous avez tort, lui dit François Tavernier, il représente actuellement l'esprit français.

— Alors, je n'aime pas cet esprit-là, fait de roublardise, de satisfaction de soi, de grivoiserie complaisante et de profonde vulgarité.

— Quelle étrange petite fille vous faites, coquette et profonde. Quel genre de femme deviendrez-vous ? J'aimerais assez vous voir grandir.

Dans le grand hall du Casino de Paris, la foule se pressait vers la sortie, commentant le spectacle qui visiblement lui avait plu.

— J'ai faim, dit Léa appuyée au bras de son compagnon.

— On y va. Je voulais vous emmener chez *Monseigneur* mais il n'y avait pas une table de libre, même pour moi. J'ai réservé au *Shéhérazade* où passe Léo Marjane. L'orchestre russe est un des meilleurs de Paris. Je crois que vous aimerez.

Etait-ce le caviar, la vodka, le champagne ou les violons, Léa se sentait transportée d'une joie de vivre qui la faisait rire aux éclats et incliner sa tête sur l'épaule de Tavernier. Celui-ci regardait, amusé, la jeune fille s'épanouir sous l'effet du plaisir. Elle demanda à l'orchestre une valse lente et, sans façons, invita son compagnon. Il y avait chez elle une telle souplesse, une telle grâce sensuelle que toute la salle n'eut bientôt d'yeux que pour le couple qui glissait lentement.

François Tavernier la sentait vibrer dans ses bras. Il resserra son étreinte et ils furent bientôt comme un seul corps évoluant sur la piste.

Quand la musique s'arrêta, ils continuèrent à valser, oublieux du monde. Il fallut les rires et les applaudissements de la salle pour les ramener à la réalité.

Sans souci du public, Tavernier la maintint contre lui.

— Vous dansez bien, dit-elle d'un ton convaincu.

— Vous aussi, fit-il admiratif en la raccompagnant à leur table.

— Que la vie est belle ! J'aimerais la passer ainsi : à boire et à danser, s'exclama Léa en tendant son verre vide.

— Vous avez assez bu, petite fille.

— Non, je veux boire encore.

François Tavernier fit un geste au maître d'hôtel. Presque aussitôt une nouvelle bouteille de champagne apparut. Ils burent en silence bercés par *Les yeux noirs.*

— Embrassez-moi, j'ai envie d'être embrassée.

— Même par moi ? dit-il en se penchant.

— Même par vous.

Près d'eux, une petite toux insistante dérangea leur baiser. Un jeune homme très pâle se tenait debout devant la table, son chapeau à la main.

— Loriot. Que voulez-vous, mon vieux ?

— Puis-je vous parler, monsieur, c'est très important.

— Excusez-moi, j'en ai pour un instant.

Tavernier suivit Loriot et s'arrêta près du bar. Après une discussion brève et animée, il revint près de Léa, le visage fermé.

— Venez, nous partons.

— Déjà ! mais quelle heure est-il ?

— Quatre heures du matin. Vos tantes vont s'inquiéter.

— Mais non, elles savent que je suis avec vous. Elles vous trouvent si convenable, dit-elle en pouffant de rire.

— Cela suffit, il faut partir.

— Mais pourquoi ?

Sans répondre, il jeta quelques billets sur la table, attrappa le bras de Léa la forçant à se lever.

— Vestiaire, le manteau de madame.

— Lâchez-moi ! M'expliquerez-vous à la fin ce qui se passe ?

— Il se passe, chère amie, dit-il d'une voix sourde, qu'en ce moment, les Allemands bombardent Calais, Boulogne et Dunkerque et qu'ils envahissent par les airs la Hollande et la Belgique.

— Oh non !.. Mon Dieu ! Laurent !...

De tendu qu'il était, le visage de François Tavernier devint brutalement méchant. L'espace d'un instant, ils se mesurèrent tous deux du regard. La dame du vestiaire interrompit cet affrontement silencieux en aidant Léa à enfiler sa veste de renard.

Ils n'échangèrent pas une parole durant le chemin du retour. Arrivé devant l'immeuble de la rue de l'Université, François Tavernier raccompagna Léa jusqu'à la porte. Comme elle introduisait sa clé dans la serrure, il la força à se retourner, lui prit la tête entre ses mains et furieusement l'embrassa. Passive, elle se laissa faire.

— Je vous aimais mieux tout à l'heure.

Elle ne répondit rien, tourna calmement sa clé, entra et referma lentement la porte.

Dans le silence de cette nuit de mai, elle n'entendait que les battements de son cœur et le bruit d'un moteur qui s'éloignait.

Arrivée dans sa chambre, elle jeta autour d'elle ses vêtements, prit sa chemise de nuit posée sur le lit ouvert et se glissa entre les draps en rabattant les couvertures sur sa tête. Bien sûr, cela ne valait pas son petit lit de la chambre des enfants de Montillac, mais c'était quand même un refuge.

Elle s'endormit en appelant Laurent.

11.

— Albertine... Estelle... Léa... les boches arrivent, les boches arrivent...

La première, Estelle surgit de sa cuisine les doigts pleins de farine, puis Albertine un stylo à la main dans une sobre robe de chambre de laine blanche, enfin, Léa, ébouriffée, la veste de renard noir jetée sur sa chemise.

— Qu'as-tu à crier comme ça ? demanda sévèrement Albertine.

— Les boches, sanglota Lisa, pitoyable dans son peignoir rose, ont envahi la Belgique, ils l'ont dit à la radio.

— Mon Dieu ! fit Estelle en faisant un signe de croix. Ses doigts enfarinés laissèrent une marque blanche sur son front.

— Alors, je n'ai pas rêvé, murmura Léa.

Albertine porta la main à sa gorge et ne dit rien.

Le téléphone sonna longuement. Enfin, Estelle décrocha.

— Allo... ne quittez pas, madame... mademoiselle Léa, c'est pour vous.

— ... Oui, c'est moi... Appelez le docteur... Il n'est pas là ?... Bon, d'accord, calmez-vous, j'arrive.

Léa expliqua : c'est Camille qui s'est trouvée mal en écoutant la radio. la femme de chambre est affolée et le médecin absent. J'y vais.

116

— Tu veux que je t'accompagne ? dit Albertine.

— Ce n'est pas la peine, merci. Estelle, pouvez-vous me donner une tasse de café, s'il vous plaît ?

Quand Léa arriva chez Camille, la jeune femme était revenue à elle.

— Mademoiselle Léa, j'ai eu si peur, j'ai cru que madame était morte.

— Allons, Josette, taisez-vous, avez-vous laissé un message pour le médecin ?

— Oui, il viendra dès son retour de l'hôpital.

Dans la chambre de Camille, il faisait sombre ; seule une petite lampe éclairait faiblement un coin du lit. Prenant garde de ne pas heurter un meuble, Léa s'approcha. Une expression de souffrance si grande était répandue sur le visage de Camille que Léa en éprouva de la pitié. Elle se pencha et posa doucement sa main sur le front glacé.

Camille ouvrit les yeux sans la reconnaître.

— Ne dis rien, le docteur va arriver. Je suis là. Dors.

La jeune femme eut un faible sourire et referma ses paupières.

Léa ne bougea pas jusqu'à l'arrivée du médecin qui se présenta en début d'après-midi. Quand il ressortit de la chambre, il paraissait soucieux.

— Vous êtes la seule parente de Mme d'Argilat présente à Paris ? demanda-t-il.

Léa faillit le détromper quant aux liens de parenté l'unissant à Camille, mais renonça à entrer dans des explications qui, à l'avance, la fatiguaient.

— Oui.

— Je ne vous cacherai pas que je suis très inquiet. Il faut à cette femme un repos absolu. Je compte sur vous pour prévenir toutes contrariétés.

— Cela me paraît difficile par les temps qui courent, fit ironiquement Léa.

— Je sais bien, soupira le médecin tout en rédigeant une ordonnance, mais il faut, autant que faire se peut, lui assurer la plus grande tranquillité.

— J'essaierai, docteur.

— Je veux auprès d'elle quelqu'un en permanence. Voici l'adresse d'une personne très qualifiée. Appelez-la de ma part, j'espère qu'elle est libre. Je reviendrai demain. D'ici là, suivez scrupuleusement les indications portées sur l'ordonnance.

L'infirmière, Mme Lebreton, veuve de la guerre de 14, arriva vers six heures du soir et prit les choses en main avec une autorité qui déplut à Léa mais qui la soulagea. L'idée de passer la nuit dans l'appartement de Laurent lui était aussi insupportable que d'affronter à nouveau les larmes de Camille. Mme Lebreton, après avoir noté son numéro de téléphone, lui dit de partir sans se faire de souci.

Chez les demoiselles de Montpleynet, le plus grand désordre régnait. Lisa voulait partir immédiatement pour Montillac tandis que sa sœur prétendait attendre la suite des événements.

Léa éclata de rire en voyant sa tante Lisa en tenue de voyage, son chapeau de travers, serrant contre elle son masque à gaz, assise sur une des valises qui encombraient l'entrée.

— Je ne bougerai pas d'ici de la nuit, dit-elle rageusement.

Albertine fit entrer Léa dans le petit salon.

— Je crois, que nous n'arriverons pas à lui faire entendre raison et que nous allons devoir partir. D'ailleurs ton père et ta mère ont appelé et demandent que tu rentres le plus vite possible.

— Je ne peux pas, Camille est malade et n'a personne pour s'occuper d'elle.

— Emmenons-la avec nous.

— Elle ne doit absolument pas bouger.

— Mais je ne peux pas te laisser seule à Paris, pas plus que je ne peux laisser partir cette linotte de Lisa !

— Ma tante, tout cela est absurde, les Allemands sont loin et notre armée les empêchera d'avancer.

— Tu as sans doute raison, nous nous inquiétons à tort. Je vais essayer de raisonner Lisa.

Elle fut aidée par François Tavernier qui venait prendre, auprès de Léa, des nouvelles de Camille, l'infirmière ayant refusé de le laisser entrer.

Il dit à la tremblante Lisa que tant que lui serait à Paris, elle n'aurait rien à craindre. Elle accepta de rester jusqu'au lundi de Pentecôte, ne doutant pas que le Saint-Esprit inspirerait les chefs des armées.

— Et puis, mesdemoiselles, ne sommes-nous pas sous la protection de sainte Geneviève, la patronne de Paris ? Il y avait foule cet après-midi à Saint-Etienne-du-Mont, tout comme à Notre-Dame où l'on a vu monsieur Paul Reynaud entouré de ministres radicaux et d'évêques, implorant pour la France la protection de la Vierge. Au Sacré-Cœur, on jouait la Marseillaise aux grandes orgues. Le Ciel est avec nous, n'en doutez pas.

François Tavernier dit cela avec un tel sérieux que Léa s'y serait laissé prendre si un clin d'œil ne lui avait montré ce qu'il fallait penser de sa tirade.

— Vous avez raison, dit Lisa rassurée, Dieu est avec nous.

Le lendemain, Camille avait retrouvé son calme, et ses joues quelques couleurs. A sa demande, Léa acheta une carte de France car elle voulait, disait-elle, voir exactement où se trouvait Laurent et suivre la progression des troupes françaises en Belgique. Une grande toile de Max Ernst fut décrochée et remplacée par la carte. A l'aide de petits drapeaux multicolores, Léa marqua les positions de l'armée française et de l'armée allemande.

— Heureusement, dit Camille, qu'il n'est pas dans l'armée de Giraud mais dans les Ardennes, pas très loin de la ligne Maginot.

— François Tavernier dit cependant que c'est là le point faible de la défense française.

— Ce n'est pas vrai, si cela était, il n'y aurait pas eu tant de permissions accordées ces derniers temps ! dit Camille avec véhémence.

— Madame d'Argilat, c'est l'heure de votre piqûre, dit, en entrant sans frapper, Mme Lebreton. Vous devez aussi vous reposer. Le docteur va arriver et il ne sera pas content de vous voir ainsi vous agiter.

Telle une enfant prise en faute, Camille rougit et balbutia :

— Vous avez raison.

— Je dois aller voir si tante Lisa n'a pas encore fait des siennes. Elle est tellement affolée qu'elle est capable de tout, dit Léa en se levant.

— Quand je pense que c'est à cause de moi que vous ne partez pas !

— Ne crois pas ça, je n'ai aucune envie de partir maintenant. C'est plus amusant d'être ici qu'à Langon ou même à Bordeaux.

— Amusant, amusant, bougonna l'infirmière.

Léa et Camille dissimulèrent un début de fou-rire.

— N'oublie pas d'apporter les journaux demain.

— Il n'y a pas de journaux demain, c'est la Pentecôte, dit Léa en ajustant son feutre noir.

— C'est vrai, j'oubliais. Je vais prier pour que ces sales Boches soient repoussés. Ne viens pas trop tard.

— Entendu, à demain, repose-toi.

En traversant la rue de Grenelle, Léa, perdue dans ses pensées, heurta un passant. Elle s'excusa et reconnut l'homme qui lui avait conseillé l'achat du livre de Céline. Il la reconnut aussi, souleva son chapeau et la salua.

— Le livre a-t-il plu à votre amie ?

— Je n'en sais rien, mais j'ai l'impression que vous vous êtes moqué de moi en me le recommandant.

— Croyez-vous ?

— Oui, mais cela n'a aucune importance.

— En effet. Excusez-moi, je ne me suis pas présenté : Raphaël Mahl.

— Je sais.

Il la regarda avec un étonnement mêlé d'inquiétude.

— Aurions-nous des amis communs ?

— Je ne crois pas. Je dois partir. Au revoir, monsieur.

— Ne partez pas ainsi, j'aimerais vous revoir. Quel est votre nom ?

Sans vraiment savoir pourquoi, Léa s'entendit répondre :

— Léa Delmas.

— Je suis tous les jours, vers une heure, à la terrasse des Deux-Magots, et je serais très heureux de vous offrir un verre.

Léa le salua d'un signe de tête et s'éloigna sans répondre.

Rue de l'Université, le plus grand calme régnait : l'appartement était vide. Inquiète, Léa se demanda si la furie de partir n'avait pas repris Lisa, entraînant dans sa peur Albertine et Estelle. Elle n'eut pas à se poser la question bien longtemps, ses tantes entrèrent suivies de la domestique.

— Si tu avais vu ce monde, cette ferveur ! Dieu ne peut pas nous abandonner, s'exclama Lisa essoufflée en retirant son ridicule chapeau rose garni d'un gros bouquet de violettes.

— C'était très émouvant, dit calmement Albertine en enlevant la veste de son tailleur gris.

— Sûr qu'avec toutes ces prières et ces processions, les Boches n'ont aucune chance, ajouta Estelle en se dirigeant vers sa cuisine.

— D'où venez-vous ? dit Léa.

— Nous sommes allées à Notre-Dame où les Parisiens sont invités à se réunir pour prier, fit Lisa en arrangeant ses cheveux devant un des miroirs vénitiens de l'entrée.

Léa entra dans le petit salon où trônait un énorme récepteur de radio flambant neuf.

— Une acquisition de ta tante Lisa, dit Albertine répondant au regard interrogateur de sa nièce.

— L'autre ne marchait plus ?

— Si, mais elle tenait à en avoir un dans sa chambre, près de son lit, allumé en permanence. Lisa veut se tenir au courant heure par heure, jour et nuit. Elle écoute même la radio de Londres.

Léa tourna l'un des boutons de l'appareil. Après un instant de silence, suivi de quelques grésillements, elles entendirent :

— ... Après-demain, en gare du Nord, arriveront les premiers convois de réfugiés belges et hollandais. Que toutes les personnes désireuses de manifester leur sympathie à ces malheureux viennent les accueillir et apporter leurs dons à la Croix-Rouge française.

— Nous irons, dit d'une voix ferme Albertine. Léa, téléphone au garagiste qu'il conduise la voiture ici dès demain matin. Je vais voir avec Estelle ce que nous avons comme vivres et comme vêtements.

Quand Léa arriva chez Camille, elle trouva celle-ci en larmes, à genoux devant le poste de T.S.F., malgré les supplications de

Sarah Mulsteïn venue lui rendre visite et les gronderies de Mme Lebreton.

— Laissez-moi, taisez-vous, je veux écouter les nouvelles, cria-t-elle au bord de la crise de nerfs. Oh ! c'est toi, Léa, dis-leur de me laisser tranquille !

— Je reviendrai tout à l'heure, dit Sarah en prenant congé.

Après son départ Léa repoussa avec autorité l'infirmière hors de la chambre.

— Ecoute, ils rediffusent le communiqué du Quartier Général français.

« De Namur à Mézières, l'ennemi a réussi à établir deux petites têtes de pont, l'une à Houx, au nord de Dinant, l'autre à Monthermé. Une troisième, plus importante, a été réalisée dans le bois de Marfée, près de Sedan... »

— Le bois de Marfée, regarde sur la carte, c'est tout près de Laurent.

Léa se plaça devant la carte, approcha son doigt de Sedan, puis de Moiry où était Laurent d'Argilat.

— Mais non, c'est à une vingtaine de kilomètres.

— Une vingtaine de kilomètres, qu'est-ce que c'est pour une armée avec des chars, des avions qui bombardent partout ? As-tu oublié ce qui s'est passé en Pologne quand la cavalerie a chargé les blindés allemands ? Massacrés, ils ont tous été massacrés. Je ne veux pas que cela arrive à Laurent, hurla Camille en s'allongeant sur le tapis le corps secoué de sanglots.

Léa ne dit rien. Elle regardait la carte. Le petit drapeau rouge marquant l'endroit où était stationné le 18e de chasseurs à cheval semblait une tache de sang dans le vert qui indiquait la forêt.

Camille avait raison, vingt, trente, même cinquante kilomètres, ce n'était pas beaucoup pour des chars. Par où passeraient-ils pour aller tuer l'homme qu'elles aimaient : par Mouzon ? par Carignan ? Plus rien n'existait que le petit village de Moiry, devenu pour elle le centre du monde et le point important de cette guerre. Il fallait qu'elle sache exactement ce qui se passait là-bas. Qui pourrait le lui dire ? François Tavernier ? Lui devait savoir.

— Sais-tu où l'on peut joindre François Tavernier ?

Camille releva son visage brouillé de larmes.

— François Tavernier ?... Quelle bonne idée ! Il est venu hier et

122

m'a dit plein de choses rassurantes. Il est au service de l'Information à l'hôtel Continental. Il a noté son numéro de téléphone sur mon carnet, à côté du vase de fleurs.

Le carnet s'ouvrit immédiatement à la bonne page, entièrement barrée par un nom et un numéro de téléphone écrits d'une belle écriture large. Léa composa le numéro. Une voix de femme à qui elle donna son nom lui répondit, puis une autre enfin, celle d'un homme.

— Monsieur Tavernier ?...

— Non, ici Loriot. Nous nous sommes rencontrés il y a quelques jours.

— Excusez-moi, je ne m'en souviens pas.

— C'était dans une boîte russe.

— Oh !...

— Que puis-je pour vous, mademoiselle Delmas ? M. Tavernier est absent.

— Quand rentre-t-il ?

— Je ne sais pas, il est parti pour le front à la demande du ministre.

— Où ?

— Je regrette, mademoiselle, je ne peux pas vous le dire, secret militaire. Dès son retour, je lui ferai part de votre appel. Comptez sur moi.

— Merci, monsieur, au revoir.

Léa se retourna vers Camille avec un geste d'impuissance. « Comme elle l'aime », pensa-t-elle en voyant les traits ravagés de la jeune femme recroquevillée sur le sol.

— Lève-toi, lui dit-elle durement.

Un peu de couleur revint sur les joues pâles.

— Oui, excuse-moi, je me conduis d'une manière ridicule. Laurent aurait honte de moi s'il me voyait ainsi.

Camille se releva péniblement en s'appuyant à un fauteuil. Debout, elle chancela, parvint à rétablir son équilibre et, sous l'œil froid et méprisant de Léa, marcha jusqu'à son lit sur lequel elle s'efforça de s'asseoir dignement, serrant les lèvres comme pour étouffer un gémissement de souffrance. Ses mains aux doigts violacés se portèrent à son cœur tandis que sa bouche s'ouvrait sur un appel muet. A ce moment-là, le médecin entra.

— Bon Dieu !

Il se précipita vers la malade, l'allongea doucement.

— Appelez l'infirmière, dit-il à Léa, tout en ouvrant sa serviette.

Quand Léa revint, suivie de Mme Lebreton, le médecin achevait de faire une piqûre dans le bras de Camille.

— Je vous avais dit de ne pas la quitter. Madame d'Argilat a failli mourir et celle-ci, fit-il en désignant Léa, qui la regardait sans bouger !

Léa allait répondre avec colère quand Josette entra, disant que Mme Mulsteïn demandait des nouvelles de madame.

— Je vais la recevoir.

Sarah Mulsteïn était à demi allongée sur un divan bas quand Léa entra dans le salon. Elle se souleva puis, reconnaissant la jeune fille, reprit sa pose alanguie.

— Excusez-moi, Léa, de ne pas me lever, mais je n'en peux plus. Comment va Camille ?

— Mal.

— Que pouvons-nous faire ?

— Rien, dit le médecin en entrant. Elle a besoin d'un repos absolu. Mademoiselle Delmas, ne pouvez-vous joindre son mari ?

— Mais, docteur, il est au front ! s'exclama Léa.

— C'est vrai, c'est vrai, cette guerre me fait perdre la tête. Je ne cesse de penser aux horreurs de la dernière, à tous ces morts inutiles puisque à nouveau ça recommence ! Pour le moment elle dort, reprit-il, en essuyant la buée de ses lunettes avec une pochette froissée, la crise est passée. Il faut absolument qu'elle prenne conscience qu'elle met la vie de son enfant en danger en ne se contrôlant pas. Je lui ai interdit la lecture des journaux et l'écoute de la T.S.F. Mais je doute de sa totale obéissance. Je dois partir, j'ai laissé mes instructions à Mme Lebreton. Je reviendrai demain. Au revoir, mesdames.

Pendant quelques instants, Sarah et Léa restèrent silencieuses.

— Pauvre Camille, elle a bien mal choisi son moment pour mettre un enfant au monde, soupira Léa.

— Croyez-vous ? dit Sarah en se levant. Que faites-vous ce soir, voulez-vous que nous dînions ensemble ?

— Avec grand plaisir, mais je dois rentrer me changer et prévenir mes tantes.

— Vous êtes très bien comme ça, vous prendrez un bain chez

moi. Appelez vos tantes, dites-leur que vous serez de retour avant dix heures.

Léa obéit. Seule Estelle était rue de l'Université, les demoiselles de Montpleynet n'étaient pas encore rentrées. Estelle insista pour que Léa soit bien de retour à l'heure dite.

Chez *L'Ami Louis*, la petite salle était comble. Le patron « puisqu'elles étaient des amies de M. Tavernier » fit mettre un guéridon de marbre devant la porte d'entrée dont il retira le bec, un jeune garçon accrocha l'écriteau « complet » et tira un rideau de velours crasseux, isolant le restaurant des regards de la rue.

Léa regardait autour d'elle avec curiosité. C'était la première fois qu'elle venait dans ce genre d'endroit qui ne correspondait en rien à l'idée qu'elle se faisait d'un restaurant élégant.

— Je vais vous emmener dans un bistrot à la mode, avait dit Sarah.

Les murs jaunâtres renvoyaient une lumière donnant aux convives des mines d'hépatiques. La sciure, jetée sur le carrelage cassé, formait sous les pieds de petits tas humides et sales, les chaises de bois étaient dures et inconfortables, le bruit et la fumée, fort gênants.

Avec dextérité, le garçon mit la table et le couvert. L'impeccable blancheur de l'ensemble, l'éclat des verres et de l'argenterie, rassura un peu Léa qui, pour dire quelque chose, se pencha vers sa compagne.

— Vous venez souvent ici ?

— Assez souvent. Comme je vous l'ai dit, c'est François Tavernier qui m'a fait connaître ce restaurant : le foie gras, la viande, le gibier et le vin y sont excellents. Le cadre n'est pas très attrayant, mais on l'oublie vite devant la qualité de la cuisine et la gentillesse du personnel.

— Comme vin, madame, que voulez-vous ?

— J'ai oublié le nom de celui que prend M. Tavernier, je le trouve très bon.

— Il est effectivement très bon, madame, c'est un Château La Lagune.

— Très bien, nous le boirons à sa santé.

Léa goûta le vin en connaisseur.

Depuis qu'elle était à Paris, Sarah habitait l'hôtel Lutétia pour ne pas avoir à s'occuper, disait-elle, des détails du quotidien. Lorsqu'elle était arrivée dans sa chambre deux heures auparavant en compagnie de Léa, elle avait envoyé promener ses chaussures à l'autre bout de la pièce et jeté son léger manteau sur un des lits jumeaux recouvert d'un chintz fleuri.

— Mettez-vous à votre aise, je vais faire couler l'eau.

Elle était ressortie de la salle de bains vêtue d'un long peignoir d'éponge bleue.

— La baignoire se remplit très vite. Les sels sont sur l'étagère. Voulez-vous boire quelque chose ? Moi, je vais me commander un alexandra, le barman de l'hôtel les fait très bien.

— D'accord pour un alexandra, avait dit Léa un peu intimidée par l'aisance de cette femme qu'elle connaissait à peine.

Un quart d'heure après, elle était ressortie à son tour, le visage rose, les cheveux relevés, enveloppée dans un peignoir mauve.

— Que vous êtes jeune, s'était exclamée Sarah. Je n'ai jamais vu un teint comme le vôtre, ni un tel regard, ni une bouche aussi belle. Je comprends que l'on soit amoureux de vous.

Sous l'avalanche de compliments, Léa avait rougi et s'était sentie mal à l'aise.

— Tenez, buvez votre verre. J'ai retenu une table dans un restaurant que j'aime bien. J'espère qu'il vous plaira.

Pendant qu'elle parlait, Sarah avait fouillé dans une des nombreuses valises ouvertes au milieu de la chambre, et en avait sorti de la lingerie bleu pâle et des bas gris foncé. D'une autre valise, elle avait retiré une robe de lainage rouge un peu froissé.

— Je n'en ai pas pour longtemps, avait-elle dit en disparaissant de nouveau dans la salle de bain.

« Quel désordre, avait pensé Léa, quand je pense que maman trouve que je suis désordonnée ! Que dirait-elle si elle avait une fille comme Sarah. »... Avec étonnement elle s'était rendu compte qu'elle n'avait pas pensé à sa mère depuis plusieurs jours. Elle s'était promis de lui écrire longuement.

— Mettez la T.S.F., avait crié Sarah à travers la cloison.

Léa avait regardé autour d'elle, déplaçant robes, manteaux, journaux : pas le moindre appareil ressemblant à une T.S.F. Sarah était

126

réapparue en courte combinaison, séchant ses cheveux mouillés avec une serviette.

— Pourquoi n'allumez-vous pas le poste ? C'est l'heure des communiqués.

— Je ne le trouve pas.

— Ah ! c'est vrai, j'avais oublié, ils sont venus le chercher pour le réparer. Vous n'êtes pas encore habillée ?

D'un geste, Léa avait indiqué que ses vêtements se trouvaient dans la salle de bain.

— Où ai-je la tête ce soir ? Je suis vraiment fatiguée.

Quand Léa était revenue dans la chambre, elle avait trouvé Sarah à moitié glissée sous un lit, cherchant ses chaussures qui se trouvaient en fin de compte dans la corbeille à papiers !...

Le garçon apporta une terrine de foie gras et d'épaisses tranches de jambon de Bayonne, tandis que le sommelier versait le vin.

— Pour suivre, il y a de la côte de bœuf, de la daube provençale, un carré d'agneau et des pigeonneaux aux petits pois.

— Prenez les pigeonneaux, ils sont exquis, conseilla Sarah.

Léa inclina la tête en souriant.

— Et maintenant, buvons à la santé de notre ami François, dit Sarah en levant son verre.

— Que voilà une idée qui me va droit au cœur, fit derrière elles la voix gaie de Tavernier. Il paraissait plus jeune avec ses cheveux légèrement décoiffés, son pull à col roulé et sa veste de tweed.

— François ! s'exclama Sarah. Quelle bonne surprise ! Je vous croyais enseveli sous les bombes allemandes !

— Cela a bien failli m'arriver, dit-il en s'inclinant pour baiser la main tendue où brillait un très beau diamant. Bonsoir, Léa, votre tante est-elle remise de sa peur ?

— Bonsoir. Pour l'instant, ça va.

— On m'a dit que vous aviez appelé. Rien de grave, j'espère ?

— C'est Camille qui voulait vous joindre. Je croyais que vous étiez au front ?

— J'y étais, je suis rentré en fin d'après-midi. Comme l'indique ma tenue, je n'ai pas eu le temps de me changer, me le pardonnez-vous ? Bien que la table soit petite, me permettez-vous de me joindre à vous ?

— Quelle question ! On va se serrer, dit Sarah.

— Garçon, apportez une chaise.

— Vous n'allez pas être très bien, monsieur Tavernier.

— C'est sans importance.

— Que voulez-vous manger, monsieur ?

— Une côte de bœuf très saignante.

Le sommelier vint resservir à boire. En silence, songeur, François Tavernier but son verre de vin. Léa mourait d'envie de lui demander ce qu'il avait vu, mais n'osait pas.

— Ne nous faites pas languir, s'écria Sarah, que se passe-t-il là-bas ?

Un éclair de contrariété passa dans les yeux sombres de Tavernier. Il regarda tour à tour ces deux jeunes femmes si différemment belles : la brune aux immenses yeux noirs, à la peau d'un blanc mat, au grand nez busqué et à la large bouche découvrant des dents admirables ; et la sauvage à la chevelure indisciplinée aux reflets flamboyants, au front têtu, à la bouche sensuelle, à l'étrange regard, dans lequel on avait envie de se perdre. Ce mouvement de la tête qu'elle avait quand elle était attentive...

— Parlons d'autre chose, je ne veux pas troubler vos jolies pensées. Nous parlerons de tout cela demain.

— Non, pas demain, maintenant, dit impétueusement Sarah Mulstein en saisissant le bras de Tavernier. J'ai le droit de savoir, continua-t-elle d'une voix assourdie, si les Nazis gagnent cette guerre, je ne reverrai jamais mon père et mon mari.

— Je sais, Sarah, je sais.

— Non, vous ne savez pas. Vous ne savez pas de quoi ils sont capables...

— Calmez-vous, Sarah, je sais tout ceci aussi bien que vous. Malgré la précipitation des événements, je n'ai pas perdu mes contacts en Allemagne et les nouvelles que j'ai ne sont pas mauvaises. Cependant...

— Cependant ?

— ... je me demande s'ils seront plus en sécurité en France.

— Comment pouvez-vous en douter, la France est un pays libre, une terre d'accueil, la patrie de la déclaration des droits de l'homme. Jamais la France n'emprisonnerait des Juifs sous le seul prétexte qu'ils sont juifs.

128

— J'admire votre confiance en la justice de mon pays. Je souhaite que vous ayez raison.

— Mais nous gagnerons la guerre, dit Léa qui n'était pas encore intervenue dans la conversation.

François Tavernier fut dispensé de répondre ; les plats arrivaient.

Tous les trois étant gourmands, mangèrent d'abord en silence puis, peu à peu, grâce au vin et à l'excellente nourriture s'efforcèrent de parler de tout et de rien. Le dîner s'acheva dans les rires et avec un début d'ivresse pour les femmes, surtout pour Léa qui avait beaucoup bu.

— Oh ! déjà dix heures et demie. Mes tantes vont être inquiètes, dit-elle en se levant.

— Venez, je vous raccompagne. Mettez ça sur ma note, dit François Tavernier en posant un pourboire sur la table.

Quand Léa arriva chez elle, ses tantes étaient bien trop épuisées pour lui faire la moindre observation sur son retard. Elles saluèrent distraitement Sarah Mulsteïn et François Tavernier, ne pensant qu'à une chose : retrouver leur lit.

— Donnez-moi des nouvelles de Camille, dit Sarah en partant après avoir embrassé Léa sur les deux joues.

— Je vous appellerai demain, fit François en s'effaçant pour laisser passer Sarah.

12.

Tout allait trop vite pour Léa depuis ce 14 mai où François Tavernier lui avait annoncé que la France venait de perdre la guerre.

Elles avaient suivi sur leur carte la formidable invasion allemande, n'arrivant pas à croire que cela fût possible, tremblant pour Laurent, dont Camille était sans nouvelles depuis l'offensive du 10 mai et qui se trouvait face aux divisions blindées de Gudérian. Malgré la censure des journaux et de la radio, elles devinaient, la rage au cœur, que des milliers de soldats français se faisaient tuer pour rien sur les routes de la Meuse et de la Somme. Les informations les plus alarmantes circulaient, colportées par des hordes de fuyards : pillages de villes et de villages, bombardements incessants, écrasement de la IXe armée commandée par Corap puis par Giraud qui tentait en vain d'en rassembler les débris, effondrement de la IIe armée, celle de Laurent, commandée par le général Huntzinger, espions que l'on voyait partout, enfants perdus, vieillards et malades abandonnés...

François Tavernier conseillait vivement à Léa et à Sarah de quitter Paris. Sarah refusait, disant que si son père et son mari réussissaient à s'évader d'Allemagne, c'est à Paris qu'ils pourraient se retrouver. Quant à Léa, elle ne pouvait plus partir, l'état de santé de Camille s'étant, après un léger mieux, aggravé.

Lisa avait eu gain de cause. Un instant rassurée par le limogeage du général Gamelin et surtout par l'arrivée comme vice-président du conseil du maréchal Pétain, la panique avait été la plus forte : deux jours après, Mlles de Montpleynet quittaient, en compagnie d'Estelle, la rue de l'Université, confiant Léa à Sarah Mulsteïn et à François Tavernier. Jusqu'à la dernière minute, elles espérèrent que leur nièce viendrait avec elles, tant elles redoutaient d'avoir à affronter les reproches d'Isabelle et de Pierre Delmas.

Pierre Delmas avait, à contrecœur, autorisé Léa à demeurer à Paris chez Camille surtout pour rassurer son vieil ami d'Argilat qui, malade, se désespérait de savoir sa belle-fille seule.

Enfin, le 30 mai, deux lettres de Laurent arrivèrent. Josette les porta triomphante dans le salon où se tenaient Camille et Léa, assises près de la fenêtre.

— Madame, madame, des lettres de monsieur !

Les deux jeunes femmes se levèrent d'un bond, le cœur battant, incapables de parler. La femme de chambre les regardait, le bras tendu, tenant dans sa main deux épaisses lettres couvertes de cachets militaires, surprise que sa bonne nouvelle ne soit pas mieux accueillie. Lentement Camille se rassit.

— Léa, je n'en ai pas le courage, veux-tu les ouvrir ?

Sans répondre, Léa arracha, plutôt qu'elle ne les prit, les deux lettres, déchira d'un index nerveux les enveloppes et déplia avec maladresse les feuillets de mauvais papier rayé, recouverts d'une écriture serrée. L'une des lettres était datée du 17 mai, l'autre du 28.

— Je t'en prie, lis, fit Camille d'une voix étouffée.

— Ma femme chérie, commença Léa.

Les mots dansaient devant ses yeux : « Ma femme chérie... » et ce n'était pas à elle qu'ils étaient adressés. Pour cacher son émotion, elle s'approcha de la fenêtre.

— Continue, je t'en supplie.

Au prix d'un effort que Camille ne pouvait deviner, Léa reprit d'un ton monocorde :

« Ma femme chérie, j'ai tant pensé à toi au cours de ces jours, seule, dans ton état, sans nouvelles de moi. A Paris, tu devais être mieux informée que nous ne l'étions ici. Tout est si incroyable ! Je tente en vain de comprendre ce qui s'est passé depuis que les Allemands ont envahi la Belgique, et le Luxembourg. J'étais parti pour faire mon devoir. Au lieu de cela, il a fallu se replier. De soldats, nous sommes devenus fuyards, parmi les colonnes de réfugiés. Partout, des voitures bondées, des motos, des vélos, des valises, des sacs empilés. Hommes, femmes en pleurs, enfants hurlant se traînaient à pied le long des routes, erraient dans une chaleur terrible.

« De jour en jour, les bombardements ennemis se multiplient. Les villages déserts sont mis à sac. Il ne reste que les animaux : cochons, veaux errants, poulains affolés, vaches meuglantes nous suivant dans l'attente de la traite.

« Ma chérie, seule la pensée de te savoir en sécurité me soutient. Je n'aurais pas voulu que tu voies dans les fossés, dans les champs, la masse de réfugiés couchés comme des cadavres, hurlant de terreur sous les rafales lâchées par les avions.

« Je hais la guerre, tu le sais ; mais j'ai honte devant la débandade de nos troupes, j'ai honte devant la déroute de nos chefs. Tous ces jours, j'ai pensé à toi, à notre enfant, à mon père, aux Roches-Blanches, à tout ce qui fait ma raison de vivre. Et à l'honneur... Parfois j'enrage de ne pas être en ligne, de ne pas repousser l'ennemi, les armes à la main. J'avais envie de vomir, de pleurer en voyant les pyramides de chevaux blessés, empalés, écrasés. Tous ces jours, j'ai dormi dans les bois, dans les granges, mangé ce que j'ai pu trouver. Je suis épuisé, fourbu, humilié. Que peut-on faire ? »

Léa tendit à Camille les feuillets de la première lettre, lui laissant le soin de lire les formules tendres qui la terminaient et qui lui faisaient si mal.

— Je t'en prie, ma chérie, lis-moi l'autre. Nous, qui l'aimons, je veux que nous sachions ensemble ce qu'il fait, ce qui lui arrive !

Léa sursauta, se demandant ce que Camille voulait dire avec son « nous qui l'aimons ». Avait-elle deviné la nature des sentiments qu'elle portait à Laurent ? Ou était-elle trop sottement confiante ?

La seconde lettre était datée du 28 mai 1940 :

« Ma douce amie. Bien du chemin parcouru depuis ma dernière

lettre. Sais-tu que je suis à peine à cinquante kilomètres de Paris et que de te savoir si près sans pouvoir te voir me fait enrager. Tes lettres sont arrivées toutes en même temps. Je suis très heureux et rassuré de savoir Léa installée auprès de toi. Dis-lui toute ma gratitude et mon affection.

« J'ai reçu également des nouvelles de mon père, hélas, pas très bonnes. Je crains que cette guerre qu'il redoutait tant pour la France, les revers que nous subissons, n'aggravent son état. Notre moral à tous est plutôt sombre et la lecture des journaux, que nous ne recevions plus, n'a rien arrangé : les bombardements de Hollande et de Belgique, l'occupation d'Amiens, d'Abbeville, de Boulogne, de Calais, les divisions alliées pratiquement encerclées dans les Flandres, le limogeage de Gamelin et son remplacement par le "jeune" Weygand... Peut-être que l'espoir et l'honneur de la France seront sauvés par la nomination du maréchal Pétain à la vice-présidence du Conseil...

« Je t'envoie mon journal de tous ces jours de guerre. Si tu en as le courage, lis-le. Peut-être y verras-tu plus clair. Pardonne-moi, de t'ennuyer avec le récit de mes problèmes de ravitaillement, et de courses à travers bois. Ce sont de bien piètres péripéties, mais elles sont mon quotidien depuis le 10 mai. Comme je te l'ai dit, je me réjouis de ne pas me battre, non par lâcheté, je te supplie de me croire, mais par horreur du sang versé. Cependant, comme je te l'ai déjà écrit, ces victoires allemandes, notre infériorité, manifeste du moins dans mon secteur, me sont une honte et une douleur permanentes.

« Ma Camille, je dois te laisser, le colonel me fait donner l'ordre de venir le rejoindre. Prends bien soin de toi, je t'aime. »

Léa tendit à Camille les feuillets du journal. Camille les posa sur ses genoux, essayant de fixer son attention sur les premières pages et répétant comme pour elle-même :

— Il va bien, il est vivant.

— Evidemment qu'il est vivant, sinon il n'écrirait pas, fit Léa excédée.

Sans répondre, Camille parcourut les pages du journal, datées du 10 mai au 27 mai 1940. Le visage figé par la stupeur, elle lisait le récit, jour après jour, de la déroute, ponctuant sa lecture de phrases dites à voix haute :

« La Ferté-sur-Chiers, Beaufort... Je repars aux nouvelles... Le colonel est absent et beaucoup pensent qu'il est perdu... Trouver des vivres, trouver du fourrage... Un de mes hommes vient de sauter sur une mine... Un brigadier a été assassiné par un soldat ivre... Ma seule obsession, avec Wiazemsky, est d'organiser le ravitaillement. Nous parvenons à traire les vaches errantes pour donner du lait aux enfants... Dans la soirée, les avions sont revenus accompagnés d'un sifflement terrible, suivi d'explosions. Aplatis par terre, nous faisons la première expérience des torpilles à sifflets... Au bord du fossé un adjudant pleurant seul... Nous couchons dans la grange... »

— Pauvre Laurent, murmura Camille, lui qui ne peut dormir que dans un lit !

Léa lui lança un regard haineux.

— Ecoute, Léa, fit Camille ravie, le 24 mai, il s'est arrêté à Châlons :

« Impression inoubliable de retrouver une grande ville avec des civils, des magasins, des cafés. Bon dîner, fine, et cigare : la guerre a quelquefois du bon. Impression prodigieuse de se coucher dans des draps frais après un long bain. »

Léa, au comble de la colère, regarda Camille terminer sa lecture.

— Je l'envie, il n'est pas obligé, lui, de rester confiné.

— Comment peux-tu dire cela ? s'écria Camille. Laurent risque sa vie tout autant que ses camarades !

— Peut-être, mais il n'a pas le temps de s'ennuyer.

Camille regarda son amie avec tristesse.

— Tu t'ennuies donc tellement auprès de moi ? Je sais bien que ce n'est pas très drôle de jouer les garde-malades. Sans moi, tu serais retournée auprès de tes parents. Oh ! ce que tu dois m'en vouloir, fit Camille éclatant en sanglots.

— Arrête de pleurer, tu vas avoir un malaise et Mme Lebreton dira que c'est encore de ma faute.

— Excuse-moi, tu as raison. Pourquoi ne sors-tu pas davantage ?

Sarah Mulsteïn et François Tavernier t'ont souvent invitée. Pourquoi refuses-tu ?

— Cela me suffit bien de les voir ici tous les après-midi.

— Mais, ils ne viennent pas tous les après-midi !...

— C'est possible, mais c'est encore trop.

Camille baissa la tête avec accablement.

— Je les aime bien. François est si bon, si gai...

— Je me demande ce que tu lui trouves à ce planqué...

— Léa ! Tu sais bien que ce n'est pas vrai, qu'il a ici d'importantes responsabilités et que le gouvernement le consulte fréquemment.

— C'est lui qui te raconte ça, tu es trop naïve, ma pauvre fille. C'est comme Sarah, ça ne m'étonnerait pas que ce soit une espionne.

— Là, tu exagères, tu lis trop de mauvais romans et vois trop de méchants films...

— Je tue le temps comme je peux.

— Ma Léa, je t'en prie, ne nous disputons pas. Réjouissons-nous plutôt de savoir Laurent en bonne santé.

— Pour le moment, c'est la tienne qui compte. Crois-tu que le médecin te permettra de partir ?

— Je n'en sais rien, soupira Camille. J'aimerais tellement être aux Roches-Blanches, près du père de Laurent. J'ai si peur pour mon enfant !

On frappa à la porte. Josette entra.

— C'est Mme Mulsteïn et M. Tavernier.

— Faites-les entrer, s'écria Camille, dont le pâle visage rosit de plaisir.

— Encore eux ! s'exclama Léa avec humeur.

Sarah Mulsteïn, un bouquet de roses à la main, traversa la pièce pour aller embrasser Camille. Elle sourit en remarquant les feuillets des lettres de Laurent éparpillés sur la couverture de satin crème.

— Je vois que vous avez reçu des nouvelles de notre soldat. Elles doivent être bonnes si j'en juge par votre mine qui est bien meilleure et votre regard, qui est presque gai.

— Oui, je me sens si soulagée. Que vos roses sont belles ! Vous êtes si bonne pour moi. Merci, Sarah.

— Bonjour, Léa. Quel air sombre ! Que vous arrive-t-il ?

— Rien, je m'ennuie, dit Léa en se laissant embrasser par Sarah.

— Laissez-moi admirer cette mine, dit François Tavernier en se penchant pour baiser la main que lui tendait Camille. C'est ma foi vrai, vous êtes presque aussi rose que vos fleurs.

— Je crois que vous exagérez un peu, fit la jeune femme en riant. Et vous, Sarah, avez-vous des nouvelles de votre mari ?

Avant de répondre, Sarah Mulsteïn retira son extravagant chapeau de feutre noir, traversé d'une longue plume rouge. Elle s'assit sur un fauteuil bas, près du lit, tirant machinalement la jupe plissée de son tailleur.

— Oui, j'en ai reçu hier...

— Je suis vraiment heureuse pour vous...

— ... Ils l'ont envoyé dans un camp en Pologne, continua Sarah.

— Oh non ! s'écria Camille.

Léa, qui s'était tenue à l'écart, s'approcha de François Tavernier et lui dit d'un ton méprisant :

— Je croyais que vous deviez le faire sortir d'Allemagne ?

— Cela a échoué.

— François a fait tout ce qui était possible, dit Sarah d'une voix lasse.

— Comment en êtes-vous si sûre ? répliqua Léa avec véhémence.

— Léa !...

— Laissez, Camille, vous savez bien que notre belle amie me prend pour un espion, un salaud et j'en passe, fit-il avec une apparente désinvolture.

— Laissez-moi lui répondre, François. Mon père m'a téléphoné de Lyon. C'est par lui que je connais les circonstances de l'arrestation de mon mari. Les Nazis se sont vengés sur lui de ne pouvoir garder un artiste trop mondialement connu. Sans les nombreuses interventions de François, ce n'est pas seulement mon mari qui aurait été déporté... Papa sera à Paris demain.

Un pénible silence tomba sur eux. Ce fut Léa qui le rompit.

— Excusez-moi, François, et vous aussi, Sarah.

— Je vous l'ai déjà dit, Léa : comme vous êtes jeune ! Vous parlez trop vite, sans savoir. Il va falloir vous habituer à plus de prudence, maintenant. Vous qui voyez des espions partout, méfiez-vous de la cinquième colonne, dit Sarah.

Léa se détourna pour cacher son agacement, puis regarda sa montre.

— J'ai complètement oublié que j'avais un rendez-vous. A ce soir, Camille, je te laisse en bonne compagnie.

François Tavernier sortit derrière elle et la rejoignit dans l'entrée où, devant une haute glace, elle fixait son chapeau.

— Ce chapeau ne vous va pas, il vous vieillit. Couleur mise à part, il irait parfaitement bien à votre tante Lisa...

Léa se retourna avec colère.

— Vous n'y connaissez rien. C'est un chapeau d'*Agnès*, tout ce qu'il y a de plus élégant.

— Ma pauvre amie, ne jouez pas les Parisiennes. Vous êtes tellement plus séduisante en sauvageonne de Montillac, surtout quand vous êtes rouge comme en ce moment.

— Je ne suis pas rouge et votre avis m'est bien égal. Laissez-moi tranquille.

— Non, j'ai à vous parler. Allons dans votre chambre.

— Vous n'y pensez pas !

— Cessez de faire votre mijaurée. Ça, non plus, ça ne vous va pas. Venez.

La prenant par le bras, il l'entraîna vers une des portes.

— Voulez-vous me lâcher ou je crie.

— Criez si cela vous chante. Vous ne voulez pas marcher ? Alors, je vais vous porter.

Joignant le geste à la parole, il souleva Léa qui, contrairement à sa menace, ne cria pas, mais tenta de se dégager en le martelant de coups de poing.

— C'est bien ici, n'est-ce pas, l'antre virginal ? fit-il en poussant de l'épaule une porte entrebâillée.

— Lâchez-moi ! voulez-vous me lâcher ?

— A vos ordres, chère amie.

D'un geste négligent, Tavernier la jeta sur le lit.

Léa rebondit avec un grognement de rage impuissante, se redressa, décoiffée, les cheveux dans les yeux, et s'accroupit prête à bondir. François fut plus rapide qu'elle et se retrouva sur le lit, immobilisant ses poignets.

— Brute, salaud...

— Comme je vous l'ai dit à maintes reprises, votre vocabulaire injurieux est des plus limités. Vous manquez de lectures. Allez, assez joué, je dois vous parler. M'écouterez-vous ?

— Allez vous faire...

— Là, vous allez en dire trop. Si vous ne vous tenez pas tranquille, je vous embrasse.

Léa cessa de se débattre instantanément.

— Vous vouliez me parler ? De quoi s'agit-il ? demanda-t-elle sérieusement.

— De vous et de Camille. Vous devez partir. Vous n'êtes pas en sécurité à Paris.

— Je le sais bien, fit Léa en se frottant les poignets. Est-ce de ma faute, si le médecin la dit intransportable ?

— J'en parlerai avec lui. D'ici quelques jours, les Allemands seront à Paris, et moi-même, j'aurai rejoint le front...

— Tiens ! Quelle drôle d'idée ! Je pensais que vous n'aimiez pas les causes perdues.

— En effet, je ne les aime pas. Mais là il s'agit d'autre chose.

— De l'honneur, peut-être, dit Léa du ton le plus blessant qu'elle put.

Devant le regard qu'il lui lança, elle se recroquevilla sur le lit, s'attendant à être battue. Comme aucun coup ne venait, elle leva les yeux sur lui et se sentit rougir de honte en voyant son visage bouleversé. Une envie de se jeter dans ses bras, de lui demander pardon l'envahit. Peut-être l'aurait-elle fait, s'il n'avait à ce moment-là éclaté de rire.

— L'honneur !... peut-être... mais c'est un sentiment dont je suis indigne ! Il faut sans doute s'appeler Laurent d'Argilat pour savoir de quoi il s'agit.

— Laissez Laurent et son honneur. Revenons à notre éventuel départ.

— Savez-vous conduire ?

— Oui, j'ai passé mon permis à Bordeaux juste avant de venir à Paris.

— Je vais essayer de réquisitionner, louer, acheter ou voler une ambulance ou une voiture confortable dans laquelle Camille pourra voyager allongée. Vous emmènerez avec vous Mme Lebreton et Josette.

— Quoi ! Vous nous laisseriez partir seules ?

— Le moyen de faire autrement ? Tous les hommes valides sont au front. Et puis, vous êtes de taille à vous débrouiller.

Sans répondre, Léa baissa la tête. François Tavernier fut ému par ce signe d'impuissance. Il attrapa à pleines mains les lourdes boucles relevant ainsi le joli visage. De grosses larmes roulaient sur les joues encore empreintes d'enfance. Il baisa doucement les yeux puis glissa vers les lèvres qui, passives, acceptèrent le baiser. Il s'assit sur le lit, lâcha les cheveux et coucha Léa près de lui.

— Mon petit, pleurez si cela vous soulage.

A cette voix grave et douce qui lui rappelait celle de son père, Léa éclata en sanglots et se blottit contre François.

— Je voudrais rentrer à la maison... j'ai si peur que Camille perde son bébé... que dirait Laurent ?... pourquoi papa ne vient-il pas me chercher ?... C'est vrai que les Allemands violent toutes les femmes ?...

— Tu vas rentrer, ma chérie, ne t'inquiète pas, je vais m'occuper de tout...

— ... mais, vous avez dit que vous alliez partir...

— J'arrangerai tout avant mon départ.

François s'en voulait un peu de profiter de la situation, ses lèvres se faisaient plus pressantes, ses mains plus audacieuses, mais cela avait pour effet de calmer Léa qui, peu à peu, lui rendait ses baisers.

Des éclats de voix dans l'entrée les arrachèrent à ce court instant de plaisir.

Avec un reste de douceur, Léa repoussa François Tavernier, se leva et remit de l'ordre dans ses vêtements froissés.

— Ne restez pas planté comme ça à me regarder, essuyez-vous la bouche, vous êtes plein de rouge à lèvres et coiffez-vous, dit-elle en lui montrant les brosses sur la coiffeuse.

Avec un sourire, il lui obéit.

— On dirait que c'est le docteur et Mme Lebreton qui se disputent, fit Léa en tendant l'oreille.

On frappa à la porte.

— C'est Josette, mademoiselle Léa. Le docteur voudrait vous parler.

— C'est bien, dites-lui que j'arrive. Que peut-il bien avoir à me dire ? fit-elle en se retournant vers François.

Celui-ci écarta les bras en signe d'ignorance.

— Je vais vous quitter. Je dois préparer le conseil qui se tient demain à Paris avec Churchill et ses trois plus proches collaborateurs.

— Qu'attendez-vous de cette réunion ?

— Pas grand-chose. Reynaud souhaite obtenir de nouveaux avions de la R.A.F. Il ne les obtiendra pas. De même qu'il n'obtiendra pas que les troupes françaises bloquées à Dunkerque soient évacuées en même temps que les troupes britanniques.

— Alors, pourquoi cette rencontre ?

— Pour ne pas perdre le contact, pour essayer de connaître la position exacte de nos alliés, savoir quelle serait leur attitude en cas d'armistice séparé.

— Armistice séparé ?...

— On en parle. Pensez à autre chose. Il ne faut pas que ce soit un sujet de préoccupation pour une jolie femme. C'est une affaire d'homme, fit-il avec emphase en l'attirant à lui.

Elle ne résista pas et le regarda comme jamais elle ne l'avait regardé.

— Je n'aimerais pas qu'il vous arrive quelque chose, petite.

Léa parut déçue de ne pas recevoir de baiser. Sa moue le fit sourire.

— C'est assez pour aujourd'hui. Je vais m'occuper de vous trouver un véhicule. Dans deux jours, je vous tiendrai au courant. Allez voir ce que vous veut le docteur Dubois.

Sans répondre, Léa quitta sa chambre.

— Ah ! ce n'est pas trop tôt. Croyez-vous, mademoiselle Delmas, que je n'ai pas autre chose à faire qu'à vous attendre ? s'écria le médecin, tandis que Léa entrait dans le salon.

— Excusez-moi, docteur, je pensais que vous étiez auprès de Mme d'Argilat.

— Mme d'Argilat va très bien. Ce n'est pas d'elle qu'il s'agit...

— Alors, nous pouvons partir ? s'exclama Léa avec joie.

— Cela aurait été possible, si Mme Lebreton n'avait donné son congé sous des prétextes futiles.

— Des prétextes futiles, dit l'infirmière, dont Léa n'avait pas remarqué la présence. J'apprends que mon gendre, grièvement blessé, se trouve en Bretagne et que ma fille veut absolument aller

140

le rejoindre avec ses deux enfants. Vous appelez ça des choses futiles !

— Votre fille est assez grande pour voyager sans sa mère, fit le médecin avec mauvaise foi.

— Avec des enfants de trois et cinq ans. On voit bien, docteur, que vous n'avez jamais eu d'enfants.

— Et je m'en félicite par les temps qui courent.

— Madame Lebreton, vous ne pouvez pas me laisser seule avec Camille, je suis incapable de la soigner, de lui faire ses piqûres.

— Je suis désolée, je dois penser à ma famille. Mettez-la à l'hôpital.

— Vous savez parfaitement, madame Lebreton, qu'il n'y a plus une place dans les hôpitaux actuellement et que certains sont évacués, dit le médecin.

— Je n'y peux rien, répliqua sèchement l'infirmière. Je prends ce soir le train pour Rennes. Mademoiselle Delmas, c'est l'heure de la piqûre de Mme d'Argilat. Si vous le voulez bien, je vais vous montrer comment la faire. Ce n'est pas très compliqué.

Sarah Mulsteïn était encore dans la chambre de Camille quand les deux femmes entrèrent suivies du docteur Dubois. Celui-ci s'efforça à prendre un ton guilleret pour lui annoncer :

— Mme Lebreton doit nous quitter pour des raisons de famille. Elle va montrer à Mlle Delmas comment faire votre piqûre.

Camille pâlit avec un pauvre sourire et dit :

— J'espère, madame, que ce n'est pas trop grave. Je vous remercie de vos bons soins. Ma pauvre Léa, je te donne bien du souci.

— Tournez-vous, bougonna l'infirmière qui avait préparé sa seringue.

Sarah et le médecin s'éloignèrent un peu, tandis que Mme Lebreton disait :

— Regardez, ce n'est pas bien difficile : vous enfoncez d'un coup sec... vous appuyez lentement...

13.

Paris se vidait de ses habitants.

Le bombardement, le lundi 3 juin, des aéroports d'Orly, du Bourget et de Villacoublay, des usines Citroën et d'immeubles dans les 15ᵉ et 16ᵉ arrondissements, avaient fait près de 300 morts. Tôt le matin, les premières voitures partirent vers le sud du pays. Mais la masse des Parisiens se précipita dans les gares de Lyon et d'Austerlitz, se mêlant au flot des réfugiés du Nord et de l'Est.

Une torpeur et un silence dignes d'un mois d'août étaient tombés sur la place Saint-Sulpice que traversait Léa pour se rendre à la mairie retirer les cartes d'alimentation des trois habitantes du boulevard Raspail. Sans la feuille de coupons de couleur jaune collée à l'intérieur de la carte, pas de sucre. Déjà le lait, le café et le beurre se faisaient rares ; on pouvait se demander de quoi seraient bientôt composés les petits déjeuners.

Quand elle ressortit de la mairie après deux heures d'attente, Léa était de fort méchante humeur. Fatiguée d'être restée aussi longtemps debout dans des couloirs aux senteurs d'eau de Javel, de vieux papiers et de sueur, elle s'assit sur un des bancs face à la fontaine, ramenant contre elle l'imperméable beige emprunté à Camille. Il ne faisait pas très chaud, des nuages menaçants

142

balayaient le ciel, d'où la mort pouvait tomber à chaque instant. Elle se souvenait avec agacement du calme de Camille quand avaient retenti les sirènes, puis le ronflement assourdissant des avions survolant Paris, et enfin l'éclatement des bombes. Léa avait insisté pour qu'elle descendît dans les caves de l'immeuble aménagées en abri. Têtue, elle n'avait rien voulu savoir, disant qu'elle préférait voir venir la mort plutôt que d'être enterrée vive. La rage au cœur et la peur au ventre, Léa était restée auprès d'elle, la tête enfouie sous des coussins de soie.

Et François Tavernier qui ne donnait pas signe de vie ! Il était impossible qu'il fût parti pour le front sans l'avoir revue et surtout sans avoir tenu sa promesse de lui procurer un moyen de quitter Paris. On était déjà le 6 juin.

— Voilà un froncement de sourcil qui n'annonce rien de bon, dit un homme en s'asseyant près d'elle.

Léa allait le rabrouer, quand elle reconnut Raphaël Mahl.

— Tiens, bonjour, vous n'êtes pas parti ?

— Pour aller où ?

— Au diable, si vous voulez !

— Ça, ma chère, nous y allons tous et cela n'est pas pour me déplaire. J'ai toujours aimé les diables blonds, surtout en uniforme. Pas vous ? Ça nous changera de tous ces Français rondouillards et front popu, de tous ces métèques au nez crochu.

— Taisez-vous, c'est ignoble ce que vous dites.

— En quoi est-ce ignoble ? N'est-ce pas à cause d'eux que nous allons perdre la guerre, des Blum et compagnie ? Je les connais bien, allez. Je suis à demi juif, vous savez.

— J'ai une amie juive, dont le mari a été arrêté uniquement parce qu'il était juif.

— Et alors, ça ne vous paraît pas une raison suffisante ?

— Quelle horreur ! s'exclama Léa en se levant d'un bond.

— Allons, chère amie, calmez-vous, je plaisantais, dit-il, se levant à son tour et lui prenant le bras.

Léa se dégagea avec impatience.

— Excusez-moi, je dois rentrer.

— Attendez, j'ai une amie moi aussi. Elle m'a chargé de vendre une de ses fourrures, de magnifiques renards argentés. Je vous les laisserais à un très bon prix, vous feriez une excellente affaire.

— Je ne savais pas que les fourrures vous intéressaient.

— Dans ce cas, il ne s'agit que de rendre service à une amie qui a besoin d'argent pour quitter Paris. Que voulez-vous, elle est juive aussi, et les Nazis lui font peur. Moi, c'est plutôt l'ennui qui me fait peur. Si les renards ne vous intéressent pas, j'ai aussi des tapis, de ravissantes carpettes anciennes de grande beauté.

— Vous voilà marchand de tapis, maintenant. Je croyais que vous étiez écrivain.

Le visage au large front dégarni de Raphaël Mahl perdit instantanément son expression de gouaille bonhomme. Un sourire las et triste donna à cette physionomie, où la veulerie se marquait aisément, une beauté mélancolique, soulignée par le regard insoutenable d'intelligence.

— Oui, je suis écrivain. Écrivain avant tout. Vous n'êtes qu'une femme, que pouvez-vous comprendre de la vie d'un écrivain, de son combat quotidien entre son désir de vivre et son désir d'écrire ? Ce sont deux choses incompatibles. Je suis comme Oscar Wilde, je veux mettre du génie dans mes œuvres et dans ma vie. Et cela ne se peut. J'enrage, mais il faut choisir : vivre ou écrire. Je porte en moi un grand livre, je le sais, mais mon désir de participer aux mouvements du monde, à ses passions, m'oppresse tellement que mon travail s'en ressent. Il faut, comme l'écrivaient les Goncourt dans leur *Journal*, « des jours réguliers, calmes, apaisés, un état bourgeois de tout l'être, un recueillement *bonnet de coton*, pour mettre au jour du grand, du tourmenté, du dramatique. Les gens qui se dépensent trop dans la passion ou dans le tressautement d'une existence nerveuse, ne feront pas d'œuvre et auront épuisé leur vie à vivre ». *ÉPUISER MA VIE À VIVRE...* voilà ce qui m'arrive. Vous, les femmes, votre manque d'imagination vous protège, votre seule création est celle de l'enfantement. Certes, il y a chez vous des monstres sublimes comme Mme de Noailles ou Colette, ah ! l'admirable artisan des lettres que cette femme-là, mais peu de cette véritable intelligence, qui est par essence masculine.

— Masculine, l'intelligence ? Comment osez-vous dire cela, alors que ce pays, aux mains des seuls êtres possédant, d'après vous, la véritable intelligence, est en train de s'effondrer lamentablement.

144

— Nous sommes vaincus par une intelligence et une force supérieure, devant lesquelles il faut s'incliner.

— S'incliner devant ces sauvages ?

— Mon petit chou, votre tête est bien faite, mais vide. Vous ne faites que répéter les propos de votre concierge. Cette guerre qui vous semble si sauvage sera bénéfique à la France. Déjà, en 1857, les Goncourt, encore eux, écrivaient : « La sauvagerie est nécessaire tous les quatre ou cinq cents ans, pour revivifier le monde. Le monde mourait de civilisation. Autrefois, en Europe, quand une vieille population d'une aimable contrée était convenablement anémiée, il lui tombait du Nord sur le dos des bougres de six pieds qui refaçonnaient la race. » Les Allemands seront ces bougres qui redonneront à notre race anémiée le sang nouveau de sa résurrection. Croyez-en, mon petit, un pédéraste escroc, qui a bien observé, pour les besoins de la littérature — et ses propres besoins parfois — cet animal pensant que l'on appelle l'homme. Cet homme que Dieu un jour a rejeté de sa vue, ce dont, pauvre bête, il ne s'est jamais consolé. Souvenez-vous du beau vers de Lamartine : « L'homme est un ange déchu qui se souvient des cieux. »

— J'ai l'impression d'entendre mon oncle Adrien qui est dominicain, dit en se moquant Léa.

— Lui a fait le bon choix. « Pour un homme comme lui, il n'y avait que le froc. » Autrefois, j'ai voulu être prêtre. Moi, le juif, je m'étais converti. Des amis, catholiques fervents, soutenaient mon désir. A la veille de l'ordination, je me suis enfui du séminaire et j'ai passé trois jours dans un bordel de garçons. Ah ! c'était divin. Après l'odeur sure des aisselles ecclésiastiques, après les joues dévorées d'acné de mes camarades de dortoir, dont l'état de rut obsédant polluait les caleçons et les draps, après les matins assombris par cette chair raide pointant sous la soutane, quel bonheur de caresser, de baiser, les corps tendres et parfumés des petites putains mâles. Que pouvez-vous comprendre, fillette sans doute vierge, qui ne connaissez même pas les fades enlacements saphiques ?

— En effet, je ne comprends pas. Vous me dégoûtez.

— C'est vrai que je suis un ignoble dégoûtant ! s'exclama-t-il en éclatant de rire. Hé, midame, t'y sûre d'y pas vouloir achété tapis, ou belle fourrure ? Je t'y fais un prix, pace que toi, jolie, continuat-il en la suivant avec des mines grotesques.

Il s'était composé une physionomie à la fois si rusée et si basse que Léa se mit à rire.

— Vous êtes fou, mon pauvre Raphaël. Je ne sais pas pourquoi je tolère que vous m'adressiez la parole.

— Parce que je vous amuse, ma chère, et que mes propos décousus vous sortent de votre torpeur adolescente. Il faut grandir, mignonne, l'époque que nous vivons n'est plus à l'enfance.

Pendant quelques instants, ils marchèrent en silence. A l'angle de la rue de Grenelle et de la rue des Saints-Pères, Raphaël Mahl s'arrêta :

— Voulez-vous venir prendre le thé chez moi ? Un ami m'a prêté un ravissant appartement rue de Rivoli. La vue sur les Tuileries y est charmante.

— Je vous remercie, ce n'est pas possible. L'amie chez laquelle j'habite est malade. Elle doit s'inquiéter : il y a plus de trois heures que je suis partie.

— Demain, alors ? Promettez-moi de venir, je voudrais vous donner quelques livres que j'aime. C'est si important d'aimer les mêmes livres quand on veut devenir amis.

Léa le considéra avec une sympathie dont elle ne pouvait se défendre et qu'elle ne comprenait pas.

— Si je peux, je viendrai, je vous le promets.

Il griffonna sur une enveloppe marquée N.R.F. son adresse et son numéro de téléphone.

— Je vous attendrai à partir de 4 heures. Si vous ne pouvez pas venir, téléphonez-moi. Je compte sur vous, à demain.

— A demain, dit-elle en glissant l'enveloppe dans sa poche. Elle courut dans la rue de Grenelle, déserte jusqu'au boulevard Raspail.

Léa n'eut pas le temps d'introduire sa clé dans la serrure : la porte de l'appartement s'ouvrit sur Camille habillée à la hâte d'un tailleur bleu marine qui soulignait la rondeur de son ventre et faisait ressortir la pâleur de son visage amaigri.

— Enfin te voilà, s'écria-t-elle en se retenant au mur pour ne pas tomber.

— Tu es complètement folle, que fais-tu debout ?

— J'allais te chercher, murmura-t-elle en glissant le long du mur, évanouie.

— Josette, Josette, venez vite !

La jeune femme de chambre apparut à la porte de l'office et poussa un cri en voyant Camille allongée par terre sans connaissance.

— Aidez-moi, au lieu de rester plantée là comme une idiote.

Décoiffée, la figure rouge, Josette aida Léa à porter la malade dans sa chambre et à l'allonger sur le lit.

— Déshabillez-la, je vais lui faire une piqûre.

Quand Léa revint, une seringue à la main, Josette recouvrait Camille, qui n'avait plus sur elle qu'une mince combinaison de soie rose.

La piqûre faite, Léa scruta avec angoisse le pauvre visage aux narines pincées. Jamais Camille n'avait mis aussi longtemps à revenir à elle.

— Pourquoi l'avez-vous laissée se lever ?

Accroupie au pied du lit, Josette sanglotait.

— Ce n'est pas ma faute, mademoiselle, je préparais le thé à la cuisine. J'avais laissé madame bien tranquille écoutant la T.S.F. quand, tout à coup, même que j'ai failli casser la théière tant elle m'a fait peur, je l'ai vue derrière moi, pieds nus, les yeux fous, répétant sans cesse : « Il faut aller chercher Léa, il faut aller chercher Léa... » J'ai essayé de la reconduire dans sa chambre, elle m'a repoussée en me disant : « Faites les valises, les Allemands arrivent. » Alors, j'ai eu peur, j'ai cru qu'elle avait entendu la nouvelle à la T.S.F. J'ai couru faire les bagages pendant que madame s'habillait. A ce moment-là, vous êtes arrivée... Dites, mademoiselle, c'est vrai que les Boches arrivent ?

— Je n'en sais rien. Appelez le docteur Dubois, qu'il vienne de toute urgence.

— Bien, mademoiselle.

Penchée sur Camille, Léa essayait de lui faire respirer des sels. « Et si les Allemands arrivaient », pensa-t-elle avec un début de panique.

— Mademoiselle, le docteur n'est pas là et on ne sait pas quand il rentrera.

— Léa...

Camille ouvrit lentement les yeux.

— Léa... tu es là... j'ai eu peur que tu sois partie... A la radio...

on dit que le gouvernement va quitter Paris... dit-elle en s'agrippant au bras de la jeune fille.

— Allez, calme-toi. Je viens de rentrer et il n'y a pas d'Allemands dans les rues. Tout est tranquille, il n'y a que toi pour t'agiter inutilement. Laurent ne serait pas content de te voir si peu raisonnable. Repose-toi, essaie de dormir. Le docteur Dubois va venir, mentit Léa.

— Pardonne-moi, j'ai si peur quand tu n'es pas là.

Quand Camille s'endormit, il faisait presque nuit et le médecin n'était pas encore venu.

Léa eut faim et alla dans la cuisine chercher quelque chose à manger. Rien. Il n'y avait rien à part quelques gâteaux secs. Furieuse, elle chercha Josette pour se plaindre de ce manque de provisions. Elle la trouva assise dans le salon obscur, habillée prête à partir, une valise à ses pieds.

— Que faites-vous dans le noir et pourquoi avez-vous votre manteau et votre chapeau à la maison ?

— Mademoiselle, je veux partir. Je veux retourner en Normandie chez mes parents.

Léa la regarda avec des yeux horrifiés.

— Vous voulez m'abandonner avec une malade !

— J'ai peur, mademoiselle, j'ai trop peur... Je veux retourner chez moi.

— Cessez de pleurnicher. Ils sont déjà chez vous, les Allemands. Si ce n'est aujourd'hui, ce sera demain. Vous feriez mieux d'aller vous coucher.

— Mad...

— Taisez-vous, et demain, pensez à acheter de quoi manger. Bonne nuit.

Léa sortit, laissant là la malheureuse fille sanglotante et désemparée.

Vers 6 heures, le lendemain matin, Léa fut tirée d'un mauvais sommeil par la sonnette de l'entrée. Elle pensa que c'était le docteur Dubois. Elle ramassa son kimono et se leva du canapé de la chambre de Camille sur lequel elle avait passé la nuit. En bâillant, elle alla ouvrir la porte.

Un homme, en uniforme taché de boue, le visage sale, couvert d'une barbe de plusieurs jours, se tenait devant elle.

148

— Laurent...

— Non, ce n'est pas Laurent, ce n'est que moi. Vous ne semblez pas très bien réveillée, ma chère amie. Puis-je entrer ?

Léa s'écarta pour laisser passer François Tavernier.

— Ne faites pas cette tête. Me prenez-vous pour un revenant ?

— Presque. Où étiez-vous durant tous ces jours ? Plusieurs fois je vous ai appelé, mais vous n'étiez jamais là.

— Comme ma tenue vous l'indique, je n'étais pas chez Maxim's.

— Arrêtez de vous moquer. Vous deviez me rappeler et j'ai attendu.

— Comme c'est gentil. Venez que je vous embrasse pour tant de fidélité.

— Poussez-vous, vous êtes sale à faire peur.

— Que voulez-vous, ma mie, la guerre n'est pas propre. Mais un soldat a toujours droit aux baisers des belles.

François Tavernier attira Léa contre lui et l'embrassa malgré sa résistance. La sentant irrémédiablement rétive, il la laissa s'échapper.

— Donnez-moi des nouvelles de Mme d'Argilat. Comment va-t-elle ?

— Mal.

— Le médecin ?

— Je l'attends depuis hier. Avez-vous trouvé une voiture confortable ?

— Oui, je n'ai pas fait que la guerre pendant toutes ces journées. J'ai déniché une Vivastella en parfait état de marche. Saurez-vous la conduire ?

— Il le faudra bien.

— J'ai envoyé un homme de confiance la chercher, elle sera là dans deux jours.

— Dans deux jours !

— La voiture est à Marseille.

— J'aurais dû écouter papa : prendre le train.

— J'y avais pensé. Mais il était impossible d'y faire voyager Camille couchée.

La sonnette de la porte d'entrée retentit de nouveau.

— Oh ! docteur, s'écria Léa dès que la porte fut ouverte.

Le docteur Dubois était à peine plus présentable que François Tavernier. Ses vêtements fripés, son menton mal rasé, ses yeux bordés de rouge montraient sa fatigue et son manque de sommeil.

— Je n'ai pas pu venir plus tôt. Voudriez-vous avoir la bonté de me faire du café ?

— J'en prendrais bien aussi, dit François.

— Je vais voir si j'en trouve. Josette a tellement peur qu'elle n'ose plus aller faire le marché.

En effet dans la cuisine, il n'y avait ni café, ni lait, ni pain.

— Je vais arranger ça, dit François, qui avait suivi Léa. Je connais pas loin d'ici un bistrot où j'avais mes habitudes. Le patron va me dépanner. Le temps de faire chauffer l'eau et je serai de retour. En attendant, faites-moi couler un bain. Je n'ai pas le temps de passer chez moi.

Quand il revint, il portait un grand sac en papier rempli de café fraîchement moulu, une bouteille de lait frais, une boîte de chocolat, un kilo de sucre et, merveille des merveilles, une vingtaine de croissants au beurre encore chauds.

François Tavernier tint à porter lui-même un plateau à Camille, qui s'efforça d'avaler un croissant pour lui faire plaisir. Quant à lui, il en mangea cinq, Léa autant et le docteur trois. Repus, ils se turent tous un long moment. Léa rompit le silence en s'adressant à François :

— Si vous voulez prendre un bain encore chaud, vous feriez bien de vous dépêcher.

— Je n'en ai plus le temps. Je dois aller faire mon rapport au général Weygand et avoir un entretien avec le maréchal Pétain.

— Dans cette tenue ? ne put s'empêcher de dire le docteur Dubois.

— Pourquoi pas ? C'est celle de tous ceux qui se font massacrer à cause de l'incurie de l'état-major, celle de ces troupes en déroute que l'on tente d'éloigner de Paris, qui errent à la recherche d'un commandement.

— Et après, que faites-vous ? demanda Camille.

— Après, madame, je vais mourir pour la France, dit-il d'un ton théâtral.

— François, ne plaisantez pas. J'aurai tant de peine s'il vous arrivait quelque chose.

— Chère madame d'Argilat, merci pour cette parole. Je vous

150

promets d'essayer de rester en vie. Docteur, fit-il en se tournant vers le médecin, pensez-vous que nous puissions transporter notre amie ?

— Cela me paraît follement imprudent tant pour son cœur que pour l'enfant. Cependant, si les bombardements doivent reprendre... à la grâce de Dieu. Je vais lui prescrire d'autres médicaments plus actifs. J'essaierai de revenir demain.

— Madame, mademoiselle... les Allemands occupent Dieppe, Compiègne et Rouen et même Forges-les-Eaux où habite ma marraine, cria Josette en entrant brusquement dans la chambre, un bout de croissant à la main.

François Tavernier la prit par le bras et la fit ressortir de la pièce plus vite qu'elle n'y était entrée.

— Petite sotte, vous voulez donc tuer votre maîtresse ?

— Oh non ! monsieur, sanglota la malheureuse, mais je pense à mon père, à ma mère, à mes petits frères...

— Je sais, mon petit, dans deux jours vous pourrez quitter Paris avec Mme d'Argilat et Mlle Delmas. Vous irez en Gironde, à la campagne, là vous serez tranquille, lui dit-il d'une voix radoucie en lui caressant les cheveux.

— Oui, monsieur, mais ma famille, quand la reverrai-je ?

— Je n'en sais rien, bientôt, peut-être. Josette, promettez-moi de veiller sur Mme d'Argilat.

— Oui, monsieur.

— Merci, Josette, vous êtes une brave fille. Vous avez deux jours pour faire des provisions de voyage. Tenez, en même temps, achetez-vous une jolie robe.

— Oh ! merci, monsieur, dit Josette, presque consolée, en empochant les billets.

Léa et le médecin sortirent de la chambre de Camille.

— Si vous voulez voir le maréchal Pétain et le gouvernement, dépêchez-vous. A la T.S.F., ils viennent d'annoncer leur départ imminent pour la Touraine, dit le docteur Dubois avec une petite voix, en essuyant ses lunettes embuées. A demain.

La porte palière se referma sur sa silhouette soudain voûtée.

— Pourquoi avoir laissé Camille écouter les informations ? demanda François Tavernier.

— Je n'y peux rien, soupira Léa en resserrant frileusement contre elle son kimono.

— Soyez courageuse, le plus difficile est à venir. Embrassez-moi.

D'un geste spontané, Léa se jeta contre lui, entourant de ses bras le cou de l'homme penché sur elle.

Leurs lèvres se rencontrèrent avec une violence qui leur fit mal. Les larmes qui coulaient des yeux de Léa donnaient à leur baiser un goût d'embrun. Il détacha de sa nuque les deux mains nouées et, sans la lâcher, l'éloigna de lui. Comme elle était belle, se balançant devant lui au rythme de son chagrin !

— M'aimeriez-vous un peu ? ne put-il s'empêcher de murmurer.

De la tête, elle fit signe que non.

Une brusque douleur contracta le visage mal rasé de François. Qu'importe, après tout, des baisers pouvaient suffire. De nouveau, il l'attira à lui. Ses mains s'égarèrent un instant sous le kimono.

Quand il s'éloigna d'elle, les larmes de Léa ne coulaient plus.

— Je dois vous quitter, chère amie, dit-il dans un sourire. Merci pour cet aimable accueil. A bientôt, prenez bien soin de vous et de Camille. Au revoir.

Sans un mot, Léa le regarda partir. De son index, machinalement, elle faisait le tour de ses lèvres humides.

Léa et Josette avaient complètement oublié que c'était dimanche. La plupart des magasins d'alimentation étaient fermés. Elles allèrent jusqu'au marché de Saint-Germain où elles trouvèrent après de longues attentes une douzaine d'œufs, un poulet, un lapin, un gros saucisson, du fromage, deux kilos de pommes et, après marchandage, un énorme jambon.

Epuisées, mais fières de leurs achats, le porte-monnaie vide (tout avait tellement augmenté !), elles remontèrent la rue du Four en tenant chacune l'anse du cabas lourdement chargé.

Il faisait un temps magnifique, et il y avait peu de monde dans les rues : quelques petites vieilles portant des filets à provisions pauvrement garnis, des clochards, des concierges balayant par habitude devant leur immeuble, deux gardiens de la paix passant sur leurs vélos grinçants, puis une voiture si lourdement chargée d'un matelas, d'une armoire à glace et d'une ribambelle d'enfants agités, que l'on se demandait comment elle pouvait rouler. La rue de Rennes ressemblait à un long fleuve de plomb aux rives abandonnées. Soudain, des camions débouchèrent du boulevard Saint-Germain. Sous une bâche mal ajustée, Léa remarqua des piles de dossiers ficelés à la hâte.

Elle recouvrit les meubles de housses et commença les valises. En rangeant l'imperméable de Camille, elle trouva dans une des poches le papier sur lequel Raphaël Mahl avait écrit son adresse. Elle se souvint avec agacement de la promesse qu'elle lui avait faite de venir chez lui ou, sinon, de lui téléphoner.

Par la fenêtre ouverte sur les arbres du boulevard, pénétrait un soleil qui invitait à sortir. Tout semblait si calme, si estival qu'on n'entendait que le piaillement des moineaux et le roucoulement des pigeons.

Brusquement, Léa rabattit le couvercle d'une valise, prit une légère pèlerine de lainage noir, qu'elle posa sur sa courte robe de soie noire à pois rouges. Devant la glace vénitienne de l'entrée, elle mit son chapeau de paille noir. Elle entrebâilla doucement la porte de Camille qui, Dieu merci, dormait. Dans la cuisine, Josette préparait les paniers de provisions pour le voyage.

— Je sors faire une visite. Je n'en ai pas pour longtemps.

— Ce n'est pas prudent, mademoiselle, de sortir seule.

Léa préféra ne pas répondre.

A part quelques voitures et camionnettes toutes surchargées de paquets hétéroclites, Paris était désert. En traversant le pont-Royal, elle aperçut du côté du Grand-Palais comme de lourds nuages noirs qui montaient dans le ciel. Intriguée, elle poursuivit son chemin en pressant le pas. Le jardin des Tuileries paraissait aussi vide que les rues.

Sur le fond obscurci du ciel se détachait, si blanche dans le soleil, la croix parfaite formée par l'Obélisque et le sommet de l'Arc-de-Triomphe de l'Etoile. Le cœur battant, elle s'arrêta, et revit dans une lumière d'orage le calvaire de Verdelais. Un brusque désir d'être là-bas, au pied de cette croix qui l'avait vue prier enfant et pleurer adolescente la saisit si fortement qu'elle chancela.

— Mon Dieu, murmura-t-elle.

En elle, montait une prière au Dieu de son enfance qui, peu à peu, se transforma en action de grâces devant tant de beauté. A regret, elle s'arracha à ce spectacle. Elle arriva rue de Rivoli devant l'immeuble où habitait Raphaël Mahl sans avoir croisé personne.

Il vint lui ouvrir, vêtu d'une sorte de gandourah de laine blanche. Il la regarda avec surprise.

— Avez-vous oublié que vous m'aviez fait promettre de venir aujourd'hui ? demanda-t-elle.

— Où ai-je la tête ! Pardonnez-moi, chère amie, mais vous me voyez en plein préparatifs de départ.

— Vous partez ?

— Demain ou après-demain. L'avance allemande me fait perdre mon emploi. Le patron de Radio-Mondial attend d'un jour à l'autre, je devrais dire d'une heure à l'autre, l'ordre d'évacuer.

— Pour aller où ?

— A Tours, sans doute, là où est le gouvernement. Je vous emmène si vous voulez.

— Ne soyez pas idiot. Moi-même, je pars dans deux jours.

— Où serons-nous dans deux jours ? Venez vous asseoir. Ne faites pas attention au désordre. Voulez-vous du thé ?

— Je préférerais quelque chose de frais.

— Je ne pense pas avoir cela à vous offrir à moins que vous ne buviez du whisky. Le propriétaire de cet appartement en a laissé deux caisses. Je n'en ai bu qu'une.

— D'accord, je n'y ai jamais goûté.

— Mettez-vous à votre aise.

Léa regarda autour d'elle. Le salon dans lequel elle était assise était encombré de chinoiseries en tout genre, certaines fort belles comme ce long coffre de laque aux couleurs d'ailes de scarabée, d'autres d'une laideur affligeante comme ces figurines aux teintes criardes. Elle se dirigea vers les fenêtres ouvertes sur le balcon donnant sur les Tuileries. Raphaël la rejoignit avec deux verres emplis d'un liquide ambré.

— Je bois à votre beauté.

Léa inclina la tête en souriant et leva son verre. Elle but et fit la grimace.

— Vous n'aimez pas ?

— Ça a un drôle de goût.

— Buvez encore, vous verrez, on s'y habitue très vite.

Ils burent lentement, appuyés à la balustrade du balcon. Une odeur écœurante de fumée grasse leur fit froncer les narines.

— Qu'est-ce que c'est ? demanda Léa.

— Ça brûle depuis ce matin du côté de Boulogne. Venez, rentrons. Ils s'installèrent sur un canapé bas encombré de coussins.

— Avez-vous encore de la place dans vos valises ? demanda-t-il.

— Oui, cela dépend pour quoi.

— Hier je vous ai promis de vous prêter quelques livres que je considère parmi ce que la littérature a donné de meilleur.

Prenant trois volumes posés sur le canapé, il eut en les tendant à Léa comme un mouvement d'hésitation.

— Non, je ne vous les prête pas, je vous les donne. Peut-être est-ce la dernière fois que nous nous voyons. Vous les garderez en souvenir de moi. Voici *le Crépuscule des dieux* d'Elémir Bourges, pour lequel je donnerais tout Flaubert. *La Vie de Rancé* ; vous êtes peut-être un peu jeune pour une telle lecture. C'est une œuvre de l'âge mûr qui devrait accompagner toute vieillesse ! Bah ! Vous le lirez plus tard le moment venu. *Chéri,* de la grande Colette. L'héroïne, admirable figure de femme, porte le même prénom que vous. Il y a dans ce roman toute la grandeur et la misère de la femme. Puissiez-vous lui ressembler. Aimez-vous la poésie ?

— Oui, un peu.

— Un peu, ce n'est pas assez. Lisez Nerval, le plus profondément désespéré.

Comme Raphaël Mahl était loin en ce moment de l'homme léger, vendeur occasionnel de fourrures ou de tapis, du chroniqueur de *Marianne* ou du pédéraste parisien ! Léa comprit que dans le don de ces livres, il lui abandonnait une part intime de lui-même.

— Merci, dit-elle simplement en déposant un baiser sur sa joue.

Il se leva pour cacher son émotion.

— Mon chou, si j'avais dû aimer une femme, je l'eusse voulu telle que vous, fit-il avec une révérence.

Léa regarda sa montre.

— Il faut que je parte : il est plus de six heures.

— Je vais vous raccompagner. Il n'est pas prudent qu'une jeune et jolie femme soit seule dans les rues par les temps qui courent.

— Mais, il n'y a personne.

— Justement, c'est ce qui est dangereux. Croyez-en un amateur de coins sombres. C'est toujours dans les lieux tranquilles que se cachent les mauvais garçons. Ce sont des rencontres qu'il vaut mieux éviter si l'on n'est pas amateur. Donnez-moi vos livres, je vais les envelopper

Il tira de dessus un haut meuble de laque noire incrusté d'ivoire un somptueux châle de soie rouge rebrodé de fleurs et d'oiseaux multicolores dans lequel il emballa les trois volumes.

— Tenez, voici un joli balluchon qui s'harmonise parfaitement bien avec votre toilette, dit-il en lui tendant le soyeux paquet, et il lui ouvrit la porte

— Vous restez ainsi ? Vous ne vous changez pas pour sortir ? s'étonna Léa.

— Ne m'avez-vous pas dit que Paris était vide ? Et quand bien même il y aurait foule ? Ne suis-je pas beau ainsi ? Ne suis-je pas élégant ? Les robes des Africains m'ont toujours semblé le comble du chic. Il ne me manque qu'un keffieh. Tant pis.

Dehors, la douceur de l'air était gâchée par l'odeur des fumées. Raphaël prit le bras de Léa.

— Passons par les quais si vous le voulez bien. Peut-être est-ce la dernière fois que vous et moi faisons cette promenade.

En face de l'Institut deux boîtes de bouquinistes étaient ouvertes, l'une tenue par une grosse femme sans âge, l'autre par un vieillard aux yeux fatigués. Ils saluèrent Raphaël en habitué, sans même remarquer sa tenue.

— Vous avez ouvert aujourd'hui ? Vous n'avez pas dû avoir beaucoup de clients.

— Hélas ! monsieur Mahl, même les plus courageux ont fui, si c'est pas malheureux, d'abandonner cette belle ville.

— Vous devriez en faire autant !

— Moi, monsieur ? Jamais. C'est ici que j'ai grandi, je suis né dans une cour de la rue des Grands-Augustins, j'ai fait mes classes quai Saint-Michel, j'ai perdu ma vertu à l'ombre de Saint-Julien-le-pauvre et je m'suis marié à Saint-Séverin. Ma défunte femme qui était la fille d'un brocanteur de Belleville est enterrée au Père-Lachaise, ma fille tient un bistrot à Montmartre, mon fils aîné a une bonne boîte en face de Notre-Dame, et mon dernier, quand y reviendra de c'te putain guerre, y prendra ma suite. Nous autres, en dehors de Paris, on s'étiole du corps et de la tête. Alors on reste. Pas vrai, Germaine ?

La grosse femme à la peau brunie comme celle d'un marin opina bruyamment :

— Tu l'as dit bouffi.

156

Sur ces paroles définitives, Raphaël et Léa prirent congé.

Les rayons obliques du soleil teintaient de rose les figures grotesques du Pont-Neuf. Des voitures surchargées passaient en direction du boulevard Saint-Michel. Rue Guénégaud, par une fenêtre ouverte, ils entendirent sonner 7 heures.

— Dépêchons-nous, je suis en retard.

Ils arrivèrent boulevard Raspail n'ayant échangé que quelques mots. Tels deux amis, ils s'embrassèrent devant la porte en se souhaitant mutuellement bonne chance.

Le lendemain, Camille reçut une lettre de Laurent. Il se trouvait près de Beauvais, qu'il décrivait comme une très belle ville à la cathédrale imposante et superbe.

— De quand est cette lettre ? s'écria Léa.

— Du 2 juin. Pourquoi ? Oh ! mon Dieu ! Depuis, Beauvais a été détruit, balbutia Camille en s'affaissant sur elle-même.

Trop bouleversée, Léa ne pensait pas à porter secours à la malheureuse.

— Léa, implora-t-elle.

La stupeur de la jeune fille était si profonde qu'elle n'entendait rien. Enfin, elle sortit de son engourdissement et put donner à Camille les soins que nécessitait son état. Quand la crise fut passée, les deux femmes tombèrent dans les bras l'une de l'autre et pleurèrent longuement. Ce fut dans cette position que les trouva le docteur Dubois qui, depuis la veille, semblait avoir vieilli de dix ans. Malgré sa fatigue, il trouva les mots qu'il fallait pour apaiser un peu leur angoisse.

Le mardi 11 juin, les habitantes du boulevard Raspail étaient prêtes à partir. Il ne manquait que la voiture. Une longue nuit d'attente commença.

La matinée du mercredi se passa dans une tension telle que Léa préféra sortir disant qu'elle allait voir s'il y avait des trains gare d'Austerlitz. Chaussée de sandales, elle marchait d'un bon pas boulevard Saint-Germain, doublant des groupes lamentables, qui poussaient des voitures d'enfants, des charrettes à bras, des brouettes même surchargées de pauvres trésors : pendule, aspirateur machine à coudre, baromètre, bocal de poissons rouges, matelas roulé, portrait d'ancêtre ou agrandissement de photo de mariage, cage d'oiseau où sautillait, affolé, un maigre serin ou un couple de tourterelles, poupée à tête de porcelaine, tapis aux couleurs passées... Beaucoup d'enfants au teint pâle, de femmes au visage fatigué, de vieillards exténués. D'où venaient-ils ? De la banlieue, du Nord, de la Belgique ?... Boulevard Saint-Michel, une partie d'entre eux se joignit au flot humain remontant vers le Luxembourg, l'autre, comme Léa, continuait en direction de la gare d'Austerlitz. Une multitude compacte défendait les abords de la gare. Les rumeurs les plus fantastiques circulaient parmi les gens bloqués là.

— Les Boches sont à Enghien...

— Non, ils sont à Anvers...

— Ils ont fait sauter les dépôts de pétrole autour de Paris...

— On a bombardé Versailles...

— Les trains ne partent plus...

— On a fermé les grilles de la gare...

C'était vrai.

Un employé des chemins de fer, juché sur le toit d'une voiture, derrière les grilles de la cour, s'adressa à la foule à l'aide d'un haut-parleur. Après maintes demandes, il obtint un relatif silence.

— Par mesure de sécurité, nous maintiendrons les portes fermées jusqu'à 5 heures de l'après-midi...

Des cris de protestation s'élevèrent de toutes parts.

— Silence... laissez-moi parler... silence...

Les cris s'étouffèrent.

— ... cela afin de permettre l'embarquement des voyageurs déjà dans la gare...

— Hou... et nous alors ?...

— Tout le monde partira... Deux cent trente-huit trains supplémentaires sont prévus gare d'Austerlitz et gare Montparnasse... En ce moment, un train quitte Paris toutes les cinq minutes... Vous partirez tous... soyez patients...

Léa se faufila avec peine entre les pieds de ceux qui s'étaient laissés tomber sur la chaussée, leurs bagages autour d'eux. En s'approchant du jardin des Plantes, elle remarqua que les pelouses avaient été investies par des pique-niqueurs improvisés. Elle le traversa pour rejoindre la rue Linné, dans l'espoir d'y rencontrer moins de monde. Un homme l'accosta et la suivit jusqu'à la rue des Ecoles en lui débitant des fadaises, bientôt transformées en obscénités. Là, pour une raison inconnue, il abandonna sa poursuite.

En passant devant le Dupont-Latin, une odeur de frites lui rappela qu'elle n'avait pas déjeuné. Il y avait peu de monde dans la grande brasserie. Léa mangea ses frites avec délice, but une bière, suivie d'un café. Rassasiée, elle repartit vers l'Odéon, fendant avec difficulté la foule qui remontait le boulevard Saint-Michel.

Il était déjà 4 heures de l'après-midi.

14.

La voiture arriva à 5 heures du matin, conduite par un jeune homme complètement épuisé. Il s'endormit sur la table de la cuisine, la tête entre les bras, devant une tasse de café qu'il n'avait pas eu la force de boire.

Léa, aidée de Josette, en profita pour descendre les bagages et installer Camille qui se déclara parfaitement bien. Laissant la voiture à la garde de Josette, elle remonta réveiller le chauffeur qui émergea, hébété, d'une courte heure de repos. Le café réchauffé lui rendit un peu de lucidité.

Obéissant aux instructions de Camille, Léa ferma les compteurs de gaz et d'électricité, tourna la clé dans la serrure en se demandant si elle reviendrait un jour.

Dans la rue, le chauffeur achevait de fixer les valises et une grosse malle sur le toit du véhicule.

— J'ai oublié de me présenter. Je m'appelle Antoine Durand. Je vais vous conduire jusqu'à Etampes où je dois retrouver des camarades. Grâce à M. Tavernier, nous avons un sauf-conduit qui nous permet de passer par la porte d'Orléans, et cinquante litres d'essence.

— Pourquoi faut-il un sauf-conduit pour passer par là ? demanda Léa.

— Je ne sais pas. mademoiselle. Les civils qui veulent quitter Paris sont détournés vers la porte d'Italie.

Ils mirent trois heures pour arriver à la porte d'Orléans, gardée par des militaires qui dirigeaient la foule vers la porte d'Italie. Grâce aux papiers obtenus, un officier les laissa passer. Jusqu'à la nationale 20, ils circulèrent à travers des chicanes et durent subir un nouveau contrôle avant de pouvoir s'engager sur la route d'Orléans. A part des véhicules de l'armée, la route était vide. A partir de Montlhéry, ils doublèrent les premiers piétons, certaines femmes en chaussons ou en talons trop hauts, traînant des enfants habillés à la hâte ou poussant des landaux d'où émergeait la tête d'un bébé parmi les paquets. Des adolescents tiraient des voitures à bras trop lourdement chargées. Sur certaines, un vieillard ou un infirme était assis. Parmi eux, de nombreux soldats en débandade, sans casque, l'air hagard. Quelques-uns portaient une valise, d'autres, leur fusil, fuyant le contrôle militaire, tête basse.

La voiture se faufilait de plus en plus difficilement au milieu d'un flot sans cesse grandissant, qui charriait vélos, motos, voitures à cheval, chars tirés par des bœufs, camionnettes, triporteurs, voitures de pompiers, automobiles dont on se demandait comment elles pouvaient encore rouler vu leur grand âge, corbillards même. Au pas, ils dépassèrent Arpajon. Un soldat chargé de veiller à la circulation vint leur dire qu'il était interdit de doubler. Léa montra le sauf-conduit, l'autre leva les bras, l'air de dire : « Si c'est comme ça ! » Aux carrefours, ici un marin, là un aviateur ou un fantassin tentaient, par leur présence, de donner à cette lamentable émigration comme une apparence d'organisation. Le chauffeur réussit en roulant dans un champ en bordure de la route à doubler une vingtaine d'autobus contenant des prisonniers et leurs gardiens. De quelle prison venaient-ils ? Bientôt Antoine dut regagner la route. La lente promenade reprit sous un soleil éclatant, qui brunissait les faces et mouillait de sueur les cyclistes et les piétons.

Sur le bas-côté, devant son jardinet, un homme, un quart d'aluminium cabossé à la main, des seaux remplis d'eau devant lui, sur lesquels il frappait pour attirer l'attention, interpellait les réfugiés :

— Allez, sortez la monnaie ! Dix sous le verre, deux francs la bouteille, tandis que sa femme tendait aux assoiffés un verre ou une bouteille et ramassait l'argent.

— Quelle honte ! s'écria Camille.

— Vous en verrez bien d'autres d'ici la fin du voyage, fit, désabusé, le conducteur.

Enfin, ils arrivèrent à Etampes. Ils avaient mis six heures pour faire quarante-six kilomètres.

La petite ville avait vu ses habitants se joindre aux fuyards. Il ne restait d'ouvert qu'un hôtel pour vendre du café, du pain et du fromage, que les évacués s'arrachaient. Plus de deux heures furent nécessaires pour traverser la localité. Le jeune homme n'en pouvait plus, il conduisait comme un automate, souvent sa tête retombait sur sa poitrine. Tout à coup, il se rendit compte qu'il était sorti d'Etampes, ce qui le réveilla. Il arrêta la voiture.

— Je ne peux pas aller plus loin. Je vous conseille de prendre les petites routes.

— Vous n'allez pas nous laisser ! s'écria Josette.

— J'ai des ordres, je ne dois pas aller plus loin.

Au même instant, on entendit, dominant le ronflement des moteurs, les cris des enfants, les piétinements de milliers de gens, les vrombissements tant redoutés.

— Vite, descendez, cria Antoine en quittant la voiture, couchez-vous dans le fossé.

Aidée par Léa, Camille sortit de la voiture, les mains crispées sur son ventre en un geste de protection dérisoire. Elle courut et roula dans l'herbe poussiéreuse du fossé auprès de Josette qui tremblait de tous ses membres et d'un couple de vieillards blottis dans les bras l'un de l'autre.

A basse altitude, les avions les survolèrent, si proches qu'on distinguait nettement les pilotes, puis remontèrent vers le ciel sans nuage. L'étreinte de la peur s'éloignait et quelques têtes commençaient à se relever quand, dans une subite volte-face, les aviateurs allemands mitraillèrent la longue et immobile colonne des fuyards aplatis contre terre.

La poussière projetée par les balles qui crépitaient sur la route, éclaboussa Léa. Deux fois, trois fois les avions repassèrent. Quand le vacarme meurtrier cessa, il y eut comme un long silence, puis les premiers gémissements, les premiers cris, les premiers hurlements se firent entendre, tandis qu'une fumée noire et nauséabonde, faite

162

de chair humaine, de caoutchouc et d'essence mêlés, enveloppait le désastre. La première, Josette se releva, hébétée, couverte de sang. Elle hurla et tournoya sur elle-même. Camille se souleva lentement, indemne. Près d'elle, les deux vieux ne bougeaient pas. La jeune femme secoua l'épaule de l'homme. Le mouvement le fit rouler, révélant qu'une même balle les avait tués sa femme et lui. Ses deux poings fermés, Camille étouffa un cri. Dominant son dégoût, elle se pencha sur les corps, dont elle ferma les yeux. Antoine n'avait rien. Dès que Léa fut debout, tout tourbillonna autour d'elle. Sans Camille, elle serait tombée.

— Ma chérie, tu es blessée !...

Portant sa main à son front, Léa la retira pleine de sang. Cela lui fit un drôle d'effet, mais ne l'inquiéta pas autrement.

— Laissez-moi regarder, fit un homme d'une soixantaine d'années à l'opulente chevelure blanche : je suis médecin.

De sa trousse, il sortit compresses et pansements.

— Ce n'est que l'arcade sourcillière, ce n'est pas grave. Je vais vous mettre une bande très serrée, cela arrêtera l'hémorragie.

Un peu étourdie, Léa se laissa faire.

Assise sur le talus, son pansement lui donnant l'air d'un trépané de la Grande Guerre, elle contemplait d'un œil froid ce qui l'entourait : de nombreuses voitures brûlaient, mais par miracle, la leur était intacte. Des corps sans vie gisaient çà et là. Beaucoup de blessés gémissaient, appelant à l'aide. Il fallut plusieurs heures pour tout évacuer. Personne n'avait songé à manger. Il était huit heures du soir, lorsque Léa se mit au volant. Quant au chauffeur, il avait disparu. Devant l'insistance de Camille, Léa avait accepté de laisser monter une vieille femme qui ne retrouvait pas les siens.

Pendant des kilomètres, le spectacle de la mort et de la destruction les accompagna. A la tombée de la nuit, Léa, fatiguée, le sang de sa blessure coulant sur sa joue, quitta la nationale 20 à Angerville, espérant trouver un café ou un restaurant ouvert. Rien. Tout était fermé. Un peu en dehors du village encombré de réfugiés dormant sous les porches, dans l'église, dans l'école, sur la place, jusque dans le cimetière, elle arrêta la voiture au bord d'un champ. Les quatre femmes descendirent. La nuit était douce, constellée d'étoiles, l'air sentait bon le foin. Josette ouvrit un panier à provisions, sur lesquelles elles se jetèrent, affamées.

En se réveillant avec le jour, elles s'aperçurent qu'un de leurs pneus était à plat. Léa, ne parvenant pas à démonter la roue, partit à la recherche d'un garagiste. Le garage, tout comme les autres commerces du village, était fermé. Sur la place de l'église, des religieuses donnaient du lait chaud à des enfants. Léa leur demanda où elle pourrait trouver de l'aide.

— Ma pauvre petite, il n'y a plus personne. Tous les hommes valides sont à la guerre ou ont fui : le maire, le notaire, le médecin, les pompiers, l'instituteur, les boulangers, tous sont partis. Il n'y a plus que le curé et il est bien vieux. Même Dieu, mon enfant, nous a abandonnés.

— Sœur Jeanne, voulez-vous vous taire. Comment osez-vous douter de la bonté de Dieu ? s'écria une religieuse au fin visage fatigué.

— Ma mère, pardonnez-moi, mais après avoir vu tant de misère depuis notre départ, je doute de plus en plus de cette bonté.

— Sœur Jeanne, la fatigue vous fait blasphémer, allez vous reposer.

Puis se tournant vers Léa.

— Venez, mon enfant, je vais changer votre pansement.

Avec des mains expertes, elle retira les linges souillés, nettoya la plaie qui suivait la ligne du sourcil. A l'aide d'un sparadrap, elle fixa une épaisse compresse.

— Cela n'est pas trop vilain, mais il faudrait que l'on vous pose un ou deux points de suture.

— Je ne vais pas être défigurée ?

— Rassurez-vous, dit avec un rire juvénile la religieuse, cela ne vous empêchera pas de trouver un mari.

Léa la remercia et repartit en direction de la voiture. A trois reprises, elle demanda à des hommes portant de lourdes charges de l'aider. Sans même lui répondre, ils passèrent en la bousculant. A la sortie du village, découragée, elle s'assit sur une borne.

— Léa !

Trop lasse pour être surprise d'être interpellée dans un endroit hier inconnu, elle releva la tête. En face d'elle, un soldat sale, visage mangé de barbe, tête nue, cheveux trop longs, capote grise de poussière comme ses brodequins et ses bandes molletières, casque accroché à son havresac, une musette à chaque épaule, son fusil à la main, la regardait.

Léa se releva. Qui était cet homme ? Comment connaissait-il son nom ? Pourtant... ce regard... ses yeux si bleus...

— Mathias...

Avec un cri, elle se précipita contre lui. Le fusil quitta les mains de l'homme, qui se refermèrent sur l'amie retrouvée.

— Mathias... Mathias...

— Toi... c'est toi... balbutiait le jeune homme en la parcourant de baisers.

— Quel bonheur de te retrouver ! Que fais-tu ici ?

Avant de répondre, il ramassa son fusil.

— Je suis à la recherche de mon régiment. On m'a dit qu'il était du côté d'Orléans. Et toi, que fais-tu sur les routes ? Je te croyais en sécurité à Montillac.

— Je suis avec Camille d'Argilat, elle attend un bébé, elle est malade. On ne pouvait pas partir plus tôt. C'est une chance de t'avoir rencontré : on est en panne.

Avec quel soulagement Camille, Josette et la vieille dame les virent arriver !

— Léa, j'avais tellement peur qu'il te soit arrivé quelque chose, dit Camille.

— Au village, je n'ai trouvé personne pour m'aider. Heureusement, j'ai rencontré Mathias. Tu te souviens de Mathias Fayard, le fils du maître de chais ?

— Bien sûr. Comment allez-vous, Mathias ?

— Aussi bien que possible, madame, soupira-t-il.

Après avoir bu un café encore tiède dans la timbale de la bouteille thermos, Mathias changea la roue.

Neuf heures sonnèrent au clocher de l'église.

Mathias conduisait. Par de petites routes, il essayait de se rapprocher d'Orléans. Les femmes se sentaient rassurées par sa présence. Camille, Josette et la vieille dame dormaient. La main de Léa reposait, confiante, sur la cuisse du jeune homme.

Sur la route étroite et blanche, s'étirait une colonne de piétons et de véhicules avançant à une allure d'enterrement. Sur les bas-côtés,

165

des voitures abandonnées, quelques-unes calcinées, des cadavres de chevaux, de chiens, des tombes fraîchement creusées dans les champs, du mobilier divers, des ustensiles de cuisine, des poussettes, des valises éventrées, attestaient de bombardements récents. Devant eux, une antique automobile surchargée, portant sur son toit deux matelas roulés tomba en panne. Mathias descendit et aida à la pousser hors du chemin. Une femme tenant dans ses bras un bébé, deux jeunes enfants accrochés à sa jupe, regardait la scène en pleurant. Mathias remonta dans la voiture et repartit.

Quand, vers une heure, ils s'arrêtèrent pour déjeuner, ils avaient parcouru une trentaine de kilomètres.

Au lavoir d'un petit village, ils firent une toilette sommaire qui leur redonna un peu d'énergie. Camille avait mauvaise mine et ses traits étaient tirés. Pas une plainte ne montait de ses lèvres bien que de temps en temps son front se couvrît de sueur. La vieille femme, dont on ne savait pas le nom, dodelinait de la tête sous son chapeau de veuve, répétant avec une régularité obsédante :

— Michèle, fais attention aux enfants : Georges, Loïc, revenez…

— Faites-la taire, éclata Léa, faites-la taire.

Camille entoura les épaules voûtées de la femme sans nom.

— Ne vous inquiétez pas, madame, Georges et Loïc ne craignent rien, ils sont avec leur mère.

— Michèle, fais attention aux enfants…

Avec un geste las, Camille couvrit ses yeux de sa main amaigrie, tellement amaigrie qu'elle avait dû retirer son alliance de peur de la perdre.

— Vous savez pas vous y prendre avec les malades de la tête, fit Josette en se tapotant le front avec l'index.

Elle prit le bras de la vieille et la secoua sans ménagement.

— La mère, va falloir à te taire, sinon on te laisse sur le bord de la route. Ton Georges et ton Loïc, c'est en enfer que tu les reverras.

— Josette, vous n'avez pas honte, parler ainsi à cette pauvre femme ? Lâchez-la, s'écria Camille.

De mauvaise grâce, la jeune fille rouge, décoiffée et débraillée, obéit. Pendant un moment, chacun mangea en silence son œuf dur ou sa tranche de saucisson, tandis que sur la petite route continuait le lamentable défilé, sous un ciel blanc de chaleur. Même la vieille ne disait plus rien : elle s'était assoupie.

166

— Il faut repartir, dit Mathias.

Il faisait nuit quand ils arrivèrent dans les faubourgs d'Orléans. Pas une boutique, pas une maison ouverte ; les Orléanais, à leur tour, avaient pris la fuite. Le boulevard de Chateaudun et le faubourg Bannier avaient été bombardés. Un violent orage éclata brusquement, ralentissant encore la marche vers on ne savait où de tous ces gens jetés sur les routes par une peur incontrôlable. Chacun s'abrita comme il put, et certains n'hésitèrent pas à forcer les portes et les volets des demeures abandonnées. L'orage cessa comme il était venu. Des maisons violées, sortaient, sans même se cacher, des ombres emportant pendules, tableaux, vases, coffrets. Les pillards commençaient leur sinistre besogne.

— Je crains que nous soyons obligés de passer la nuit dans la voiture, dit Mathias qui n'avait pas avancé d'un pouce depuis une heure.

— Mademoiselle, mademoiselle, madame s'est évanouie.

— Que voulez-vous que j'y fasse. Essayez de lui faire avaler ses gouttes.

Josette prit le flacon que Léa lui tendait et versa la potion dans la timbale de la bouteille thermos. Lentement, Camille revint à elle.

A nouveau, ils purent avancer de quelques mètres.

Tel un troupeau abêti, la foule s'écoulait faubourg Bannier, de chaque côté de la voiture, droit devant elle, tête baissée sous le poids des fardeaux et de la fatigue. Sans le bruit des moteurs, des roues de charrettes, et le lent piétinement de milliers d'hommes, on eût cru voir dans la nuit maintenant noire, encore zébrée d'éclairs blancs, le défilé silencieux d'une troupe fantôme marchant vers un obscur destin.

Sur la droite, s'ouvrait une rue presque vide. L'abrutissement de cette masse par tant de peurs et de souffrances la maintenait compacte. Quant aux conducteurs de voitures ou de charrettes, ils roulaient en dormant. A un carrefour, Mathias tourna, s'avança avec prudence dans l'obscurité, phares éteints par peur des avions. Ils arrivèrent dans un quartier détruit par un récent bombardement. Des ruines noircies, montait une odeur de suie mouillée et de caveau humide. Malgré la lourdeur de l'air, Léa frissonna. Ils s'arrêtèrent sur une petite place plantée de tilleuls, que les bombes avaient épargnée. Ils sortirent de la voiture, étirant leurs membres ankylosés par des heures d'immobilité. Chacun alla se soulager derrière un arbre.

Josette aida Camille à s'allonger sur un coin d'herbe.

— J'ai froid, murmura Camille.

La servante retourna à la voiture prendre une couverture de voyage et l'en recouvrit. Camille la remercia d'un triste sourire, les mains crispées sur son ventre.

— Vous n'avez besoin de rien d'autre, madame.

Camille fit non de la tête et ferma les yeux.

La vieille sans nom s'éloigna dans la rue mal déblayée de ses décombres.

— Michèle, fais attention aux enfants...

Mathias et Léa faisaient le tour de la place, serrés l'un contre l'autre en se tenant par la taille.

Près d'un jardinet, l'odeur des roses était entêtante. Mathias poussa un portillon en bois.

Les deux jeunes gens se trouvaient sous une tonnelle tapissée de roses qu'ils devinaient blanches. Ils s'assirent sur un large banc où on avait abandonné des coussins, respirant avec volupté l'air embaumé.

Comme elle était loin la guerre en cet instant.

Il leur suffisait de fermer les yeux pour se retrouver à Montillac sur le banc de pierre encore chaud du soleil de l'après-midi, face à la vigne, le dos appuyé au mur où serpentait un vieux rosier croûlant de roses blanches parfumées. C'était la halte obligée des longs soirs d'été, quand le couchant éclaboussait d'or les vieilles pierres, les tuiles des chais et les planches brunes du hangar. C'était le moment où montait de la terre une paix à laquelle tous les habitants de Montillac étaient sensibles.

Mathias resserra son étreinte. Pour la première fois depuis longtemps, Léa se sentait en sécurité dans les bras de son ami d'enfance. Leurs jeux dans le foin, leurs poursuites dans les hautes herbes des prés, leur ivresse au temps des vendanges, leurs promenades à cheval à travers les vignes, leurs courses à vélo dans la côte de Saint-Maixant, leurs rencontres au clair de lune quand ils allaient explorer les grottes de Saint-Macaire ou chercher les « oubliettes » du château des ducs d'Epernon à Cadillac, lui revenaient en mémoire et la faisaient trembler.

Leurs bouches se trouvèrent avec violence, leurs dents s'entrechoquèrent, leurs souffles se mêlèrent, ils mirent dans ce baiser toute leur rage de vivre. Les fortes mains abîmées aux ongles noirs de Mathias arrachèrent presque le léger corsage de Léa. Une combinaison de soie blanche et chiffonnée collait à sa peau. Les bretelles glissèrent découvrant les seins dont les pointes vinrent se frotter à la chemise kaki mouillée de sueur. Le rude tissu les fit se tendre encore, tandis qu'avec un grognement la bouche de Mathias les engloutissait. Léa repoussa doucement la tête de son ami.

— Arrête, Mathias. Je t'en prie.

— Pourquoi ?

— C'est si fort, répondit-elle.

— Tu ne veux plus ?

— Oh si ! mais attends un peu.

Comme ils étaient sûrs d'avoir la vie devant eux ces deux-là, couchés sur un banc de bois dans leurs vêtements froissés, la tête renversée, saoulés par l'odeur des roses !

Deux heures sonnèrent.

— Léa, tu devrais dormir un peu.

Sans prendre la peine de remonter sa combinaison, la jeune fille s'allongea sur le banc et posa sa nuque sur les cuisses de son compagnon. Elle s'endormit aussitôt. Longtemps, il la regarda dormir avec tendresse. Alentour, tout était obscur. Seuls, ses seins blancs brillaient faiblement. Pour éviter d'être tenté une nouvelle fois de les prendre à pleines mains, à pleine bouche, Mathias remonta la lingerie et referma le corsage. Puis, il alluma une cigarette.

Camille se réveilla en sursaut d'un sommeil agité, se demanda, un court instant, où elle pouvait bien être.

Tout était sombre, même les paisibles tilleuls se dressaient noirs et menaçants au-dessus d'elle. Son enfant bougea, lui procurant douleur et joie. Elle se redressa, s'appuyant au tronc d'un arbre. Trop de calme, pensa-t-elle, en tenant son ventre.

Camille perçut d'abord comme un lointain roulement : l'orage, peut-être. Elle écouta... L'orage se rapprochait... Il grondait... une silhouette s'abattit auprès d'elle.

— Madame, madame, les avions...

Josette finissait à peine sa phrase, que l'épouvante commença :

un chapelet de bombes tomba si près de la petite place que le sol tremblait et que des ruines s'écroulèrent. Les explosions se succédaient et très vite des flammes montèrent, éclairant d'un seul coup les tilleuls.

Mathias força les femmes à s'écarter de la voiture vers laquelle elles s'étaient précipitées, les entraînant vers la partie la plus vide de la place.

— L'essence, souffla-t-il à l'oreille de Léa qui se débattait.

— On dirait que c'est sur la route où on était tout à l'heure que les bombes sont tombées, hocqueta Josette.

Plus loin, le bombardement continuait. On entendait crépiter les mitrailleuses.

— Bon Dieu, que fait la D.C.A. ? gronda Mathias.

Il ne pouvait pas savoir qu'il n'y avait plus de batterie de D.C.A. à Orléans. Le grondement des avions s'éloignait... revenait. Volant bas, l'escadrille survola de nouveau la ville. Une grosse torpille tomba dans un fracas épouvantable, détruisant les dernières maisons encore debout, un garage et l'hôtel Saint-Aignan. Une pluie de pierre, de fer et de feu s'abattit sur la longue colonne des réfugiés.

Sur la petite place, auparavant si calme, passaient en courant, le visage déformé par la terreur, des gens aux vêtements déchirés, des femmes hallucinées portant dans leurs bras de petits corps disloqués, et des êtres sans mains, sans bras, sans visage. Une créature de cauchemar, dévêtue par l'explosion, sautillait à une vitesse étonnante sur une jambe ridiculement chaussée d'un soulier bas, tandis qu'un moignon sanglant laissait couler une traînée sombre. Les yeux exorbités, Léa et ses compagnons regardaient fuir ces malheureux sans bouger. Une voiture de pompiers passa toutes sirènes hurlantes les éclaboussant de lumière au passage. Une camionnette s'arrêta près d'eux. Un homme âgé, coiffé d'un casque de la Grande Guerre, descendit :

— Personne de blessé ?

— Non, ça va, merci, dit Mathias.

— Mais, t'es soldat, toi,... t'es jeune, viens avec nous, nous autres on est vieux et pas bien costauds, fit l'homme en montrant ceux qui l'accompagnaient.

— N'y va pas, Mathias, s'écria Léa en s'accrochant à lui.

— C'est pas bien, ma p'tite demoiselle, c'que vous faites là, gronda le vieillard. Des centaines de pauvres gens sont ensevelis là-bas, sous les maisons, faut aller les secourir.

— Il a raison, Léa, laisse-le y aller, dit Camille.

— Et nous, alors, qu'est-ce qu'on va devenir toutes seules ?

— Vous êtes jeunes, aussi, venez nous aider.

— Ce n'est pas possible, mon amie est malade.

— Bon, en route, assez discuté, pendant c'temps-là, y'en a qui meurent.

Mathias entraîna Léa un peu à l'écart.

— Ce sont des soldats de la défense passive, je dois leur obéir. Montez dans la voiture et essayez de gagner les ponts.

— Mais nous n'allons pas t'abandonner là.

— Je dois faire mon devoir, que ce soit au front ou ici.

— Mais la guerre est perdue ! hurla Léa.

— Et alors ? Est-ce une raison ? Ne pleure pas, on se retrouvera. Prends mon fusil, on ne sait jamais. Fais attention à toi, je t'aime.

Sous les yeux désolés des trois jeunes femmes, Mathias prit son barda dans la voiture et monta dans la camionnette, qui s'éloigna vers l'incendie.

La tête contre son bras, sur le capot de la voiture, Léa sanglotait.

— Mademoiselle, il faut partir, dit Josette qui soutenait Camille dont les traits s'étaient encore creusés.

— Tu as raison, ça ne sert à rien de pleurnicher, dit-elle en arrachant son pansement que la chaleur décollait.

Ensemble, elles allongèrent Camille sur la banquette arrière.

— Merci, murmura cette dernière. La vieille femme, où est-elle ?

— Il y a longtemps qu'elle est partie, madame, dit Josette, en tendant la main en direction de l'incendie.

Dans sa demi-inconscience, Camille gémissait. Josette, la tête hors de la voiture, guidait Léa à travers des débris de toutes sortes, les jets d'eau des canalisations éclatées, les morceaux de bois enflammés qui tombaient des maisons.

— Attention, à droite, y'a un gros trou !

Léa ne l'évita qu'à moitié, et la secousse arracha un cri à Camille, un juron à Josette. Derrière elles, un immeuble s'effondra, des pierres s'abattirent sur la carrosserie, recouverte brutalement d'une épaisse couche de poussière.

— Je n'y vois plus rien, cria Léa.

Immobilisée au milieu du sifflement des flammes qui semblaient les entourer de toutes parts, Léa tenta de faire marcher les essuie-glace. Sans succès.

— Descends, ordonna-t-elle à Josette, va essuyer le pare-brise.

— Non, mademoiselle, j'ai trop peur, fit la fille en éclatant en sanglots.

Léa leva la main, l'attrapa par les cheveux.

— Descends, je t'ordonne de descendre.

Les coups pleuvaient sans qu'elle essayât de se défendre.

— Arrête, Léa, je t'en supplie, arrête.

De ses faibles mains, Camille s'efforça de retenir son amie.

— J'y vais, donne-moi un chiffon.

— Tu es folle, tu ne peux même pas tenir sur tes jambes. Si tu veux te rendre utile, passe-moi une couverture.

Dehors, le souffle de l'incendie l'enveloppa. A l'aide de la couverture, elle réussit à enlever le plus gros de la poussière. Soudain, elle entendit derrière elle un cri, puis, malgré le vacarme environnant, le bruit d'un corps s'effondrant tout près d'elle. Elle se retourna brusquement, prête à frapper avec la couverture. Son geste resta en suspens...

A la lueur des flammes, Camille, se tenait debout. Serrant entre ses mains le canon du fusil, elle regardait fixement à terre. A ses pieds, gisait un homme au visage couvert de sang. Près de lui, la longue lame d'un couteau de boucher brillait. Frappée d'étonnement, Léa se pencha et secoua l'homme qui resta immobile. Lentement, elle se releva, regarda celle qui venait de lui sauver la vie comme si elle la voyait pour la première fois. La tendre Camille n'avait pas hésité à tuer ! Comment, dans sa faiblesse, avait-elle trouvé cette force ? Doucement, Léa lui retira le fusil. Alors, comme si elle n'avait attendu que ce geste, Camille tomba à genoux auprès du corps.

— Mon Dieu, il est mort ?... Je ne pouvais pas faire autrement... tu comprends ? Je l'ai vu s'avancer, son grand couteau levé... il allait te tuer... Après, je ne sais plus...

— Merci, dit Léa, avec une chaleur dont elle fut brièvement surprise. Viens, monte dans la voiture, ne restons pas ici.

— Mais, j'ai tué un homme ! cria Camille en se rongeant les poings.

172

— Tu n'avais pas le choix, viens.

Avec des gestes d'une douceur inhabituelle, Léa releva Camille.

Dans la voiture, Josette, qui avait assisté à toute la scène, restait là, assise, la bouche ouverte, sans un mouvement.

— Venez m'aider ou je vous tue aussi, cracha Léa.

Comme un automate, la jeune fille sortit de la voiture.

— Dépêchez-vous.

Dès qu'elle fut installée dans le véhicule, Camille perdit connaissance.

— Occupez-vous d'elle. Eh bien ! Qu'avez-vous ? Montez.

Les yeux exorbités, Josette regardait le sol.

— Mademoiselle... il n'est pas mort, souffla-t-elle.

En effet, l'homme se relevait, brandissant son couteau et marmonnant :

— Salopes... m'faire ça à moi... putasses... j'vais vous trouer la peau.

— Vite, monte.

Tandis que Josette s'engouffrait dans la voiture, Léa, calmement, recula, arma le fusil comme le lui avait montré Mathias quand ils s'étaient arrêtés pour déjeuner et, toujours reculant, épaula et tira. Le recul de l'arme lui meurtrit l'épaule. Devant elle, à quelques pas, l'homme, un trou en plein visage, resta un instant hébété, le bras levé, avant de tomber d'un bloc en arrière.

Serrant le fusil contre elle, Léa, immobile, regardait.

Une main brûlante se posa sur la sienne. Camille... que faisait-elle là ? Ne pouvait-elle rester tranquillement allongée dans la voiture ? Elle avait bien assez de soucis comme ça sans devoir sans cesse s'occuper de la femme de Laurent d'Argilat. Laurent... il devait être mort à l'heure actuelle : au front, ça devait être pire qu'ici. Oui, mais lui, c'était un homme, un soldat, il avait un fusil. Un fusil... Mais elle aussi avait un fusil ! Ne venait-elle pas de tuer un homme ? Pan !... d'un seul coup. Son père serait fier de ses talents de tireur. N'est-ce pas lui qui lui avait appris à viser à la chasse et aux fêtes foraines des villages ? Sûr, qu'il serait fier de sa fille.

— Léa...

C'est qu'elle ne se laissait pas faire la fille de Pierre Delmas : il l'avait bien vu l'autre saligaud avec sa tête en bouillie. Ha ! ha ! ha ! il avait l'air malin maintenant.

— Viens, Léa, viens, calme-toi, c'est fini, il faut partir.

Oh ! la barbe, avec cette Camille, on ne pouvait jamais s'amuser. Partir ? Elle le savait bien qu'il fallait partir, mais pour où ? Tout autour ça flambait, même qu'il faisait drôlement chaud. De sa main couverte de poussière, elle essuyait la sueur qui lui coulait sur les yeux, brûlant sa plaie quand une brusque nausée la saisit. Soutenue par Camille, appuyée au fusil, elle vomit.

— Ça va mieux ?

Léa répondit d'un grognement. Oui, ça allait mieux, mais il ne fallait pas rester ici plus longtemps.

— Cette fois, il est bien mort, dit Josette, quand les deux jeunes femmes furent installées dans la voiture.

Ce fut là toute l'oraison funèbre de ce pauvre type.

Le jour les surprit place Dunois. Les maisons n'avaient pas souffert. Un poste de secours y était installé. A même la terre, gisaient des dizaines de blessés, la plupart gravement brûlés. Des religieuses aux vêtements maculés de sang s'affairaient parmi eux. Léa sauta de voiture.

— Ma sœur, où puis-je trouver un médecin ?

La religieuse, une mèche de cheveux gris sortant de dessous sa coiffe, se releva péniblement.

— Il n'y en a plus, mon enfant. Nous sommes seules avec notre mère. Nous attendons les ambulances pour transporter nos blessés à l'hôpital Sonis ou à l'Hôtel-Dieu.

— Où est-ce ?

— Je ne sais pas, nous sommes d'Etampes.

Désemparée, Léa regarda autour d'elle. Heureusement, Camille, évanouie de nouveau, ne pouvait plus ni voir ni entendre. Elle arrêta un jeune pompier, presque un enfant, qui passait en courant.

— S'il vous plaît, le chemin pour aller au pont ?

— Les ponts ? Ils vont sauter. De toute façon vous n'y arriverez pas. Il faut des heures pour aller du Martroi à l'avenue Dauphine, qui est de l'autre côté du pont Royal. D'où vous êtes, le mieux serait le pont du Maréchal-Joffre.

— Par où faut-il passer ?

— Normalement par la rue de Coulmiers, ou bien celle du Maréchal-Foch. Puis rejoindre le boulevard Rocheplatte, le traverser et prendre une des rues qui descendent.

174

Sans plus s'occuper d'elle, il repartit en courant.

Combien de temps parcourut-elle ce quartier d'Orléans, avançant, reculant, contournant, arrêtée à chaque fois par des décombres ou des barrages de fil de fer barbelé mis en place par l'armée avec Camille toujours sans connaissance ? Sa nuque, ses épaules et ses bras étaient douloureux, la plaie de son front lui faisait mal, et cette chaleur !...

Depuis le meurtre de l'inconnu au couteau, Josette était devenue très calme, lançant de brefs coups d'œil admiratifs et peureux à la conductrice, la secondant de son mieux, n'hésitant plus à descendre de voiture pour soulever avec vigueur une poutre, un meuble ou tout objet encombrant la voie. Le geste mortel de Léa l'avait rassurée.

— J'ai faim, mademoiselle.

Il est vrai qu'elles n'avaient rien mangé depuis des heures, mais comment pouvait-on avoir faim dans de pareilles circonstances ?

Elles arrivèrent rue de la porte Saint-Jean, encombrée de gens hagards. Depuis qu'elles avaient traversé le boulevard Rocheplatte, elles avaient retrouvé les fuyards dans un enchevêtrement incroyable de chevaux, de voitures d'enfants, d'ambulances, de militaires débraillés, d'hommes à la mine patibulaire souvent ivres, de vieillards portés sur des épaules charitables, d'enfants bousculés, perdus, appelant leur mère. Léa aurait pu couper le moteur, et la voiture se serait avancée seule, poussée par la masse. Camille ouvrit enfin les yeux, pour les refermer aussitôt.

— Ah non ! ça suffit, cria Léa, craignant un nouvel évanouissement.

Au prix d'un très grand effort, Camille rouvrit les paupières.

— Josette, donnez-moi mes gouttes et un peu d'eau, s'il vous plaît.

L'eau de la thermos, maintenant tiède, lui parut délicieuse.

— Encore, dit-elle d'une voix altérée.

Au moment de porter la timbale à ses lèvres, ses yeux rencontrèrent ceux d'un petit garçon qui marchait à côté de la voiture : pâle, les traits tirés, passant sans cesse sa langue sur ses lèvres craquelées.

— Tiens, fit-elle en lui tendant la timbale par la vitre ouverte.

Il la prit sans même remercier, but avec avidité, puis tendit le gobelet à une jeune femme vêtue d'un tailleur noir qui avait dû être élégant. Elle ne but pas, mais fit boire une jolie petite fille de quatre ou cinq ans.

— Merci, madame, dit la mère.

Camille ouvrit la portière.

— Montez.

Après une brève hésitation, la femme poussa ses enfants devant elle ainsi qu'une vieille dame, très digne, avec d'admirables cheveux blancs, coiffée d'un chapeau de paille noire.

— Ma mère...

A son tour, elle s'installa.

— Camille, tu es folle, fais descendre ces gens-là !

— Je t'en supplie, ma chérie, tais-toi. Réfléchis, cette voiture est à moitié vide, c'est un miracle qu'on ne nous l'aie pas déjà prise. Maintenant, il n'y a plus de place et nous avons choisi nos compagnons.

Sentant la justesse de ce raisonnement, Léa ne répliqua rien.

— Merci beaucoup, mesdames, merci, mon nom est Le Ménestrel. Notre voiture est tombée en panne à Pithiviers. De braves gens ont eu pitié du grand âge de ma mère et lui ont donné une place dans la leur déjà bien pleine. Les enfants et moi, nous marchions à côté. Mais hélas, leur voiture est tombée en panne à son tour.

— Comment vous trouvez-vous dans ce coin d'Orléans, venant de Pithiviers ? dit Josette d'un ton soupçonneux en regardant une carte routière sur ses genoux.

— Je ne sais pas. Des soldats français nous ont dirigés vers Les Aubrais, après je ne sais plus. Il y a eu cet effroyable bombardement nocturne dans lequel nous avons perdu nos nouveaux amis.

Camille fit distribuer des vivres. Les morceaux de pain rassis furent dévorés avec appétit. Les enfants se partagèrent les quelques pommes qui restaient. La vieille dame et la petite fille s'endormirent.

Une grosse camionnette, bourrée d'archives, sur le toit de laquelle s'étaient hissés des gamins, s'arrêta. Elle fumait de toutes parts et refusa de repartir. Des cris, des jurons s'élevèrent. Par chance, une haute porte cochère s'ouvrait sous laquelle des volontaires la poussèrent. Ce fut à ce moment-là que les avions réapparurent, volant très bas. Hurlante, la foule tentait de s'arracher au piège de l'étroite rue.

176

— Avancez... Poussez-vous... Laissez-moi passer... Ote-toi de là, salope... ordure... attention aux enfants... papa... maman...

Là-haut les aviateurs s'en donnaient à cœur joie. Ils faisaient des loopings, volaient sur le dos, revenaient, lâchant à chaque passage leur ration de mort. Ça tombait dru rue Royale, rue de Bourgogne, place Sainte-Croix, dans la Loire. A deux pas, rue du Cheval-Rouge, un convoi d'artillerie était anéanti. Les assassins du ciel faisaient du bon travail.

Un adolescent, le bras arraché, rebondit sur le capot de la voiture, éclaboussant de sang le pare-brise, se releva et courut droit devant lui en appelant sa mère. Cinq ou six personnes tombèrent, fauchées par les balles des mitrailleuses. L'une d'elle, ventre ouvert, regardait d'un air surpris ses intestins répandus sur ses cuisses. Mme Le Ménestrel appuyait contre elle le visage de ses enfants pour leur cacher ces scènes d'horreur, tandis que leur grand-mère, les yeux fermés, priait.

Camille et Léa, outre la peur, éprouvaient un sentiment identique de colère devant le massacre. Non loin d'elles, une voiture s'enflamma brusquement. Les occupants, vêtements et cheveux en flamme, sortirent en criant. L'un d'eux fut renversé et écrasé par un cheval devenu fou, qui traînait derrière lui une charrette broyant tout sur son passage. Le malheureux hurla quand une roue lui brisa les jambes. Il tenta de se relever, mais les flammes le gagnèrent de vitesse et, très vite, son cri cessa. Bientôt, il ne fut plus qu'une masse informe.

— J'veux pas mourir comme ça ! hurla Josette en ouvrant la portière.

— Non ! s'écrièrent ensemble Léa et Camille.

Josette n'entendait rien, affolée, elle courait entre les corps, piétinait dans le sang, tombait, se relevait, cherchant une issue dans cette mêlée d'hommes et de véhicules.

La rue étant en pente, Léa eut l'impression que l'avion la remontait, précédé dans son avance par le crépitement des balles ricochant sur la chaussée. Seule, debout au milieu du carnage, alors que tout ce qui était vivant s'était aplati par terre, Josette regardait foncer sur elle ce chapelet de mort.

Un cri muet déforma la bouche de Camille qui s'affaissa contre l'épaule de Mme Le Ménestrel.

Le choc des balles projeta violemment Josette en arrière ; elle tomba, bras en croix, jupe relevée. Léa sortit à son tour de la voiture, courut vers elle. Les yeux grands ouverts, Josette souriait, comme si au moment de mourir toute peur l'avait abandonnée. De sa gorge ouverte, le sang jaillissait par saccades. Léa chercha un mouchoir dans ses poches pour tenter d'arrêter l'hémorragie. N'en trouvant pas, elle retira son chemisier et le plaqua sur l'horrible plaie. Mais cela ne pouvait servir à rien, Josette était déjà morte.

« C'est ma faute, si je l'avais laissée retourner auprès de ses parents, elle serait vivante. Pauvre fille, elle avait mon âge. » Avec tendresse, Léa caressa les cheveux blonds que le sang poissait, parlant à la victime comme le faisait autrefois sa mère quand elle avait un gros chagrin :

— N'aie plus peur... c'est fini... là... dors...

Doucement, elle lui ferma les yeux. Puis, traînant le corps pour lui éviter d'être à nouveau touché ou écrasé, Léa l'assit contre une porte cochère.

Les sirènes ne sonnèrent pas la fin de l'alerte, car il n'y avait plus personne pour les faire fonctionner. Peu à peu, les survivants se relevaient et regardaient, hébétés, le terrible spectacle : ce n'était que carcasses de voitures, de landaus, vélos tordus ou calcinés, corps mutilés ou brûlés, enfants errants, que la terreur rendait muets, mères se déchirant le visage en hurlant, hommes étreignant une épouse, une mère morte, femmes tournant sur elles-mêmes, vêtements en lambeaux, mains couvertes de sang, blessés appelant à l'aide...

— Vite, il faut dégager la voie pour rejoindre le pont, ordonna un gros homme au veston orné de la rosette de la légion d'honneur.

Léa, oubliant sa tenue, commença à aider à déblayer la rue. Mme Le Ménestrel vint la rejoindre.

— Retournez à la voiture, prenez le fusil et empêchez qu'on nous la vole.

— Comptez sur moi, répliqua-t-elle d'un ton farouche.

Durant des heures, peu à peu couverte de sang et d'ordures, Léa porta, traîna, cadavres et débris de toutes sortes. Des soldats, rescapés de la 7e armée, apportèrent leur renfort aux sauveteurs.

— Mais... J'ai la berlue, n'est-ce pas Mlle Delmas en personne ?

Une seule personne au monde pouvait avoir encore la force de persifler dans des circonstances pareilles.

— François, s'écria-t-elle en se jetant dans les bras d'un Tavernier crasseux et barbu, qui se tenait debout devant elle en uniforme. Oh ! François ! c'est vous... emmenez-moi vite d'ici... si vous saviez...

— Je sais, mon petit, je sais. Où est Mme d'Argilat ?

— Là-bas, dans la voiture.

— Comment va-t-elle ?

— Pas bien ! Josette est morte.

Quand ils approchèrent de l'automobile, Mme Le Ménestrel, ne reconnaissant pas Léa tout de suite, pointa son arme vers eux.

— N'approchez pas.

— C'est moi, madame, avec un ami qui va nous aider.

— Pardonnez-moi, tout à l'heure, deux hommes affreux ont voulu prendre la voiture. Ils ne sont partis que quand ils ont compris que j'allais tirer. Mais ils ont dit qu'ils allaient revenir plus nombreux. C'est affreux ce qu'ils font : ils enlèvent les bijoux, l'argent des morts.

La nuit était tombée quand François réussit à ouvrir une lourde porte cochère. Léa, au volant, fit entrer le véhicule dans une grande cour plantée d'un gigantesque platane. François referma derrière eux la porte à l'aide d'une barre de fer. A part les vitres brisées, la maison était intacte.

— Je vais voir si on peut entrer, dit Mme Le Ménestrel, après avoir aidé sa mère à descendre.

— Les enfants, restez près de votre grand-mère.

François et Léa sortirent Camille qui était toujours sans connaissance. Elle respirait faiblement, par à-coups.

— J'ai réussi à ouvrir la porte. Nous allons pouvoir coucher votre amie. Les enfants, regardez si vous trouvez des bougies !

Le frère et la sœur montèrent en courant les marches du perron. On installa Camille dans une chambre du rez-de-chaussée.

— Je m'occupe d'elle, dit Mme Le Ménestrel à Léa, trouvez-moi de l'eau.

Il n'y avait plus d'eau, ni dans la cuisine ni dans la salle de bains. Dans un angle de la cour, François Tavernier remarqua un puits. Le bruit du seau vide heurtant les parois de pierre rappela à

Léa le puits de la cour de Montillac. Que ce temps lui paraissait lointain. Reverrait-elle jamais sa maison ? Comme pour lui répondre, les bombardements reprirent, heureusement sur un autre quartier.

François transporta plusieurs seaux d'eau dans la maison. Assise sur une des marches du perron, le menton entre ses mains, Léa le regardait faire.

— Ouf ! ça y est, ces dames vont pouvoir se laver. A notre tour.

Après avoir puisé à nouveau de l'eau, il posa le seau sur la margelle et commença à se dévêtir. Bientôt, il fut nu.

Léa ne le quittait pas des yeux, trouvant beau le large torse bronzé, luisant de sueur dans la nuit très claire, les hanches étroites, les cuisses longues et velues et ce sexe pâle sur la toison brune.

— Eh bien, qu'attendez-vous pour retirer ces guenilles, vous êtes sale à faire peur.

Léa obéit, elle retira sa jupe souillée, sa combinaison déchirée et sa culotte.

— Ça va vous sembler un peu froid au début, mais vous verrez, après c'est bon. J'ai trouvé un morceau de savon parfumé à la lavande et des serviettes.

Il versa une partie de l'eau sur sa tête et ses épaules. Elle ne put réprimer un cri tant la douche lui parut glacée. François la savonna de la tête aux pieds et la frotta avec force comme s'il voulait enlever de sa peau jusqu'au souvenir du sang qui l'avait salie. Léa se laissait faire, émue par ces mains qui lui brutalisaient les seins, effleuraient son sexe et ses reins. La laissant un instant couverte de mousse, il se versa le reste de l'eau sur le corps et lui tendit le savon.

— A vous.

Jamais elle n'aurait pensé que la surface d'un corps d'homme fut si grande ni que des muscles puissent être aussi durs. Il grognait de plaisir sous les petites mains malhabiles. Dans l'ombre, la jeune fille se sentit rougir quand elle heurta le phallus dressé. Elle s'accroupit pour lui savonner les jambes.

— C'est ainsi que j'ai toujours rêvé vous voir un jour.

Léa ne répliqua pas, frottant les cuisses, puis les mollets. Il la prit sous les aisselles et la releva.

— Arrêtez, ce n'est pas vrai, je n'aime pas vous voir à mes pieds. Je vous aime orgueilleuse et têtue.

180

Il l'attira contre lui, leurs corps couverts de mousse glissèrent l'un contre l'autre. Leurs lèvres se cherchèrent. Tout le corps de Léa se tendit, le sexe de François devint plus dur encore.

Les bombardements, qui s'étaient arrêtés, reprirent. Ils ne bougèrent pas, comme s'ils se sentaient protégés par leur désir, même quand une bombe tomba non loin de la maison, allumant un incendie dont les lueurs balayèrent leurs corps.

— Faites-moi l'amour, murmura-t-elle, je ne veux pas mourir avant d'avoir fait l'amour.

François l'enveloppa dans un drap de bain, la souleva et l'emporta vers la maison. Il monta l'escalier conduisant à l'étage, entra dans une des chambres et la déposa sur un grand lit surmonté d'un crucifix.

— Je bénis cette guerre qui te donne à moi, dit-il en la pénétrant doucement.

Le désir de Léa était si fort qu'elle ne ressentit aucune douleur mais une envie grandissante de s'ouvrir davantage pour qu'il s'enfonce plus loin encore. Le plaisir la surprit avec une intensité qui lui arracha des cris. François la regardait se tordre sous lui, étouffant ses cris de sa main. Elle gémit longuement quand il se retira et se répandit sur son ventre. Encore frissonnante, elle s'endormit aussitôt.

François Tavernier ne pouvait plus se cacher qu'il aimait cette petite fille. Mais elle, l'aimait-elle ? Il savait qu'il ne devait pas tenir compte de ce qui venait de se passer. Il devinait chez Léa un corps facile. Elle aurait fait l'amour avec n'importe quel homme dans les circonstances actuelles, pour peu qu'il ne fût pas repoussant. François connaissait assez les femmes pour en être sûr. Seuls les événements et son appétit de vivre l'avaient jetée dans ses bras. Il en éprouvait une tristesse insupportable. Elle bougea dans son sommeil et vint se blottir contre lui. De nouveau, il eut envie d'elle. Il la prit doucement, glissant dans son ventre humide qui l'aspira comme une bouche. Elle se réveilla en gémissant. Et le plaisir monta, monta, investissant chaque cellule de son corps.

Le soleil était déjà haut quand Léa fut réveillée par le bruit d'une cuiller dans un bol. François, rasé de frais, les cheveux humides, revêtu de la culotte sale de son uniforme, était penché sur elle.

181

— Il est tard, grande paresseuse, il faut vous lever. J'ai découvert du thé et des biscuits, je vous ai préparé un vrai petit déjeuner.

Que faisait-elle dans ce lit, nue avec un homme qui n'était pas Laurent ? Brusquement elle se souvint et devint écarlate.

— Ne rougissez pas, cela a été merveilleux. Je vous ai monté une valise, je suppose que c'est la vôtre. Je vous laisse vous habiller et prendre le petit déjeuner.

Qu'avait-elle fait ? Elle avait trompé Laurent et s'était conduite comme une chienne en chaleur. Si encore elle n'y avait pas pris tant de plaisir. A ce souvenir, tout son corps frémit. C'était donc ça l'amour, cet émerveillement de chaque parcelle de chair, ce miracle qui faisait tout oublier, même la guerre ? Elle revit les horreurs de la veille, Josette morte. Et Camille ? Camille que Laurent lui avait confiée.

D'un bond Léa se leva et se sentit rougir une nouvelle fois en voyant le dessus-de-lit froissé et taché de sang. Elle l'enleva et le lança au fond d'une armoire. Une crampe lui tordit l'estomac, lui rappelant qu'il y avait des heures qu'elle n'avait rien mangé. Sans prendre le temps de s'habiller, elle se jeta sur les gâteaux secs et le thé que lui avait préparés son amant. Elle regarda par la fenêtre aux volets ouverts. Dans la cour, François Tavernier vidait dans le réservoir de la voiture le contenu des bidons d'essence que le chauffeur avait eu la précaution de mettre dans le coffre. Les enfants se poursuivaient en riant sous l'œil attendri de leur grand-mère, assise, très digne, son chignon soigneusement tiré, dans un fauteuil d'osier. Près d'elle, Camille, assise également, les regardait en souriant. Mme Le Ménestrel allait de la maison à la voiture en portant des paquets. Il faisait beau. Il régnait dans cette cour d'une maison orléanaise en ce dimanche 16 juin 1940 une atmosphère de départ en vacances.

Une sirène lointaine retentit, de l'autre côté de la Loire sans doute. Puis, très vite, les avions.

— Dépêchez-vous, ils bombardent les ponts. S'ils sont touchés, nous ne pourrons plus traverser, dit François en entrant dans la chambre.

Sans se soucier de sa nudité, Léa ouvrit sa valise, prit une culotte, une robe chemisier de toile bleue et des sandales de cuir blanc.

— Tenez, vous pouvez la redescendre, ordonna-t-elle en refermant la valise.

Sans plus se soucier de lui, elle s'habilla. Figé, pâle de colère, François la regardait faire. Brusquement, il lui saisit un bras et l'attira à lui.

— Je n'aime pas que l'on me parle sur ce ton.

— Lâchez-moi.

— Non, pas avant de vous avoir dit une chose, espèce de bourrique, un jour, vous me supplierez de vous aimer...

— Jamais.

Avaient-ils avancé depuis qu'ils étaient partis ? Autour d'eux, ce n'était qu'affolement.

— Dépêchons, les Allemands arrivent, les ponts vont sauter.

Comme la veille, il faisait une chaleur épouvantable. Enfin, ils arrivèrent sur le quai Barentin. Des soldats du génie, gardant le pont Joffre, essayaient de canaliser la cohue, prêts à interdire l'accès du pont miné si l'ordre de mise à feu était donné. Mais leur nombre dérisoire ne leur donnait guère l'espoir de réussir à contenir cette marée humaine. Il fallait une demi-heure pour traverser.

A nouveau, les avions revinrent, précipitant les uns à terre, tandis que d'autres, au contraire, bousculaient, poussaient, renversaient ceux qui les précédaient, pour gagner quelques mètres. Des bombes tombèrent à l'eau, éclaboussant de boue les douze arches du pont et ceux qui l'encombraient. Un obus tomba sur le quai. Une partie de la chaussée s'effondra dans la Loire. Dans un déluge de pierres et de sable, des voitures, des vélos, des piétons furent entraînés. C'était la chute aux enfers. Trois fois les avions repassèrent sans parvenir à atteindre les ponts Royal et Joffre, mitraillant cependant ceux qui se trouvaient dessus. Une femme, pour échapper aux balles, escalada le parapet et se précipita dans le vide. A cet endroit, il n'y avait presque pas d'eau... Le véhicule d'un conducteur tué net à son volant s'immobilisa. Une quinzaine d'énergumènes, poussant des « ho-hisse » formidables, le soulevèrent et le précipitèrent dans la Loire sans se soucier des occupants. Des blessés moururent, foulés par des centaines de pieds. On pataugeait dans une immonde bouillie. Enfin, les avions s'éloignèrent.

— Continuez, dit François à Léa, je vais essayer de voir le commandant.

— Vous n'allez pas nous laisser seules !

Sans répondre, François Tavernier descendit et se fraya un passage jusqu'aux soldats de garde.

— Marchand !

— Tavernier !

— Que fais-tu dans cet enfer ?

— Trop long et trop déprimant à raconter. Est-ce vrai que les ponts vont sauter ?

— Ils devraient l'avoir fait depuis longtemps déjà. Les Allemands étaient hier à Pithiviers et à Etampes, ils ne doivent plus être loin d'Orléans maintenant. Je n'ai même pas reçu la quantité d'explosifs nécessaire, et j'ai dû les partager entre les deux ponts. Si j'avais pu prévoir, je n'en aurais pas foutu sept cent cinquante kilos sous le pont du chemin de fer.

— Mon lieutenant, mon lieutenant, cria un jeune soldat debout sur une auto-mitrailleuse, jumelles à la main, j'ai cru apercevoir une auto blindée allemande sur le quai du Châtelet.

— Bon Dieu, s'écria Marchand en sautant sur le véhicule et en arrachant les jumelles des mains du soldat.

— Merde, ils foncent vers le pont Georges V. Envoyez le signal de mise à feu. Vite, nom de Dieu, vite, les Boches sont sur le pont.

Albert Marchand, le front couvert de sueur, suivait, à l'aide des jumelles, l'avance de trois autos mitrailleuses ralentie par les réfugiés. Les Allemands tirèrent sur la douzaine d'hommes de garde. Ils avaient atteint le milieu du pont, quand une série d'explosions se fit entendre, puis un immense craquement : une des arches de la partie nord s'était effondrée dans le fleuve, entraînant avec elle tous ceux qui étaient sur la chaussée. Durant quelques instants on ne vit plus rien. Il était 15 heures 30.

Quand la fumée se dissipa, Marchand, l'œil toujours rivé à ses jumelles, s'écria :

— Bon Dieu, ils sont passés, ils se dirigent vers Sully.

L'œil hagard, il se laissa glisser le long du véhicule.

— Empêchez les gens d'approcher, le pont Joffre doit sauter.

— Mais, mon lieutenant, tous les gens qui sont dessus n'arriveront pas à passer.

— Je le sais, mon vieux, mais on n'a pas le choix. Mettez-vous en place et n'hésitez pas à faire usage de vos armes.

Les seize soldats avancèrent, bousculant les piétons.

— Reculez, reculez, le pont va sauter.

184

La foule, qui avait assisté à l'effondrement d'une partie du pont Royal, s'arrêta, tandis que certains faisaient passer la consigne.

— Raison de plus pour se dépêcher, hurla un énergumène en se précipitant vers le barrage formé par les soldats. Un coup de feu claqua : l'homme tomba.

Une chappe de stupeur enveloppa les assistants : des soldats français tiraient sur leurs compatriotes. Mais la foule derrière se faisait plus pressante. Bientôt les premiers rangs plièrent. Une petite voiture bondit, renversant deux vieillards qui retombèrent dans le no man's land entre les soldats et le pont. L'automobile fonça, écrasant l'un d'eux. Ce fut comme un signal, la foule se mit en marche, un, deux, trois coups de feu claquèrent sans atteindre personne, puis les soldats disparurent, happés par la multitude.

Immédiatement après l'explosion du pont Royal, François Tavernier s'était précipité à la recherche de la voiture qui contenait ce qu'il avait de plus précieux. Elle n'était plus sur le quai Barentin. Jouant des coudes et des poings, il avança sur le pont. La voiture était là : elle avançait au pas d'un homme qui aurait eu tout son temps devant lui. Quand enfin Léa le vit, elle fut bouleversée de joie.

— Dieu merci vous voilà ! Je croyais que vous nous aviez abandonnées.

François prit la place de Léa au volant.

— Le pont va sauter, lui dit-il à voix basse.

— Oh !...

— Chut, inutile d'affoler les autres, on va essayer de se faufiler.

Un soldat marchait près de la voiture.

— Faites passer le mot à quelques personnes qui vous paraîtront sûres : le pont va sauter. Qu'elles essaient de faire presser les gens dans le calme.

Le soldat le regarda sans comprendre. Son visage crasseux, tiré par la fatigue, n'exprimait plus rien. Abruti, il avançait comme une bête de somme. Soudain, il poussa un cri, bousculant ceux qui étaient devant lui :

— Le pont va sauter ! Le pont va sauter !

Comme si elle avait reçu un coup de fouet, la foule bondit en avant. Une dizaine de mètres la séparait de la rive gauche de la Loire.

Tels des animaux à l'approche d'un tremblement de terre, les réfugiés, oubliant toute dignité humaine, se battaient, repoussant les plus faibles. Malheur à celui qui tombait : il mourait écrasé.

Il y eut encore quelques explosions. Puis, dans un vacarme épouvantable, le deuxième pont s'écroula.

Une demi-heure seulement s'était écoulée depuis l'effondrement du pont Royal.

Debout, à côté de la voiture, Léa et François contemplaient la catastrophe, n'arrivant pas à détacher les yeux de cette horreur. Combien étaient-ils sur ce pont ? Trois cents, cinq cents, huit cents, plus ? Tout en bas, dans le lit du fleuve, de rares survivants essayaient d'escalader des montagnes enchevêtrées de cadavres, de ferraille et de pierres. Des blessés, retombés sur les piliers du pont, appelaient à l'aide, tandis que dans les parties hautes de la Loire d'autres se noyaient. Sur le capot d'une voiture en flammes, le corps d'un bébé finissait de rôtir.

— Ne restons pas ici, dit François Tavernier en poussant Léa dans l'automobile.

Du lit de la Loire montait une fumée noirâtre.

La voiture s'engagea avenue de Candalle au milieu des décombres. A Saint-Marceau, des mitrailleuses françaises tiraient en direction du quai de Prague et des Grands-Augustins. Près de Notre-Dame-du-Val, Camille demanda à descendre.

— Ce n'est pas le moment, gronda Léa.

— Je vous en prie, je vais vomir.

François Tavernier arrêta la voiture. La jeune femme s'avança en titubant.

— Laissez-moi l'aider, dit Mme Le Ménestrel en descendant à son tour.

— Merci, murmura Camille en essuyant ses lèvres avec le mouchoir sale qu'elle lui tendait.

L'une s'appuyant à l'autre, elles retournèrent à la voiture. Camille monta.

— Maman, on a envie de faire pipi, dit le petit garçon.

— D'accord, mes chéris, venez vite.

Ils s'éloignèrent de quelques pas. La petite fille s'accroupit tandis que son frère fouillait dans sa braguette. Soudain, accompagné d'un sifflement, un obus tomba à une dizaine de mètres d'eux. Avec ce ralenti propre aux moments inéluctables, les occupants de la voiture virent projetés en l'air la mère et les deux enfants, tandis que des éclats les criblaient de toutes parts. Doucement, ils retombèrent dans la poussière, gracieux jusque dans la mort.

Avec un hurlement d'horreur, la vieille dame s'arracha de son siège et se précipita vers sa fille, puis sa petite-fille, puis son petit-fils, le plus doux à son cœur. Bras écartés, mains ouvertes, elle allait de l'un à l'autre.

François Tavernier se pencha sur le corps de Mme Le Ménestrel, lui souleva la tête. Il blêmit en sentant sous ses doigts la mortelle blessure. Même dans la mort, elle avait une grâce infinie. En travers de ses jambes, repliées sur le côté, était couchée sa fille qui tenait encore à la main une poupée. L'enfant semblait dormir, tandis qu'une fleur rouge s'élargissait sur sa robe de toile rose. Plus loin, gisait le petit garçon, la tête presque détachée du corps, son sexe dérisoire sortant de sa culotte.

Camille allait de l'un à l'autre, répétant inlassablement :

— C'est de ma faute... c'est de ma faute...

Elle s'effondra, terrassée par une crise de nerfs.

Léa la prit par les épaules, la secoua, lui parla et finalement lui donna une paire de claques qui arrêta les cris.

— Non, ce n'est pas de ta faute, tu n'y es pour rien. Viens dans la voiture.

— Venez, madame, il ne faut pas rester là, dit François Tavernier à la grand-mère.

— Laissez-moi, monsieur, je ne peux pas les laisser seuls ici. Je dois les ensevelir.

— C'est trop dangereux, vous allez vous faire tuer.

— C'est la seule grâce que je demande à Dieu, monsieur. En me les ôtant, Dieu m'a tout ôté.

— Je ne peux pas vous laisser seule, madame.

— Il le faut, monsieur, pensez aux deux jeunes femmes qui sont avec vous, à l'enfant que porte l'une d'entre elles. Elles ont besoin de vous, pas moi.

— Je vous en prie, madame.

— N'insistez pas.

A contrecœur, François se dirigea vers Léa et Camille qu'il souleva. Comme elle est légère, pensa-t-il. La déposant doucement sur la banquette arrière, il s'installa au volant.

— Venez-vous ? demanda-t-il à Léa immobile qui n'arrivait pas à détacher ses yeux des trois corps.

Des avions passèrent sans lâcher de bombes.

A Saint-Marceau, les soldats français ne tiraient plus. Arrivés dans Orléans par le faubourg de Bourgogne, les Allemands ne rencontrèrent aucune résistance. Ils abattirent un arbre de la Motte-Sanguin pour établir un passage sur le pont du chemin de fer qui n'avait pas sauté. Vers quatre heures de l'après-midi, les premiers tanks traversèrent la Loire, empruntant les voies, et rejoignirent ceux qui avaient réussi à passer par le pont Georges V avant qu'il ne saute. Malgré la résistance courageuse des soldats des dépôts d'Orléans, qui n'avaient pour assurer la défense du pont qu'un vieux 90 calé avec des briques, les Allemands, supérieurs en nombre et mieux armés, les forcèrent à se replier avenue Dauphine, abandonnant de nombreux morts, et établirent trois petits canons à la tête du pont.

Vers cinq heures, les premiers détachements ennemis arrivèrent à la Croix-Saint-Marceau, et installèrent des mitrailleuses à chaque carrefour. Hébétés, les quelques rares habitants restés dans le quartier sortirent des caves et regardèrent avec stupeur ces soldats vainqueurs dont on leur avait dit, durant des mois, qu'ils étaient affamés, sans vêtements et sans souliers. Une femme d'un certain âge ne put s'empêcher d'aller tâter le tissu de la veste d'un jeune officier, qui lui sourit en disant poliment :

— Bonjour, madame.

Stupéfaite, la femme éclata en sanglots et s'enfuit en disant :

— On nous a menti.

Pendant ce temps-là, des soldats français entraient dans Orléans par le faubourg Bannier.

— Méfiez-vous, les Allemands sont là.

— Ce n'est pas possible, s'exclama un lieutenant, ils sont derrière nous.

A peine venait-il de donner l'ordre de prendre des positions de défense que, par le boulevard Saint-Euverte, arrivaient des troupes motorisées. Après une courte fusillade, les soldats durent se rendre. Le lieutenant et deux de ses hommes furent tués. Les Allemands parquèrent leurs prisonniers à la Motte-Sanguin dans un camp provisoire, entouré de mitrailleuses. Dans la soirée, d'autres vinrent les rejoindre.

188

De partout montaient les cris des blessés, les appels des sauveteurs. Le canon tonnait, l'incendie faisait rage, le crépitement des dernières mitrailleuses françaises s'éteignait, des fous échappés de l'asile de Fleury se faufilaient dans les décombres avec des éclats de rire qui faisaient froid dans le dos des survivants, des malfaiteurs, évadés de la prison, pillaient les rares magasins épargnés par les flammes. Il n'y avait plus d'eau, plus d'électricité, plus de pain. Il n'y avait plus de maire, plus de conseil municipal, rien qu'une ville abandonnée, détruite.

La première nuit de la longue occupation d'Orléans commençait.

15.

Par de petites routes, ils arrivèrent tard dans la nuit dans un village de la Vienne, La Trimouille. Au fond de la voiture, le visage couvert d'une sueur froide, Camille délirait. Sur une place, près d'une rivière, des réfugiés allongés à même le sol dormaient. Dans une des rues, la porte d'un café s'ouvrit, laissant filtrer une faible lumière jaunâtre. L'établissement était plein. François Tavernier arrêta la voiture et descendit. L'odeur de bière, de fumée et de saleté le prit à la gorge.

— Un demi, demanda-t-il au patron moustachu en s'appuyant au comptoir mouillé.

— J'en ai plus.

— Un cognac, alors.

— Pareil, j'ai tout vendu.

— Du rhum ?

— Rien, j'ai plus rien, même de la limonade : y ont tout bu.

— Alors, que me proposez-vous ?

— J'peux vous donner une anisette.

— Va pour l'anisette.

Jamais François n'avait bu une anisette avec autant de plaisir. Il en commanda une autre, qu'il porta à Léa assise, sur la marche du café devant la portière ouverte. Sans même le remercier, elle prit le verre et but avidement.

— Avez-vous demandé où trouver un médecin ?

— Pas encore. Comment va-t-elle ?

Léa haussa les épaules sans répondre.

François rentra dans le café.

— Pouvez-vous m'indiquer un médecin ?

— Y en a plus. L'père Vignaud, il est mort et son remplaçant s'est cassé la jambe. Faut aller à Montmorillon ou au Blanc, il y a des hôpitaux.

— Quelle est la ville la plus proche ?

— C'est Montmorillon, à douze kilomètres.

— Il y a un hôtel ?

Le bonhomme éclata de rire.

— Un hôtel !... il demande un hôtel. Y en a plusieurs, mais vous y trouverez pas même une carpette pour y coucher. C'est plein comme un œuf, d'autant qu'un ordre venu d'on sait où a interdit aux civils de dépasser Montmorillon. Y sont des cinquante mille à tourner en rond dans les rues.

— Et au Blanc ?

— C'est tout pareil, en plus y a eu des bombardements et le commandant de la place a fait miner le pont.

— Vite, François, Camille va mourir !

L'entrée et le cri de Léa arrêtèrent net les conversations.

— Vous avez-t'y un malade ?

— Oui, une jeune femme enceinte.

La patronne, une grosse personne au visage revêche, s'avança vers eux sans cesser d'essuyer un verre.

— J'peux p't'être vous aider. Quand vous s'rez à Montmorillon, passez le vieux pont tout de suite à votre main droite, vous trouverez la rue du Puits-Cornet. La quatrième maison à gauche, c'est celle de ma cousine germaine, Mme Trillaud. Dites-lui que c'est moi, la Lucienne, qui vous envoie. Si elle peut, elle vous aidera.

François Tavernier serra fortement la main de la femme.

— Merci beaucoup, madame, merci.

— De rien, de rien, bougonna-t-elle.

La traversée de Montmorillon fut mémorable. Des véhicules de toutes sortes encombraient les rues et les places. Les églises étaient transformées en dortoir, ainsi que les écoles et la salle des fêtes.

Après avoir erré un long moment sans rencontrer personne capable de les renseigner, ils trouvèrent le vieux pont, puis l'étroite rue du Puits-Cornet.

Léa allait se décourager de frapper, quand la porte s'entrouvrit.

— Qu'est-ce que c'est ? C'est pas une heure pour déranger les gens.

— Vous êtes bien Mme Trillaud ? Je viens de la part de Lucienne, votre cousine.

La porte s'ouvrit.

— La Lucienne ? Quoi qu'elle veut ?

— Rien, elle a dit que vous pourriez peut-être nous aider. Mon amie est malade.

— Quoi qu'elle a ?

— Elle est enceinte, mais ça fait des heures qu'elle est évanouie.

— Pauvre petite. Entrez.

François, portant Camille inanimée, entra dans la petite maison.

— C'est pas ben grand chez moi, d'autant qui y a des cousins de Paris qui sont arrivés hier. Y a que ma chambre.

— Mais madame...

— Faites pas d'façons. Vous trouverez rien. Faut bien s'entraider entre femmes. Tenez, aidez-moi à changer les draps.

Bientôt, Camille se trouva allongée dans le lit de Mme Trillaud, vêtue d'une de ses chemises de nuit, semblable à celle que portait la brave femme.

— C'est pas tout, faut trouver un médecin. C'est qu'ils n'arrêtent pas ces temps-ci les pauvres. J'vas d'abord chez le docteur Soulard. S'il est pas rentré, j'irai chez le docteur Rouland, l'a l'œil pointu, mais c'est un bon médecin.

Elle jeta sur ses épaules un vieux manteau.

— J'en ai pas pour longtemps. Dans la cuisine, vous trouverez du café sur le coin de la cuisinière et du pain dans la panière. Pour le beurre, dame, y en a plus. Sur le haut du buffet de la souillarde, j'ai encore quelques pots de confiture, prenez-en un.

Attablé à la grande table de cuisine recouverte d'une toile cirée à carreaux bleus, François Tavernier regardait Léa plonger sa troisième tartine de confiture de fraises dans son bol de café.

Deux grands cernes mauves soulignaient ses yeux, elle était pâle et fatiguée.

— Vous ne mangez pas, dit-elle la bouche pleine en louchant vers sa tartine.

Souriant, il poussa la tartine vers elle.

— Merci, fit-elle, s'en emparant avec rapidité, comme si elle redoutait qu'il ne changeât d'avis.

La dernière goutte de café avalé, Léa se rejeta en arrière sur sa chaise, repue.

— J'avais tellement faim.

— J'ai remarqué : vous aviez tout d'une ogresse.

Deux heures sonnèrent. Les coudes sur la table, la tête appuyée dans le creux de ses mains, Léa songeait. Que faisait-elle dans cette maison inconnue, perdue dans ce trou, avec une mourante, loin de ceux qu'elle aimait ? Ses parents devaient être fous d'inquiétude.

— Cessez de me regarder ainsi.

— Ne pouvons-nous faire la paix un moment ?

Excédée, elle se leva, ramassa les bols qu'elle mit sur la pierre d'évier. Quand elle passa près de lui, François la retint.

— Petite tête de mule, pourquoi résistez-vous ? Vous ne m'aimez pas, d'accord, mais vous aimez faire l'amour. Allons, ne regimbez pas. Savez-vous que c'est le meilleur remède pour échapper à la peur ? Hier, petite fille, vous avez eu bien de la chance, soit dit sans me vanter : beaucoup de femmes mettent parfois plusieurs années avant de découvrir le plaisir. Vous êtes faite pour l'amour, Léa, ne le refusez pas.

Pendant qu'il parlait, ses mains s'étaient égarées sous la jupe de la jeune fille et ses doigts avaient trouvé la fente humide qu'ils écartaient doucement.

Léa, le regard vague, le souffle court, se laissait faire attentive au plaisir qui, par vagues, l'envahissait. Sans lâcher son ventre, François la coucha sur la table, ouvrit son pantalon, releva les jambes nues de son amie et s'enfonça en elle. Comme la veille, elle jouit longuement. Ils restèrent un moment immobiles, hors du temps, sentant battre très fort leurs deux cœurs. Quand il se redressa, ils eurent ensemble un dernier frisson de plaisir. François se rajusta, l'aida à se relever et la tint longuement serrée contre lui, murmurant de tendres paroles dans ses cheveux.

193

— Ma belle amoureuse.. mon petit...

Le corps apaisé, elle se laissait bercer par la douceur de la voix de son amant.

Quand Mme Trillaud revint, en compagnie du médecin, Léa rabattait sa robe :

— Voici le docteur Rouland.

— Où est-elle, votre malade ?

Mme Trillaud le conduisit dans sa chambre. Léa les suivit.

Dès qu'il vit Camille, la fatigue qui marquait les traits du médecin et affaissait sa silhouette, disparut. Il tira les couvertures et l'ausculta attentivement.

— Ça fait longtemps qu'elle est dans cet état ? demanda-t-il en retirant son stéthoscope.

— Je ne sais plus, dit Léa, depuis six heures du soir.

— A-t-elle déjà été évanouie aussi longtemps ?

— Aussi longtemps, non. Mais cela lui arrive souvent, plus ou moins longuement. Le médecin qui la soignait à Paris disait qu'elle devait rester allongée, tant pour le bébé qu'à cause de son cœur.

— Montrez-moi les médicaments qu'elle prend.

Léa sortit et alla à la voiture prendre le sac de Camille. Elle tendit l'ordonnance et les flacons au médecin.

— Oui, c'est bien, mais ce n'est plus assez fort. Je vais lui faire une piqûre pour soutenir le cœur, mais je ne réponds de rien. Il faudrait l'hospitaliser, mais il n'y a plus la moindre place.

Quelques minutes après la piqûre, Camille ouvrit les yeux, trop faible pour regarder autour d'elle. François s'assit sur le bord du lit et prit dans ses mains celles, si frêles, de la malade.

— Tout va bien Camille, maintenant, il faut vous reposer.

— Les enfants, mon Dieu, les enfants... gémit-elle.

Le docteur Rouland entraîna Léa à l'écart.

— Vous êtes parente ?

— Oui, mentit Léa.

— Je suis très inquiet, le cœur peut lâcher d'un instant à l'autre. Il faut prévenir son mari, ses parents... C'est idiot ce que je dis là, son mari est sûrement au front et ses parents, Dieu sait où.

— Je la ramenais chez son beau-père en Gironde.

— Pas question de la transporter. Si elle surmonte cette crise, elle devra rester immobile jusqu'à l'accouchement.

194

— Vous voulez dire que nous allons devoir rester ici ?

Le médecin ne répondit pas. De sa trousse, il sortit le nécessaire pour une nouvelle piqûre. Très vite les yeux de Camille se fermèrent. Son pouls, quoique rapide, était redevenu presque régulier. Le médecin rangea ses instruments, à nouveau gris de fatigue.

— Il faut en permanence quelqu'un près d'elle. Dès qu'elle se réveillera, donnez-lui trois gouttes de ceci dans un verre d'eau. En cas de crise, vous pouvez aller jusqu'à dix gouttes. Je reviendrai dans la journée.

— Ne vous inquiétez pas, docteur, dit Mme Trillaud, je vais m'en occuper : les malades, ça me connaît.

— Au revoir, madame Trillaud, vous êtes une brave femme. Allez vous reposer, ajouta-t-il en s'adressant à Léa, vous n'avez pas bonne mine.

François Tavernier accompagna le médecin jusqu'au vieux pont. Quand il revint, il trouva Léa endormie à l'arrière de la voiture. Il la contempla un long moment, ému, tant elle avait l'air dans son sommeil d'une petite fille boudeuse. Avec précaution, il s'installa à l'avant, ses longues jambes passant par la vitre ouverte.

Léa fut tirée de son sommeil par les cris et le bruit des battoirs des femmes lavant leur linge dans la rivière. Elles étaient une dizaine, agenouillées dans des caisses remplies de paille. Non loin d'elles, assis sur une barque renversée, François regardait couler la Gartempe qui, à cet endroit, bouillonnait sur les cailloux. Plus loin, de longues algues fleuries se balançaient dans le courant. Mme Trillaud sortit sur le seuil de sa maison en frappant dans ses mains.

— Le petit déjeuner est prêt !

Dans la cuisine pleine de soleil, sur la toile cirée aux carreaux bleus, fumait, dans de grands bols d'épaisse faïence blanche à liséré rouge, un café dont l'arôme, mélangé à la bonne odeur de pain grillé, fit frémir les narines de Léa.

— Venez manger, ça va refroidir. Comme hier, pas de beurre, mais une gelée de coings dont vous me direz des nouvelles.

— Comment a dormi notre amie ? demanda François.

— Très bien. Quand elle s'est réveillée tout à l'heure, je lui ai donné ses gouttes. Elle m'a souri gentiment et elle s'est rendormie.

— Comment vous remercier, madame, pour tout ce que vous faites pour nous ?

— Allons, allons, ce n'est rien. Seulement, si vous devez rester quelques jours, je vous demanderai de participer aux frais car, hélas, je ne suis pas bien riche.

— Cela va de soi, madame, dit Léa en dévorant sa tartine.

— Avez-vous écouté les informations ? demanda François Tavernier en désignant un poste de radio ventru qui trônait sur le buffet entre des photos de famille, un bouquet de roses dans un vase bleu et de gros obus ciselés de la guerre de 14-18.

— Non, j'avais peur de réveiller la maisonnée car le son se règle mal.

— Je vais voir si je peux vous réparer ça.

— Vous vous y connaissez en T.S.F. ?

— Un peu.

— Où puis-je faire ma toilette ? demanda Léa.

— Là-haut, à côté de ma chambre. C'est pas bien confortable, juste un cabinet de toilette. J'ai mis des serviettes propres. Tenez, prenez cette bouilloire d'eau chaude, y'a pas l'eau courante. Votre mari a monté vos bagages.

— Ce n'est pas mon mari, s'écria Léa avec une violence qui surprit Mme Trillaud.

— Excusez-moi, j'avais cru.

Vers onze heures, le docteur Rouland revint. Il fut agréablement surpris de l'état de santé de sa malade. Camille, lavée et coiffée par Léa, soutenue par des oreillers, n'avait plus le visage creusé de la veille. Seuls ses yeux cernés de noir et son regard les montraient sa souffrance.

— Je suis très content de vous, dit le médecin après l'avoir auscultée. C'est moins grave que je ne le craignais. Mais vous ne devez absolument pas bouger. Je vais vous envoyer une sœur garde-malade : elle vous fera les piqûres que je vais prescrire. Laissez-vous bien soigner et bientôt vous serez guérie.

— Quand pourrons-nous repartir ?

— Pour le moment, il ne faut pas y penser.

— Mais, docteur...

— Il n'y a pas de mais, c'est ça ou la mort de votre enfant, à moins que ce ne soit la vôtre. C'est déjà un miracle que vous ne l'ayez pas perdu. Soyez patiente, vous n'avez plus que deux mois à attendre

196

Le docteur Rouland redescendit dans la cuisine rédiger son ordonnance. La grande pièce était pleine des cousins de Paris qui aidaient leur parente à préparer le déjeuner, racontaient pour la énième fois leur voyage mouvementé ou regardaient François Tavernier réparer le poste de radio.

— Je crois que ça marche maintenant.

Après quelques crachotements, on entendit une voix :

— Le maréchal Pétain vous parle.

Dans la salle, tout le monde se tut. Il était midi et demi, ce 17 juin 1940.

« *Français, A l'appel de monsieur le Président de la République, j'assume à partir d'aujourd'hui la direction du gouvernement de la France. Sûr de l'affection de notre admirable armée, qui lutte avec un héroïsme digne de ses longues traditions militaires contre un ennemi supérieur en nombre et en armes, sûr que par sa magnifique résistance, elle a rempli ses devoirs vis-à-vis de nos alliés, sûr de l'appui des anciens combattants que j'ai eu la fierté de commander, sûr de la confiance du peuple tout entier, je fais à la France don de ma personne pour atténuer son malheur.*

« *En ces heures douloureuses, je pense aux malheureux réfugiés qui, dans un dénuement extrême, sillonnent nos routes. Je leur exprime ma compassion et ma sollicitude. C'est le cœur serré que je vous dis aujourd'hui qu'il faut cesser le combat. Je me suis adressé cette nuit à l'adversaire pour lui demander s'il est prêt à rechercher avec moi, entre soldats, après la lutte et dans l'honneur, les moyens de mettre un terme aux hostilités. Que tous les Français se groupent autour du Gouvernement que je préside pendant ces dures épreuves et fassent taire leur angoisse pour n'obéir qu'à leur foi dans le destin de leur patrie.* »

Quand la voix chevrotante et cassée s'arrêta, tous avaient la tête baissée. Sur beaucoup de visages, les larmes coulaient, larmes de honte pour la plupart, cependant qu'un lâche soulagement, peu à peu, les envahissait.

Pâle, le regard sec et dur, François éteignit la radio et sans un mot quitta la maison.

Du discours, Léa ne retint qu'une chose : « ... il faut cesser le combat ». La guerre allait finir et Laurent revenir. Elle monta quatre à quatre l'escalier pour annoncer la nouvelle à Camille qui éclata en sanglots.

— Mais pourquoi pleures-tu ? La guerre est finie, le Maréchal l'a dit. Laurent va revenir.

— Oui, peut-être, mais nous avons perdu la guerre.

— Elle était déjà perdue depuis longtemps.

— Sans doute, mais j'avais tellement prié...

— ... que tu as cru que Dieu t'entendrait. Des prières, des priè-res, ce n'est pas avec des prières que l'on gagne les guerres, mais avec des avions, avec des chars, avec des chefs. Tu les as vu dans le ciel, nos avions ? Et nos chars, tu les as vus sur les routes ? Et nos chefs, tu les as vus à la tête de leurs troupes ? Tous ceux qu'on a vus fuyaient. Tu as déjà oublié ce colonel vert de peur, dans sa limousine encombrée de bagages, qui disait : « Place, place, je dois rejoindre mon poste. » Son poste, oui, l'Espagne, plutôt ! Et nos soldats, tu les as vus nos beaux soldats ? avec leurs uniformes dépa-reillés, leurs armes démodées, sales, les pieds en sang, ne pensant qu'à une chose, fuir ?...

— ... tu exagères, je suis sûre que la plupart se sont bien battus. Souviens-toi de ceux qui défendaient le pont, à Orléans. Partout, en France, partout, des hommes se sont battus et bien battus et beaucoup sont morts.

— Pour rien.

— Non pas pour rien, pour l'honneur.

— Pour l'honneur, laisse-moi rire, l'honneur c'est une idée d'aristocrate, tout le monde n'a pas les moyens d'avoir de l'hon-neur. L'ouvrier, le paysan, le boutiquier qui patauge dans la boue, reçoit des bombes sur la tête et des balles dans le corps, il s'en fout de l'honneur. Ce qu'il veut, c'est ne pas crever comme un chien et que cela s'arrête n'importe comment, mais que ça s'arrête à n'importe quel prix. Cette guerre, il ne l'a pas voulue, il ne la com-prend pas.

— Il n'a pas voulu la guerre, c'est vrai, mais ce n'est pas vrai qu'il veut qu'elle se termine à n'importe quel prix.

— Ma pauvre Camille, je crois que tu te fais bien des illusions sur la nature humaine. Tu vas voir s'ils ne l'acceptent pas tous, la fin de la guerre !

— Je ne puis croire cela. Laisse-moi, veux-tu, je suis fatiguée.

Léa haussa les épaules et redescendit.

— ... avec lui on est sauvé...

— ... tu te rends compte, il fait don de sa personne à la France...

— ... c'est un vrai patriote...

— ... avec le Maréchal au gouvernement, on n'a rien à craindre...

— ... on va pouvoir rentrer chez nous...

— ... c'est pas trop tôt, il est temps que les affaires reprennent...

— Je crains que les Allemands se montrent très durs avec nous. Cette réflexion du docteur Rouland provoqua un silence étonné.

— Pourquoi dites-vous ça, docteur ?

— Parce qu'ils sont vainqueurs partout et qu'ils n'ont certainement pas oublié les dures conditions du traité de paix de 1918.

— C'était normal, ils avaient perdu la guerre !

— Comme nous aujourd'hui.

Tard dans la soirée, François Tavernier revint chez Mme Trillaud passablement ivre. Elle l'attendait dans la cuisine en tricotant.

— Madame Trillaud, je crois avoir trop bien arrosé notre défaite. Une déculottée comme celle-là, c'est pas tous les jours qu'on a la chance d'en être témoin... L'Allemagne, madame, voulez-vous que je vous dise ?... L'Allemagne c'est un grand pays et Hitler un grand homme. Vive l'Allemagne, vive Hitler...

— Taisez-vous donc, vous allez ameuter tout le quartier, dit-elle en le forçant à s'asseoir. Je suis sûre que vous n'avez rien mangé. Vous allez prendre une assiettée de soupe aux choux. Rien de tel pour vous transformer un homme.

— Vous êtes brave, madame Trillaud, mais l'Allemagne, croyez-moi...

— Oui, je sais, c'est un grand pays. Mangez votre soupe, elle va être froide.

La dernière cuillerée avalée, il s'effondra sur la table, la tête dans son assiette. Avec douceur, son hôtesse la retira.

— Pauvre homme, murmura-t-elle en éteignant la lumière de la pièce.

Le lendemain matin, quand Mme Trillaud redescendit, elle trouva François rasé de frais, coiffé, en train de préparer le café.

— Bonjour, madame, vous arrivez trop tôt, je voulais vous faire la surprise d'un petit déjeuner tout prêt. J'ai trouvé, ce matin, du lait, du beurre et du pain frais.

— Bonjour, monsieur. Comment avez-vous fait ?

— Hier, en faisant la tournée des cafés de Montmorillon, je me suis fait des amis. Je suis désolé pour cette nuit, voulez-vous me pardonner ?

— N'en parlons plus, c'est déjà oublié. Je suis bien sûre que mon défunt mari se serait saoulé aussi.

— Merci, madame. Comment va la malade ?

— Beaucoup mieux. C'est de calme et de repos dont cette femme a besoin.

— Mangeons, le café est prêt. Aujourd'hui, je vais aller à la mairie pour essayer de savoir où est mon régiment, sinon je regagnerai Paris.

— Vous allez laisser seules les deux dames ?

— Mlle Delmas est très capable de se débrouiller sans moi. Hier, le téléphone était coupé, il est peut-être rétabli aujourd'hui. Dans ce cas, j'appellerai ses parents pour leur donner des nouvelles. Pouvez-vous m'indiquer un magasin où je pourrais m'acheter du linge, des chemises et un costume ?

— Y a pas grand-chose ici. Essayez chez Rochon ou chez Guyonneau. Le premier est sur la place du marché couvert, l'autre, à l'angle de la grand'rue et du boulevard.

— Autre chose, ne connaîtriez-vous pas un appartement ou une maison à louer pour mes amies ?

— En ce moment, il n'y a rien. Les premiers réfugiés se sont installés dans les rares locations qu'il y avait. Mais d'ici quelques jours, on devrait voir plus clair. Les gens parlent déjà de rentrer chez eux. D'ici là, ces dames peuvent rester ici.

— C'est très aimable à vous, mais vous n'avez même plus votre chambre.

— Bah ! A mon âge, on n'a pas besoin de beaucoup de sommeil. Un matelas dans un coin, ça me suffit.

— Cela me réconforte de rencontrer des gens comme vous.

— Bonjour, fit Léa en rentrant dans la pièce vêtue de son kimono, les cheveux ébouriffés, le visage encore ensommeillé.

200

— Bonjour, petite, vous avez bien dormi ?

— Pas très bien, Camille a bougé toute la nuit.

— Comment va-t-elle ce matin ? demanda François.

— Bien, je suppose, puisqu'elle a faim.

— C'est très bon signe, je vais lui monter un plateau, dit Mme Trillaud en se levant.

— Laissez, madame, je vais m'en occuper, fit François en se levant à son tour.

Avec adresse, il disposa sur le rustique plateau de bois une jolie tasse de porcelaine, une corbeille remplie de fines tranches de pain, un morceau de beurre, du sucre et de la confiture. Pour compléter cet appétissant repas, il ajouta un bol débordant de cerises et une rose tirée du vase bleu. Content de lui, il présenta son plateau aux deux femmes.

— Pas mal, n'est-ce pas ?

— C'est magnifique, affirma Mme Trillaud.

— Si vous croyez qu'elle va manger tout ça, ironisa Léa.

— Vous oubliez le lait et le café, dit l'hôtesse en posant sur le plateau un petit pot de lait et un grand pot de café.

— Comme femme de chambre, je ne suis pas encore très au point.

Dans la cuisine, Léa écossait nonchalamment des petits pois sous l'œil narquois de l'hôtesse et admiratif d'un cousin boutonneux.

— Ne m'attendez pas pour déjeuner, je me débrouillerai, dit François en entrant.

— Où allez-vous ? demanda Léa.

— Chercher un garage pour la voiture, à la mairie, acheter des vêtements, téléphoner à vos parents et à M. d'Argilat.

— Je vais avec vous, s'écria Léa en abandonnant ses petits pois.

— Vous n'êtes pas prête. Rejoignez-moi à la poste si vous voulez.

— Mais...

Il était déjà dehors. Léa se rassit et, avec rage, se remit à écosser les petits pois.

Quand il revint, vers cinq heures de l'après-midi, vêtu d'un costume bleu marine d'une coupe incertaine, Léa repassait une robe en écoutant la T.S.F.

— Où étiez-vous, je vous ai cherché partout ?

— Vous avez mal cherché ! La ville n'est cependant pas bien grande. J'ai passé trois heures à la poste à essayer d'avoir Paris, puis vos parents. J'ai réussi à les joindre, mais très vite, nous avons été coupés.

— Comment vont-ils ? s'écria Léa en posant son fer à repasser.

— Bien, j'ai eu l'impression. Ils étaient inquiets pour vous. Je les ai rassurés.

— Comme j'aurais aimé pouvoir parler à maman !

— On essaiera demain chez le docteur Rouland. Je l'ai rencontré en sortant de la poste et il m'a aimablement proposé de téléphoner de chez lui. Vous ne trouvez pas que ça sent une drôle d'odeur ?

— Zut, ma robe... C'est votre faute...

François éclata de rire devant tant de mauvaise foi.

— Que disent-ils à la radio ? demanda-t-il en tournant les boutons du poste.

— Rien, c'est d'un ennui, il n'y a même pas de bonne musique. Regardez ma robe ! Comment vais-je faire ?

— Là où c'est placé, vous pouvez mettre une poche.

— Ça c'est une bonne idée, s'exclama Léa joyeuse. Mais, je n'ai pas de tissu semblable, ajouta-t-elle, dépitée.

— La robe est blanche, mettez des poches de couleur et des boutons assortis, ce sera très bien.

Léa le regarda avec étonnement.

— Ce n'est pas idiot. Je ne savais pas que vous vous intéressiez à la mode.

— Je m'intéresse à tout. Ce n'est pas comme vous.

— Que voulez-vous dire ?

— Que vous n'avez même pas remarqué que je suis vêtu à la dernière mode montmorillonaise.

— Qui vous va très bien d'ailleurs, fit-elle après un bref regard indifférent.

— Je vous remercie. Venant de vous, ce compliment me touche.

— Arrêtez de tripoter ces boutons.

— Je cherche la radio de Londres pour savoir où en est la guerre. Les Anglais sont peut-être mieux informés que nous.

« Ici Radio-Londres... Le général de Gaulle vous parle... »

— Qui est le général de Gaulle ? demanda Léa.

202

— Taisez-vous, je vous le dirai plus tard.

« *Les chefs qui, depuis de nombreuses années, sont à la tête des armées françaises, ont formé un gouvernement. Ce gouvernement, alléguant la défaite de nos armées, s'est mis en rapport avec l'ennemi pour cesser le combat.*

« *Certes, nous avons été, nous sommes submergés par la force mécanique, terrestre et aérienne, de l'ennemi. Infiniment plus que leur nombre, ce sont les chars, les avions, la tactique des Allemands qui ont surpris nos chefs au point de les amener là où ils en sont aujourd'hui.*

« *Mais le dernier mot est-il dit ? L'espérance doit-elle disparaître ? La défaite est-elle définitive ? Non !*

« *Croyez-moi, moi qui vous parle en connaissance de cause et qui vous dis que rien n'est perdu pour la France. Les mêmes moyens qui nous ont vaincus peuvent faire venir un jour la victoire. Car la France n'est pas seule ! Elle n'est pas seule ! Elle n'est pas seule ! Elle a un vaste Empire derrière elle. Elle peut faire bloc avec l'Empire britannique qui tient la mer et continue la lutte. Elle peut, comme l'Angleterre, utiliser sans limites l'immense industrie des États-Unis.*

« *Cette guerre n'est pas limitée au territoire malheureux de notre pays. Cette guerre n'est pas tranchée par la bataille de France. Cette guerre est une guerre mondiale. Toutes les fautes, tous les retards, toutes les souffrances, n'empêchent pas qu'il y a, dans l'univers, tous les moyens nécessaires pour écraser un jour nos ennemis. Foudroyés aujourd'hui par la force mécanique, nous pourrons vaincre dans l'avenir par une force mécanique supérieure. Le destin du monde est là.*

« *Moi, général de Gaulle, actuellement à Londres, j'invite les officiers et les soldats français qui se trouvent en territoire britannique ou qui viendraient à s'y trouver, avec leurs armes, j'invite les ingénieurs et les ouvriers spécialistes des industries d'armement qui se trouvent en territoire britannique ou qui viendraient à s'y trouver, à se mettre en rapport avec moi. Quoi qu'il arrive, la flamme de la résistance française ne doit pas s'éteindre, elle ne s'éteindra pas.*

« *Demain, comme aujourd'hui, je parlerai à la Radio de Londres.* »

Pensif, François Tavernier éteignit le poste et se mit à marcher de long en large. Dans un coin, assise sur une chaise, Mme Trillaud, qui était entrée sans qu'on la remarque au début du discours, s'essuyait les yeux avec le coin de son tablier.

— Qu'avez-vous, madame ? demanda Léa.

— Rien... c'est la joie.

— La joie ?

— Oui, ce général... comment s'appelle-t-il déjà ?

— De Gaulle.

— Oui, c'est ça, de Gaulle... il a dit que la flamme de la résistance française ne s'éteindrait pas.

— Et alors, qu'est-ce que ça veut dire, il est à Londres, pas en France. Ce n'est pas en Angleterre que sont les Allemands, mais ici. S'il veut continuer à se battre, il n'a qu'à revenir au lieu d'abandonner lâchement son poste.

— Vous dites des bêtises, Léa, dit François. Vous ne savez pas de quoi vous parlez. De Gaulle est un homme sincère et courageux, je l'ai rencontré quand il était sous-secrétaire d'Etat à la Défense nationale. Il a dû longuement réfléchir avant de lancer cet appel qui le met hors-la-loi, lui qui est par tradition militaire un homme d'obéissance.

— Vous allez le rejoindre ? demanda Mme Trillaud.

— Je n'en sais rien. Tout va dépendre de la suite des événements. Je dois d'abord retrouver mon régiment. Je ne dînerai pas là ce soir, je dîne chez le maire.

— Et moi, qu'est-ce que je fais ?

— Vous ? En amie dévouée, vous vous occupez de Camille, fit-il avec un salut ironique.

Le lendemain, Léa eut ses parents au téléphone. Elle pleura en entendant la douce voix d'Isabelle, celle, bourrue d'émotion, de son père. Qu'elle joie d'entendre à nouveau l'accent de Ruth ! Même les quelques mots échangés avec ses sœurs Françoise et Laure lui firent plaisir. Elle n'en finissait pas de demander des nouvelles du domaine, de ses oncles, de ses tantes, de ses cousins. Elle découvrait brusquement qu'elle les aimait tous. Elle aurait voulu dire à sa mère l'horreur des bombardements, la mort de Josette, le meurtre de l'homme qui voulait les voler, le regard de la grand-mère devant les cadavres de sa fille et de ses petits-enfants, la maladie de Camille, son aventure avec François. Elle ne savait que répéter :

— Maman, maman, si tu savais...

— Ma chérie, dès que cela sera possible, je viendrai te chercher avec ton père.

— Oh ! oui, maman. Viens, tu me manques tellement, j'ai tant de choses à te dire, j'ai eu si peur. Souvent je pensais à toi, je me disais : « Que ferait maman ? » Je ne faisais pas toujours ce que tu aurais fait, je me conduisais égoïstement, en enfant gâtée. Mais bientôt je vais te retrouver, je dormirai dans mon petit lit de la chambre des enfants, tu viendras comme autrefois parler avec moi avant d'aller te coucher, tu me prendras dans tes bras comme quand j'étais petite ; dans ton cou, je sentirai ton parfum, je caresserai tes beaux cheveux. Oh ! maman, je t'aime tant ! J'ai eu si peur de ne pas te revoir quand tout brûlait autour de nous. Les bombardements c'est terrible, ça tue des enfants, des pauvres gens... Maman...

Les sanglots empêchèrent Léa de continuer. Avec douceur, François lui prit l'écouteur des mains et donna à Pierre Delmas l'adresse de sa fille et le numéro de téléphone du docteur Rouland.

Après avoir remercié le médecin, il emmena Léa.

Il faisait presque nuit, aucune lumière ne brillait dans les rues encombrées de voitures. L'air était d'une grande douceur. En traversant le vieux pont, Léa remarqua :

— Ça sent l'eau.

Elle aimait cette odeur de rivière, mélange d'herbes, de poisson et de vase. Ils arrivèrent devant la maison de Mme Trillaud.

— Je n'ai pas envie de rentrer, si nous allions dans la campagne, ce n'est pas très loin, c'est au bout du chemin.

— Comme vous voulez.

Léa prit le bras de François.

Ils marchaient lentement entre deux murets de pierre derrière lesquels se trouvaient des jardins potagers. Au bout du chemin, ils passèrent devant des maisons fortement délabrées, au pas de porte jonché de détritus de toutes sortes. Une forte odeur de porcherie leur fit accélérer le pas.

Les murs avaient fait place à des haies dont certaines, fleuries, embaumaient. Ils marchèrent un moment dans le chemin de plus en plus étroit. Léa entraîna François vers un petit pré dans lequel était une cabane sous un grand chêne. Quand elle poussa la porte, une forte odeur du foin les enveloppa.

— C'est ma maison, je l'ai découverte hier. J'y étais tellement bien, c'était si calme, ça sentait si bon, comme à Montillac, que j'y suis revenue aujourd'hui avec mes livres. expliqua Léa en se laissant tomber dans la masse odorante.

François restait debout, sans bouger, cherchant à deviner ce qu'attendait de lui cette fille capricieuse, redoutant de commettre une maladresse qui l'aurait à nouveau rendue dure et lointaine. Il était si agréablement surpris de son attitude depuis qu'ils avaient quitté le cabinet du docteur Rouland. Alors qu'il ne désirait qu'une chose : la prendre dans ses bras. Non pour lui faire l'amour, mais pour le bonheur de la sentir contre lui tout en sachant qu'elle pensait à un autre.

— Ne restez pas planté comme ça, venez près de moi. On dirait que je vous fais peur.

« Il y a de ça », pensa-t-il en s'allongeant à côté d'elle.

Ils restèrent un long moment silencieux.

— Pourquoi ne m'embrassez-vous pas ?

— Je croyais que cela vous déplaisait.

— Je n'en sais rien. Prenez-moi dans vos bras.

D'abord ses baisers furent doux, ses gestes tendres.

— Plus fort, embrassez-moi plus fort.

Toute la nuit, ils firent et refirent l'amour jusqu'à en éprouver de la douleur. Enfin, ils s'endormirent enlacés, leurs corps nus portant la trace de leurs morsures et de leurs griffures auxquelles s'ajoutaient des herbes sèches, collées par la sueur.

Le crépitement de la pluie les réveilla. Il faisait froid. François mit sur les épaules de Léa sa veste bleue. Ils arrivèrent chez Mme Trillaud trempés.

— J'étais inquiète. Où étiez-vous ? Il ne faut pas me faire des peurs pareilles. Voyez dans quel état vous êtes, vous allez attraper la mort. Monsieur Tavernier, vous n'êtes pas raisonnable. Cette petite grelotte. Comme s'il n'y avait pas assez d'une malade ici, gronda la brave femme.

Elle tira d'une grande armoire une couverture en enveloppa Léa qui claquait des dents. Elle leur prépara du vin chaud. Devant la cuisinière allumée, la veste fumait, posée sur le dossier d'une chaise.

— Tenez, voici un pantalon et une chemise de mon défunt mari. Allez vous changer.

Sans répliquer, François prit les vêtements.

En fin d'après-midi, François annonça à Camille et à Léa son intention de partir.

— Pour où ? demanda Léa d'un ton brusque.

— Paris.

— Vous nous laissez seules ?

— Vous êtes ici en sécurité. Mme Trillaud m'a promis de s'occuper de vous et d'essayer de vous trouver un logement convenable tant que le docteur Rouland jugera utile que Camille ne voyage pas. Avez-vous de l'argent ?

— Oui, cela ne pose pas de problème. Merci d'y avoir pensé, François.

— Monsieur Tavernier, monsieur Tavernier... venez vite, le général de Gaulle va reparler, cria du bas de l'escalier Mme Trillaud.

— Je voudrais l'entendre, soupira Camille.

François se pencha sur le lit, souleva Camille d'un geste vif et descendit les marches avec précaution. Dans la cuisine, doucement, il l'installa dans le fauteuil d'osier de leur hôtesse. Dans la salle, une dizaine de personnes attentives écoutaient cette voix venue d'un pays libre leur apporter l'espoir.

« A l'heure où nous sommes, tous les Français comprennent que les formes ordinaires du pouvoir ont disparu. Devant la confusion des âmes françaises, devant la liquéfaction du gouvernement tombé sous la servitude ennemie, devant la possibilité de faire jouer nos institutions, moi, général de Gaulle, soldat et chef français, j'ai conscience de parler au nom de la France.

« Au nom de la France, je déclare formellement ce qui suit : tout Français qui porte encore des armes a le devoir absolu de continuer la résistance. Déposer les armes, évacuer une position militaire, accepter de soumettre n'importe quel morceau de terre française au contrôle de l'ennemi, ce serait un crime contre la patrie.

« A l'heure qu'il est, je parle avant tout pour l'Afrique du Nord française, pour l'Afrique du Nord intacte.

« L'armistice italien n'est qu'un piège grossier. Dans l'Afrique de Clauzel, de Bugeaud, de Lyautey, de Noguès, tout ce qui a de l'honneur a le strict devoir de refuser l'exécution des conditions ennemies. Il ne serait pas tolérable que la panique de Bordeaux ait pu traverser la mer. Soldats de France, où que vous soyez, debout ! »

Dans la nuit, François Tavernier quittait la petite ville.

16.

La signature de l'armistice, le soir du 24 juin 1940, jeta Camille et Léa dans les bras l'une de l'autre. Toutes deux pensèrent d'abord : la guerre est finie, Laurent va revenir. Puis, le doute, la peur, la honte, s'installèrent en elles. A vrai dire, ce fut surtout Camille qui éprouva de la honte, Léa ne voyait dans l'armistice que le retour à une vie normale. Avide de vivre, elle se refusait à la moindre analyse de la situation. La guerre était finie, point. Tout allait recommencer comme avant. Comme avant ?... Elle savait bien qu'elle se mentait, que plus rien ne serait comme avant ; il y avait eu toutes ces morts inutiles et horribles, cet homme qu'elle avait tué et dont le souvenir la dressait hurlante dans son lit. Pour la calmer, il fallait alors toute la douceur maternelle de Camille qui employait, sans le savoir, les mêmes mots qu'Isabelle Delmas.

— Ce n'est rien, ma chérie, je suis là. N'aie pas peur, c'est fini, dors.

Et Léa se rendormait, blottie contre Camille, en murmurant :
— Maman !

Non, plus rien ne serait comme avant. Dans cette horreur, elle était devenue femme. Cela, elle ne pouvait aisément se le pardonner. Depuis le 19 juin, elle n'avait pas réussi à obtenir Montillac.

Enfin, le 30 juin, elle entendit la voix de son père. Sans doute était-ce la distance, la mauvaise qualité de la communication, il lui sembla que la voix de Pierre Delmas était celle d'un vieillard, hésitante, assourdie, répétant sans cesse :

— Tout va bien, tout va bien...

Quand Léa demanda à parler à sa mère, il y eut un long silence au bout du fil.

— Allô... allô... ne coupez pas...

— Allô, Léa ?...

— Ruth, que je suis contente de t'entendre. Comment vas-tu ?... Passe-moi maman, j'ai peur qu'on soit coupé. Allô... tu m'entends ?...

— Oui.

— Passe-moi maman.

— Ta mère n'est pas là, elle est à Bordeaux.

— Oh ! Quel dommage. J'aurai tant voulu l'entendre, ça m'aurait fait tellement de bien. Tu l'embrasseras très fort pour moi. N'oublie pas de lui dire que je pense beaucoup à elle, que je l'aime tendrement. J'essaierai de rappeler dans la semaine... Allô... allô... zut, c'est coupé.

En reposant le récepteur, Léa éprouva une impression d'angoisse telle que la sueur couvrit ses tempes et son front, provoquant une démangeaison à la cicatrice de son arcade sourcillière.

— Il faut que je rentre à la maison, murmura-t-elle en se levant du fauteuil du cabinet du docteur Rouland.

Le médecin entra à ce moment-là.

— Vous avez réussi à joindre vos parents ?

— Oui, merci. Quand Camille pourra-t-elle voyager ?

— Pas avant son accouchement, ce serait trop dangereux.

— Je dois rentrer chez moi, c'est important.

— La santé de votre amie et celle de son enfant sont certainement plus importantes.

— Qu'en savez-vous ? Je suis sûre qu'on a besoin de moi, là-bas. Il faut que j'y aille.

— Quelqu'un de malade ?

— Je n'en sais rien, mais je sens que je dois y aller. Je le sens, m'entendez-vous ?

— Je vous entends, calmez-vous. Vous savez bien que vous ne pouvez pas partir.

210

— Mais vous êtes là, docteur, et il y a Mme Trillaud. D'ailleurs, Camille va mieux puisque vous l'avez autorisée à se lever.

— Ça ne suffit pas. Seule votre présence l'empêche de céder à la panique. Elle vous aime tellement qu'elle vous cache ses inquiétudes et ses malaises. Ce n'est pas parce que je lui ai permis de faire quelques pas que son état n'est pas critique. De plus, vu sa fatigue, elle risque d'accoucher prématurément. Je vous en prie, soyez patiente.

— Cela fait des semaines et des semaines que je patiente. Je n'en peux plus, je veux voir ma mère.

Léa se laissa retomber sur le fauteuil, la tête entre les mains, gémissant d'une voix d'enfant.

— Je veux partir, je vous en supplie, laissez-moi partir.

Autant il était habile pour soigner ses malades, autant le docteur Rouland était maladroit devant les larmes, surtout celles d'une jolie fille. En s'y reprenant à plusieurs reprises, il lui prépara un calmant qu'il réussit à lui faire boire. Se sentant lui-même à bout de nerfs, il en avala une gorgée.

— Allons, ne pleurez plus... cela ne sert à rien... vous allez vous rendre malade...

Quand Léa rentra chez Mme Trillaud, la brave femme, devant son air hagard, ses mains brûlantes, la força à se coucher. Dans la nuit, la fièvre monta jusqu'à quarante degrés. Elle courut chercher le médecin, qui ne sut quelle maladie diagnostiquer.

Pendant trois jours, Léa délira, appelant sa mère, Laurent et François. Puis, comme elle était venue, la fièvre disparut, la laissant amaigrie et affaiblie. Durant ces trois jours, pas un seul instant, Camille n'avait quitté son chevet, malgré les remontrances du médecin et de Mme Trillaud.

Une semaine plus tard, Léa, complètement rétablie, se baignait dans la Gartempe, aux Ilettes. Le soir du même jour, Camille lui dit :

— Le docteur Rouland pense que je peux sans danger rentrer aux Roches-Blanches.

— C'est vrai ? s'exclama Léa.

— Oui, en roulant lentement. Un cousin de Mme Trillaud s'est occupé de faire vérifier la voiture et de nous trouver de l'essence. On peut partir quand tu veux.

— C'est magnifique, je vais enfin revoir maman.

Camille posa sur Léa son regard empreint de bonté.

« C'est vrai qu'elle a l'air de m'aimer, pensa Léa, quelle sotte ! »

— Madame Trillaud, nous pouvons partir, Camille peut voya-ger ! s'écria-t-elle en se précipitant vers leur hôtesse qui entrait dans la cuisine, un vaste panier empli de légumes au bras.

La brave femme se tourna vers Camille l'air surpris.

— Mais, mon enfant...

Elle s'interrompit en voyant la jeune femme lui faire signe de se taire.

— Chère madame, nous partirons demain, le docteur est d'accord, ajouta Léa précipitamment devant le froncement de sour-cils de celle qui l'avait soignée comme une mère durant ces trois jours.

— Pourquoi ne m'en a-t-il pas parlé avant son départ ? fit-elle soupçonneuse.

— Il aura oublié, il a tant à faire.

— Je ne savais pas qu'il était parti. Où est-il allé ? demanda Léa.

— En Bretagne, chercher sa mère qui se retrouve seule depuis la mort de son plus jeune fils tué à Dunkerque.

— Je ne savais pas qu'il avait perdu un frère à la guerre, dit Camille.

— Il n'aime pas en parler, mais je sais qu'il éprouve un grand chagrin. Ce garçon, c'était comme son fils.

— Vous lui direz combien Léa et moi nous compatissons.

— Vous feriez mieux d'attendre son retour et de le lui dire vous-même.

— Non, nous devons rentrer chez nous. Je veux que mon enfant naisse dans la demeure de ses ancêtres.

— Les routes ne sont pas sûres.

— Madame Trillaud, ne vous inquiétez pas, tout ira bien, dit Camille en lui prenant les mains. Promettez-moi de venir passer quelques jours chez moi. Vous serez toujours la bienvenue.

— Vous allez me manquer, madame Camille. Je vous avais trouvé un beau logement avec un jardin, sur le bord de la Gar-tempe. Vous voyez, la maison aux volets rouges et blancs, de l'autre côté de la rivière, elle appartient à un courtier en grains qui

212

ne vient que quelques jours par mois. Il loue la moitié de la maison. C'était des banquiers de Paris qui l'occupaient. Ils sont rentrés chez eux.

— Comme tous les réfugiés. Maintenant la ville est déserte, c'est sinistre, il n'y a plus personne dans les rues, fit Léa. Je vais faire les valises.

Le lendemain, malgré les larmes de Mme Trillaud, Camille et Léa se mirent en route, emportant des paniers remplis de victuailles de toutes sortes. Même Léa sentit sa gorge se serrer en quittant cette femme qui leur avait ouvert si généreusement son cœur et sa maison.

— Après la guerre, je reviendrai ici avec Laurent et notre enfant, dit Camille, confortablement allongée sur la banquette arrière.

— J'espère bien ne jamais revoir ce patelin, fit Léa en traversant le Vieux-Pont.

Elles arrivèrent sans encombre en début d'après-midi à Nontron, petite sous-préfecture du Limousin. Très peu de circulation sur les routes qu'elles avaient empruntées, mais çà et là, dans les fossés, sur le bord de la chaussée, des véhicules abandonnés ou partiellement détruits leur rappelaient que des réfugiés étaient passés par là.

Léa aida Camille à descendre de voiture et l'installa à la terrasse d'un café.

— Commande-moi une limonade bien fraîche, je vais demander à l'hôtel en face s'ils ont des chambres.

— Pour quoi faire ?

— Pour te reposer, tu dois être fatiguée.

— Non, non, ce n'est pas la peine, continuons, nous nous arrêterons plus loin.

— Tu es sûre que ça va ?

L'arrivée d'une serveuse dispensa Camille de répondre.

— Deux limonades bien fraîches, s'il vous plaît. Tu veux manger quelque chose ? demanda Léa.

— Non merci, je n'ai pas faim.

— Moi non plus, cette chaleur me fait mal au cœur.

Après s'être rafraîchi le visage et les bras à l'eau de la pompe de la cour du café, elles repartirent.

A Périgueux, elles furent arrêtées par des gendarmes français, qui s'inquiétèrent de voir deux jeunes femmes seules dans une si grande voiture avec aussi peu de bagages. Comme si tout véhicule ne portant pas de matelas sur son toit était suspect ! Ce ne fut qu'en constatant l'état de faiblesse de Camille qu'ils consentirent à laisser repartir les voyageuses avec cette recommandation :

— Ma petite dame, vous feriez bien d'aller à l'hôpital le plus proche si vous ne voulez pas accoucher en chemin.

Camille les remercia et regagna la voiture en serrant les dents.

Durant quelques instants, elles roulèrent en silence. Un cahot arracha un gémissement à Camille. Léa se retourna.

— Ça ne va pas ?

Non, fit de la tête Camille, avec un sourire pitoyable. Léa se rangea sur le bas-côté.

— Où as-tu mal ? fit-elle en montant près de la malade.

— Partout, murmura Camille dans un souffle.

— Oh non ! Qu'est-ce que j'ai fait au bon Dieu pour me retrouver dans une situation pareille !

« Du calme, du calme, se disait-elle. Allons au village le plus proche, je trouverai un médecin. »

Pas de médecins dans les rares villages traversés entre Périgueux et Bergerac. Dans cette dernière ville, les trois que Léa visita étaient absents. Il ne restait que l'hôpital, où on lui dit que l'heure des admissions était passée, qu'elle revienne le lendemain ou avec un ordre d'hospitalisation d'urgence du médecin traitant. Ni les supplications ni les menaces de Léa n'amadouèrent le cerbère de service.

Quand elle revint à la voiture, Camille était toujours aussi mal. Par chance, elles trouvèrent rapidement une chambre d'hôtel. Pas très confortable, mais pour une nuit, cela pouvait suffire. Léa fit servir le dîner dans la chambre et força Camille à avaler quelques cuillerées de bouillon.

Dès qu'elle fut couchée dans le mauvais lit au sommier défoncé, Léa s'endormit. Quant à Camille, elle ne put fermer l'œil de la nuit. Elle s'endormit au matin, d'un sommeil si agité qu'elle réveilla Léa qui, agacée, se leva. Il était six heures, le temps était couvert.

Après une rapide toilette, elle descendit, fit un tour dans la ville en attendant que le café de l'hôtel soit ouvert pour prendre son petit déjeuner. En passant devant la poste, elle se dit qu'elle devrait essayer d'appeler ses parents pour leur annoncer leur arrivée. Elle n'avait pu le faire avant leur départ, les lignes ayant été, encore une fois, coupées. Malgré l'heure matinale, à la poste, de nombreuses personnes attendaient pour téléphoner. Enfin ce fut le tour de Léa qui, après plusieurs tentatives de l'opératrice, s'entendit répondre :

— Je n'arrive pas à obtenir la ligne, revenez plus tard.

Il était près de 11 heures quand elle quitta la poste, découragée. En passant devant une vitrine, elle aperçut son reflet et hésita avant de se reconnaître. Que diraient sa mère et Ruth si elles la voyaient ainsi, ébouriffée, vêtue d'une robe toute chiffonnée ? Au souvenir des gronderies des deux femmes, elle eut une bouffée de joie. Bientôt elle allait les revoir. Avec quel bonheur elle supporterait les leçons de bonne tenue de Ruth et les tendres remontrances de sa mère ! Bientôt, dans quelques heures, dans un jour tout au plus, elle se jetterait dans leurs bras.

Camille était habillée et attendait allongée sur le lit. Pour cacher sa pâleur, elle s'était mis du rouge sur les joues. Mais n'ayant pas l'habitude de se maquiller, elle en avait trop mis, ce qui lui donnait l'apparence d'une poupée dont la figure aurait été mal dessinée. Cependant, cette couleur de santé fit illusion à Léa :

— Je vois que tu as meilleure mine ce matin. Tu te sens en forme pour repartir ?

— Oui, ça va très bien, fit Camille en se mordant les lèvres pour se lever.

S'agrippant à la rampe et au bras de Léa, elle descendit l'étage et parvint, au prix d'un effort qui la couvrit de sueur, à traverser le hall de l'hôtel et à s'installer dans la voiture garée devant la porte. Elle s'allongea sur la banquette. Léa remonta chercher leur bagage et en profita pour changer de robe et se brosser les cheveux.

Maintenant Léa était dans son pays, les noms des villes et des villages chantaient à son oreille : Sainte-Foy-la-Grande, Castillon-la-Bataille, Sauveterre-en-Guyenne, La Réole. Léa hésita. Devait-elle conduire Camille chez son beau-père ou l'emmener à Montillac ? Elle se retourna pour lui demander son avis. La banquette était vide.

— Camille, Camille ? appela Léa en s'arrêtant.

Elle ouvrit la portière, et recula devant le spectacle d'une femme aux yeux exorbités tombée entre les sièges de la voiture, mordant une couverture.

— Mon Dieu !... Camille...

Qu'avait-elle encore ?

— Le bébé...

Quoi le bébé ? Le bébé... Que voulait-elle dire ?...

— Le bébé... redit dans un souffle Camille en soulevant sa tête.

Oh non ! pas maintenant, il ne pouvait pas attendre un peu ce bébé. Affolée, Léa regardait autour d'elle. Rien que la campagne sous un ciel menaçant d'orage. Voyons, du calme. Combien de temps faut-il pour accoucher ? Léa dut s'avouer qu'elle n'en avait pas la moindre idée. Jamais Isabelle n'avait parlé de ces choses-là à ses filles.

— Il y a longtemps que c'est commencé ?

— Hier, mais cela s'est arrêté ce matin... Tout à l'heure, j'ai senti quelque chose qui se déchirait dans mon ventre. C'est à ce moment-là que je suis tombée. J'étais toute mouillée.

Une contraction arqua le maigre corps déformé. Camille ne put retenir un cri qui défigura son pauvre visage dont le maquillage se diluait avec la sueur.

La douleur passée, Léa tenta de la soulever pour la remettre sur la banquette. Elle n'y réussit pas.

— Je ne peux pas... excuse-moi...

— Tais-toi, laisse-moi réfléchir. Le prochain patelin, c'est Pellegure, nous allons demander de l'aide.

— Non, non, je veux aller chez Laurent ou chez tes parents.

— Tu crois que tu pourras tenir pendant cinquante kilomètres ? demanda-t-elle avec espoir.

— Oui... partons...

Toute sa vie, Léa devait se souvenir de ces cinquante kilomètres.

216

C'est à Saint-Maixant qu'elle vit les premiers uniformes allemands. Dans sa surprise, elle faillit envoyer la voiture dans le fossé. En bas de la côte de Verdelais, un barrage était établi. Un soldat lui fit signe de s'arrêter.

— *Es ist verboten zu weiter gehen*[1].

Dans sa stupeur, Léa avait oublié l'allemand si péniblement enseigné par Ruth.

— Je ne comprends pas.

Un officier s'avança et dans un français laborieux lui dit :

— C'est défendu de passer. Avez-vous *ausweis* ?

— *Ausweis* ?

— Oui, laisser-passer.

— Non, je rentre chez moi, c'est en haut de la côte, fit-elle pointant le doigt en direction de Montillac.

— *Nein,* pas *ausweis,* pas passer.

— Je vous en supplie, regardez, mon amie est en train d'accoucher... bébé, dit-elle en désignant l'arrière de la voiture.

L'officier se pencha.

— *Mein Gott ! Wie heissen Sie*[2] ?

— Léa Delmas.

— *Gehören Sie zur Familie der Montillac*[3] ?

Il fit signe au soldat de libérer le passage et enfourcha une moto garée contre un arbre.

— Venez, je vous accompagne.

Léa avait imaginé autrement son retour : tous seraient là pour l'accueillir, lui faire fête, la cajoler. Mais aujourd'hui, rien de semblable, tout était désert, la ferme, les chais, la maison, les granges, même les animaux semblaient avoir disparu. Tout était calme, trop calme.

— Maman ! Papa ! Ruth ! cria-t-elle en entrant dans la maison par la vaste cuisine. Elle courut, ouvrit la porte donnant sur l'escalier des chambres et appela à nouveau.

— Maman, papa, c'est moi.

1. Il est interdit d'aller plus loin.
2. Quel est votre nom ?
3. De la famille du propriétaire de Montillac ?

Dans la salle à manger, dans le salon, dans le bureau de son père, les rideaux étaient tirés comme s'il avait fait un soleil éclatant. Léa dut se rendre à l'évidence : il n'y avait personne dans la maison. Dehors, il faisait de plus en plus sombre. Dans la cuisine, l'officier allemand attendait, soutenant Camille.

— *Wo soll ich Sie hinlegen* [1] !

— Dans ma chambre.

Léa monta devant lui. La pièce sentait le renfermé. Dans la lingerie, elle alla chercher des draps. Aidée de l'Allemand, elle fit le lit. Sur le fauteuil où il l'avait posée, Camille geignait. Avec précaution, ils l'étendirent sur les draps frais d'où montait un parfum de lavande.

— *Ist denn niemand da* [2] ?

— Je vais appeler le docteur.

Elle descendit deux par deux les marches de l'escalier. Il régnait un grand désordre dans le bureau de son père. Elle eut du mal à trouver son carnet d'adresses. Le numéro du docteur Blanchard ne répondait pas, pas plus que celui des médecins de Saint-Macaire, de Cadillac et de Langon, tous amis de la famille. Un cri traversa les murs de la vieille maison. Mais où étaient-ils tous passés ? Un nouveau cri la précipita hors du bureau. Elle remarqua en passant une carte bordée de noir, et se demanda qui était mort.

Dans la cuisine, l'officier s'affairait. Il avait allumé la cuisinière et mis plusieurs casseroles d'eau à chauffer.

— *Kommt der Arzt* [3] ?

Léa fit non de la tête et monta rejoindre Camille. Elle parvint à la déshabiller, ne lui laissant que sa combinaison, puis s'assit auprès d'elle, lui tenant les mains, lui essuyant le front. Entre deux contractions, Camille la remerciait, se retenant autant qu'elle le pouvait de crier.

L'Allemand entra portant une bassine d'eau chaude. Il avait enlevé sa casquette et sa veste d'uniforme, retroussé les manches de sa chemise. Léa remarqua alors qu'il était jeune et beau. Une longue mèche blonde tombait sur son front, accentuant sa jeunesse.

1. Où dois-je la transporter ?
2. Il n'y a personne ?
3. Le médecin arrive ?

— *Beruhigen Sie sich : es wird schon gut gehen* [1], fit-il en se penchant sur Camille.

Il recula devant l'expression de terreur qui se peignit sur les traits de la jeune femme, qui se souleva, désignant du doigt les insignes nazis qui ornaient la chemise du jeune homme.

— Ne crains rien, dit Léa en la recouchant, il nous a aidées à te conduire jusque-là.

— Mais c'est un Allemand... je ne veux pas qu'un Allemand me touche, qu'il touche à mon enfant, je préfère mourir.

— C'est ce qui va arriver si tu ne te tiens pas tranquille. Je ne sais pas ce qui se passe, il n'y a personne dans la maison.

Une contraction plus forte que les autres empêcha Camille de répondre, puis une autre et une autre encore.

— *Holen Sie mal Wäsche* [2].

Léa obéit.

— Vous allez savoir faire ? balbutia-t-elle, en revenant avec une pile de serviettes et deux grands tabliers.

— *Mein Vater ist Arzt, ich habe ein paar Bücher aus seiner Bibliothek gelesen* [3].

Tandis qu'il attachait à sa taille un tablier, Léa se lava les mains. Pourvu que maman arrive maintenant, pensa-t-elle, je sens que je vais me trouver mal.

— *Na, wie sagen Sie es aus französisch* [4] : du cran !

Puis s'adressant à Camille :

— Madame, courage, le bébé va arriver.

Quand Ruth, toute vêtue de noir, poussa la porte de la chambre, elle dut se retenir au chambranle pour ne pas tomber : un Allemand, elle le reconnaissait à ses bottes et à la culotte de son uniforme tenait dans ses bras, enveloppé dans une serviette, un minuscule bébé qui poussait des cris stridents.

— *Das ist ein Junge* [5], dit-il avec fierté.

1. Ne vous inquiétez pas, tout ira bien.
2. Allez chercher du linge.
3. Mon père est médecin, j'ai lu quelques livres dans sa bibliothèque.
4. Allons, comme vous dites en français : du cran !
5. C'est un garçon.

Léa se jeta dans les bras de sa gouvernante.

— Oh ! Ruth, c'est seulement maintenant que tu arrives ! Et maman, où est-elle ? J'avais tellement besoin de vous.

— Bonjour, madame, fit l'officier en s'inclinant, le visage rouge, couvert de sueur, avec un sourire rayonnant. Tout va bien. Bébé est petit, mais très fort.

Sans répondre, Ruth se pencha sur Camille. L'air inquiet, elle se releva et se précipita hors de la chambre.

Quelques instants après, le docteur Blanchard entra en costume noir, suivi de Bernadette Bouchardeau en grand deuil.

— Docteur, docteur, venez vite.

— Que se passe-t-il ?...

Le médecin comprit immédiatement.

— Bernadette, occupez-vous de l'enfant. Ruth, allez chercher ma trousse. Vous la trouverez dans ma voiture.

— Docteur, vous croyez qu'elle va mourir ?

— Je n'en sais rien, son cœur a l'air bien faible. Que fait cet Allemand ici ?

— C'est lui qui m'a aidée à transporter Camille, et qui a fait naître le bébé.

Depuis que Bernadette Bouchardeau lui avait retiré le nouveau-né, le jeune homme se tenait au milieu de la pièce, l'air emprunté, essuyant ses mains le long du tablier. Ruth revint avec la trousse et s'adressa à lui dans sa langue.

— *Wir bedanken uns, mein Herr*[1]...

— *Leutnant Frederic Hanke.*

— Léa, raccompagne le lieutenant. *Auf Wiedersehen, mein Herr*[2].

Frederic Hanke retira le tablier, s'inclina avec raideur et suivit la jeune fille en enfilant sa veste. Dans le couloir, ils se heurtèrent à Françoise et Laure, les deux sœurs de Léa, toutes vêtues de noir. Elles tombèrent dans les bras les unes des autres.

— Laure, ma Laurette, que je suis contente de te voir... même toi, vilaine Françoise !

— Oh ! Léa, c'est affreux !

— Qu'est-ce qui est affreux ? Nous voilà de nouveau réunies, le

1. Nous vous remercions, monsieur...
2. Au revoir, monsieur.

bébé de Camille se porte bien, la guerre est finie, enfin presque... ajouta-t-elle en regardant l'Allemand.

— Que fait-il ici ? murmura Laure à son oreille.

— Je t'expliquerai. Où sont papa et maman ?

— Maman ?...

Dans la cuisine, Raymond d'Argilat, Jules Fayard le maître de chais, Amélie Lefèvre et Auguste Martin son régisseur, Albertine et Lisa de Montpleynet, Luc et Pierre Delmas, des voisins, buvaient dans de gros verres le vin jaune et sucré de la propriété. Tous ces gens étaient engoncés dans de sombres vêtements. Les femmes avaient relevé leurs voiles de crêpe.

En les voyant, l'élan de Léa vers son père fut brisé net. Pourquoi avait-elle si froid soudain ? Derrière elle, Françoise et Laure pleuraient, l'Allemand finissait de boutonner la veste de son uniforme. Quand il eut fini de boucler son ceinturon, où était accroché l'étui noir de son arme, il mit sa casquette, s'avança, claqua les talons devant Pierre Delmas et sortit sans un mot.

Dans la cour la moto démarra, et son vrombissement parut énorme. Tant qu'on put l'entendre nul ne bougea.

Dans la cuisine où entrait maintenant un rayon de soleil, le noir des vêtements ressortait sur la blancheur des murs. Sur la grande table recouverte d'une toile cirée bleue, un peu usée par endroits, les mouches s'enivraient du vin coulant le long des bouteilles. La grosse horloge sonna cinq heures. Ruth et le docteur entrèrent sans que personne ne bougeât. Léa tendait l'oreille. Pourquoi tardait-elle autant ? Ne savait-elle pas que sa fille l'attendait ?

— Maman, s'entendit-elle dire. Maman ?... Maman... le mot hurla dans sa tête. Non... pas ça... pas elle... qu'ils meurent tous, mais pas elle...

— Papa ?... dis-moi... où est maman ?... Ce n'est pas vrai, hein ?... c'est quelqu'un d'autre.

Léa regardait autour d'elle, cherchant qui pouvait manquer. Beaucoup manquaient : oncle Adrien, des cousins...

Ses sœurs sanglotèrent plus fort. Tous baissaient la tête. Sur les joues de son père — comme il avait vieilli ! — les larmes coulaient. Ruth l'attira contre elle.

17.

Pendant plus d'une semaine, Léa resta hébétée, sans larmes, sans
paroles, mangeant ce qu'on lui donnait à manger, dormant recroquevillée dans le petit lit de la chambre des enfants, prenant les
médicaments que le docteur Blanchard lui avait prescrits, restant
des heures entières sur la terrasse, regardant droit devant elle. Ni
son père, ni Ruth, ni ses sœurs ne parvenaient à la faire sortir de
son mutisme. Le cœur de la gouvernante se serrait quand elle voyait
la mince silhouette noire immobile, tournée vers le chemin de Verdelais, comme attendant quelqu'un.

Ce fut la découverte, dans une des malles de la chambre des
enfants, d'un vieux corsage de crêpe rose ayant appartenu à sa mère
qui provoqua les larmes libératrices. En l'entendant pleurer,
Camille, en chemise de nuit blanche, se traîna hors de sa chambre
et, avec le même ton de voix qu'Isabelle, trouva les mots qui apai-
sèrent un peu sa peine.

Saoulée de larmes, épuisée de sanglots, Léa s'endormit dans les
bras de Camille.

Quand elle se réveilla seule, longtemps après, elle se passa de
l'eau sur le visage, tira ses cheveux en arrière et alla dans la chambre de sa mère. Le parfum d'Isabelle flottait encore dans la pièce

222

aux volets tirés. Près du lit soigneusement fait, un bouquet de roses achevait de s'effeuiller. Léa s'agenouilla contre la couche maternelle et posa sa joue sur le couvre-lit de piqué blanc. Ses larmes coulèrent avec douceur.

— Maman... ma petite maman.

Son père entra et s'agenouilla près de sa fille.

— Demain matin, nous irons tous deux au cimetière, dit-elle. Maintenant, raconte-moi comment ça c'est passé.

— Le veux-tu vraiment ?

— Oui.

— Alors, allons dans mon bureau, ici, je n'aurai pas le courage.

Dans le bureau, Pierre Delmas but deux verres de porto coup sur coup. Assise sur le vieux canapé de cuir, de plus en plus défoncé, Léa attendait.

— Cela s'est passé dans la nuit du 19 au 20 juin. Ta mère était allée à Bordeaux au bureau de la Ligue féminine d'action catholique, dont elle faisait partie, pour aider au logement et au ravitaillement des réfugiés. Elle devait passer la nuit chez ton oncle Luc. Peu après minuit, il y eut une alerte. Des bombes tombèrent un peu partout sur la ville, près des docks, dans le quartier de la Bastide, cours de Luze, dans le quartier de Saint-Seurin, une dizaine entre la rue David-Johnston et la rue Camille-Godard, rue des Remparts, près de la gare du midi, cours Alsace-Lorraine, dans une tranchée abri des allées Damours, où de nombreuses personnes trouvèrent la mort. L'une d'elles tomba même près de l'hôtel du commandant de la région abritant les bureaux du maréchal Pétain et du général Weygand.

Léa contenait mal son impatience. Que lui importait où étaient tombées les bombes ? Ce qu'elle voulait savoir c'est comment était morte sa mère.

Pierre Delmas se resservit un verre.

— Ta mère est sortie avec d'autres dames de l'immeuble de l'Action catholique pour se rendre dans l'abri le plus proche. Sans doute avait-elle trop attendu. Une bombe tomba rue Ségalier, blessant ta mère à la tête et aux jambes. Un des premiers sur les lieux fut un journaliste de Paris qui la transporta à l'hôpital et me fit prévenir. Quand j'arrivai, elle était dans le coma et ne devait en sortir que la veille de sa mort, le 10 juillet.

— A-t-elle dit quelque chose pour moi ?

Pierre Delmas termina son verre avant de répondre, d'une voix devenue un peu pâteuse :

— Le dernier mot qu'elle ait prononcé, c'est ton nom.

Un éclair de pur bonheur la traversa. Ainsi, avant de mourir, c'est à elle qu'avait pensé sa mère !

— Merci mon Dieu, murmura-t-elle, en se jetant dans les bras de son père.

— Nous ne devons pas pleurer, ma chérie : la nuit, elle revient me parler.

Léa le regarda avec étonnement.

— Oui, papa, je crois qu'elle est toujours près de nous.

Léa sortit sans remarquer le sourire d'absolue conviction de son père.

Le lendemain, quand Léa et son père rentrèrent du cimetière, ils trouvèrent Frederic Hanke en compagnie d'un autre officier qui discutait avec Ruth. Discussion véhémente à en juger par la mine furibonde de la gouvernante.

— Bonjour, messieurs, dit sèchement Pierre Delmas. Qu'y a-t-il, Ruth ?

— Ces messieurs ont l'intention de s'installer ici. Ils ont, paraît-il, un ordre de réquisition.

— Mais ce n'est pas possible ! s'exclama Léa.

Hélas si, semblait dire dans un geste Frederic Hanke, montrant le papier que Ruth tenait à la main.

— Nous n'avons pas de place, nous hébergeons de la famille de Paris et de Bordeaux.

— Je suis désolé, monsieur, mais les ordres doivent être exécutés. Je suis le lieutenant Otto Kramer. J'ai besoin de deux chambres convenables et d'un endroit où puissent dormir trois de mes hommes. Nous ferons en sorte de vous déranger le moins possible, dit l'officier dans un français parfait.

— Ce sera difficile, marmonna Léa.

— Vous ne pouvez pas rester là, nous sommes en deuil, fit Ruth contenant mal sa colère.

— Croyez à nos très sincères condoléances. Pouvons-nous visiter la maison ?

Pierre Delmas abandonna sa chambre au lieutenant et s'installa dans celle de sa femme.

— Prenez ma chambre, vous la connaissez déjà, fit Léa à Frederic Hanke.

— Je ne veux pas vous chasser, fraülein.

— *Es ist schon gemacht*[1], répliqua-t-elle en vidant les tiroirs de sa commode.

— Je vous promets, je n'ai rien pu faire, l'ordre est venu de Bordeaux.

Alors commença une difficile cohabitation. Tôt le matin, les Allemands descendaient à la cuisine où l'ordonnance du lieutenant Kramer avait préparé les petits déjeuners. Françoise, qui était infirmière à l'hôpital de Langon, devait se lever tôt, elle les rencontrait souvent devant la cuisinière où chauffait l'eau. Peu à peu, ils en vinrent à échanger quelques mots et, une fois, elle accepta même de partager leur repas, plus copieux, il était vrai, que le sien. Le reste de la journée, on ne les voyait pas : ils étaient à Langon ou à Bordeaux. Le soir, ils s'arrangeaient pour rentrer tard. Albertine et Lisa de Montpleynet appréciaient fort cette courtoisie. Celle qui supportait le moins bien leur présence était Camille, qui se remettait mal de son accouchement. Savoir des Allemands sous son toit, la mettait dans des rages qui l'épuisaient. Le docteur Blanchard qui la soignait, s'était opposé à son départ pour les Roches-Blanches disant que c'était trop loin pour sa visite quotidienne. L'enfant, un ravissant petit garçon, que sa mère avait prénommé Charles, quoique se portant bien et se développant normalement, avait, vu son faible poids, besoin d'une surveillance constante. Camille avait dû se résigner. Chaque fin de semaine, son beau-père, Raymond d'Argilat, venait passer deux jours auprès d'elle et de son petit-fils, dont la vue l'aidait à supporter l'absence de son fils et le manque de nouvelles.

Grâce au lieutenant Kramer, toute la famille avait facilement obtenu des laisser-passer lui permettant de se rendre en zone libre. La mort d'Isabelle avait désorganisé la vie de la maison. Ruth s'aperçut bientôt que la chambre aux provisions s'était rapidement vidée : plus d'huile, de savon, de chocolat, de café, peu de sucre et

1. C'est déjà fait.

225

de confiture, quelques conserves. Elle partit à vélo avec Léa et Françoise pour faire des courses à Langon. Langon, écrasé sous le soleil, aux rues pratiquement désertes, aux cafés presque vides ou occupés par des soldats allemands qui buvaient de la bière avec un air de profond ennui. Toutes les boutiques de la ville semblaient avoir été pillées : pas la moindre marchandise chez les épiciers, les marchands de chaussures, de vêtements. Rien dans les vitrines du pâtissier, des charcutiers. Quelques bouteilles poussiéreuses chez le marchand de vin : les Allemands étaient passés par là, achetant pour eux-mêmes ou pour envoyer à leurs familles en Allemagne.

— Même le quincailler, il a fait des affaires en or, disait Mme Vollard, l'épicière, où se servait la famille Delmas depuis des années. Le libraire, qui se plaignait que les Langonnais ne lisaient pas, il n'a plus un livre, plus un crayon. Dame, le commerce a bien marché pendant deux jours. Maintenant, c'est les restrictions pour tout le monde.

— Mais comment allons-nous faire, nous n'avons plus rien là-haut ! s'exclama Léa.

— Ça ne serait pas arrivé du temps de votre pauvre maman. Tenez, je l'ai vue la veille de ce bombardement. J'avais réussi malgré les tickets à lui remplir ses paniers. Mais aujourd'hui...

— Vous ne pouvez rien nous vendre ?

— Pas grand-chose. De quoi avez-vous besoin ?

— De café, de savon, d'huile, de sucre...

— Du café, j'en ai plus. Il me reste de la chicorée : avec du lait c'est très bon. Ce matin, j'ai reçu du beurre. Je peux vous donner deux litres d'huile et trois kilos de sucre. J'ai encore un peu de chocolat, des pâtes et des sardines.

— Donnez-nous tout ce que vous pouvez. Et le savon...

— Ça ira. Vous avez vos tickets ?

De retour à Montillac, Françoise et Léa, d'un commun accord, réunirent la famille dans le salon.

— Il faut prendre des dispositions si nous ne voulons pas mourir de faim, dit Léa. Il faudra faire retourner le petit pré, près du lavoir, pour en faire un potager, acheter de nouveaux poulets, des lapins, des cochons...

— Oh ! non, l'interrompit Laure, ça sent trop mauvais.

— Tu seras bien contente de manger du jambon et du petit salé.

— Et une vache pour le lait, ajouta Lisa.

— Oui, elle tiendra compagnie à Caoubet et à Laouret ? s'écria Laure.

— Tout cela est très bien, dit Françoise, mais comment ferons-nous pour la viande et l'épicerie ?

— On s'arrangera avec le boucher de Saint-Macaire : son fils est le filleul de votre mère. Pour l'épicerie, Françoise, qui va à l'hôpital de Langon trois fois par semaine, peut passer chez Mme Vollard. Mais en attendant que le potager de Léa donne des légumes, ça va être dur.

— D'ici là, le maréchal Pétain aura tout arrangé, dit leur tante Bernadette.

Bernadette Bouchardeau n'était pas retournée à Bordeaux. Elle avait accepté avec gratitude l'hospitalité de Pierre Delmas. Son fils, Lucien, s'était enfui rejoindre, avait-il écrit dans la lettre laissée à sa mère, le général de Gaulle. Depuis, elle était sans nouvelles et vouait au déserteur de Londres, comme elle l'appelait, une haine implacable. L'annonce, le 2 août, de sa condamnation à mort par contumace, l'avait remplie d'aise.

A la fin du mois d'août, une lettre d'Allemagne annonça à Raymond d'Argilat que son fils, après avoir été blessé, était prisonnier à Westphalenhof, en Poméranie. Vivant, il était vivant ! La même joie éclatait dans les yeux de Camille et de Léa.

— Je ne reverrai pas mon fils, dit Raymond d'Argilat.

— Voyons, mon ami, ne gâchez pas notre joie. Vous dites des bêtises. D'ici peu, Laurent rentrera, fit Pierre Delmas.

— Ce sera trop tard pour moi.

Cette conviction troubla Pierre Delmas, qui regarda attentivement son ami. C'est vrai qu'il avait vieilli et beaucoup maigri depuis quelque temps.

Le 2 septembre, un homme à vélo se présenta aux Roches-Blanches, demandant à parler à Mme d'Argilat.

— Que lui voulez-vous ? questionna le vieux maître de chais.

— Lui donner des nouvelles de son mari.

— De monsieur Laurent ? Oh ! monsieur, comment va-t-il ? Vous savez, je l'ai connu tout petit, dit le vieil homme avec émotion.

— Il va bien, je l'espère : nous avons été faits prisonniers ensemble. Il m'a confié des papiers pour sa femme. Depuis, je ne l'ai pas revu.

— Mme d'Argilat n'est pas là, elle est à Montillac près de Langon. M. d'Argilat père y est également.

— C'est loin ?

— Une quarantaine de kilomètres.

— Bah ! un peu plus, un peu moins.

— Faut cependant faire attention, car la propriété est en zone occupée. Mon fils va vous accompagner : il connaît bien le chemin.

Les deux jeunes hommes arrivèrent sans encombre vers la fin de l'après-midi. Le voyageur fut introduit immédiatement auprès de Camille.

— Bonjour, madame. Sous-lieutenant Valéry. J'ai été fait prisonnier en même temps que le lieutenant d'Argilat. Blessé aux jambes, il ne pouvait s'évader. Il m'a remis ces papiers pour vous. Pardonnez-moi d'avoir tant tardé à m'acquitter de ma mission. Avez-vous eu des nouvelles ?

— Non... enfin oui, je sais qu'il a été blessé et qu'il est prisonnier en Poméranie.

— Dieu merci, il n'est pas mort.

— Vous l'aimez beaucoup ?

— C'est un homme bon et courageux. Tous ses hommes l'aimaient.

— Mais vous-même, monsieur, vous êtes évadé ?

— Oui.

— Que comptez-vous faire ?

— Passez en Espagne et de là, en Afrique du Nord.

— Comment ?

— Il y a une filière à Bordeaux. C'est un dominicain qui s'en occupe.

— Un dominicain ? fit Léa qui assistait à l'entretien. Quel est son nom ?

— Je n'en sais rien. Le lieu de rendez-vous est dans un bistrot des docks.

— Léa ?.. Tu ne penses pas à ?...

— Mais non !... Le sous-lieutenant ne peut rester à Montillac : c'est trop dangereux...

228

— Deux officiers allemands habitent chez nous, ajouta Camille.

— Comment comptiez-vous vous rendre à Bordeaux ? réprit Léa.

— Par le train.

— Les gares sont très surveillées, et il n'y a plus de train ce soir. Vous dormirez dans ma chambre.

— Non, dans la mienne, dit Camille. A cause du bébé, on n'ose pas me déranger.

— Tu as raison. Demain matin, j'irai à la gare avec vous. D'ici là, ne disons rien aux autres : ce n'est pas la peine de les inquiéter.

— Vous devez avoir faim, monsieur, demanda Léa.

— Je mangerai bien un petit quelque chose.

Léa remonta de la cuisine un plateau avec de la viande froide, du fromage, du pain et une bouteille de vin. L'homme se jeta dessus avec une voracité qui les fit sourire.

— Excusez-moi, dit-il la bouche pleine, je n'avais pas mangé depuis deux jours.

— Nous allons vous laisser, reposez-vous. Merci beaucoup, monsieur, d'être venu m'apporter les lettres de mon mari.

Les deux jeunes femmes sortirent de la chambre.

— Si nous allions sur la terrasse ? dit Camille.

— Te sens-tu assez forte pour aller jusque-là ?

— Le docteur Blanchard m'a recommandé de prendre un peu d'exercice. Depuis que j'ai eu des nouvelles de Laurent, je vais mieux, et ces lettres apportées par le sous-lieutenant me disent que je le reverrai bientôt.

Sur la terrasse, Camille s'assit sur le banc de fer, sous la tonnelle où se mouraient les dernières glycines, ouvrit l'épaisse enveloppe et commença la lecture :

« Ma femme adorée, si Dieu le veut, le sous-lieutenant Valéry te remettra ces pages écrites dans de rares moments de calme. Leur lecture te paraîtra peut-être fastidieuse mais, dans l'état de lassitude et de dépression où je me trouve, j'ai du mal à sortir de ce quotidien absurde. Sache cependant que je pense sans cesse à toi et à notre enfant. C'est vous qui me donnez la force de continuer à espérer.

« Ma bien-aimée, pardonne-moi ce mot trop court, trop sec, mais j'ai vu tant de mes amis, de mes compagnons mourir près de moi.

Il faudra que l'on sache qu'ils se sont bien battus. N'oublie pas cela, car ils seront peut-être nombreux ceux qui diront que les soldats français ont fui devant l'ennemi. C'est hélas vrai pour certains. Je les ai vus, ceux qui ont pillé Reims, abandonnant leurs armes dans les fossés pour courir plus vite, je les ai vus et je ne l'oublierai jamais. Mais j'ai vu aussi d'humbles héros se faire tuer plutôt que de reculer. C'est de ceux-là dont il faudra se souvenir.

« Prends bien soin de toi. Que Dieu te bénisse ainsi que Léa.

« Près de Veules-les-Roses, le 15 juin 1940.

« PS : Je te joins les pages de mon journal. »

Pauvre Laurent, pensa Camille. Elle retira l'agrafe qui maintenait la petite liasse de feuillets recouverts d'une fine écriture au crayon. Elle s'installa pour une longue lecture, dont elle lut, comme à son habitude, de nombreux passages à haute voix pour Léa.

« Mardi 28 mai 1940.

« Je retrouve Houdoy au bistrot du pays. Il est fourbu. Il a fait 245 kilomètres avec ses chevaux en quatre jours. Beaucoup de chevaux sont blessés. Je passe le reste de la journée à chercher du ravitaillement dans les fermes environnantes.

« Mercredi 29 mai 1940.

« Je fais route à cheval auprès de Houdoy et de Wiazemsky. Toute la nuit, nous bavardons. Nous traversons : Congis, Puisieux, Sennevières, Nanteuil, Baron. A 6 heures du matin, nous cantonnons dans une ferme. Après quelques heures de repos, nous commençons à réviser le matériel et nos armes car nous nous rapprochons du front. Le colonel vient nous rendre visite. Départ à 23 heures 30.

« Jeudi 30 mai 1940.

« Nous traversons Senlis vers 1 heure du matin. Arrivée à 7 heures 30, après 45 kilomètres. L'escadron bivouaque dans un pré. L'eau est difficile à trouver.

« Vendredi 31 mai 1940.

« Rassemblement à 1 heure du matin, départ à 1 heure 30. Petite étape de 25 kilomètres jusqu'à Bois-du-Parc, où nous bivouaquons. Dans la journée, avec mon camion, je descends à Beauvais pour le ravitaillement. Dans la ville, tout est calme ; les boutiques sont ouvertes. J'achète un journal local. Je repars à 16 heures, chargé de préparer le prochain bivouac à Equennes. A 22 heures, le cantonnement est terminé, quand un message du colonel m'informe que nous ne pouvons plus disposer de ce cantonnement. Nous repartons à l'aventure.

« Lundi 3 juin 1940.

« Pendant que je prends mon petit déjeuner avec Wiazemsky, nous voyons un avion tomber dans les bois derrière le 3e escadron. Ruée générale. Par chance, le pilote est vivant. C'est un Anglais, un gaillard d'un mètre quatre-vingt-dix. Le colonel me donne l'ordre de le reconduire à sa base, qui est à 8 kilomètres de Rouen. Au retour, je m'arrête à Gournay-en-Bray pour acheter des sandwiches et du chocolat. Les magasins regorgent de marchandises, et tout respire la paix. Dîner au PC. On parle de nous envoyer à Forges-les-Eaux. Promenade dans les bois avec Yvan Wiazemsky, avec qui je prends de plus en plus de plaisir à échanger des idées. Je ne connais pas au régiment de personnage plus attachant, qui m'ait autant subjugué que lui. Beau garçon, bien taillé, séduisant malgré de grandes oreilles, avec une démarche lente et des yeux lointains, doué d'une grande intelligence et d'une belle âme. Il m'a, en quelque sorte, adopté, piloté au régiment, imposé aussitôt un tutoiement et une camaraderie qui me sont précieuses. Avec Houdoy, il est ici mon meilleur ami.

« Mardi 4 juin 1940.

« Journée tranquille et sans histoire. On a du mal à trouver du foin.

« Mercredi 5 juin 1940.

« J'écris à la lueur d'une bougie fichée sur une caisse renversée. Après le ravitaillement, tôt comme toujours, je me suis fais couper les cheveux et fait faire la barbe par le coiffeur du village. J'avais le menton encore plein de savon, quand Wiazemsky arrive en brandissant l'ordre de la brigade : « L'ennemi a attaqué ce matin sur la Somme avec des moyens assez puissants et réussi à percer en plusieurs points dans le secteur de la division. » Nous savons ce que cela veut dire... Il fait une chaleur terrible. Au-dessus de nous, passent des quantités d'avions. Des obus éclatent, assez proches J'obtiens du capitaine l'autorisation de reprendre mes fonctions d'homme de liaison et de suivre le PC avec ma roulotte et mon chauffeur. Nous démarrons vers 14 heures, et nous doublons le régiment dans des nuages de poussière. J'assure à plusieurs reprises la liaison avec l'avant-garde. Vers 16 heures, nous nous arrêtons à Hornoy encore habité où je dévalise les bistrots pour donner à boire à tout le PC. Nous repartons et nous tombons dans un embouteillage invraisemblable à Belloy. Les habitants évacuent. Les escadrons sont bloqués. Un officier vient me trouver et me dit que le général Maillard veut voir le colonel d'urgence. Nous y allons à quatre, le colonel, Creskens, Wiazemsky et moi. La carte dépliée sur une aile de Panhard, le général nous explique que les Allemands sont tout proches et qu'il va attaquer avec des chars le 4ᵉ Hussards à Warlus. La Somme a été franchie ce matin. Il s'agit d'arrêter l'ennemi qui descend sur Beauvais. Le colonel dicte les ordres d'installation pour les escadrons et s'interrompt pour me dire de partir tout de suite chercher les munitions et les mines restées à Agnières. Je pars aussitôt. Il est environ 18 heures. A mon retour, les chars allemands sont tout près et circulent aux abords du village entre les lignes. J'apprends que le camion de Chevalier a sauté sur une mine à la sortie d'Hornoy. Il fait presque nuit, on tire de tous les côtés. Je retrouve Chevalier errant dans le noir, grièvement blessé dans le dos. Il est très courageux et ne se plaint pas. Près de lui, j'attends l'arrivée du médecin. Il me dit que sa blessure est grave. Je serre la main de Chevalier que l'on évacue vers l'arrière.

« Je retrouve le PC à Bromesnil, où Houdoy se trouve avec ses hommes et ses chevaux. Il m'apprend que nous sommes remis à la disposition du général de Contenson. Il est 23 heures et je dors quelques instants.

« Jeudi 6 juin 1940.

« A 2 heures du matin, le PC se transporte à Fresneville, pendant que les escadrons prennent position sur la ligne. Au petit jour, je fais une liaison avec Navarre au château d'Avesnes. Nous sommes surpris par un groupe de bombardiers volant bas. Nous dégringolons à toute allure de la voiture pour nous abriter derrière un mur. Les avions mitraillent la voiture au passage. Je vois les balles déchirer la tôle. Ils finissent par s'éloigner. Nous repartons en direction d'Arguel.

« Il est 8 heures. Au PC, tout est calme, malgré la pression des chars allemands. Le régiment a changé d'emplacement au cours de la nuit. Je repars peu après vers Hornoy. J'y retrouve un lieutenant du génie assez affolé qui me dit qu'il est inutile d'essayer de continuer de poser des mines. Le village est encerclé. La fusillade se rapproche. Je lui demande s'il compte abandonner le village, et il me répond : "Certainement pas." Je lui propose mon aide. Je rattrape trois tirailleurs sénégalais qui s'enfuient. Je les verrai avec horreur tomber tous les trois une heure plus tard, fauchés par un tir de mitrailleuse. Une nausée me plie en deux. Sans mon zèle, ces malheureux seraient peut-être déserteurs, mais ils seraient vivants. Les balles sifflent de toutes parts. Je ramasse un fusil près d'un corps sans vie et je tire : dans le fourré, un cri. Un homme se redresse, sans casque. Moins de dix mètres nous séparent. Je suis frappé par sa jeunesse et sa blondeur. De sa gorge ouverte, jaillit un flot de sang. Ses yeux sont grands ouverts, et il tombe en me regardant. Un cri me sauve la vie : "Mon lieutenant ! mon lieutenant ! ne restez pas là !" Plus par instinct que par réflexion, je me jette à terre, à temps semble-t-il. Des pierres heurtent mon dos. Sur la route, deux motos renversées. Près d'elles, leurs conducteurs gisent, déchiquetés par la rafale. Une des motos est intacte : je l'emprunte dans l'espoir de rejoindre le PC. A 4 heures de l'après-midi, je fais mon rapport. On ne me laisse pas souffler, et l'on me donne l'ordre d'aller avec mes camions au ravitaillement à Sénarpont. Je fais distribuer deux jours de vivres aux escadrons. Il est 9 heures du soir. Je suis épuisé. »

— Tiens, lis, dit Camille en tendant les feuillets à Léa. Il faut que je m'occupe de Charles qui pleure.

Léa prit le journal et poursuivit la lecture.

« Vendredi 7 juin 1940.

« Je suis au PC de Rohan-Chabot lorsque l'attaque allemande se dessine sur l'ensemble du front. Le bombardement redouble d'intensité, l'attaque allemande est devenue plus mordante. Je remonte au 2e, où Colomb vient d'être tué ; Kéraujat, puis Rohan-Chabot sont blessés.

« A 20 heures 30, le colonel, ayant perdu la liaison avec Séze, m'envoie lui confirmer l'ordre de repli. Tournée rapide au milieu des bombardements.

« Au petit jour, nous nous retrouvons à Campneuville (25 kilomètres). L'étape a été très dure : pays désolé, beaucoup de maisons détruites. A 5 heures, le colonel nous réunit. Nous sommes définitivement coupés. Nous allons essayer de nous frayer un chemin vers la Seine, en protégeant avec la 5ᵉ DIC la retraite de la division alpine. Le régiment se regroupe péniblement. Le colonel m'annonce que tout le ravitaillement a disparu depuis 48 heures. Je propose de faire abattre quelques bêtes, de réquisitionner la boulangerie et de faire une provision de cidre. Avec Wiazemsky, nous récupérons 500 kilos de pain et 1 600 litres de cidre. Pour le reste, les escadrons se débrouilleront.

« Dimanche 9 juin 1940, lundi 10 juin 1940, mardi 11 juin 1940.

« Le régiment organise un centre de résistance sur la ligne Auvilliers-Mortimer. Des infiltrations allemandes sont signalées dans toutes les directions. Vers 17 heures, nous recevons l'ordre de décrocher. Décrochage très difficile. Saint-Germain, qui représente notre seule porte de sortie utilisable, est occupé quand arrive le 3ᵉ escadron. Il s'ensuit un combat de rues où Dauchez est tué. Les Allemands se retirent et nous passons avec les 2ᵉ et 4ᵉ escadrons.

« J'ai le temps de faire tuer trois bêtes qu'on distribue, et nous repartons au château de (?) où s'installe le PC. Nouvelle organisation défensive. Nous apprenons que l'encerclement est devenu définitif.

« J'emmène le 4ᵉ GM, le seul qui soit intact, en renfort au 3ᵉ escadron et j'installe mon PC dans l'abri de Stern. J'ai le temps d'apprendre que Séze s'est fait prendre à Bellencombre avec trois pelotons, et... c'est l'enfer. Cazenove, qui a essayé d'organiser un point d'appui à ma gauche, est tué, puis c'est le tour de Chambon qui tombe à côté d'Audoux avec un éclat d'obus dans la gorge, puis Stern est sérieusement blessé. Le 4ᵉ GM est écrasé par les chars allemands : Echenbrenner tué, Luirot, Branchu, Novat, Sartin blessés.

« Je rassemble les survivants que je ramène à côté du PC, dans la carrière sous la falaise. Les chars allemands approchent jusqu'à deux cents mètres et nous mitraillent pendant trois heures à coup de 37 et de balles incendiaires. Nos camions à munitions, rassemblés à l'entrée de Veules-les-Roses, sautent les uns après les autres. Le ciel est embrasé. Les chevaux sont magnifiquement calmes.

« Nuit d'attente fiévreuse. Je calme mon impatience en prenant ces notes à l'abri de la falaise, m'éclairant à l'aide d'une bougie

234

abritée par une capote tendue entre deux fusils que maintiennent des galets. Depuis un moment, tout est calme. On entend distinctement le bruit de la marée montante. De l'autre côté de l'eau est la liberté, la vie peut-être. Je pense à ma chère Camille, à notre enfant qui risque de ne jamais connaître son père, à la superbe et violente Léa, à mon père, à cette terre de France envahie par l'ennemi, à tous mes amis morts pour qu'elle vive libre et dont le sacrifice n'aura servi à rien, à ce soldat allemand que j'ai tué, moi qui hais la violence. Une étrange paix s'empare de moi. La nuit est belle, tranquille. L'odeur de la mer se mêle à l'odeur chaude des chevaux. »

Camille, le petit Charles dans les bras, s'approcha de la fenêtre ouverte sur le parc s'efforçant de faire rire le bébé pour mieux retenir ses larmes.

Léa, passionnée, poursuivait sa lecture :
« Le mercredi 12 juin au petit jour.
« Nous apprenons que seuls trois transporteurs anglais ont pu s'embarquer (l'un deux était resté échoué sur la plage et un autre avait été coulé à la sortie du port).
« Wiazemsky a été fait prisonnier dans la nuit, Mesnil a disparu. Il ne reste que quelques éléments du 4e aux ordres de Dumas, avec Pontbriand et moi, et une cinquantaine d'hommes sur les 226 que comportait l'effectif au départ. Le commandant Augère m'a affecté comme secteur la falaise nord-est de Veules, le dos à la mer. Je dispose mes hommes et je monte au sommet. A 3 ou 4 kilomètres à l'est, au sud et à l'ouest, des colonnes de chars manœuvrent.
« Vers midi, nous recevons coup sur coup des salves de 37 et des balles traceuses. Ravier et un certain nombre d'hommes sont blessés.
« Le commandant Augère me fait savoir qu'il est inutile d'insister et nous redescendons au village organiser la résistance dans les fermes. Je fais le coup de feu avec mes hommes jusqu'à 16 heures. Blessé aux jambes, je tombe à genoux. Puis, faute de munitions, nous nous enfermons dans une grange pour attendre la nuit. Mais, vers 17 heures, des soldats allemands font irruption dans notre abri, mitraillette en main. Je jette mon revolver vide et je sors, soutenu

par deux de mes hommes. On nous emmène dans un chemin creux, où nous retrouvons les rescapés du régiment.

« Nous sommes évacués vers l'hôpital de campagne, où je me trouve encore aujourd'hui.

« Le sous-lieutenant Valéry me fait part de son intention de s'évader. Cloué par mes blessures aux jambes, je lui confie ces notes et une lettre pour ma femme. Dieu le protège. »

Les dernières lignes dansaient devant les yeux de Léa. Elle ressentait dans son corps les souffrances de Laurent. Elle devinait derrière ces brefs comptes rendus toutes les peines qu'il avait éprouvées. Où était-il maintenant ? Ses blessures étaient-elles graves ? Il n'en disait rien.

Camille revenait, le petit Charles dans ses bras. Elle avait pleuré.

— Ne pleure pas comme ça, tu vas te rendre malade. Voici Ruth qui arrive : remonte avec elle, dit Léa, en lui rendant les feuillets.

Camille dissimula les papiers dans la poche de sa robe.

— Camille, vous avez encore pleuré. Vous n'êtes pas raisonnable. Pensez à votre fils. Allez, venez.

La jeune femme se laissa emmener sans rien dire.

Léa resta seule avec le bébé. La campagne devant la terrasse ne trahissait rien du malheur qui l'avait frappée. Avec une tendresse anxieuse, Léa la contemplait comme le visage d'une mère aimée, atteinte d'un mal peut-être inguérissable. Tout semblait pareil à ce qui avait toujours été. La vigne frémissait sous la brise du soir, au loin un chien aboyait, tandis que, sur la route, de jeunes enfants criaient.

18.

Le lendemain matin, avant le lever des Allemands et de Françoise, Léa accompagna le sous-lieutenant Valéry à la gare de Langon, où ils attendirent jusqu'à sept heures l'arrivée du premier
train pour Bordeaux. Le sous-lieutenant fit enregistrer sa bicyclette,
passa la douane et le contrôle sans encombres : ses faux papiers
valaient les vrais. Cependant, Léa ne voyait pas sans inquiétude le
sérieux avec lequel soldats allemands et gendarmes français contrô-
laient les papiers des voyageurs. Obéissant à une impulsion, elle
confia son vélo au chef de gare qui la connaissait depuis son
enfance, et prit un aller-retour pour Bordeaux.

— Vous n'avez pas de bagages ? demanda un des gendarmes.

— Non, je vais à Bordeaux pour la journée, voir une de mes tantes qui est malade.

Léa monta dans le train au moment où retentissait le sifflet du
chef de gare.

Le voyage n'en finissait pas. Le train s'arrêtait longuement dans
la moindre gare. Il était près de dix heures quand il entra dans la
gare Saint-Jean. Léa essaya de retrouver le sous-lieutenant Valéry,
mais la foule était si dense sur le quai qu'elle se retrouva dans le
hall sans l'avoir aperçu.

— Léa.

La jeune fille sursauta. Près d'elle, très élégant, se tenait Raphaël Mahl.

— Raphaël, que je suis contente de vous revoir !

— Et moi donc, ma chère. De toutes mes belles amies absentes de Paris en ces jours absurdes, vous êtes celle qui m'a le plus manqué.

— Toujours excessif.

— Laissez-moi vous regarder. Vous me semblez plus belle qu'avant notre lamentable défaite.

Des têtes se retournèrent.

— Faites attention, on nous regarde.

— Et alors, n'est-ce pas vrai, n'avons-nous pas pris une déculottée mémorable ?...

— Taisez-vous, supplia Léa.

— Mais... cela a l'air de vous faire de la peine, petite fille. Allez, allez, je plaisantais. Venez, quittons cette gare. Où allez-vous ?

— Je ne sais pas.

— Magnifique, je vous invite à déjeuner. Un déjeuner « d'avant ». Vous m'en direz des nouvelles.

— Si vous voulez.

— Ne dites pas ça si tristement. Avec votre robe noire, vous semblez avoir perdu père et mère.

— Ma mère est morte.

— Léa, je suis désolé, je n'en fais jamais d'autres.

Devant la gare, une voiture et son chauffeur attendaient. Raphaël ouvrit la portière arrière et fit monter Léa.

— Au journal, fit-il en montant à son tour.

Durant quelques instants, ils roulèrent en silence.

— Racontez-moi comment cela s'est passé.

— Maman a été tuée lors du bombardement du 19 juin.

— J'étais à Bordeaux à ce moment-là. Je suivais le gouvernement depuis Tours. Après ce bombardement imbécile, qui a coûté la vie à une soixantaine de personnes, j'ai voulu quitter la France le lendemain. J'avais une place à bord du *Massilia* et puis j'ai rencontré une amie, que vous connaissez d'ailleurs, Sarah Mulsteïn, qui cherchait à faire sortir son père de France. Ils avaient leurs visas, mais pas de place. Je leur ai cédé la mienne.

— C'est très généreux à vous.

— Non, je ne pouvais pas laisser entre les mains des Allemands un chef d'orchestre aussi exceptionnel qu'Israël Lazare.

— Qu'est devenue Sarah Mulsteïn ?

— Je n'en sais rien. Le 20 juin, Bordeaux était déclarée ville ouverte ; le 21 juin l'armistice était signé ; le 25 il y eut une journée de deuil national décrété par Pétain ; le 27, les Allemands entraient en musique dans Bordeaux, et le 30 juin, le gouvernement quittait la ville. Vous n'imaginez pas la pagaille. Quant à moi, je suis rentré à Paris le 29. A Radio-Mondial occupé par les Allemands, on me fit comprendre que ma présence était indésirable. Par chance, grâce à des amis, je trouvai un emploi de journaliste à *Paris-Soir*. C'est pour ça que je suis de nouveau ici, en reportage.

La voiture s'arrêta devant les locaux de *La Petite Gironde* où Raphaël Mahl avait donné ses rendez-vous. Il installa Léa dans un bureau sombre, encombré de piles de journaux.

— Asseyez-vous, je n'en ai pas pour longtemps. Vous avez de la lecture, instruisez-vous, fit-il en lui désignant les journaux.

Il revint une demi-heure plus tard et l'emmena déjeuner au *Chapon fin*.

— Bonjour, monsieur, votre table est prête, dit le maître d'hôtel en s'inclinant.

— Merci, Jean. Quoi de bon aujourd'hui ?

— Pas grand-chose, monsieur Mahl, dit-il en repoussant la chaise de Léa ; je peux vous donner du foie gras avec un Château d'Yquem, un baron d'agneau aux petits légumes, ou une poularde farcie ou encore de petites soles.

— C'est très bien et comme dessert ?

— Une charlotte aux fraises avec un coulis de framboises ou bien des profiterolles au chocolat.

— Je dois rêver, dit Léa. Je croyais que les repas étaient réglementés dans les restaurants.

— Pas dans tous, mademoiselle, pas dans tous.

— Vous nous donnerez du foie gras et votre sauternes. Que diriez-vous, chère amie, d'un baron d'agneau ? Il est délicieux Apportez-nous ensuite un haut-brion. Choisissez-nous une bonne année.

— Je vous envoie le sommelier

— Ce n'est pas la peine. Dites-lui de servir le sauternes sur-le-champ.

— Bien, monsieur.

— Vous venez souvent ici ? fit Léa en regardant autour d'elle.

— Quelquefois, car c'est hors de prix. Mais tous les bons restaurants sont hors de prix maintenant. Quand le gouvernement était là, j'allais souvent dîner *Chez Catherine*, un excellent restaurant, tenu par M. Dieu, grand cuisinier et bibliophile avec lequel je me querellais sur l'année de l'édition du *Voyage d'Egypte et de Nubie* de Norden. Lui tenait à 1755 moi à 1757 ; c'est lui qui avait raison.

— Regardez, ces officiers allemands qui s'installent là-bas.

— Qu'est-ce que cela a d'étonnant ? Ils ne mangent pas tous de la saucisse et du chou. J'en connais plus d'un, fin connaisseur en grands crus.

— Sans doute, mais cela est bien déplaisant.

— Ça, ma chère, il faudra vous y habituer, ou rejoindre le général de Gaulle à Londres. Ils sont là, croyez-moi, pour un bout de temps.

Avec précaution, le sommelier apporta une bouteille de Château d'Yquem 1918.

— Le vin de la victoire, murmura-t-il à voix basse à Raphaël Mahl, en lui présentant la bouteille.

— Taisez-vous, fit celui-ci en jetant un regard rapide autour de lui.

— Donnez-moi vite de ce vin, dit Léa en tendant son verre, que je boive à la victoire !

Un sourire amusé détendit les lèvres de Raphaël Mahl.

— Pourquoi pas. A la victoire.

— A la victoire ! s'écria Léa à haute voix en levant son verre.

Leurs verres se heurtèrent dans un silence qui rendit plus éclatant encore le rire de la jeune fille.

— Monsieur, mademoiselle, je vous en prie, murmura le patron accouru, avec un regard vers la table occupée par les officiers allemands.

L'un deux se leva, s'inclina en direction de Léa et levant son verre de champagne :

— Et moi, je bois à la beauté des femmes françaises.

— A la beauté des femmes françaises, s'écrièrent ses compagnons en se levant à leur tour.

240

Léa rougit de colère et voulut se lever. Raphaël la retint.

— Restez.

— Je ne veux pas rester dans le même endroit que ces gens-là.

— Ne soyez pas ridicule, ne vous faites pas remarquer davantage. Ce n'est pas prudent. Pensez à votre famille.

— Pourquoi me dites-vous ça ?

Raphaël baissa la voix.

— Je vous ai dit que j'étais ici en reportage. J'enquête en fait sur un réseau clandestin chargé d'organiser le passage en Espagne de certaines personnes voulant rejoindre de Gaulle ou l'Afrique du Nord.

— Et alors, en quoi cela me concerne-t-il ?

— Oh, vous ! en rien. Mais certains recoupements me donnent à penser qu'un dominicain pourrait bien être à la tête de ce réseau.

— Un domini...

— Oui, un dominicain comme votre oncle Adrien Delmas, le célèbre prédicateur.

— C'est absurde, mon oncle ne s'intéresse pas à la politique.

— Ce n'est pas ce qui se dit dans la bonne société bordelaise.

— Comment ça ?

— On n'a pas oublié son aide à la révolution espagnole. En bon Français, je devrais le dénoncer au gouvernement de Vichy.

— Vous allez le faire ?

— Je n'en sais rien. Mangez donc ce foie gras, il est délicieux.

— Je n'ai pas faim.

— Allons, Léa, comment pouvez-vous prendre mes propos au sérieux ? Vous savez bien que je plaisante toujours.

— Drôle de sujet de plaisanterie.

— Mangez, vous dis-je.

La gourmandise l'emporta.

— Il est bon, n'est-ce pas ?

— Mmm... fit Léa.

— Savez-vous que nous sommes à la table où était Mandel lors de son arrestation ?

— Non, je ne savais même pas qu'il avait été arrêté. Je croyais qu'il était parti à bord du *Massilia*.

— Il bien parti, mais, il a été arrêté sur ordre du maréchal Pétain. J'étais à la table à côté de la sienne. Il finissait de déjeuner en compagnie d'une comédienne, Béatrice Bretty, quand un colonel de gendarmerie s'est approché et a demandé à lui parler. Mandel l'a dévisagé, tout en continuant à manger des cerises. Au bout d'un temps qui m'a paru infini, il s'est levé et l'a suivi. Manger des cerises un 17 juin 1940 ! Elles allaient devenir le symbole de toutes les dépravations du régime. Le colonel le conduisit dans son bureau et lui signifia son arrestation et celle de son ancien collaborateur, le général Bürher, chef d'état-major des troupes coloniales.

— Pourquoi l'a-t-on arrêté ? demanda Léa.

— On avait convaincu Pétain qu'il complotait « dans le dessein d'empêcher l'armistice ».

— Comment cela s'est-il terminé ?

— Au mieux pour Mandel. Son successeur au ministère de l'Intérieur, Pomaret, s'était rendu chez le Maréchal, qui l'avait reçu avec Alibert, son ministre de la Justice : celui qui n'appelait plus Mandel que « le juif ». Auparavant, Pomaret avait été très dur avec le maréchal, l'accusant d'avoir commis une faute lourde en laissant se développer l'affaire. Pétain avait alors demandé qu'on aille chercher Mandel et Bürher. Bürher pleurait en se plaignant d'avoir été arrêté devant ses officiers malgré ses cinq étoiles. Quant à Mandel, il a dit simplement : « Je ne m'abaisserai pas à vous donner des explications. C'est à vous de m'en fournir. »

A la stupéfaction de tous, Pétain s'est retiré dans son bureau, et est revenu peu après avec un texte qu'il a lu à haute voix : « Monsieur le ministre, après les explications que vous m'avez données... » « Je ne vous ai pas donné d'explications, a répliqué Mandel, il faut supprimer ce passage. » Et le Maréchal a refait sa lettre qui est devenue une plate lettre d'excuses que Mandel a lue le soir-même à Lebrun et quelques autres. C'est assez cocasse, non ?

— C'est incroyable, dit Léa en secouant la tête. Comment savez-vous tout ça ?

— Je l'ai entendu raconter par Pomaret.

— Qui avait lancé cette idée de complot ?

— Un certain Georges-Roux, écrivain, avocat et collaborateur à *La Petite Gironde*. On l'a arrêté et relâché très vite.

— Ce devait être curieux, Bordeaux, durant cette période, fit Léa, songeuse, en tournant son verre de haut-brion devant ses yeux.

— Je n'ai rien vu qui se pût comparer. Imaginez : deux millions de réfugiés dans cette ville, plus une chambre de disponible. A l'hôtel de Bordeaux, à l'hôtel Splendide, on louait les fauteuils du hall. Tout Paris était à Bordeaux. Partout on se heurtait à des amis, à des connaissances, on arrivait à en oublier l'exode pour ne garder que le plaisir des retrouvailles. A la terrasse des cafés, on faisait et refaisait le gouvernement. Les queues s'allongeaient aux consulats pour obtenir des passeports. Des ministres conseillaient aux Rothschild de s'en aller, quoique personne ne crût que les Allemands arriveraient jusqu'à Bordeaux. Les restaurants ouvraient leurs portes dès 10 heures. L'après-midi, je traînais à bavarder avec les uns et les autres : Julien Green, Audiberti, Jean Hugo. Le soir, j'allais rôder sous les quinconces à la recherche d'une âme sœur. Rien de tel que les heures graves pour inciter à la débauche. Dame, on ne sait pas de quoi demain sera fait, et il convient de jouir vite. Et puis, il faut bien chercher l'oubli, dans le stupre ou dans l'alcool, quand on est le spectateur impuissant de la débandade d'une nation. Jamais je n'aurais pensé être le témoin de tant de lâchetés. Nous sommes les vieillards débiles d'un vieux pays qui, depuis deux cents ans, se désagrège par l'intérieur. Il faut bien en prendre son parti.

— Je ne veux pas en prendre mon parti, moi. Je ne suis pas un de ces vieillards dont vous parlez.

— Vous, peut-être. Mais où sont-ils, ces vigoureux jeunes hommes qui devaient vous défendre ? Je les ai vus bousculant sur leur passage les civils épouvantés, jetant leur fusil pour courir plus vite, gras, bedonnants, chauves avant l'âge, ne rêvant plus que de congés payés, de sécurité et de retraite.

— Taisez-vous. Qu'avez-vous fait vous-même ? Où est votre uniforme ? Votre fusil ?

— Oh ! moi, ma chère, comme toutes celles de mon espèce, j'ai horreur des armes à feu, minauda Raphaël. Nous autres les tantouses, nous n'aimons l'uniforme que comme piment à nos amours. Ainsi, regardez donc, nos mignons occupants, blonds, bronzés, à la fois virils et tendres, tels de jeunes dieux romains. L'eau m'en vient à la bouche.

— Vous êtes ignoble !

— Mais non, réaliste tout au plus. La fine fleur de la jeunesse française étant ou morte ou prisonnière, je suis contraint de me tourner du côté allemand. Ma bonne amie, croyez-moi, vous

243

devriez faire la même chose, sinon vous vous retrouverez vieille avant la fin de la guerre. « Cueillez, si m'en croyez, les roses de la vie... »

— Laissez Ronsard tranquille et parlez-moi plutôt de votre travail.

— Petite curieuse, vous voudriez bien que je vous en dise plus long sur ce dominicain. C'est un secret, ma belle, qui n'est pas fait pour vos mignonnes oreilles. Regardez cette charlotte aux fraises : l'eau ne vous en vient-elle pas à la bouche ? Et ces profiterolles ? Je m'en rendrais malade. Tiens, bonjour, cher ami.

— Bonjour, Mahl. Vous êtes en charmante compagnie. Présentez-moi, voyons.

— Excusez-moi, où avais-je la tête ? Léa, je vous présente mon ami Richard Chapon, directeur de *La Petite Gironde*. Richard, Mlle Delmas.

— Bonjour, mademoiselle, je suis ravi de vous rencontrer, même en mauvaise compagnie, fit-il avec un clin d'œil. N'hésitez pas, si vous avez besoin de moi, à venir me trouver. Je serais heureux de vous rendre service.

— Merci, monsieur.

— A tout à l'heure, Mahl.

— A tout à l'heure.

Ils terminèrent leur repas en silence. La salle se vidait peu à peu. Léa n'avait pas l'habitude de tant boire et la tête lui tournait un peu.

— Venez, allons faire quelques pas.

Une chaleur lourde les enveloppa.

— Quand vous reverrai-je, Léa ?

— Je ne sais pas. Vous êtes à Paris, moi ici. Vous semblez à l'aise, heureux, et moi non.

— A quoi bon vous détromper, petite fille ? J'ai des bonheurs, mais jamais un bonheur complet. Je suis habité par une souffrance aiguë, confuse et profonde, qui ne me quitte jamais. A vingt ans, je voulais écrire un livre sublime ; maintenant, je me contenterai d'un bon livre. Car ce livre, Léa, je le porte en moi. Mon travail d'écrivain, c'est le seul que j'aime vraiment, et c'est le seul que je ne parviens pas à faire. Tout me distrait et m'entraîne, je m'éparpille. J'ai l'ambition d'une gloire future, mais pas d'ambition quotidienne. Tout me lasse très vite. J'aime tout le monde et personne, la pluie et le beau temps, la ville et la campagne. Je garde au fond de l'âme la nostalgie du bien, de l'honneur et des lois dont je ne me suis jamais soucié. Quoique fâché de ma mauvaise réputation, j'ai la faiblesse d'en tirer vanité. Ce qui me nuit, voyez-vous, c'est de n'être pas un vicieux absolu, d'être généreux jusqu'à l'extravagance, le plus souvent d'ailleurs par lâcheté, de n'avoir jamais fait semblant d'être un demi-vertueux, c'est-à-dire comme tout le monde au fond, de préférer les mauvais garçons aux hypocrites qui prétendent avoir de l'honneur alors qu'ils en ont à peine plus que moi. Je ne m'aime pas, mais je me veux du bien.

Cette dernière phrase fit rire Léa.

— Je suis sûre que vous deviendrez un grand écrivain.

— Quelle importance ! Nous verrons bien. Peut-être me lira-t-on après ma mort... Mais je ne parle que de moi, alors que c'est vous qui êtes intéressante. Venez à Paris, ne restez pas ici.

— Mon père a besoin de moi.

— Que c'est bien ça, railla-t-il, quelle brave petite vous faites ! C'est beau l'esprit de famille. A propos de famille, vous devriez dire à votre dominicain d'oncle de se montrer prudent. Dans mon article, je ne vais pas faire état de ce que j'ai découvert, mais d'autres peuvent le faire.

Ils marchaient bras dessus bras dessous. Léa le retint et leva vers lui ses yeux brillants.

— Merci, Raphaël, je n'oublierai pas.

— Merci pour quoi ? Je ne vous ai rien dit. Nous allons nous quitter là, fit-il en montrant l'église Sainte-Eulalie. Si vous êtes croyante, mettez un cierge pour moi. Au revoir, belle amie, ne m'oubliez pas. Si vous avez besoin de me joindre, écrivez-moi à la librairie Gallimard, boulevard Raspail, on fera suivre.

Il embrassa Léa avec une émotion qu'il ne cherchait pas à dissimuler.

— La rue Saint-Genès est tout près.

Après un dernier signe de la main, Raphaël s'éloigna.

Léa entra dans l'église. Après la fournaise du dehors, la fraîcheur de l'endroit la fit frissonner. Machinalement, elle prit un cierge, mit quelques pièces dans le tronc et alluma la mèche. Son cierge à la main, elle se dirigea vers une statue de sainte Thérèse de l'Enfant-Jésus, à laquelle sa mère vouait une dévotion particulière. Maman... elle s'assit devant l'autel et laissa couler ses larmes... « La rue Saint-Genès est tout près... » Pourquoi lui avait-il dit cela ? Qu'y avait-il rue Saint-Genès ? Ce nom lui disait bien quelque chose, mais quoi ? C'était agaçant de ne pas se souvenir. Un prêtre et un moine passèrent dans l'allée. Oncle Adrien !.. rue Saint-Genès, c'était l'adresse d'oncle Adrien ou, plus exactement, celle du couvent des dominicains. Elle comprenait pourquoi Raphaël l'avait accompagnée jusque-là. Il fallait qu'elle prévienne son oncle, et vite.

Par cette chaleur, la rue Saint-Genès était déserte. La porte du monastère s'ouvrit immédiatement.

— Que puis-je pour vous, mon enfant ? dit un très vieux moine.

— Je voudrais parler à mon oncle, le père Delmas. Je suis Léa Delmas.

— Le père Adrien est absent depuis quelques jours.

— Qu'y a-t-il, frère Georges ? demanda en entrant dans le parloir un moine de grande taille, au visage sévère adouci par une belle chevelure blanche.

— C'est Mlle Delmas qui demande à voir le père Adrien.

— Bonjour, mon enfant. Vous êtes sans doute une des filles de Pierre Delmas ? Je connaissais bien votre mère, une femme admirable. Dieu vous donne le courage de supporter votre peine !

— Merci, mon père.

— Votre oncle n'est pas là, reprit-il sèchement. Qu'aviez-vous d'important à lui dire ?

— Il doit... Sans savoir pourquoi, Léa s'arrêta.

— Il doit... quoi ?

Pourquoi n'arrivait-elle pas à lui dire le but de sa visite ? Une inexplicable méfiance s'emparait d'elle.

— Je suis le supérieur de votre oncle : vous devez me dire pourquoi vous voulez lui parler.

— Mon père a besoin de le voir de toute urgence, répondit précipitamment Léa.

— Pour quelle raison ?

— Je n'en sais rien.

Le supérieur la regarda froidement. Sans ciller, Léa soutint son regard.

— Dès son retour, je lui ferai part de votre visite et du désir de votre père. Au revoir mon enfant. Dieu vous bénisse !

Dehors, un léger vent s'était levé, n'apportant aucun rafraîchissement. Léa sentait sa robe noire collée à sa peau. Comment joindre l'oncle Adrien ? Et le sous-lieutenant Valéry, où était-il ? N'avait-il pas parlé des docks ? Mais lesquels ? Découragée, Léa s'arrêta. Le seul à pouvoir la renseigner était Raphaël. Elle retrouva avec beaucoup de peine la rue de Cheverus et l'admirable hôtel qui abritait *La Petite Gironde*. On lui dit que M. Mahl venait de repartir pour Paris.

— Qui demande cette fripouille ? dit une voix venant d'un des bureaux.

— C'est une demoiselle, monsieur le directeur.

— Une demoiselle, pour Mahl, on aura tout vu ! Faites-la entrer.

A contrecœur, Léa entra. Personne.

— Je suis ici, je viens de faire tomber une pile de livres.

La voix sortait de dessous une table dont le plateau disparaissait sous un échafaudage de journaux, de lettres, de livres, de dossiers. Léa se pencha.

— Mais, c'est Mlle Delmas ! Une minute, je suis à vous.

Richard Chapon se redressa, des livres plein les bras, qu'il renonça à poser sur le bureau et mit sur son fauteuil, faute de trouver une place libre dans la pièce.

— Vous cherchiez Mahl ? Il est parti. Je m'étonne qu'une jolie fille d'une excellente famille bordelaise fréquente quelqu'un de ce genre. Ce sont sans doute les mœurs du temps qui le veulent. Peut-être puis-je le remplacer ?

Léa hésita. Comment formuler sa question sans intriguer le journaliste ? Pouvait-elle lui faire confiance ?

— Comment peut-on trouver le moyen de quitter la France ? lâcha-t-elle d'un trait.

Un étonnement profond se peignit sur le visage de Richard Chapon, suivi d'une brève expression d'angoisse. Lentement, il alla fermer la porte.

— Et c'est à Mahl que vous vouliez poser cette question ?

Léa sentit que sa réponse devait être prudente, et elle prit son air le plus candide.

247

— Comme il est journaliste, je pensais qu'il devait savoir si cela est possible.

— Tout est possible, mais cette question, venant d'une jeune fille, m'étonne. Qui connaissez-vous qui veuille quitter la France ?

— Personne, je voulais juste savoir.

— Vous êtes bien jeune et bien ignorante, mademoiselle. Vous devriez savoir que, dans les circonstances actuelles, on ne pose pas certaines questions « juste pour savoir ».

— Eh bien, n'en parlons plus, fit-elle faussement enjouée. Je suis désolée de vous avoir dérangé.

— Chère mademoiselle, vous ne me dérangerez jamais assez, dit-il sur le ton du badinage mondain. C'est important ? soufflat-il en retenant sa main qui se posait sur le bouton de la porte.

— Non, murmura-t-elle. Puis, se ravisant : pouvez-vous faire savoir à mon oncle Adrien Delmas d'être prudent ?

— Le dominicain ?

— Oui.

— Ne vous inquiétez pas, ce sera fait.

— Merci beaucoup, au revoir.

Elle sauta dans le train au moment où il démarrait. Pas de place assise. Léa resta dans le couloir, regardant défiler la banlieue de Bordeaux et ses usines, les jardins potagers des cheminots, les champs, les villages, les petites gares. Elle essayait de faire le point sur cette journée incohérente. Elle se reprochait d'avoir été imprudente. N'allait-elle pas provoquer par son attitude une série de catastrophes ? A qui en parler, à qui se fier ? Vers neuf heures, le train arriva à Langon.

— Ma chérie, nous avons eu si peur ! Où étais-tu ? s'écria Pierre Delmas en serrant Léa contre lui.

Toute la famille, qui se tenait dans le salon en écoutant jouer Françoise, s'était levée à son arrivée. Camille, les yeux brillants, la regardait intensément. Ruth se moucha énergiquement, Lisa agita ses petites mains potelées, Albertine se racla la gorge, Bernadette poussa un énorme soupir, Françoise fronça les sourcils. Seule Laure continua à feuilleter un livre.

248

— J'ai eu envie d'aller voir oncle Adrien à Bordeaux.

— A Bordeaux, avec tous ces Boches ! s'exclama Bouchardeau.

— Ma tante, cessez d'appeler les Allemands des Boches, ils n'aiment pas ça, dit Françoise, avec un agacement qui parut excessif à Léa.

— Boches ils sont, Boches je les appelle, mademoiselle.

Françoise haussa les épaules.

— Pourquoi ne m'as-tu pas dit que tu voulais voir notre oncle ? Je serais venu, avec toi. Ta mère aussi aurait été heureuse de le voir.

Un silence gêné s'abattit sur l'assemblée. Léa regarda son père avec une peine étonnée. Pauvre papa, comme il avait changé ! Il semblait plus fragile, avec des expressions, par moments, presque enfantines. Il donnait l'impression de devoir être protégé, lui, le protecteur naturel.

— Excuse-moi, papa.

— Je t'en prie, ma chérie, ne recommence plus, j'étais trop inquiet. As-tu vu ton oncle ?

— Non, il n'était pas là.

— Il n'était pas là non plus pour l'enterrement d'Isabelle, grommela Bernadette.

— Tu n'as pas dîné, tu dois avoir faim, dit Camille. Je vais te préparer quelque chose. Tu viens à la cuisine ?

Léa suivit Camille, qui ouvrit la glacière pour prendre des œufs.

— Une omelette, ça te va ?

— Très bien, fit Léa en s'asseyant devant la grande table.

— Alors ? demanda Camille en cassant les œufs dans le saladier.

— A Langon, le sous-lieutenant n'a eu aucun problème ; à Bordeaux non plus, je crois. J'ai rencontré Raphaël Mahl à la gare Saint-Jean. Tu t'en souviens, je t'en ai parlé. J'ai déjeuné avec lui. J'ai cru comprendre à ce qu'il m'a dit qu'oncle Adrien pourrait être bien être le dominicain en question.

— Ça ne m'étonne pas de lui, dit Camille en mettant un mince morceau de beurre dans la poêle.

— Je ne comprends plus. Ne faut-il pas obéir aux directives du maréchal Pétain ? N'est-il pas le sauveur de la France, le père de tous les Français ? comme disent tante Lisa et tante Bernadette.

— Je ne sais pas non plus, mais je pense que le devoir de tout Français est de lutter contre l'ennemi.

— Mais comment ? Que veux-tu que nous fassions ?

— Je n'en sais rien encore, mais je trouverai. Mange, dit-elle en posant l'omelette devant Léa.

— Merci.

— C'est bientôt les vendanges. Ton père n'en parle pas.

— C'est vrai, j'avais oublié. Demain, je lui demanderai.

Durant quelques instants, elle mangea en silence.

— Tu ne trouves pas qu'il est bizarre, papa, depuis quelque temps ?

Une partie de la récolte fut perdue, faute de bras pour cueillir le raisin. Pourtant, tout le monde à Montillac participa aux vendanges, mais les femmes, peu habituées aux travaux de la vigne, étaient, malgré leur bonne volonté, lentes et maladroites. Seules, Léa et Ruth abattirent un travail considérable. Camille, dont l'état de santé était incompatible avec les vendanges, aida la vieille Sidonie et Mme Fayard à conduire la charrette, à laquelle étaient attelés les deux bœufs, et à préparer les repas.

Léa avait dû prendre en main l'organisation de ces vendanges, Pierre Delmas ayant manifesté la plus complète indifférence. Même Fayard, le maître de chais, sans nouvelles de son fils, n'avait pas fait montre de son ancienne compétence. M. d'Argilat n'avait pu donner que des conseils, étant lui-même, aux Roches-Blanches, dans une situation dramatique.

Léa avait refusé avec hauteur l'aide que lui avaient proposée leurs « pensionnaires » allemands, malgré la demande de Françoise, et avait vu, avec une rage impuissante, le raisin pourrir sur pied.

Tout allait mal en cet automne 1940. Avec Ruth, elles avaient écumé la campagne dans le but d'acheter cochons, poulets, lapins et canards. Elles n'avaient ramené que quelques maigres poulets, dont la moitié moururent, et un cochon, qui s'avéra fort cher à nourrir.

Léa ne connaissait rien à la situation financière de sa famille. Elle avait toujours cru que ses parents étaient riches. Son père lui apprit que le plus clair de leur fortune se trouvait dans les îles et que certains investissements faits avant la guerre avaient été désastreux

— Nous n'avons plus d'argent ? demanda-t-elle incrédule.

250

— Non, fit-il en souriant, sauf les loyers de l'immeuble de Bordeaux.

— Cela fait combien par mois ?

— Je ne sais pas, demande à ta mère, c'est elle qui s'occupe de tout ça.

« Demande à ta mère »... Combien de fois avait-elle entendu cela ? Plusieurs fois par jour, lui semblait-il. Au début, elle n'y avait pas prêté d'autre attention que la peine que cela lui faisait. Mais, plus le temps passait, plus elle éprouvait une peur dont elle n'osait parler. Tout le monde, d'ailleurs, dans la maison avait le même sentiment. Un jour, Léa avait pris son courage à deux mains et avait abordé le sujet avec le docteur Blanchard, lors d'une de ses visites à Camille.

— Je sais. Je lui ai prescrit un traitement, il y a quelque temps. Il faut être patient, il est encore sous le choc.

— Mais, j'ai l'impression que cela s'aggrave de jour en jour, qu'il est complètement absent. J'ai peur.

— Allons, allons, ne vous laissez pas aller. Avec Ruth, vous êtes la seule personne responsable de la maison. Je ne compte pas Mme Camille, car elle va bientôt pouvoir retourner aux Roches-Blanches.

— Déjà ?

— Vous n'en êtes pas heureuse ? J'avais cru pourtant que vous supportiez sa présence avec peine.

Léa eut un mouvement d'épaule agacé.

— Pas du tout, Camille est très utile ici et j'ai promis à Laurent de veiller sur elle.

— Avez-vous eu d'autres nouvelles ?

— Oui, une lettre de vingt-cinq lignes, dans laquelle il dit qu'il va bien et où il demande des chaussures, du linge et du tabac. Nous lui avons envoyé un colis, hier. Pour les chaussures, on a eu bien du mal. C'est Françoise qui les a dénichées, elle n'a jamais voulu dire comment : de superbes souliers à semelles de crêpe.

19.

Noël 1940 fut l'un des plus tristes que connurent les habitants de Montillac.

Trois semaines auparavant, ils avaient enterré M. d'Argilat, mort dans son sommeil après une maladie dont aucun de ses proches n'avait soupçonné la gravité. Il était mort sans avoir revu son fils, ainsi qu'il l'avait prédit. A l'annonce du décès de son meilleur ami, Pierre Delmas resta hébété pendant plusieurs jours. Ce fut Léa qui dut s'occuper des formalités nécessaires. Elle écrivit à Laurent pour lui annoncer la triste nouvelle et lui demander ce qu'il fallait faire concernant le domaine. A ce sujet, elle eut une violente dispute avec Françoise, lui reprochant de n'être d'aucune utilité dans la marche de la maison et de ne penser qu'à son hôpital, alors que sa famille avait besoin d'elle.

— Je m'en occupe autant que toi. Qui rapporte de la viande, quand on n'en trouve nulle part ? De l'huile ? Du sucre et les vingt sacs de charbon ? C'est toi, peut-être ? Si j'étais ici à tirer la charrue comme tu le fais, nous n'aurions pas grand-chose à manger.

C'était vrai, Françoise avait raison. Sans elle, la famille en aurait été réduite à manger du rutabaga, des pommes de terre ou les châtaignes qu'elle, Ruth et Laure avaient été ramasser dans les bois

252

près de La Réole. Mais comment faisait-elle ? D'autant qu'elle ne voulait jamais d'argent, disant que son salaire d'infirmière lui suffisait. Léa en doutait car, outre les denrées de première nécessité, Françoise s'offrait souvent une jupe, un chemisier, un foulard ou même une paire d'escarpins. Elle lui avait promis d'essayer de lui en procurer auprès de la coopérative de l'hôpital.

Léa avait essayé maintes fois de l'intéresser au sort de Montillac, de lui demander des avis sur la manière de gérer la propriété en attendant que leur père ait surmonté son chagrin, sans obtenir autre chose qu'une réponse indifférente :

— Tout ce que tu fais est très bien, petite sœur.

— Mais cela te concerne, c'est notre terre, la maison où nous sommes nées, que maman a aimée, embellie.

— Je n'ai jamais compris ce que vous trouviez tous à cette vieille bicoque et surtout à cette campagne d'un ennui mortel.

Léa était restée sans voix devant cette sortie et s'était, comme au temps de leur enfance, jetée sur sa sœur pour la battre. Celle-ci avait réussi à esquiver une gifle et s'était réfugiée dans sa chambre. Depuis, les rapports entre les deux sœurs étaient des plus tendus.

Comme chaque année, malgré les bombardements que l'on entendait toujours du côté de Bordeaux, Ruth avait dressé le traditionnel sapin dans le salon et l'avait décoré avec les guirlandes et les boules de verre qu'avait conservé précieusement dans les cartons à chaussures Isabelle Delmas depuis la naissance de l'aîné de ses enfants. C'était la première fois qu'elle ne déposait pas dans la crèche l'enfant Jésus en cire. Ce fut à Camille que revint ce geste symbolique.

Pour le dîner, Estelle et Mme Fayart s'étaient surpassées, faisant oublier les bons petits plats de la cuisinière qu'on avait dû renvoyer par mesure d'économie : une énorme dinde, don de Françoise évidemment, du chou, cuit lentement dans la sauce de la bête, une purée de châtaignes, et une bûche au chocolat, chef-d'œuvre d'Estelle. Quelques bonnes bouteilles du vin de la propriété complétèrent ce repas de fête.

Il faisait si froid qu'ils renoncèrent à aller à la messe de minuit et soupèrent de bonne heure. Malgré leur deuil, tous avaient fait un effort de toilette : une écharpe, un collier, une fleur, égayaient tout ce noir. Le petit Charles faisait ses premiers sourires.

Après le repas, toute la famille passa au salon, chaud et brillamment éclairé par les bougies de l'arbre et par le feu qui flambait dans la cheminée. Camille offrit à Léa un splendide collier de perles qui avait appartenu à sa mère.

— Camille, quelle merveille ! Je ne peux pas accepter.

— Je t'en prie, ma chérie, cela me fait plaisir.

Léa eut honte de la modestie de son cadeau : un portrait à la plume du bébé, que Camille serra contre elle.

— Rien n'aurait pu me faire plus de plaisir. Me permets-tu de l'envoyer à Laurent ?

— Il est à toi, tu en fais ce que tu veux.

Françoise et Laure eurent chacune un joli bracelet en or, Ruth une broche avec un saphir, Lisa un col de dentelle, Albertine une édition ancienne des *Pensées* de Pascal, Bernadette Bouchardeau ainsi qu'Estelle, un foulard de soie. Quant à Pierre Delmas, Camille lui donna une boîte des cigares qu'il aimait.

Ruth et Bernadette offrirent des gants, des écharpes, des chaussettes et des chandails qu'elles avaient tricotés, le soir à la veillée. Chacun s'était ingénié à faire plaisir aux autres dans la mesure de ses moyens. Les demoiselles de Montpleynet offrirent à leurs nièces un chaud tissu pour faire des manteaux. Dans cette euphorie un peu lasse qui suit en général la remise des cadeaux de Noël, tous avaient, durant quelques instants, oublié leurs peines, leurs peurs et la guerre, en écoutant Françoise jouer une fugue de Bach.

Pour la première fois, Léa pensa à Isabelle sans révolte et sans larmes. Une main serra la sienne. Elle ne la retira pas bien qu'elle eût reconnu les maigres doigts de Camille. Françoise cessa de jouer. Des applaudissements éclatèrent dans l'entrée, devançant ceux de l'assistance. Tous se retournèrent. Dans le vestibule, se tenaient Otto Kramer et Frederic Hanke. Françoise se leva et alla vers eux. Quelques instants plus tard, ils entrèrent dans le salon :

— Mademoiselle votre fille a insisté pour que nous rentrions mon camarade et moi, dit le lieutenant Kramer. Nous nous étions permis de descendre écouter Bach, ajouta-t-il en s'adressant à Pierre Delmas. Ma mère est une excellente musicienne, elle aime beaucoup Bach. Permettez-moi de vous souhaiter un bon Noël, malgré la guerre.

Il claqua des talons et se dirigea vers la porte.

Contre toute attente, Camille proposa :

— En ce jour de Noël, oublions que nous sommes ennemis. Prenez un verre avec nous.

— Merci, madame Camille, fit Frederic Hanke.

— Heilige Weinacht ! dit-elle.

— Joyeux Noël ! répondirent-ils en français.

— Lieutenant, vous disiez que votre mère était musicienne. Vous-même, êtes-vous musicien ? dit Lisa en faisant des mines.

— C'est un des meilleurs pianistes d'Allemagne, fit son compagnon.

— N'en croyez rien, mon camarade exagère.

— Mais, mon lieutenant...

— Taisez-vous, Frederic.

— Lieutenant, je vous en prie, jouez-nous un air, demanda Françoise.

Tous les regards se portèrent vers elle. La jeune fille baissa la tête en rougissant. Tous connaissaient la passion de Françoise pour la musique. Jamais elle n'aurait manqué un concert à Bordeaux. N'avait-elle pas été écouter *Samson et Dalila* et le *Boléro* de Ravel lors de la reprise de la saison lyrique, malgré les reproches de Ruth et de ses tantes ?... De là à demander à un officier allemand de jouer !...

— Si monsieur votre père le permet, mademoiselle, ce sera un plaisir pour moi de vous être agréable.

— Je vous en prie, monsieur l'officier, ma femme aime beaucoup la musique, dit Pierre Delmas en tirant sur son cigare, le visage congestionné et le regard ailleurs.

Otto Kramer s'assit au piano.

— Tu vas voir qu'il va nous jouer du Wagner, souffla Léa à Camille.

Par une délicatesse à laquelle tous furent sensibles, il joua en virtuose plusieurs pièces pour piano de Debussy. Quand la dernière note s'éteignit, après quelques secondes de silence, les applaudissements éclatèrent. Le bonheur et la fierté qui illuminèrent le joli visage de Françoise ne furent remarqués que par Camille.

Ce fut au lendemain de cette nuit de Noël que Laurent d'Argilat s'évada, en compagnie d'un ami, du camp de Westphalenhof où il avait été interné. Les deux hommes profitèrent d'une corvée de bois à l'extérieur du camp et de la complicité de deux de leurs camarades qui, s'étant fait porter malades, quittèrent l'infirmerie et se mêlèrent à la petite troupe après le comptage par leurs gardiens. Arrivés dans les bois, Laurent et son ami se dissimulèrent sous des branchages. Le froid était vif, la neige tombait, le temps était sombre. Les gardiens écourtèrent la corvée, comptèrent leurs prisonniers : le compte y était. La petite troupe repartit vers le camp.

Fous de joie, Laurent et son compagnon se relevèrent et s'élancèrent vers la liberté. La neige était profonde. Au bout d'une demi-heure, ils durent s'arrêter pour reprendre haleine et retirer leur défroque de prisonniers. Durant ses longues heures de captivité, Laurent s'était fabriqué avec le dolman d'un gendarme hollandais un veston noir croisé, sous lequel il avait enfilé deux chandails de laine envoyés par Camille. Des gants de cuir fourrés, les chaussures de Françoise et une casquette de bougnat complétaient son habillement. Les sacs à dos contenaient de la nourriture et des duvets. Ils partirent en direction de la gare de Jastrov, à quarante kilomètres.

La première nuit, ils dormirent au bord d'une route dans une cabane de cantonnier. Le lendemain soir, ils traversèrent le village de Jastrov. Les rues avaient encore leurs décorations de Noël et des couples enlacés se rendaient au bal. Par la porte ouverte d'un débit de vins jaillissait une bouffée tiède d'alcool et de tabac accompagnée d'un air d'accordéon... Ils se hâtèrent vers la gare, à la recherche d'un train providentiel. Mais tous ceux qui passaient allaient dans la direction opposée. Gelés, ils se réfugièrent dans un wagon sur une voie de garage. Malgré leurs sacs de couchage, le froid les fit souffrir jusqu'à l'aube.

A la fin de cette longue nuit, ils montèrent sans billet dans un train pour Scheindemühl. Pendant six jours, ils voyagèrent en fraude dans des wagons de pommes de terre, de bestiaux ou de cailloux. Parfois, ils montèrent dans un train de voyageurs, toujours sans billet, essayant de se fondre dans la foule. La connaissance que Laurent avait de l'allemand leur épargna à plusieurs reprises de se faire prendre. C'est ainsi qu'ils atteignirent successivement

256

Francfort-sur-l'Oder, Cottbus, Leipzig, Halle, Cassel, Francfort-sur-le-Main. Ils franchirent le Rhin à Mayence cachés dans une guérite de serre-freins.

Leur équipée prit fin à Bingerbrück, devant le panneau d'horaires des trains où le compagnon de Laurent, interpellé par un policier, fut incapable, faute de parler allemand, de se dégager. On ne l'appréhenda pas immédiatement, dans l'idée qu'il avait un complice. Laurent, le voyant, de loin, tranquillement assis, revenait vers lui quand, brusquement, son camarade se leva et se mit à courir vers un train de marchandises qui passait. Les deux hommes réussirent à se hisser sur un wagon plat tandis que les policiers couraient sur le quai en criant. Malheureusement, le train s'arrêta et les Allemands, revolver au poing, les appréhendèrent. Sans ménagement, on les conduisit au poste de police de la gare. L'atmosphère changea quand Laurent répondit à leurs questions dans un allemand parfait. On leur donna une soupe chaude et de la viande, et on leur exprima de l'admiration pour la performance accomplie. On les enferma ensuite à la prison municipale et le lendemain, solidement encadrés par trois gardiens, ils furent reconduits au camp de Westphalenhof.

Ils furent interrogés par un officier de renseignement qui leur concéda qu'ils auraient mérité de réussir. Ils furent condamnés à trente jours de cellule. Neuf jours s'étaient écoulés depuis leur évasion.

A leur sortie, ils eurent droit au sermon d'un colonel X, doyen des prisonniers de l'oflag II D, sur le caractère égoïste d'une telle entreprise et sur les conséquences fâcheuses que seule la générosité du commandant du camp leur avait épargnées. Il leur fut conseillé de méditer sur le sens véritable de leur devoir actuel : être des prisonniers corrects constituait la plus efficace contribution à la politique du Maréchal, gage de l'avènement prochain d'une « France européenne ».

Leur peine purgée, ils réintégrèrent leur baraquement. Pas pour longtemps, car, par mesure de sécurité, on les conduisit dans un autre camp.

Plus de sept mois s'étaient écoulés depuis leur capture, un jour d'été, sur une plage de France.

20.

L'hiver n'en finissait pas. Faute de combustible, il ne faisait guère plus de dix degrés dans la grande maison, on prenait les repas dans la cuisine, chauffée par l'antique cuisinière à bois sur laquelle Estelle et Ruth préparaient les repas. Tous avaient faim malgré les victuailles que ramenait quelquefois Françoise de Langon.

Dans cette région viticole, presque tout le monde souffrit de la faim et du froid durant le rude hiver 40-41. La rage au cœur, les cheminots voyaient partir vers l'Allemagne des wagons entiers pleins de viande, de farine, de légumes et de bois.

A Montillac, cependant, tous se privaient pour envoyer à Laurent des colis. En février, une carte leur annonça qu'il avait été transféré à la forteresse de Colditz.

En mars, Albertine et Lisa firent part de leur intention de regagner Paris. Les deux demoiselles, habituées à la ville, ne supportaient plus la campagne. On essaya de les retenir. Seule, Isabelle Delmas y aurait réussi...

Le printemps ramena un peu de bien-être à la propriété. Des légumes avaient été semés ou plantés dans la partie du pré labourée par Ruth et Léa. Cette dernière surveillait avec passion la croissance de la moindre tige verte. La réussite de son potager revêtait à ses yeux une importance capitale, prix des courbatures, des mains crevassées, des engelures et de cette faim qu'elle s'était juré de ne plus jamais connaître. La vigne qui était le souci constant de la région lui devint une préoccupation moins forte quand Fayard, devenu le régisseur de la propriété, reçut des nouvelles de son fils : il était prisonnier en Allemagne, mais rentrerait bientôt, le Maréchal s'en portait garant.

L'amour et la reconnaissance de Fayard pour le maréchal Pétain ne connurent plus de bornes. Voilà un chef qui se préoccupait du sort des malheureux soldats prisonniers ! La France était dans de bonnes mains ! Travail, Famille, Patrie, l'avenir était là. Avec quelle ardeur retrouvée, l'ancien poilu de la guerre de 14 se remit au travail ! Une seule ombre à sa joie : il s'habituait mal à la présence des Allemands à Montillac. La vue d'un uniforme lui était à chaque fois une désagréable surprise.

Mathias Fayard fut libéré au mois de mai. En le voyant, Léa retrouva le sourire qui l'avait abandonnée depuis la mort de sa mère. Quand le jeune homme la serra contre lui, un intense frisson réveilla son corps endormi. Indifférente aux regards réprobateurs de Ruth, à celui amusé de Camille, Léa prolongea l'étreinte. Lui, la regardait avec un bonheur incrédule, la trouvant changée, plus femme ; belle, d'une beauté plus farouche, avec une dureté nouvelle dans les yeux.

— Tu es maigre et sale à faire peur. Viens, je vais te préparer un bain.

— Mais, mademoiselle Léa, il peut se laver chez nous, dit le père Fayard en mordillant sa moustache.

— Laissez Fayard, tout ce que fait ma fille est bien. Sa mère me disait justement ce matin...

— Voyons, papa...

Sans laisser aux parents de Mathias le temps de réagir, Léa l'entraîna dans l'escalier, puis dans la chambre des enfants. Enlacés, ils roulèrent sur les coussins.

— Tu es vivant, tu es vivant, ne cessait de répéter Léa.

— Je ne pouvais pas mourir, puisque je pensais à toi.

Ils se touchaient, se respiraient comme pour s'assurer de leurs existences réciproques. Léa, le visage enfoui dans le cou du garçon, le mordillait.

— Laisse-moi, je suis sale à faire peur et j'ai peut-être des poux.

Au mot poux, Léa le repoussa. Mathias savait ce qu'il faisait en parlant de ces petites bêtes. Jamais, depuis leur enfance commune, Léa n'avait pu supporter l'idée d'avoir des poux. Elle éprouvait à cette simple évocation un dégoût qu'elle ne pouvait pas surmonter. Il rit devant sa mine écœurée.

— Tu as raison. Attends-moi là, je fais couler ton bain.

La salle de bains de la chambre des enfants était la plus vaste et la plus ancienne de la maison. On l'utilisait peu, car la baignoire immense absorbait toute l'eau chaude du cumulus. Avec ses doubles lavabos à bascule, sa coiffeuse enjuponnée de chintz fleuri aux teintes passées, sa chaise longue en rotin, sa haute fenêtre orientée plein sud devant laquelle était tiré un rideau de cretonne blanche, cette pièce si pratique avait pour Léa le charme des souvenirs d'enfance. C'est dans cette grande baignoire qu'Isabelle avait lavé chaque soir ses filles, dans les rires, les cris, les éclaboussures ! Quelquefois, le père, alerté par tant de bruit, montait faussement grondeur. Alors là, la folie des petites filles était à son comble, c'était à qui serait essuyé par papa. Laure, la plus petite, avait souvent ce privilège, au grand mécontentement de Léa, qui aurait voulu être la seule à être enveloppée dans le grand peignoir de bain et emportée ainsi jusque dans sa chambre.

Léa versa sous les robinets les derniers sels de lavande de sa mère. La vapeur chaude et parfumée qui se dégageait de la baignoire la bouleversa à un tel point qu'elle éclata en sanglots. Elle glissa à genoux sur le tapis de bain et, la tête appuyée sur le rebord d'émail, laissa libre cours à son chagrin.

— Léa !

Camille s'agenouilla auprès d'elle, lui caressant les cheveux.

— Ma chérie, qu'as-tu ?

— Maman...

Devant cette détresse enfantine et profonde, Camille, à son tour, fondit en larmes. Ce fut ainsi que Ruth les découvrit.

— Qu'y a-t-il ? Un accident ?...

— Non... non... Ruth, ne vous inquiétez pas. Juste un trop-plein de chagrin, dit Camille en se relevant.

Avec des gestes maternels, elle passa de l'eau fraîche sur le visage de Léa.

260

— Madame Camille, le lieutenant Kramer est en bas. Il voudrait vous parler.

— Que fait-il ici dans la journée ? Et pourquoi veut-il me voir ?

— Je n'en sais rien, mais il a un air plutôt sombre.

— Mon Dieu ! Pourvu qu'il ne soit rien arrivé à Laurent.

— Que veux-tu qu'il soit arrivé à Laurent ! Il est prisonnier, il ne risque rien, dit Léa en essuyant son visage.

— Viens avec moi, je n'ai pas le courage d'y aller seule.

— Recoiffons-nous d'abord, regarde la tête que nous avons. S'il voit que nous avons pleuré, il va se poser des questions.

— Tu as raison.

Les deux jeunes femmes tentèrent d'effacer les traces de leur chagrin.

— Ruth, s'il te plaît, va dire à Mathias que son bain est prêt, dit Léa en tirant sur sa jupe. Il est dans ma chambre.

Le lieutenant attendait, debout dans le salon. Il s'inclina à leur entrée.

— Vous avez demandé à me voir, monsieur ?

— Oui, madame, j'ai à vous annoncer quelque chose de fort regrettable : votre mari s'est évadé.

Camille resta parfaitement impassible.

— Bien entendu, continua l'officier, vous n'êtes pas au courant ?

Non, fit-elle de la tête.

— Quand est-ce arrivé ? demanda Léa.

— A Pâques.

— C'est seulement maintenant que vous l'apprenez ?

— Non, nous avons été avertis il y a trois semaines.

— Pourquoi ne me prévenez-vous que maintenant ?

— Nous avons fait surveiller la maison et sa propriété des Roches-Blanches, au cas où il aurait eu l'idée de venir vous rejoindre.

— Vous l'auriez arrêté ?

— J'aurais fait mon devoir, madame. Avec regret, mais je l'aurais fait. Etant votre hôte et ayant pour vous de l'estime et de la sympathie, j'ai tenu à vous avertir moi-même.

— Que se passera-t-il, s'il est repris ?

— C'est sa deuxième tentative d'évasion. Il risque d'être traité dorénavant beaucoup plus sévèrement.

— Mais n'est-ce pas normal de tenter de s'évader quand on est prisonnier ? demanda Léa avec colère.

— Je suis de votre avis, mademoiselle : si j'étais prisonnier je tenterais de m'évader à n'importe quel prix. Mais je ne le suis pas. nous avons gagné la guerre et...

— Pour l'instant, interrompit Léa.

— Oui, la gloire est capricieuse, mais actuellement, aucun pays n'est de taille à battre le grand Reich.

— Même pas les Américains ?

— Même pas. Madame d'Argilat, permettez-moi un conseil. Si par miracle, votre mari parvenait à déjouer notre surveillance, conseillez-lui de se rendre.

— Jamais je ne ferai une chose pareille.

— Madame, c'est dans son intérêt et le vôtre que je vous parle. Pensez à votre fils.

— C'est bien parce que j'y pense, monsieur, que je ne donnerai jamais un tel conseil à mon mari.

Le lieutenant Kramer regarda avec une sorte de tendresse la frêle jeune femme qui lui faisait face.

— Ah ! madame, si tous les Français avaient pensé comme vous !

— Je suis sûre qu'au fond de leur cœur, ils pensent tous comme moi.

— Alors, cet amour de l'honneur est enfoui bien profond.

Claquant les talons, le lieutenant salua et sortit.

Camille et Léa restèrent immobiles et silencieuses un long moment.

« Pourvu qu'il ne vienne pas ici », pensaient-elles.

— Il faut prévenir oncle Adrien, dit Léa.

— Comment faire ? Depuis sa brève apparition, au début du mois de février, nous n'avons plus eu de nouvelles.

— Avant de partir, il m'a dit qu'en cas d'urgence, on pouvait laisser un message à Richard Chapon qui le lui transmettrait. Je vais aller à Bordeaux.

— J'irai avec toi.

— Non. Si nous y allons toutes les deux, le lieutenant se doutera de quelque chose et nous fera peut-être suivre. J'ai une idée.

Demain, papa et Ruth vont voir Laure au pensionnat Je vais leur dire que j'ai envie de voir ma petite sœur.

Léa sortit et se heurta dans l'entrée à un grand jeune homme fleurant bon la lavande, qui la prit dans ses bras.

— Arrêtez... Oh ! c'est toi... je t'avais oublié.

— Déjà. Je viens d'arriver et je suis déjà sorti de ta vie, ce n'est pas gentil.

— Non, Mathias, ce n'est pas ça. C'est... excuse-moi, je ne peux rien te dire. Rendez-vous au calvaire dans une heure.

Quand Léa rejoignit Mathias, la pluie se mit à tomber. Ils se réfugièrent dans une des chapelles du Chemin de Croix et là, blottis l'un contre l'autre pour se réchauffer, se racontèrent ce qui leur était arrivé après leur séparation à Orléans.

Léa raconta tout, y compris le meurtre de l'homme qui voulait les dévaliser, mais tut ses relations avec François Tavernier.

Quant à Mathias, après avoir aidé au sauvetage des blessés d'Orléans, il avait en vain erré à travers les décombres et la foule des réfugiés, à la recherche de son amie. Il s'était retrouvé avec un petit groupe de soldats sous les ordres d'un jeune sous-lieutenant et s'était battu près de la cathédrale. Tous ses compagnons avaient été tués, sauf un caporal avec lequel il avait été fait prisonnier. On les avait parqués dans un camp provisoire entouré de fil de fer barbelé près de l'église Saint-Euverte, puis à la Motte-Sanguin. Le lendemain, il aidait à combattre l'incendie qui, durant cinq jours avait ravagé Orléans, à déblayer les décombres, à transporter les blessés, à enterrer les morts. A pied, en compagnie d'un pitoyable troupeau, il avait rejoint les dix-huit mille prisonniers du camp de Pithiviers. Ils dormaient à même le sol, dans la boue, affamés, sales, couverts de vermine, ne percevant même plus l'odeur effroyable qui se dégageait de ces hommes, dont certains n'avaient pas changé de chemise et de chaussettes depuis un mois. On se battait pour un morceau de pain moisi, une louche de soupe à l'orge versée dans une gamelle de fortune, un vieux bol ébréché ou une boîte de conserve.

Mathias, tête baissée, raconta tout... Les trente grammes de viande de cheval à laquelle ils avaient droit de temps à autre, leur joie quand l'Association des Dames de France avait apporté quelques couvertures, les sandwiches au foie gras distribués par l'American Legion, la savonnette parfumée à l'œillet que lui avait donnée une jeune fille, l'espoir d'une libération prochaine sans cesse repoussée, la confiance générale dans le Maréchal, le paquet de tabac à un franc vendu cent francs, le découragement grandissant, les messes auxquelles assistaient de plus en plus nombreux les prisonniers : cent sur dix-huit mille début juin, deux mille sur les deux mille cinq cent restant début août. Il dit qu'il avait été parmi ces deux mille, priant pour la revoir. Il raconta avec de la rage dans la voix leur lâcheté à tous devant l'évasion pourtant si facile, leur joie à l'annonce de l'armistice, leur déception à la lecture des clauses de la suspension des hostilités, surtout de ce paragraphe 20 qui disait que « tous les prisonniers de guerre français resteront dans les camps allemands jusqu'à la conclusion de la paix », les longues heures inactives passées à ressasser le temps « d'avant », à élaborer, la faim au ventre, de pantagruéliques menus, à rêver des femmes. Heureusement pour lui, le temps des moissons était venu. Il avait fait partie de ces jeunes agriculteurs que l'on avait envoyés à travers la France pour remplacer les hommes manquants.

— Je n'aurais jamais cru éprouver un plaisir pareil à soulever des gerbes de blé, torse nu sous un soleil brûlant. Enfin, nous mangions à notre faim.

C'était d'une ferme de la Beauce qu'il lui avait écrit ainsi qu'à son père. Les deux lettres ne leur étaient jamais parvenues. Sans réponse à ses lettres, il avait tenté de s'évader en « empruntant » des vêtements au propriétaire de la ferme. Rattrapé au bout de trente kilomètres, il avait été embarqué pour l'Allemagne à bord d'un wagon à bestiaux. Il n'était resté que quinze jours dans un stalag près de Francfort et de là, on l'avait envoyé dans une exploitation forestière, où il était resté jusqu'à sa libération. Il ne comprenait pas pourquoi on l'avait libéré : il n'avait pas de charge de famille. La seule explication plausible était que, les travaux étant terminés, le forestier n'avait plus besoin de main-d'œuvre et que les camps de cette région étaient surpeuplés. C'était aussi l'époque où le gouvernement de Vichy mettait tout en œuvre pour obtenir la libération des prisonniers. Il avait eu de la chance. Et plus de chance encore de la retrouver saine et sauve.

— Que vas-tu faire maintenant ? demanda Léa.

— Je vais travailler. Mon père a rudement besoin de moi.

— Oui, évidemment, mais la guerre ?

— Quoi la guerre ?

— Il y a des gens qui continuent à se battre.

— Tu veux parler de l'Afrique du Nord ?

— Oui, ou du général de Gaulle.

— Tu sais, de Gaulle, on m'en a parlé dans le train il y a deux jours. Beaucoup pensent que ce n'est pas sérieux et qu'il faut faire confiance au Maréchal.

— Mais toi, qu'en penses-tu ?

— Moi, tu sais, pour le moment, je ne pense qu'à une chose : je suis rentré chez moi et je tiens dans mes bras la femme que j'aime. Alors, de Gaulle, il peut attendre, dit-il en la couvrant de baisers.

Léa le repoussa avec humeur.

— Je n'aime pas que tu parles comme ça.

— Allons, ma chérie, tu ne vas pas me dire que tu t'intéresses à la politique, que tu es gaulliste ?

— Tu ne comprends pas, c'est bien autre chose qu'une simple affaire politique, c'est de liberté qu'il s'agit.

Le jeune homme éclata de rire.

— Alors là, je m'attendais à tout sauf à ça : la belle et coquette Léa Delmas tenant des discours sur la liberté, flirtant avec le général de Gaulle, ne cherchant plus à séduire les garçons. Que t'est-il arrivé pour que tu changes ainsi ?

Léa se leva avec colère.

— Que m'est-il arrivé ? J'ai vu mourir des femmes et des enfants de manière atroce... j'ai tué un homme... ma mère, que je croyais en sûreté ici, est morte sous les bombes à Bordeaux... Laurent est perdu on ne sait où... nous n'avons plus d'argent... presque rien à manger... les Allemands occupent la maison et mon père... mon père devient fou...

Les poings de Léa martelaient les murs couverts de salpêtre.

— Pardonne-moi, je suis maladroit. Je suis là maintenant, je vais t'aider.

Il l'embrassait sur le visage, sur la tête, cherchait dans ses cheveux l'odeur du foin que laissaient autrefois leurs roulades dans la grange, trouvait dans son cou le parfum vanillé de sa peau. Il la serra contre lui avec violence. Tandis que ses doigts s'impatientaient sur les boutons du corsage, ses dents mordaient déjà les lèvres de son amie.

Léa ne bougeait plus, attentive soudain à l'écho que réveillaient dans sa chair les caresses brutales de Mathias. Elle se disait qu'elle ne devait pas, que c'était Laurent qu'elle aimait, qu'elle était folle et imprudente mais toute résistance était d'avance vaincue chez elle tant son désir d'un corps contre le sien, d'un sexe dans son ventre était fort. Elle s'entendait gémir, balbutier des mots sans suite. Vite, vite... qu'il la prenne... mais qu'attendait-il ? Agacée, elle arracha sa culotte et s'offrit, impudique et splendide.

— Viens.

Le garçon contemplait cette toison aux reflets fauves encadrée par des jarretelles qui tendaient des bas de fil noir, faisant ressortir la fragile blancheur de l'intérieur des cuisses. Il enfouit son visage dans l'odorante moiteur. Sous sa langue, Léa gémissait sans retenue.

Un moment ses yeux s'ouvrirent et se posèrent sur le visage du Christ effondré sous le poids de sa croix. Il lui sembla que la statue s'animait, que le fils de l'Homme lui lançait un regard complice. Elle jeta un cri et jouit sous les baisers de Mathias. Ses seins dressés lui faisaient délicieusement mal. Elle arracha la tête de son ventre, baisa goulûment cette bouche qui venait de lui donner du plaisir s'enivrant de sa saveur.

— Prends-moi, fit-elle en écartant les jambes.

Elle gémit à nouveau de bonheur quand le sexe de l'homme força le sien encore gonflé de volupté.

Dehors, la pluie avait redoublé, il faisait sombre comme en hiver. Dans la chapelle ouverte sur les arbres du calvaire, un garçon et une fille à demi dévêtus dormaient au pied d'un groupe de pierre, dont les pâles figures semblaient les protéger.

Le lendemain du retour de Mathias, Léa accompagna son père, sa tante Bernadette et Ruth à Bordeaux, sous le prétexte d'aller voir

Laure et d'acheter des graines pour le potager. Après un déjeuner pénible chez son oncle Luc, où il ne fut question que de la chance qu'avait la France d'avoir trouvé un héros tel que le maréchal Pétain, elle obtint la permission d'aller faire ses emplettes.

— Je viens avec toi, dit Laure en se levant.

— Mais non, ce n'est pas la peine, je n'en ai pas pour longtemps, fit Léa agacée.

— Puis-je venir avec vous ? demanda leur cousine Corinne.

Léa lança un regard suppliant à Ruth.

Ruth s'était toujours méfiée de ce qu'elle appelait « les idées folles de sa petite ». Bien qu'elle eût toujours soutenu que cette enfant se sortirait de tout et qu'elle avait besoin de plus de liberté d'action que ses sœurs.

— Léa a en elle une vitalité, un instinct de survie qui écrase tout. Malheur à ceux qui voudront y faire obstacle, avait-elle dit à Adrien Delmas la dernière fois qu'elle l'avait vu.

Malgré la défiance qu'elle éprouvait en ce moment, elle vint au secours de Léa.

— Laure, ne dois-tu pas aller à la librairie Mollat ? Nous pourrions nous y rendre avec Corinne pendant que Léa achèterait ses graines. Elle nous y rejoindrait en revenant.

Ruth avait à peine terminé sa phrase que Léa se précipitait hors de chez son oncle. Heureusement, l'appartement de maître Delmas n'était pas très loin du siège de *La Petite Gironde*, rue de Cheverus. Quant à la librairie Mollat, elle était rue Vital-Carles, tout près du journal.

Lors de sa trop courte visite, Adrien lui avait dit que si elle avait besoin de le joindre, elle pouvait continuer à le faire par l'intermédiaire de Richard Chapon. Elle fut reçue par le même employé que la dernière fois, qui lui dit que le directeur était absent et qu'on ne savait pas quand il rentrerait.

— Mais c'est important, insista Léa.

— Peut-être s'occupe-t-il de trop de choses importantes, mademoiselle.

Devant l'air perdu de Léa, il ajouta :

— Allez voir son ami, le curé de Sainte-Eulalie, il pourra peut-être vous aider.

Sainte-Eulalie ? C'était tout près du couvent des dominicains, là

267

où Raphaël Mahl l'avait laissée. Elle décida d'y aller.

— Merci, monsieur.

Le temps s'était assombri, il faisait froid. Léa releva le col du vieil imperméable d'Isabelle et ajusta son feutre sur sa tête avant de se mettre à courir en serrant son sac à bandoulière contre elle.

Essoufflée, elle s'arrêta au pied des marches de l'église. Au moment où elle poussait la porte, la pluie se mit à tomber.

Quelques femmes priaient devant l'autel ou brillait la petite lampe rouge. Pour se donner une contenance, elle s'agenouilla non loin de la sacristie, réfléchissant à ce qu'elle allait faire et dire.

— Léa, que fais-tu là ?

Elle sursauta et faillit pousser un cri en sentant une main se poser sur son épaule. Un homme en complet marron, chapeau à la main, les lèvres ornées d'une grosse moustache, la regardait.

— Oncle Adrien !

— Chut, suis-moi.

Il se dirigea vers la sortie.

Dehors il pleuvait. Adrien Delmas remit son chapeau et, prenant le bras de Léa, l'entraîna rapidement.

— Pourquoi es-tu habillé ainsi ?

— La robe de dominicain est un peu voyante pour certaines promenades. Je remercie le Seigneur de t'avoir rencontrée. L'église est surveillée par la Gestapo depuis quelques jours. Si je ne t'avais pas vue y entrer, Dieu seul sait ce qui serait arrivé.

— Je te cherchais.

— Je m'en doute, mais ne viens plus jamais par là. Qu'y a-t-il ?

— Laurent s'est évadé d'Allemagne.

— Comment le sais-tu ?

— Le lieutenant Kramer l'a dit à Camille.

— Il y a longtemps ?

— A Pâques.

La pluie redoubla, et ils s'arrêtèrent sous un porche face à la cathédrale.

— Camille n'a pas eu de nouvelles directement ?

— Non.

— Alors, que voulez-vous que je fasse ?

— J'ai... Camille a peur que Laurent cherche à la rejoindre. La maison est surveillée. Que faudra-t-il faire s'il arrive jusque-là ?

Deux soldats allemands s'abritèrent en riant près d'eux.

— Mauvais temps, en France, fit l'un avec une moue dégoûtée.

— Oui, mais bon vin, ajouta l'autre.

Sans s'être concertés, Léa et son oncle quittèrent leur abri. Pendant quelques instants, ils marchèrent en silence.

— Je dois aller à Langon la semaine prochaine, voir un de nos frères hospitalisé. J'en profiterai pour venir à Montillac. Il faut que je prenne des contacts dans la région.

— Je ne peux pas y aller à ta place ?

Tout en marchant, Adrien la serra contre lui.

— Non, ma chérie, c'est trop dangereux. Tu en sais déjà beaucoup trop pour ta sécurité et la mienne.

— Je veux aider Laurent.

— Je n'en doute pas. Mais la meilleure façon de l'aider, c'est de te tenir tranquille.

Il y avait de l'agacement dans la voix d'Adrien Delmas.

— Comment va ton père ?

Léa poussa un profond soupir.

— Je suis inquiète. Il a tellement changé : il ne s'intéresse plus à rien. C'est encore pire depuis la mort de M. d'Argilat. Il parle sans cesse de maman comme si elle était toujours là. Il reste seul dans son bureau ou sur la terrasse à monologuer. Quand on veut lui tenir compagnie, on a l'impression de le déranger. « Laisse-moi, tu vois bien que je discute avec maman. » C'est affreux, oncle Adrien, j'ai peur pour lui.

— Je sais, mon petit, je sais. Que dit Blanchard ?

— Il ne tient pas à en parler. Il lui a donné des médicaments, que Ruth lui fait prendre régulièrement.

— Une part de lui est morte, ce ne sont pas des médicaments qui la feront ressusciter. Il faut prier Dieu...

— Dieu ! Tu y crois encore, toi ?

— Tais-toi, Léa, ne blasphème pas.

— Mon oncle, je ne crois plus en Dieu et je crains bien qu'à Montillac plus personne n'y croie, sauf, peut-être, cette pauvre Camille.

— Ne dis pas une chose pareille, pour moi ce serait terrible.

Ils passèrent devant les décombres d'un immeuble bombardé, rue des Remparts. Cette image rappela cruellement à Léa sa mère.

— Pourquoi n'es-tu pas venu à l'enterrement de maman ?

— Cela m'était impossible, je n'étais pas à Bordeaux. Où vas-tu maintenant ?

— Je dois rejoindre Ruth et Laure à la librairie Mollat.

— C'est à côté. Je te laisse : je ne veux pas qu'elles me voient dans cette tenue. Suis bien mes conseils : n'essaie plus de me joindre ni au monastère ni à *La Petite Gironde*. Le journal est surveillé. C'est moi qui te donnerai de mes nouvelles. De toute façon, je viendrai à Montillac au début de la semaine prochaine. D'ici là, sois prudente. Si par malheur, Laurent arrivait avant, dis-lui de se rendre à Saint-Macaire chez le filleul de ta mère, qui sait ce qu'il faut faire. Que Laurent lui dise : « Les dominos sont retournés », il comprendra.

— « Les dominos sont retournés ».

— Oui.

Ils se quittèrent Porte Dijeaux. La pluie s'était arrêtée de tomber.

A la librairie, un employé dit à Léa que les « dames » Delmas venaient juste de partir. Par chance, le grainetier de la place du marché était ouvert et avait encore quelques sachets et même, comble du luxe, des plants de tomates et de laitue.

Chez l'oncle Luc, elle fut accueillie fraîchement par Laure, qui s'apprêtait à regagner son école.

— J'avais quelque chose d'important à te dire, souffla-t-elle, mais ce sera pour la prochaine fois.

— Ne fais pas la sotte, dis-le-moi.

— Non, non, tant pis pour toi.

— Je vais t'accompagner.

— Ce n'est pas la peine. Demande à Françoise si elle s'est bien amusée au concert l'autre soir. Au revoir.

21.

— Oncle Adrien !

Accroupie dans « son » potager, vêtue d'une blouse de paysanne noire à fleurettes bleues et blanches, la tête abritée par un grand chapeau de paille, Léa se redressa, une poignée de mauvaises herbes à la main.

En compagnie de Camille, le dominicain vint jusqu'à elle en soulevant sa robe blanche. Léa se jeta dans les bras tendus.

— Quelle joie de te voir, mon oncle !

— Il a vu Laurent, il est à Bordeaux ! jeta d'une traite Camille.

— A Bordeaux !...

— Il voulait venir me voir, mais ton oncle l'en a empêché..

— Pour l'instant tout va bien, il est en sécurité.

— Où ? Je veux le voir.

— Ce n'est pas possible pour le moment, c'est trop dangereux. Bientôt je vous indiquerai quand vous pourrez le rejoindre.

— Vite, j'espère.

— Comment va-t-il ? demanda Léa.

— Bien. Il est fatigué. Après son évasion de Colditz, il s'est réfugié en Suisse. Là, il est tombé si gravement malade qu'il n'a pu donner de ses nouvelles. D'ici quelques jours, je le ferai passer en zone libre.

— De quoi a-t-il besoin ?

— De rien pour l'instant. Jeudi prochain, je reviens à Langon voir le père Dupré. Je monterai jusqu'ici vous dire comment Camille pourra rejoindre Laurent. D'ici là, je vous en supplie, ne bougez pas, ne parlez pas. Si par hasard, je ne pouvais pas venir jusqu'à Montillac, je laisserais un message à Françoise. C'est elle qui s'occupe du service où se trouve le père Dupré.

— Est-ce bien prudent de lui confier une telle mission ? dit Camille en baissant la tête.

L'oncle et la nièce la regardèrent avec surprise.

— Mais... pourquoi dis-tu ça ?

— Françoise n'est-elle pas la sœur de Léa ? Ne vivez-vous pas tous sous le même toit ?

— Je sais bien...

Adrien et Léa se regardaient sans comprendre. Pourquoi cette réticence, cette méfiance tout à coup ? Cela ressemblait si peu à Camille.

— Elle peut perdre le message... être arrêtée par les Allemands, balbutia-t-elle le visage en feu.

— Camille, vous nous cachez quelque chose. Pourquoi doutez-vous de Françoise ?

— Non... non... ce n'est rien. J'ai peur pour Laurent seulement.

Le père Delmas s'éloigna de quelques pas, puis revint.

— Je mettrai une adresse dans la reliure du *Chemin de la Perfection* de Thérèse d'Avila. Mais tant de précautions ne seront sans doute pas nécessaires et je viendrai moi-même vous la donner.

Tout en parlant, ils revenaient à la maison.

Assis sur le banc de pierre, face à Bellevue et à la colline de Verdelais, Pierre Delmas, le menton sur ses mains appuyées sur une lourde canne torsadée, un vague sourire aux lèvres, regardait droit devant lui.

— Et bien, mon frère, on se repose ? fit d'un ton jovial Adrien.

— Un peu, Isabelle m'a fait déménager les meubles de sa chambre. Je n'en peux plus.

— Papa, maman est...

— Je vous comprends, monsieur Delmas, rien de plus fatigant que de bouger des meubles, dit Camille en lui coupant la parole.

— N'est-ce pas, fit-il d'un air ravi. Isabelle ne veut pas comprendre que je commence à me faire vieux...

Léa se détourna.

Assises sur la pelouse descendant vers la terrasse, Camille et Françoise soutenaient les premiers pas du petit Charles.

— D'ici un mois, il va marcher, dit Françoise.

— C'est ce que pensent Sidonie et Ruth. Elles disent qu'un bébé qui n'est pas gros marche plus tôt.

— C'est Laurent qui serait content de le voir. C'est curieux que tu n'aies pas de nouvelles depuis son évasion.

Camille se mordit les lèvres.

— S'il ne s'était pas évadé, il aurait sans doute été libéré comme Mathias, continua Françoise en soulevant l'enfant, qui se mit à rire en gigotant.

C'était un bel enfant tout blond, qui ressemblait à la fois à son père et à sa mère. Il poussait comme un champignon et n'avait jamais été malade. Camille avait pour lui une tendresse animale et inquiète. Elle le couvait des yeux, comme si à chaque instant elle eût craint de le voir disparaître. Il était gai, ne pleurait jamais. Tous l'adoraient, sauf Léa qui ne pouvait le voir sans un sentiment de jalousie, bien qu'il lui eût montré très tôt une nette préférence.

— Tu vas lire le livre qu'oncle Adrien m'a remis pour toi ? *Le Chemin de la perfection*, ça ne doit pas être très drôle.

— Oui, ce n'est pas drôle, mais peut-être utile pour avoir la force de vivre.

— Peut-être as-tu raison, dit Françoise, assombrie.

Camille remarqua son changement d'humeur mais fit comme si elle n'avait rien vu. Elle joua avec son fils, riant de ses mines et de ses culbutes.

« La maternité lui réussit », pensa Françoise.

C'est vrai qu'en ce dimanche de Pentecôte, Camille d'Argilat rayonnait au point d'en être très belle. Faute de pouvoir acheter du tissu, elle avait avec les beaux jours abandonné le deuil de son beau-père et de son frère et portait une de ses anciennes robes de fine toile bleu pâle qui faisait ressortir ses yeux, son teint hâlé et ses cheveux éclaircis par le soleil. Sa minceur était telle qu'elle avait l'air d'une frêle adolescente. Près d'elle, la brune Françoise paraissait plus âgée, plus femme bien que de trois ans sa cadette.

Depuis qu'elle travaillait régulièrement à l'hôpital de Langon. Françoise avait beaucoup changé ; elle était devenue plus féminine, plus séduisante, se coiffant à merveille, se maquillant — trop à l'avis de Ruth et de sa tante Bernadette —, bien habillée malgré les restrictions. Sa robe de foulard rouge à pois bleu marine à la ceinture corselet semblait sortir de chez un bon couturier et non de chez la petite couturière de Langon qui, disait-elle, l'avait faite.

« Demain, je verrai Laurent », pensait Camille.

Léa était d'une humeur massacrante. Elle avait rejoint Mathias à Saint-Macaire, chez un ami du jeune homme absent pour la journée. Mathias se faisait une joie de ce moment passé loin de Montillac, de l'œil inquisiteur de Ruth et de celui, inquiet, de ses parents. Depuis leur étreinte dans la chapelle du calvaire de Verdelais, il n'avait pu voir Léa seule un instant. Il en était arrivé à se demander si elle ne l'évitait pas. Aussi quand, jeudi soir, elle était entrée, pâle, dans la cuisine de la ferme, en lui demandant de venir, il avait été surpris. Il l'avait suivie dans la grange, et là, sans un mot, elle s'était jetée dans ses bras, tremblante comme un agneau. Doucement, il avait embrassé ses lèvres glacées et l'avait allongée dans le foin, tentant de la réchauffer : ses bras noués autour de sa nuque avaient une raideur de cadavre. Il avait eu du mal à lui ouvrir les cuisses tant elle les tenait serrées, et il avait fallu à Léa, malgré son désir, toute sa patience pour que son sexe se laissât pénétrer. Elle avait crié son plaisir comme d'autres leur douleur. Cet enlacement avait laissé à Mathias un étrange goût d'amertume.

Voulant chasser ce souvenir, il avait préparé chez son ami un goûter comme les aimait autrefois Léa : tartes aux fraises, vieux vin blanc sucré, cerises à l'eau-de-vie, crème caramel. Il lui avait fallu des trésors d'ingéniosité pour réunir toutes ces friandises. La modeste et vieille maison embaumait les roses blanches qu'il avait mises un peu partout. Tous ces préparatifs amenèrent un sourire sur les lèvres de la jeune fille. Jouant les maîtres de maison, il lui tendit un verre de vin.

— Buvons à notre bonheur.

Léa but d'un trait.

— Encore, ça fait du bien.

274

Mathias la resservit en souriant.

Son verre à la main, Léa fit le tour de la pièce, s'arrêtant longuement devant la haute cheminée ornée d'une vue de Lourdes peinte
sur un morceau d'écorce, d'un furet empaillé plutôt mité, d'un
calendrier des postes, d'un bouquet de roses et de photos jaunies.

— C'est mignon chez ton copain, dit-elle lentement. Où est la
chambre ?

Un soupçon de contrariété passa dans le regard de Mathias : il ne
s'habituait pas à sa désinvolture dans leur relation amoureuse. Sans
s'en rendre compte, il l'aurait aimée plus timide. Il avait la désagréable impression que c'était elle qui menait le jeu et cela ne lui
paraissait ni normal ni convenable. Pour lui, maintenant, il était
clair qu'elle deviendrait sa femme. Pouvait-il en être autrement ?
En entrant dans la chambre, Léa faillit éclater de rire tant elle ressemblait à celle de Sidonie : même haut lit de noyer recouvert d'un
couvre-lit de coton blanc et d'un énorme édredon de satinette
rouge, surmonté d'un grand crucifix de bois noir orné d'une bran-
che de buis béni ; en face du lit, de chaque côté de la fenêtre, deux
portraits de paysans endimanchés, et près de la porte, une immense
armoire.

Sans les détacher, Léa lança ses sandales à travers la pièce. Le
froid du carrelage lui fut agréable. Elle posa son verre sur la table
de nuit et commença à se déshabiller tout en chantonnant.

Mathias ouvrit le lit, qui parut immense dans ses draps blancs.
Nue, Léa s'y allongea.

« Ils sentent la lavande », pensa-t-elle avec un bref pincement au
cœur.

— Donne-moi à boire.

— Tu bois trop, fit Mathias en revenant avec la bouteille.

Léa but lentement en regardant Mathias se déshabiller.

— Tu devrais te mettre torse nu quand tu travailles. Avec la
marque de ta chemise, on dirait que ta tête bronzée est posée sur
un corps qui n'est pas le sien. Ce n'est pas beau.

— Je vais te faire voir si ce n'est pas beau, dit-il en s'allongeant
près d'elle et en l'attirant à lui.

— Attends, laisse-moi poser mon verre.

Au passage, sa bouche attrapa un sein tandis que ses doigts tor-
turaient l'autre.

— Aïe, tu me fais mal.

275

— Tant pis.

Ils roulèrent l'un sur l'autre, riant et criant sous l'œil impassible des portraits de famille.

Assise en tailleur sur le lit ravagé, les yeux cernés, nue, décoiffée, Léa dévorait les tartes, les fruits et la crème en buvant le vin qui lui tournait la tête, sous l'œil émerveillé de Mathias.

— Arrête de me regarder comme ça.

— Je ne me lasse pas de te regarder, tu es si belle.

— Ce n'est pas une raison.

— Quand tu seras ma femme, je te regarderai autant que je le voudrai.

Le geste de Léa portant un morceau de tarte à sa bouche resta en suspens.

— De quoi parles-tu ?

— De t'épouser, pardi.

— Je ne veux pas me marier.

— Et pourquoi ?

Léa haussa les épaules.

— Je ne suis pas assez bien pour toi ?

— Arrête de dire des bêtises. Je ne veux pas me marier, un point c'est tout.

— Toutes les jeunes filles veulent se marier.

— C'est possible, mais moi je ne suis pas comme elles. Je t'en prie, n'en parlons plus.

— Parlons-en au contraire, je t'aime et je veux t'épouser, dit-il en lui serrant le bras.

— Lâche-moi, tu me fais mal.

Mathias resserra son étreinte.

— Tu es complètement fou, je t'ordonne de me lâcher !

— Pas avant que tu m'aies promis de te marier avec moi.

— Jamais, tu entends, jamais.

Il leva sa main sur elle.

— Vas-y, bats-moi... mais vas-y... qu'est-ce que tu attends ?...

— Mais pourquoi ?

— Je ne t'aime pas.

Mathias devint si pâle qu'instinctivement, Léa se recroquevilla contre le bois du lit.

— Qu'est-ce que tu as dit ?

D'un bond, elle se leva et commença à se rhabiller.

— Mathias, il ne faut pas m'en vouloir, je t'aime bien je t'aime énormément depuis toujours mais... pas comme ta femme.

— Tu es pourtant ma femme.

Léa avait fini de boutonner sa robe. Elle regarda Mathias toujours nu, assis sur les draps chiffonnés, jambes pendantes, tête baissée une mèche cachant son visage. Elle eut pour lui une bouffée de tendresse. Comme il ressemblait au petit garçon qui se pliait à tous les caprices de son enfance ! Léa s'assit près de lui et appuya sa tête contre l'épaule de son ami.

— Ecoute, sois raisonnable, ce n'est pas parce qu'on a couché ensemble que nous devons nous marier.

— Qui est-ce ?

— Que veux-tu dire ?

— C'est qui ton amant ?

— Je ne comprends pas de quoi tu veux parler.

— Tu me prends pour un imbécile. Tu crois que je n'ai pas remarqué que tu n'étais plus vierge ?

Le visage en feu, Léa se mit debout et entreprit de chercher ses chaussures. Une était au pied du lit, l'autre sous l'armoire. A quatre pattes, elle essaya de la récupérer. Mathias, plus rapide attrapa la sandale.

— Vas-tu me répondre ? Qui est-ce ?

— Tu m'ennuies, cela ne te regarde pas.

— Salope... je ne voulais pas le croire, je me disais : pas elle, c'est une fille bien... c'est peut-être son petit fiancé... elle aura voulu lui faire plaisir avant qu'il parte à la guerre... je ne peux pas lui en vouloir... tandis que maintenant, j'vois bien que c'est pas le pauvre frère de Camille qui a pu te dévergonder comme ça... saleté... toi... dont je voulais faire ma femme... comme ta sœur... une pute à Boches... une pute à Boches...

Le malheureux s'effondra sur le lit en sanglotant.

Debout, pétrifiée, sentant son sang se retirer de son corps, Léa regardait droit devant elle sans rien voir.

Longtemps ils restèrent ainsi, elle immobile, lui en pleurs. Le premier, il se ressaisit. Léa lui fit soudainement peur. Essuyant ses joues mouillées dans les draps, il vint près d'elle. Dans le visage blême, les yeux avaient une fixité anormale. Au prix d'un immense effort, elle bougea, et articula d'une voix sourde :

— Qu'as-tu dis ?

Déjà Mathias regrettait ses propos.

— Rien, j'étais en colère.

Elle répéta :

— Qu'as-tu dit ?

— Rien, je t'assure, ce n'était rien.

— ... « comme ta sœur »... pute à Boches...

Puis, comme l'herbe d'un pré s'incline sous la faux, la jeune fille bascula avec lenteur. Mathias accompagna sa chute et, sur le sol de froides tommettes rouges, tenta d'atténuer l'effet de ses paroles.

— Non, ne dis rien, serre-moi très fort... Comment as-tu pu croire ?...

— Pardonne-moi...

— ... que moi...

— Tais-toi, balbutiait-il, lui couvrant les lèvres de baisers pour l'empêcher de parler.

— Françoise... oh ! je comprends maintenant... papa... pauvre papa, il ne faut pas qu'il sache... Mathias, que dois-je faire ?...

— N'y pense plus, ma chérie... je me suis peut-être trompé.

Inconsciemment, Léa lui rendait ses baisers et son ventre se frottait contre le sexe dressé. Une nouvelle fois, ils firent l'amour.

Léa ne voulut pas que Mathias la raccompagne jusqu'à Montillac. Elle prétexta une épouvantable migraine pour aller se coucher sans dîner. En montant, elle croisa les deux officiers allemands qui la saluèrent et s'écartèrent pour la laisser passer.

Enfin seule dans le désordre qu'elle aimait, Léa se laissa tomber sur les coussins. Ainsi ce qu'elle avait vaguement soupçonné était vrai : Françoise, sa sœur Françoise était la maîtresse d'un des Allemands. Lequel ? Otto Kramer évidemment. L'amour de la musique !

On frappa à la porte.

— Qu'est-ce que c'est ?

— C'est moi, Camille, je peux entrer ?

— Oui.

— Ma pauvre chérie, c'est vrai que tu n'as pas bonne mine, je t'ai monté un cachet.

— Merci, fit Léa en prenant le médicament et le verre d'eau que lui tendait Camille.

— Tu es gentille de m'accompagner demain, Laurent sera content, il t'aime tant.

— Tu n'as rien remarqué de particulier chez Françoise depuis quelque temps ?

— Non, que veux-tu dire ?

Léa la regarda d'un air soupçonneux.

— Ta réticence de l'autre jour, elle était due à quoi ?

Camille rougit et ne répondit pas.

— Tu crois aussi... qu'elle et le lieutenant...

— Tais-toi... ce serait trop abominable.

— Mais tu y penses ?

— Ce n'est pas possible... nous nous trompons.

— Et si on ne se trompait pas ?

— Alors ce serait affreux, s'exclama à voix basse Camille en cachant son visage entre ses mains.

— Il faut en avoir le cœur net, je vais aller le lui demander.

— Pas maintenant... pas tant que je n'aurai pas rejoint Laurent.

— Qui aurait cru ça de Françoise ?

— Ne la jugeons pas, nous ne sommes sûres de rien. Et... si cela est vrai, c'est qu'elle l'aime.

— Ce n'est pas une raison.

— La meilleure.

Léa regarda Camille avec stupéfaction. Quoi ! Que savait-elle, la prude Mme d'Argilat, de l'amour et de ses passions ? L'image de Camille, titubante, mais cependant déterminée à tuer pour la défendre, lui revint en mémoire. Elle n'était pas timorée à ce moment-là et peut-être que dans l'amour... cette idée lui fut insupportable : imaginer Camille, déchaînée dans les bras de Laurent... non !

— Tu ne sais pas ce que tu dis. Tu oublies qu'il est allemand.

— Hélas ! Je ne l'oublie pas. Depuis des semaines...

— Comment ? Et tu ne m'as rien dit...

— Qu'aurais-je pu te dire ? Ce n'était qu'une impression, quelques regards surpris, rien de concret.

— Quand même, tu aurais dû m'en parler. Ah ! si maman était là ! Tu crois que les autres se doutent de quelque chose ?

— Je n'en sais rien. Il faut dormir : demain nous partons de bonne heure. J'ai fait vérifier le gazogène, tout est en ordre. Léa, je suis si heureuse. Tout à l'heure, dans quelques heures, je reverrai Laurent. Oh ! pardonne-moi, ma chérie, je suis maladroite et égoïste. Bientôt tu rencontreras un brave garçon qui te rendra aussi heureuse que l'aurait fait mon frère, dit Camille en l'embrassant tendrement.

Léa se déshabilla avec rage, enfila une chemise de nuit trop courte, qui lui donnait l'air d'une petite fille. Dans la salle de bain, elle se lava les dents, se brossa les cheveux sans ménagement. Le miroir lui renvoya l'image d'un visage buté et tendu. Si elle faisait une tête pareille le lendemain, à La Réole, Laurent risquait de ne pas la trouver belle. Un sourire éclatant effaça l'air renfrogné, les yeux brillèrent, ses dents mordirent ses lèvres, sa poitrine se gonfla...

— A nous deux, Laurent.

Le passage de la ligne de démarcation s'était effectué sans encombre. Sur la route déserte, la voiture roulait bon train, comme si elle était grisée, elle aussi, de se retrouver en zone libre.

A la sortie de La Réole, Léa prit une petite route sur la gauche. Très vite une haie taillée apparut. Le portail de fer était ouvert. Elle roula quelques instants sur le gravier d'une large allée bordée de rosiers, puis s'arrêta devant le perron d'une grande maison du début du siècle massive et sans grâce. Léa arrêta le moteur. On n'entendait que le chant des oiseaux et le vagissement du petit Charles qui se réveillait dans les bras de sa mère. Au détour de la maison, une haute silhouette claudicante surgit. Léa et Camille sortirent en même temps de la voiture. Camille donna son enfant à Léa et courut vers l'homme en criant.

— Laurent...

Léa serra plus fort le bébé qui, de ses petits bras, lui entourait le cou. Elle aurait voulu s'arracher au spectacle des deux corps enlacés, mais elle était incapable de bouger. Au bout d'un temps qui lui parut ne devoir jamais finir, le couple, mains unies, revint vers elle.

Sous le regard dont Laurent l'enveloppa, de joie, elle faillit lâcher l'enfant pour se jeter contre lui, mais Camille le lui prit et le tendit à son père. Avec maladresse, il l'éleva et le contempla comme incrédule.

— Mon fils, balbutia-t-il, tandis qu'une larme roulait sur sa joue et se perdait dans la grosse moustache qui le vieillissait.

Il posa avec précaution un baiser sur le petit visage.

— Charles, mon fils.

— Sans Léa, ni lui ni moi nous ne serions là.

Laurent rendit Charles à sa mère et attira Léa à lui.

— J'étais sûr que je pouvais avoir confiance en toi. Merci.

Il posa ses lèvres sur les cheveux, près de l'oreille.

— Merci, murmura-t-il tout bas avec ferveur.

Une envie de crier son amour envahissait Léa.

— Laurent... Laurent, si tu savais...

— Je sais, ç'a été très dur, Adrien m'a tout raconté. Tu as été courageuse.

— Mais non, je ne suis pas courageuse, s'emporta Léa, je n'avais pas le choix, c'est tout.

— Il ne faut pas la croire, Laurent, elle est merveilleuse.

— Je sais.

Un homme et une femme d'une soixantaine d'années vinrent les rejoindre.

— Camille et Léa, je vous présente M. et Mme Debray, mes hôtes, qui prennent de grands risques pour recevoir des évadés comme moi.

— Taisez-vous, monsieur d'Argilat, c'est un honneur pour nous d'aider nos soldats, dit avec conviction M. Debray.

— Nous ne faisons que notre devoir, affirma sa femme d'une voix douce.

— Voici Camille, ma femme, et mon fils Charles.

— Charles ?... vous n'êtes guère prudente, chère madame, ne savez-vous pas que le prénom à la mode est Philippe ? fit d'un ton taquin M. Debray.

— Les modes passent, monsieur. Je suis très heureuse de pouvoir vous remercier de tout ce que vous faites pour mon mari.

— Je vous en prie, à notre place, vous en feriez tout autant. C'est notre manière de continuer le combat et de nous rapprocher de notre fils

— Le fils de nos amis est tombé en héros à Dunkerque.

Camille voulut parler.

— Ne dites rien... les mots sont impuissants. Venez, entrons dans la maison. Quelle est cette ravissante jeune fille ?

— Mademoiselle Delmas, Léa Delmas, une amie très chère à qui nous devons notre bonheur.

— Soyez la bienvenue, mademoiselle. Me permettez-vous de vous appelez Léa ?

— Bien sûr, monsieur.

Ils restèrent trois jours dans cette maison hospitalière. Le deuxième jour, Adrien Delmas vint les rejoindre en habits civils. La présence de son oncle atténua un peu l'horrible jalousie qui rongeait Léa. Elle ne pouvait plus supporter de voir le visage resplendissant de Camille et la tendresse attentive de Laurent.

Laurent, l'un des premiers à s'être évadé de Colditz, cette citadelle, autrefois royale, qui dresse ses quarante mètres sur un promontoire escarpé dominant la petite ville de grès rose et de brique sur la rive droite de la Mulde.

Très vite, il s'était rendu compte que sa seule chance de pouvoir s'évader était pendant la promenade. Trois de ses camarades furent mis dans la confidence et l'aidèrent à rassembler vivres, vêtements et un peu d'argent.

Un après-midi, en descendant à la promenade, Laurent remarqua que l'on ravalait la façade d'un bâtiment s'élevant sur trois étages au-dessus du chemin qu'empruntaient les prisonniers pour se rendre dans le parc. Une porte habituellement fermée était ouverte.

En raison de la forte pente, le rez-de-chaussée se trouvait être le premier étage par rapport au chemin. Levant un regard à travers les barreaux rouillés des étroites ouvertures au niveau du sol, il s'était rendu compte qu'il s'agissait de caves ou de remises. Il fallait faire vite : la porte pouvait être refermée à tout moment, à la fin des travaux. Ce fut au retour d'une promenade, son mince bagage dissimulé sous son manteau, qu'il se décida. Il murmura à son compagnon de rang :

— C'est pour maintenant.

Le camarade fit ralentir la colonne.

— Doucement, restez calmes, regardez devant vous.

Pas une seule fois le garde de tête ne s'était retourné. Laurent, au troisième rang, voyait les poils de sa nuque épaisse. Derrière lui : quelques rangs de prisonniers et le garde de queue.

En trois enjambées, il s'engouffra sous la porte de la cave. A chaque instant il s'était attendu à recevoir une balle dans le dos. Un grand vide s'était fait en lui. Les pas de ses compagnons s'étaient éloignés. Le cœur battant à tout rompre, il avait relevé le bas de son pantalon bleu transformé en knicker court qui laissait apparaître des chaussettes d'épaisse laine blanche. Il avait retiré sa vieille veste de toile pour ne garder qu'un gros pull-over beige à torsades, envoi de Ruth. Avec le col de sa chemise bleue tombant sur le pull, une casquette à pont, une petite mallette contenant l'indispensable et ses confortables chaussures de crêpe, il avait l'air d'un randonneur allemand de bonne mine. Une minute s'était écoulée. Nul cri, nul appel, nul aboiement.

Sortir de la cave humide, enjamber un muret, reprendre le chemin, surtout ne pas courir, cela, il l'avait répété maintes fois dans sa tête. Le seul vrai risque était les gardes du chemin de ronde.

Son plan était simple : il voulait retourner dans le parc en franchissant à l'aide d'un arbre brisé le petit torrent qui séparait la forteresse du lieu de promenade, escalader une palissade en bois entourant le terrain de jeu des soldats allemands, puis de là, la muraille à laquelle elle s'appuyait, en se servant de la faible saillie des pierres. Son projet avait été retardé par la présence de soldats jouant au ballon. Il avait dû rester caché dans la cave où, plusieurs fois, il avait crû être découvert : deux gamins étaient venus jouer aux billes dans l'allée centrale, des soldats avaient longé le mur de la maison, un couple et un chien s'étaient arrêtés un long moment devant la porte ouverte. Ce que Laurent avait redouté le plus, c'était le chien. Quand il s'était éloigné, malgré le froid humide de l'endroit il était en nage. Contre toute vraisemblance, les gardiens n'avaient pas encore signalé sa disparition. Dans deux heures, ce serait l'appel. Laurent était enfin sorti de la cave, et avait fait exactement ce qu'il avait prévu. Arrivé au pied de la muraille, il s'était retourné : devant lui, le parc désert ; à sa gauche l'énorme citadelle que les ombres du soir rendaient plus menaçante encore. Sur le chemin de ronde, les silhouettes des sentinelles se découpaient noires sur le ciel encore clair. Que l'une d'entre elles regarde dans sa direction et c'en était fait de lui. Calmement, il avait commencé sa lente escalade. Malgré sa blessure à la jambe qui le gênait encore, il s'était hissé jusqu'au sommet sans difficulté. D'un bond, il s'était lancé dans le vide, amortissant sa chute dans les feuilles mortes : il était sorti du château de Colditz. En contrebas, une route qui était la route de la liberté. Les pierres de la pente avaient roulé sous ses pieds dans un vacarme épouvantable. Sur la route, des voix s'étaient fait entendre. Laurent avait remis de l'ordre dans sa tenue, essuyé la terre de ses souliers. Les voix s'étaient rapprochées. Il avait croisé deux officiers de la citadelle et leurs épouses, en conversation animée, qui n'avaient pas même fait attention à lui. Il était devenu un Allemand moyen. Comme en jouant, il avait rendu son sourire à un vieillard, salué d'un *Heil Hitler* sonore un groupe de jeunes gens. Arrivé sur la grand-route, il s'était offert le luxe de se retourner pour contempler la masse harmonieuse du château de Colditz. Un intense sentiment d'orgueil s'était emparé de lui : il avait vaincu le subtil et formidable arsenal de surveillance qui entourait la forteresse.

Trois jours plus tard, il avait passé la frontière à Schaffhouse. Le soir, il avait pris un train à Rochlitz, sans un sou, et il était arrivé à Berne, où il était tombé gravement malade. Hospitalisé dans la ville durant plusieurs jours, il avait écrit de longues lettres à son père et à sa femme, qui n'étaient jamais arrivées. Seule celle qu'il avait envoyée à Adrien Delmas était parvenue à son destinataire et, par miracle, était passée au travers des filets de la censure. Le moine était entré en contact avec lui par l'intermédiaire d'un dominicain suisse, qui lui avait fourni papiers et argent.

La fin d'un après-midi doux et calme rayonnait sur la petite ville de La Réole, où Laurent et Léa étaient venus faire quelques courses. Etant retenue par Charles, Camille ne les avait pas accompagnés. C'était la première fois qu'ils se retrouvaient seuls. Mme Debray leur avait indiqué un boulanger rue des Argentiers, dont le pain était paraît-il le meilleur de la région et qui vendait encore de la farine. Ils s'égarèrent dans les petites rues et se retrouvèrent près du château des Quat'Sos dominant la vallée de la Garonne. Ils passèrent devant l'abbaye des Bénédictins. Les tilleuls embaumaient. Léa voulut entrer dans l'église. Sous les voûtes gothiques, leurs pas résonnaient. Devant la chapelle de la Vierge, Laurent s'arrêta longuement. Léa s'approcha de lui, prit sa main, inclinant sa tête sur son épaule. Il posa un baiser sur les cheveux bouclés. Contre sa paume, elle sentait battre le pouls de l'homme qu'elle aimait. Quand elle leva son visage vers le sien, leurs regards s'accrochèrent et ne purent se déprendre. Leurs lèvres se frôlèrent. A ce léger contact, tout leur corps s'enflamma. Près d'eux, une porte claqua, les ramenant à la réalité : le charme était rompu.

Laurent repoussa doucement la jeune fille.

— Non... ne me lâche pas.

— Léa, nous sommes fous. Il ne faut pas... je ne dois pas.

— Tais-toi, je t'aime.

A nouveau, la jeune fille se frotta à lui. Il la saisit aux hanches et la plaqua contre son corps.

— Je t'aime.

Léa ondula, caressant de son ventre le sexe dressé. Il la repoussa si violemment qu'elle tomba assise sur un prie-Dieu.

— Arrête ! cria-t-il.

Frottant son dos meurtri, elle le regarda avec un air de triomphe, se leva et se dirigea vers la sortie. Tête basse, il la suivit.

— Vite, dépêchons-nous, la boulangerie va être fermée.

Elle n'était pas fermée, mais ils ne durent qu'au nom de Mme Debray de pouvoir emporter un pain de quatre kilos et un paquet de farine.

Près de la gare, ils récupèrent leurs vélos. Indifférents, perdus dans leurs rêves, ils passèrent sans un regard devant le panorama du Signal du Mirail. Bientôt ils arrivèrent à la propriété des Debray.

Dès qu'ils entrèrent dans le jardin, Camille vint en courant au-devant d'eux.

— Où étiez-vous ? J'étais morte d'inquiétude.

— Que voulais-tu qu'il nous arrive ? Nous avons visité La Réole, dit Léa, imperturbable.

Durant le dîner, Léa se montra gaie et drôle, bavardant avec esprit de mille choses, sans cesse relancée par Adrien ou M. Debray, que ses propos amusaient.

C'est en prenant un mauvais café dans le jardin, que le dominicain annonça à Laurent :

— J'ai trouvé la personne que nous cherchions. Il s'agit de Jean Bénazet, de Varilhes près de Foix. Nous avons rendez-vous demain après-midi à Foix au Café de la Poste.

— Déjà ! s'écria Camille.

— Je t'en prie, ma chérie, tu me rejoindras dès que ce sera possible.

— Mais je veux t'accompagner !

— Il n'en est pas question. Pense à Charles, il a besoin de toi.

Mme Debray s'était levée et avait posé sa main sur l'épaule de la jeune femme.

— Mon enfant, n'abattez pas le moral de votre mari par vos larmes. En voulant continuer à combattre, il fait son devoir. Soyez courageuse. Voulez-vous rester ici ? Mon mari et moi nous serions très heureux de vous garder près de nous.

— Ce n'est pas possible, dit Laurent. Camille doit me remplacer aux Roches-Blanches. Je sais par la lettre de Delpech, notre régisseur, que non seulement la maison est occupée, mais que la vigne, faute de main-d'œuvre, est en mauvais état.

— Comme à Montillac, dit Léa.

— Comme dans toute la région, approuva le dominicain.

— Que comptez-vous faire ? demanda M. Debray.

— Je n'en sais rien. Je pense sans cesse à mon pauvre père. Je me demande ce qu'il aurait fait. Les épreuves qui accablent ce pauvre pays me remplissent le cœur de colère et de chagrin. Moi qui étais pour le rapprochement des peuples, leur fusion dans les Etats-Unis d'Europe, je me sens nationaliste, ce qui me semblait complètement dépassé avant la guerre. Je ne me savais pas si Français ni que j'aimais à ce point mon pays.

— Mon jeune ami, grâce à des hommes comme vous, nous essayerons de lui rendre son honneur et sa liberté, affirma avec force M. Debray.

— Le croyez-vous vraiment ?

— Si je ne le croyais pas, ma femme et moi nous nous serions donné la mort le jour où nous avons entendu le Maréchal annoncer qu'il avait demandé la paix ! Il nous a semblé que notre fils mourait une seconde fois. Nous avons pleuré et prié Dieu de nous éclairer. Le lendemain, par la voix du général de Gaulle, nous avons eu sa réponse.

Durant quelques instants, personne ne parla. On n'entendait que les appels des oiseaux et le cri des hirondelles se poursuivant dans le ciel. Adrien Delmas rompit le silence :

— Il faudrait que nous soyions plus nombreux à agir comme vous. Partout ce n'est que veulerie, confusion, compromission, mouchardages ignobles, délations perverses, acceptation de la servitude. On voit des écrivains de talent, comme Brasillach, Rebatet, Drieu, des universitaires, des hommes d'affaires, des soldats, et même — Dieu leur pardonne — des prêtres, prostituer leurs talents au service d'une idéologie ignoble. Comme un animal en état de faiblesse, ils se mettent sur le dos, offrent leur ventre à la botte de l'occupant... Je suis désespéré.

— Mais votre foi en Dieu vous redonnera votre croyance dans l'humanité, dit Mme Debray en l'interrompant.

— Sans doute : ma foi en Dieu... fit-il en se levant.

Léa, que cette discussion ennuyait, se leva également, surprise par le ton de son oncle. Elle avait cru y déceler un désenchantement haineux. Avait-il perdu la foi ? « Ce serait drôle, pensa-t-elle, un moine qui ne croit plus en Dieu ! »

— Oncle Adrien, tu as l'air malheureux, fit-elle, câline, en le rejoignant sous un grand marronnier.

Sans répondre, il alluma une cigarette.

Du coin de l'œil, Léa l'observait : il n'était pas seulement malheureux, il était désespéré. Une timidité, venue de son enfance, l'empêchait de le consoler. Pour faire diversion et chasser l'angoisse qui l'envahissait de le voir, lui, si fort dans ses convictions, douter de ce Dieu pour qui il avait tout abandonné, elle demanda :

— Sais-tu si le sous-lieutenant Valéry est bien arrivé au Maroc ?

— Il est bien arrivé.

— Et pour Laurent ? Tu crois que tout ira bien ?

Le dominicain la regarda attentivement. Il ne s'était pas trompé : cette petite était toujours amoureuse de Laurent d'Argilat. Il résolut d'en avoir le cœur net.

— Tout ira très bien, le passeur est un homme sûr. A Alger, il retrouvera ses camarades. Très vite, Camille et son fils pourront le rejoindre.

Léa pâlit mais ne broncha pas.

— Tu dois être heureuse de voir que tout s'arrange pour tes amis, ajouta-t-il, avec un rien de sadisme.

— Très heureuse, fit-elle sèchement en se détournant. Excuse-moi, je suis fatiguée, je vais me coucher. Bonsoir.

— Bonsoir, Dieu te protège.

En courant Léa rentra dans la maison.

Enfermée dans sa chambre, elle ne voyait pas comment elle pourrait revoir Laurent seul avant son départ. Couchée nue sur son lit, elle se remémorait chacun des instants passés à La Réole devant la chapelle de la Vierge de l'église Saint-Pierre. Au souvenir du contact du corps aimé, le sien se cambra et sa main entre ses cuisses fit naître un plaisir qui la laissa furieuse contre elle-même. Très vite elle s'endormit, un bras replié sur son visage.

La journée n'en finissait pas.

Très tôt, la veille, Adrien et Laurent avaient pris le train pour Toulouse, où ils devaient changer pour prendre la direction de Foix. Les adieux avaient été aussi déchirants qu'il se devait, ironisait pour elle-même Léa. Elle avait cependant réussi à glisser une lettre dans la main du jeune homme, dont la brusque rougeur n'avait échappé ni à Adrien ni à Mme Debray. Mais cela lui était bien égal : l'important était qu'il sache qu'elle l'aimait et qu'elle ait pu le lui redire.

— Je te confie une nouvelle fois ce que j'ai de plus cher, avait-il dit en l'embrassant.

Enfin, un pas sur le gravier de l'allée. C'était bien celui d'Adrien. Léa s'interdit de courir vers lui pour le questionner : Mme Debray était là qui, depuis la veille, ne cessait de l'observer.

— Tout s'est-il bien passé ? s'écria Camille, essoufflée de sa course, une main comprimant les battements de son cœur.

— Oui, très bien.

— Quand part-il pour l'Espagne ?

— Ce soir, dans la nuit. Il ne sera pas seul, ils sont sept ou huit.

— Si vous saviez comme j'ai peur, mon père, dit Camille.

— Ne craignez rien, tout ira bien.

— Je l'espère, mais moi, que vais-je faire en attendant ? N'y a-t-il rien à entreprendre en France ? Mon père, vous faites quelque chose, M. et Mme Debray ausssi. Je veux vous aider. Utilisez-moi.

Le dominicain enveloppa d'un regard ému la jeune femme si fragile qui lui proposait son aide.

— Votre premier devoir est de résister au désespoir et de vous montrer d'une extrême prudence. Nous sommes très peu nombreux à nous être engagés dans l'action. Vous le voyez bien autour de vous. Il faut attendre que la confiance envers le maréchal Pétain disparaisse. Elle est déjà considérablement émoussée, mais de nombreux hommes et femmes, pas moins patriotes que nous, hésitent encore à se mettre hors-la-loi. A Londres, certains officiers sont hostiles au général de Gaulle. Beaucoup se méfient de l'Angleterre. Le coup de Mers-el-Kébir a gravement compromis les bonnes relations entre les deux pays. Prenez patience. Dès que ce sera possible, je rentrerai en rapport avec vous pour vous donner des nouvelles de Laurent et vous dire quand vous pourrez lé rejoindre. Cependant, vous pouvez me rendre un service : déposer un paquet de lettres à Saint-Emilion. Cela comporte quelques risques au moment du passage de la ligne de démarcation.

— Où dois-je déposer ce paquet ?

— Chez M. Lefranc, venelle du Château-du-Roy. Vous lui donnerez cet exemplaire du guide bleu de la Bretagne, il comprendra. Ensuite, oubliez tout ça et rentrez aux Roches-Blanches. Viens, Léa, marchons un peu, j'ai à te parler.

Tandis qu'elle suivait Adrien dans les allées du jardin, son cœur battait très fort : elle redoutait cette conversation.

— Je dois repartir ce soir. Je prends le train de 6 heures pour Bordeaux. Demain, tu conduiras Camille à Saint-Emilion, puis aux Roches-Blanches. De là, tu rentreras le plus rapidement possible en passant par Cadillac, où tu remettras à M. Fougeron, employé à la mairie, ces trois lettres de la part du chanoine.

— C'est tout ?

— Oui. Ah non ! j'oubliais : Laurent m'a remis ceci pour toi.

Léa devint écarlate en prenant la mauvaise enveloppe que lui tendait son oncle.

— Merci.

— Ne me remercie pas. Ce n'est pas pour toi que je le fais, mais pour lui, même si je désapprouve qu'il t'écrive. Si j'ai accepté, c'est parce que je sentais cet homme déchiré.

Tête baissée, Léa ne disait rien et tournait machinalement l'enveloppe entre ses doigts : elle n'était pas cachetée. Elle lança un bref coup d'œil à Adrien.

— Rassure-toi, je ne l'ai pas lue.

22.

Léa était loin de se douter qu'elle éprouverait la moindre peine en quittant Camille. Ce fut cependant le cœur déchiré qu'elle se précipita dans ses bras avant de partir.

Le passage de la ligne de démarcation à Saint-Pierre-d'Aurillac s'était effectué sans encombre, les lettres ayant été dissimulées dans la petite valise du bébé. A Saint-Emilion, Camille avait remis le guide de la Bretagne à M. Lefranc. Aux Roches-Blanches, Delpech avait accueilli la jeune femme et son fils avec émotion.

C'était la première fois que Léa revoyait la maison depuis cette fête des fiançailles qui avait marqué la fin d'une époque heureuse. Elle n'avait qu'une envie : y rester le moins longtemps possible. Après s'être rafraîchi le visage et les mains, elle s'était arrachée à la sollicitude de Camille et était repartie.

A Cadillac, elle était arrivée peu de temps avant la fermeture de la mairie. Sur les marches, deux soldats allemands l'avaient croisée en riant. Au guichet de l'état-civil, un employé calligraphiait avec soin : c'était Fougeron. Léa lui avait remis les lettres et s'était vue chargée de poster un paquet en zone libre. Elle n'avait pas eu le temps de dire un mot : les soldats allemands étaient manifestement de mauvaise humeur. Rapidement, Léa avait glissé le paquet dans son sac.

A partir de ce jour, elle avait régulièrement effectué le passage du courrier d'une zone à l'autre. Elle avait dû, pour cela, demander au lieutenant Kramer un *ausweis* spécial, sous prétexte de surveiller le travail sur les terres de son père à Mounissens et à La Laurence, près de Saint-Pierre-d'Aurillac. Grâce à ses voyages dans les fermes, les menus s'étaient améliorés à Montillac. En outre, Albertine et Lisa qui, disaient-elles, mouraient doucement de faim à Paris, recevaient des colis.

Avec les vacances, Laure était revenue de son pensionnat, bien décidée à n'y plus retourner maintenant qu'elle avait son brevet. C'était une jolie fille de seize ans, futile et coquette, grande admiratrice du Maréchal, dont elle collectionnait les portraits sous n'importe quelle forme. Elle n'avait pas pardonné à Léa d'avoir jeté à terre une photo dédicacée de son idole, qu'elle avait placée fièrement sur le piano du salon. Elle s'en était plainte à son père, dont la réponse l'avait malgré tout impressionnée :

— Ta mère aurait fait la même chose.

Depuis, elle quittait ostensiblement le salon chaque fois que Léa écoutait Radio-Londres. Quant à Françoise, nul ne savait vraiment ce qu'elle pensait. Lorsqu'elle n'était pas de service à l'hôpital, on l'entendait jouer du piano toute la journée et promener devant tous un visage épanoui qui faisait dire à Ruth :

— Ça ne m'étonnerait pas que cette petite soit amoureuse.

De qui ? C'était la question à laquelle Léa refusait de répondre. Durant quelques jours, elle avait surveillé sa sœur sans rien remarquer de suspect dans son comportement. Cependant, une fois, en descendant plus tôt que d'habitude pour préparer son petit déjeuner, elle s'était heurtée dans la pénombre de l'escalier au lieutenant Hanke qui l'avait saluée à très haute voix :

— Bonjour, mademoiselle Léa.

— Bonjour, avait-elle répondu brusquement.

Quand elle était entrée dans la cuisine, le lieutenant Kramer achevait de déjeuner. Il se leva à son entrée en s'inclinant.

— Bonjour, mademoiselle Delmas, vous êtes bien matinale aujourd'hui. Sans doute devez-vous aller voir les terres de M. votre père en zone occupée ?

Pourquoi y avait-il trois bols sur la table et pourquoi l'un d'eux était-il plein ?

Peu après Laure, étaient arrivés Philippe, Corinne Delmas et leur petit frère Pierrot, les enfants de l'oncle Luc. La vieille maison avait à nouveau retenti de rires et de cris. Du fait de la présence des Allemands, on avait dû se serrer.

Léa avait retrouvé avec plaisir son cousin Pierrot qui, à quatorze ans, se prenait déjà pour un homme. Comme autrefois, il avait dormi avec elle dans la chambre des enfants.

Aux repas, les discussions étaient si animées que Bernadette Bouchardeau s'empressait de fermer les fenêtres :

— Vous voulez que tout le monde entende ! Qu'on se fasse tous arrêter !

La table était très nettement divisée en trois camps. Les pétainistes convaincus : Bernadette, Philippe, Corinne et Laure, qui n'avaient pas de mots assez durs pour parler de ceux qui, lâchement, trahissaient le Maréchal, donc la France ; les gaullistes ou tout au moins ceux qui n'acceptaient pas l'occupant : Léa et Pierrot ; et les « sans opinion » pour des raisons diverses : Pierre Delmas, Françoise et Ruth.

Les premiers prônaient la collaboration demandée par Pétain le 30 octobre 1940, seule façon, disaient-ils, de ramener l'ordre, la dignité et la religion dans ce pays corrompu par les Juifs et les communistes ; les deuxièmes disaient que la seule chance de la France de retrouver son honneur et sa liberté était de suivre le général de Gaulle.

— Un traître !

— Un héros !

Les troisièmes parlaient peu : Ruth, par discrétion, Pierre Delmas par indifférence et Françoise... Françoise ? On ne savait pas. Souvent, quand la discussion devenait trop passionnée, elle quittait la table.

Un jour, n'y tenant plus, Léa l'avait suivie. Sur la terrasse, effondrée contre le banc de fer, Françoise sanglotait. Léa s'était approchée et lui avait demandé doucement :

— Qu'as-tu ?

Les sanglots avaient redoublé.

— J'en ai assez d'entendre toujours parler de la guerre, de Pétain, d'Hitler, de De Gaulle, des restrictions, des Russes, de zone libre, de zone occupée, de l'Angleterre, de... de... j'en ai assez. Je

veux qu'on me foute la paix... je veux aimer librement... je veux...
je voudrais mourir...

Peu à peu, la compassion qu'éprouvait Léa pour le chagrin de sa
sœur s'était transformée en agacement puis, en dégoût. « Quand
on devient aussi moche que ça en pleurant, on se cache », avait-elle
pensé.

— Tais-toi ! Si tu voyais la tête que tu as ! Si quelque chose ne
va pas, dis-le. Si c'est ton amoureux qui te met dans cet état-là,
quitte-le.

Léa avait parlé par taquinerie, sans penser à ce qu'elle disait. La
violence de la réaction de Françoise l'avait laissée stupéfaite et sans
voix.

— Qu'est-ce que tu sais de mon amoureux, toi qui va te rouler
dans le foin avec un domestique tout en continuant à penser au
mari d'une autre ? Mon amoureux, s'il le voulait, il vous ferait tous
a... Ça ne te regarde pas, ça ne regarde personne. Je vous déteste,
je voudrais ne plus jamais vous revoir !

Après avoir craché ce dernier mot, elle s'était enfuie en passant
par la petite trouée le long de la terrasse. Léa avait regardé la silhouette trébuchante s'éloigner à travers la vigne puis disparaître
derrière Valenton.

Combien de temps était-elle restée ainsi, immobile face à ce paysage familier, tandis qu'une petite phrase lui martelait le crâne :
« Mon amoureux, s'il le voulait, il vous ferait tous arrêter, mon
amoureux, s'il le voulait, il vous ferait tous arrêter... » Cependant,
comme à chaque fois, la beauté calme des champs, de ces bois, de
ces coteaux, de ces vignes, de ces villages et de la ligne sombre des
Landes, là-bas, avait apaisé son angoisse et fait taire l'affreuse musique.

Le lendemain, Françoise avait annoncé qu'elle partait pour Arcachon chez une amie. Léa se rappela que Laure lui avait suggéré de
demander à Françoise si elle s'était bien amusée au concert. Léa
s'était étonnée de cette demande. Sa petite sœur avait alors vaguement répondu que ça n'avait pas d'importance, qu'elle avait
oublié. Devant l'insistance de Léa, elle avait fini par avouer :

— J'avais cru la voir avec le lieutenant Kramer. Mais ce ne devait
pas être lui, car l'homme qui l'accompagnait était en civil.

Léa ne doutait plus : sa sœur aimait un Allemand dont elle était
vraisemblablement la maîtresse.

294

Elle en avait parlé à Camille, venue passer quelques jours avant les vendanges : que devait-elle faire ? Devait-elle avertir son père, Ruth, Adrien ?

— N'en fais rien, avait répondu Camille. C'est trop grave. Seule Françoise ou le lieutenant Kramer peuvent te dire si cela est vrai.

— Mais cette phrase ?...

— Elle l'a dite sous le coup de la colère.

Durant le séjour de Françoise à Arcachon, le lieutenant Kramer avait été absent la plupart du temps.

Avec l'automne, tout le monde était reparti vers Bordeaux, même Laure, qui trouvait la campagne « d'un ennui mortel ». Léa, qui s'était déchargée de la responsabilité de la vigne sur Mathias et Fayard, avait vu ces départs avec joie, d'autant plus que nourrir tout ce monde, malgré les tickets supplémentaires, n'était pas une mince affaire. Elle voyait venir l'hiver sans trop de crainte, grâce aux conserves des légumes de son potager et à la basse-cour solidement garnie de poules et de lapins... sans compter les deux cochons. Une seule chose la préoccupait : l'argent devenait rare. La vente du vin payait tout juste ceux qui travaillaient la vigne, et encore pas tous. Ces six derniers mois, Fayard n'avait pas été payé. Par Camille, Léa avait appris que Laurent n'était resté que quelques mois à Alger. Il était maintenant à Londres. Elle avait vu avec joie qu'elle ne parlait plus de rejoindre son mari.

Malgré son amour pour Laurent, elle avait continué à avoir des relations avec Mathias, chaque fois plus violentes, chaque fois plus décevantes. Après chacune de leurs étreintes, elle se promettait que c'était la dernière, mais au bout d'une semaine, quinze jours tout au plus, elle rejoignait le garçon dans la grange, dans les vignes ou dans la vieille maison de Saint-Macaire.

Le 21 octobre, il y avait eu un attentat à Bordeaux contre un officier allemand. Le 23 octobre 1941, cinquante otages avaient été exécutés.

De plus en plus, Léa éprouvait une sensation d'étouffement, d'ennui profond, et elle cherchait vainement l'oubli de ces jours monotones dans les livres de la bibliothèque de son père. Aucun auteur ne trouvait grâce à ses yeux : Balzac, Proust, Mauriac, tous lui tombaient des mains. Ses nuits étaient troublées d'horribles cauchemars : tantôt sa mère se dressait en sanglots au milieu des décombres, tantôt l'homme qu'elle avait tué la pressait dans un ignoble enlacement. Dans la journée, elle était sujette à de brusques crises de larmes, qui la laissaient brisée. Montillac pesait sur ses épaules. Elle se demandait s'il était bien nécessaire de tant travailler à maintenir tout cela en vie, à vouloir garder cette terre qu'elle était maintenant seule à aimer, puisque ni son père ni ses sœurs ne s'en préoccupaient. Quelqu'un d'autre cependant l'aimait au point de désirer la posséder : c'était Fayard. Depuis le retour de son fils, il avait retrouvé sa raison de vivre et une âpreté qu'il était parvenu à dissimuler jusqu'au jour où il annonça carrément à Léa :

— Tout cela est trop lourd pour une jeunesse comme vous. Le pauvre M. Delmas n'a plus toute sa raison, et bientôt il faudra l'enfermer. Il faut un homme pour mener une exploitation comme celle-ci. Vous devriez conseiller à votre père de vendre. J'ai quelques économies et ma femme vient de faire un héritage. Bien sûr, il manquera un petit quelque chose, mais votre père acceptera d'en faire votre dot.

Glacée, Léa était incapable d'interrompre le bonhomme. Elle comprenait que durant toutes ces années de travail sur cette terre, il n'avait pensé qu'à une chose : en devenir le propriétaire. Les circonstances le servaient admirablement. Isabelle Delmas vivante, jamais il n'aurait eu l'audace de proposer une telle chose. De plus, il venait de lui faire comprendre qu'il était parfaitement au courant de ses relations avec son fils.

— Vous ne répondez rien ?... Je vois. Vous avez peur de devoir quitter la maison. Mais il ne tient qu'à vous qu'elle soit toujours la vôtre : épousez mon fils.

Elle contint avec difficulté la colère qui l'envahissait.

— Mathias est courant de vos beaux projets ?

— Plus ou moins. Il dit que c'est pas des choses dont il faut parler maintenant.

Il sembla à Léa qu'une partie du poids qui l'oppressait s'allégeait.

— Vous vous trompez, Fayard, il n'est pas question pour nous de vendre ni à vous ni à quiconque. Je suis née sur cette terre et je tiens à la conserver. Quant à l'état de mon père, il n'est pas aussi catastrophique que vous le dépeignez.

— Vous n'avez plus d'argent et voilà six mois que je n'ai pas été payé.

— Nos affaires ne vous regardent pas. Quant à votre salaire, il vous sera payé avant la fin du mois. Bonsoir, Fayard.

— Vous avez tort, mademoiselle Léa, de le prendre sur ce ton, fit-il d'un air menaçant.

— Cela suffit, je n'ai plus rien à dire sur ce sujet. Bonsoir.

Fayard sortit en grommelant.

Dès le lendemain, Léa écrivit à Albertine pour lui demander de lui prêter la somme due à Fayard. Par retour de courrier, sa tante la lui envoya et Ruth fut chargée de porter l'argent au maître de chais. Ce fut à cette occasion qu'éclata entre le père et le fils une violente dispute, qui décida Mathias à se porter volontaire pour aller travailler en Allemagne. Léa le supplia de renoncer à son projet, lui disant qu'elle avait besoin de lui, que c'était trahir son pays que d'aller là-bas.

— Non, tu n'as pas besoin de moi. C'est à Montillac que tu penses quand tu dis ça. Eh bien, moi, Montillac, je m'en fous, dit-il d'une voix avinée.

— Ce n'est pas vrai, tu as bu, cria-t-elle.

— Si, c'est vrai, je ne suis pas comme mon père. C'est toi que je veux, avec ou sans la terre. Mais j'ai enfin compris que tu ne m'aimais pas, que tu n'étais qu'une chienne en chaleur qui a besoin de temps en temps d'un petit coup de queue...

— Tais-toi, tu es vulgaire.

— Si tu savais ce que je m'en fous d'être vulgaire ou non. Pour moi, plus rien n'a d'importance. Alors, être ici ou en Allemagne...

— Mais enfin, si tu veux absolument t'en aller, tu pourrais rejoindre le général de Gaulle.

— J'm'en fous, je te dis. De Gaulle, Hitler, Pétain, pour moi c'est du pareil au même : des militaires. J'aime pas les militaires.

— Je t'en prie, Mathias, ne me laisse pas.

— Pour un peu on la croirait sincère ! V'là t'y pas qu'elle pleure ! Alors comme ça, le pauvre Mathias va te manquer, ma belle. Le pauvre Mathias et sa grosse queue ?

— Tais-toi.

Ils étaient dans le petit bois de pins près du potager. C'était là que Mathias était venu trouver Léa pour lui annoncer sa décision. Etait-ce pour se donner du courage qu'il avait bu ?

D'un geste brusque, il poussa son amie à terre. Elle glissa sur les aiguilles de pin. Dans sa chute, sa jupe s'était relevée, découvrant ses cuisses blanches au-dessus des bas de laine noire. Il se jeta sur elle.

— Tout ce qui t'intéresse, hein, salope, c'est la queue, une bonne grosse bite. Pleure plus, tu vas l'avoir.

— Laisse-moi, tu pues le vin.

— C'est pas grave, ça n'empêche pas les sentiments.

Léa se débattit sans succès, l'ivresse décuplant les forces de son ami. Des aiguilles de pin chauffées par l'éclatant soleil de cet après-midi d'hiver, montait l'odeur de leurs jeux enfantins quand ils se roulaient au pied des grands arbres. Ce souvenir la troubla si fort qu'elle cessa de se défendre et s'offrit au sexe qui la cherchait. Mathias se méprit sur cette apparente soumission.

— Tu n'es vraiment qu'une salope.

Il la besogna avec des han de bûcheron, cherchant à lui faire mal, à la punir de ne pas l'aimer. Le plaisir leur arracha des cris.

Combien de temps pleurèrent-ils ainsi enlacés, grotesquement dénudés, visibles du potager ? Le froid et l'inconfort de leur position les ramenèrent à la triste réalité. Sans un mot, ils se relevèrent, rajustèrent leurs vêtements, les secouèrent pour faire tomber la terre, retirèrent de leurs cheveux emmêlés des aiguilles de pin, et après un échange de regards qui disait toute leur détresse partirent chacun de leur côté.

Dans la nuit, Mathias prit le train pour Bordeaux, qu'il devait quitter pour l'Allemagne le 3 janvier 1942.

23.

Le chien des Fayard avait suivi Léa dans sa promenade. Ensemble, ils se reposaient au pied de la croix de Borde, qui domine la plaine. Le temps était clair, ensoleillé, un vent vif et froid rougissait les joues de la promeneuse qui, assise, enveloppée dans une vaste cape de berger landais, regardait devant elle, les yeux dans le vague. A Saint-Macaire, les cloches sonnèrent la fin des vêpres : c'était dimanche. Soudain, le chien redressa la tête, attentif, puis se releva en grognant.

— Qu'as-tu, Courtaud ?

Le chien poussa un aboiement clair et partit en courant vers le chemin. « Sans doute un lapin ou un mulot », pensa-t-elle. Elle s'évada à nouveau dans sa rêverie sans objet.

Une pierre roula non loin d'elle. Léa tourna la tête. D'un bond, elle fut sur pieds.

— Oncle Adrien !

— Ma fille !

Ils s'étreignirent avec bonheur.

— Ouf ! j'avais oublié que la côte était raide pour monter jusqu'ici, fit-il en se laissant tomber sur l'herbe, essoufflé. A moins que ce ne soit l'âge, ajouta-t-il en rassemblant les plis de sa robe.

— Que fais-tu là ? Quand es-tu arrivé ?

— Je viens d'arriver et je te cherchais. Je suis heureux de te trouver loin de la maison pour te dire ce que j'ai à te dire.

— Laurent ?...

— Non, il ne s'agit pas de Laurent. Il va bien... du moins il en était ainsi la dernière fois que je l'ai vu.

— La dernière fois que tu l'as vu ?... il est donc en France ?

— Oui, il a été parachuté de Londres.

— Où est-il ?

Le dominicain ne répondit pas.

— Camille est au courant ?

— Je ne crois pas. Ecoute-moi bien, Léa. Je sais que tu continues à servir de facteur entre les deux zones, et que ta bicyclette bleue est connue de tous ceux qui espèrent encore. Tu as prouvé à plusieurs reprises que tu ne manquais ni de courage ni de sang-froid. J'ai une mission de la plus haute importance à te confier. Je suis sur le point d'être grillé et il va falloir que je passe en zone libre. J'ai un message à transmettre à Paris. Tu vas y aller à ma place.

— Moi ?

— Oui, toi. Tu vas recevoir demain une lettre de ta tante Albertine, te demandant de venir l'aider à soigner sa sœur.

— Tante Lisa est malade ?

— Non, c'est un faux, mais il te fallait une raison plausible de partir. Tu partiras demain soir par le train de nuit. Tu voyageras en deuxième classe. Voici ton billet. Arrivée à Paris, tu téléphoneras de la gare à tes tantes. Fais attention à ce que tu leur diras. Tu prendras le métro et tu iras directement rue de l'Université en passant par la rue du Bac...

— Mais...

— Je sais, ce n'est pas le chemin le plus court, mais c'est celui que tu prendras. Une fois auprès d'elles, trouve quelque chose pour expliquer ta venue. Si Lisa pouvait passer quelques jours au lit, ce serait parfait. Dans l'après-midi, promène-toi dans le quartier, fais des emplettes aux *Bon Marché*, regarde les vitrines. En revenant, tu passeras devant la librairie Gallimard du boulevard Raspail. Tu connais ?

— Oui.

— Tu regarderas la devanture, puis tu entreras. Tu feuilletteras les livres exposés sur la table en face de la caisse, tu regarderas dans les rayons, tu t'arrêteras à la lettre P comme Proust, tu prendras le tome 2 d'*A la recherche du temps perdu*. A l'intérieur, tu trouveras un prospectus des éditions de la N.R.F. indiquant les nouvelles parutions. Il te semblera un peu plus épais que ceux que l'on met habituellement. Tu le substitueras à celui-ci.

Léa prit le papier vert pâle sur lequel étaient imprimés des titres de livres.

— Celui-ci aussi est épais.

— Oui. Il contient un message qui doit absolument être délivré. Ensuite tu remettras le livre en rayon. Prends à côté n'importe quel livre publié par Gallimard et va à la caisse pour le payer.

— C'est tout ?

— Non. Tu entreras dans la librairie à cinq heures précises, tu en sortiras dix minutes plus tard. Il se peut que, pour une raison ou une autre, tu ne puisses échanger les prospectus. Tu reviendras le lendemain à onze heures. Si, à nouveau, il y a un empêchement, tu rentreras rue de l'Université où tu recevras d'autres instructions. Tu as bien compris ?

— Oui. Que devrai-je faire de l'autre prospectus ?

— Le mettre dans le livre que tu auras acheté. Le lendemain, si tout va bien, tu iras à la séance de deux heures voir le film de Louis Daquin, *Nous les gosses*, dans la salle des Champs-Elysées. Tu t'installeras à l'avant-dernier rang, le plus près de l'allée centrale. Avant la fin du film, tu glisseras le livre sous ton siège et tu sortiras. Sinon, tu feras la même chose à la séance de quatre heures. Deux jours après, tu iras au musée Grévin à trois heures. Devant le tableau de la famille royale au Temple, quelqu'un t'abordera en te disant : « Nous n'irons plus aux bois » tu lui répondras : « Les lauriers sont coupés. » Il laissera tomber un dépliant sur le musée, tu le ramasseras et il te dira : « Gardez-le, ça peut vous intéresser. » Tu le remercieras et tu continueras ta visite en consultant de temps en temps ton dépliant.

— Ensuite ?

— Ensuite, tu rentreras chez tes tantes. Le lendemain tu prendras le train du matin pour Limoges. Il y aura des contrôles en gare de Vierzon. Arrivée à Limoges, tu laisseras ta valise à la consigne. En sortant de la gare, tu prendras le tramway, tu descendras place

301

Denis-Dussoubs. Tu verras, il y a un cinéma, l'*Olympia*. A l'angle de la place et du boulevard Victor-Hugo, se trouve une librairie. Tu iras vers une forte femme d'une soixantaine d'années en blouse grise, tu lui demanderas si elle a reçu *Les Mystères de Paris* d'Eugène Sue. Elle te répondra qu'elle n'a que *Les Mystères de Londres* de Paul Féval. Elle te passera l'exemplaire, dans lequel tu glisseras le dépliant du musée Grévin. Tu lui rendras le livre en lui disant que tu regrettes, que cela ne t'intéresse pas. En sortant, sur ta droite, tu prendras la rue Adrien-Dubouché, tu entreras dans l'église Saint-Michel-des-Lions, appelée ainsi à cause de deux lions de pierre couchés à l'entrée. Tu en feras le tour. Au passage, rien ne t'empêche de prier. En sortant, tu descendras la rue du Clocher, tu passeras devant les *Nouvelles Galeries*, et devant l'Hôtel Central, place Jourdan. Tu longeras le square et tu prendras l'avenue de la Gare. Il sera environ cinq heures. Tu auras un train pour Bordeaux à cinq heures et demie. A Bordeaux, ton oncle Luc t'attendra. Tu passeras la nuit chez lui. Il n'est au courant de rien. Il croit que tu viens de soigner ta tante. Le lendemain, tu rentreras à Montillac, où tu essaieras d'oublier tout ça. Tu as bien compris ?

— Je crois.

— Répète-moi.

Sans se tromper, Léa répéta ce qu'elle devait dire et faire.

— En principe, tout devrait bien se dérouler. Au moment du passage de la ligne de démarcation, ne t'inquiète pas, tes papiers sont en règle. S'il y a des contrôles inopinés, ne t'affole pas. Si à Paris, tu avais un problème grave, appelle ou fait prévenir François Tavernier...

— François Tavernier !...

— Mais oui, souviens-toi : tu l'avais rencontré le jour des fiançailles de Laurent et de Camille.

— Tu es sûr de lui ?

— Ça dépend pour quoi. Certains disent que c'est un collaborationniste, d'autres que c'est un agent du deuxième bureau. Laissons-les croire ce qu'ils veulent. Je sais quand je peux faire appel à lui. Donc, si tu as un ennui appelle-le.

Léa frissonna.

— Mais tu as froid. Je suis complètement fou de t'avoir forcée à rester immobile. Lève-toi, tu vas attraper du mal. Ce n'est pas le moment.

A Montillac, ils retrouvèrent toute la famille au salon devant un feu de bois, buvant du chocolat et mangeant une brioche énorme.

— Mais c'est Byzance ! s'exclama Adrien en entrant.

— C'est grâce à Françoise, dit Bernadette Bouchardeau. Un de ses malades, pour la remercier, lui a donné ces merveilles.

Tout en dégustant à petites gorgées son chocolat, Léa ne pouvait pas s'empêcher de lancer des regards inquiets en direction de sa sœur. Devait-elle faire part à son oncle de ses soupçons ?

Tout se passa comme l'avait prévu Adrien. Ils prirent ensemble le train pour Bordeaux et sans se retourner, elle monta, seule, dans le train pour Paris.

Tout à la joie de revoir leur nièce, les demoiselles de Monpleynet ne s'étonnèrent pas trop de sa venue. Leur bonheur fut à son comble quand Léa sortit de sa valise un jambon, une douzaine d'œufs et un kilo de beurre. La gourmande Lisa en avait les larmes aux yeux, même la digne Albertine semblait émue, quant à Estelle, elle embrassa Léa sur les deux joues en l'appelant « brave petite », avant d'emporter, tel un avare, ses trésors à la cuisine.

Les trois femmes déjeunèrent gaiement d'un potage clairet, de maigres pommes de terre et d'un peu de jambon.

— Sans toi, nous n'aurions eu encore que ce triste menu ! soupira Lisa la bouche pleine en montrant la soupière.

— Ma sœur, ne nous plaignons pas, nous en connaissons de plus malheureux que nous. Grâce au peu d'argent qui nous reste, nous pouvons nous offrir de temps en temps de la viande ou des volailles au marché noir.

— C'est vrai, mais nous ne mangeons plus jamais de gâteaux.

Cette réflexion enfantine fit rire Albertine et Léa.

Après le déjeuner, Léa annonça qu'elle allait faire un tour dans le quartier.

En sortant du métro. Léa n'avait pas prêté attention à ce qui se passait autour d'elle. Ce fut boulevard Saint-Germain qu'elle prit conscience du silence qui régnait : pas de voitures, seulement quelques vélos ou des vélo-taxis, peu de piétons et une Mercédès rutilante, dans laquelle deux officiers allemands enlaçaient deux fausses blondes en manteaux de fourrure. Léa suivit la voiture des yeux en serrant frileusement contre elle son trop léger manteau. Elle regrettait de ne pas avoir mis un des pantalons de Claude que lui avait donnés Camille. Elle s'était dit que, pour Paris, ce n'était pas assez chic. Autour d'elle, les rares passants pressaient le pas, visage fermé, tête baissée comme pour mieux éviter les rafales du vent glacial. Elle remonta rapidement le boulevard Raspail. En arrivant en vue de l'hôtel Lutetia, elle ralentit sa marche. Le long des façades, claquaient les drapeaux allemands. Bien que ce ne fût pas pour elle un spectacle nouveau — Bordeaux, elle aussi, portait les marques de l'occupation — son cœur se serra. Rue de Babylone, le vent la fit vaciller. Au *Bon Marché*, il faisait chaud. La plupart des rayons étaient vides de marchandises. « Fais des emplettes », avait dit Adrien en lui remettant de l'argent. Léa ne demandait pas mieux, mais acheter quoi ? Pour presque tout il fallait des tickets. Au rayon papeterie, elle acheta des crayons de couleurs et une boîte de peinture ; à celui de la parfumerie, une eau de toilette Chanel. Durant une heure, elle erra dans le magasin, monta au salon de thé boire un breuvage chaud qui n'avait de thé que le nom. Enfin, quatre heures et demie. En marchant doucement, elle serait à cinq heures à la librairie Gallimard.

Léa avait l'impression que tout le monde dans la librairie la dévisageait. Jamais elle n'aurait cru qu'il était aussi difficile de sortir naturellement un livre d'un rayon. Et ce jeune vendeur qui n'arrêtait pas de la regarder avec ses yeux noirs affamés d'adolescent ! Les titres dansaient devant ses yeux.

— Alors, on cherche un bon livre ?

Avant de se retourner, Léa repoussa le tome 2 d'*A la recherche tu temps perdu*.

— Vous !

— Eh oui ! Moi ! N'est-ce pas ici que nous nous sommes rencontrés la première fois ?

— Raphaël ! Il me semble que cela fait si longtemps, fit-elle en lui tendant la main.

— Bonjour, belle Bordelaise. Comme c'est étrange ! A chacune de nos rencontres, j'éprouve le même petit pincement au cœur, la même nostalgie. Hélas, douce amie, que ne suis-je autre... je vous aurais tant aimée, dit Raphaël en piquant sa main de petits baisers.

— Vous ne changerez donc jamais ? dit-elle en retirant ses doigts.

— Pourquoi changerais-je ? Ne vous ai-je pas déjà dit que je m'aimais tel que je suis : juif et pédéraste.

— Vous devriez le dire plus fort encore, fit-elle avec agacement.

— Oh ! Je suis ici chez des amis, tout le monde me connaît. Ne suis-je pas un auteur de la maison ? Peu connu il est vrai, mais estimé ! Ainsi, ce charmant jeune homme brun que vous voyez là est un puits de science, il a tout lu, même mes œuvres. A seize ans ! Incroyable, non ? Rappelez-moi votre prénom.

— Jean-Jacques, monsieur.

— Jean-Jacques, c'est ça. Mon petit Jean-Jacques, m'avez-vous trouvé le livre que je recherche ?

— Pas encore, monsieur, mais ce n'est qu'une question de jours.

— Dès que vous l'avez, apportez-le-moi à mon hôtel, rue des Saints-Pères, et je vous y ferai déguster un très vieux et très rare porto, dit-il en pinçant la joue du garçon qui le regarda d'un air insolent et amusé. Vous avez vu ces yeux ? Quelle flamme ! Pardonnez-moi, mon petit cœur, je vous néglige. Que faites-vous à Paris ? La dernière fois que je vous ai vue, vous étiez devant une église à Bordeaux. A propos, comment vont les dominicains de cette bonne ville ?

Léa eut du mal à réprimer un frisson et répondit plus sèchement qu'elle ne l'aurait voulu :

— Très bien.

— Vous m'en voyez heureux. Mais vous ne m'avez pas dit ce que vous faisiez ici.

— Une de mes tantes est malade et l'autre fatiguée : je suis venue les aider un peu.

— Quelle bonne petite... Bien entendu, ce soir vous dînez avec moi.

— Ce n'est pas...

— Taratata. Je passe vous prendre à six heures et demie. On dîne tôt maintenant à Paris. Rappelez-moi votre adresse ?

— 29, rue de l'Université. Mais je vous assure...

— Pas un mot de plus. Je vous ai retrouvée, je vous garde. Faites-vous belle : ce soir, je vous emmène dans le monde. D'abord dîner à *La Tour d'Argent*, ensuite une réception mondaine dont vous serez le joyau.

« Comment se débarrasser de lui ? pensait Léa. Maintenant, il est trop tard pour échanger les prospectus. »

— Je vous en prie, par amitié pour moi, acceptez.

— D'accord, passez me prendre tout à l'heure.

— Merci, vous ne savez pas le plaisir que vous me faites.

Et si c'était un espion ? ne cessait de se répéter Léa en courant vers la rue de l'Université. Mais non, ce n'est pas possible. N'a-t-il pas voulu m'aider à Bordeaux ? Pourvu que demain, il n'y ait personne dans la librairie. Que vais-je mettre ce soir ? Elle s'en voulut de cette pensée futile, alors qu'elle n'avait pas été à même d'accomplir sa mission. Malgré elle, elle faisait l'inventaire des vêtements qu'elle avait apportés. Rien de mettable pour aller à *La Tour d'Argent*.

— Enfin, Léa, tu n'y penses pas, aller dîner avec ce monsieur que nous ne connaissons pas !

— Mais, tante Albertine, tu vas faire sa connaissance, puisqu'il vient me chercher.

— C'est possible, mais ce n'est pas convenable.

— Ma petite tante, je t'en prie, c'est la première fois depuis que je suis partie d'ici que je vais faire quelque chose d'amusant.

Albertine regarda sa nièce préférée avec une grande tendresse. C'est vrai que la pauvre enfant n'avait pas une jeunesse très gaie : un peu de distraction lui ferait du bien.

— As-tu une robe élégante à te mettre ?

— Hélas non !

— Je vais voir avec Estelle et Lisa si on peut te trouver quelque chose. Dieu merci, je n'ai pas vendu mon renard.

De leurs malles, Lisa et Albertine sortirent de vieilles robes de bal, dont la plus récente remontait aux années 20.

— Et ça, qu'est-ce que c'est ? fit Léa en déployant une jupe de tulle noir à incrustations de dentelle.

— Je n'en sais rien, ça devait être à notre mère.

— C'est très joli, dit-elle en l'enfilant par-dessus sa robe. Regardez, une fois repassée, cela fera une jupe parfaite. Et ce corsage ?

— Ma chérie, tu ne peux pas mettre ça, c'est complètement démodé !

— Estelle, aidez-moi, s'il vous plaît. On va arranger ça.

C'est ainsi que Léa fit sensation en s'asseyant à *La Tour d'Argent*, son long cou enserré dans le haut col de dentelle noire d'un corsage d'un autre temps, dont les manches moussaient autour des poignets, tandis que la large juge se répandait autour de sa chaise. Ses cheveux ornés d'une aigrette noire étaient relevés et lui donnaient un air hautain. Des femmes très élégantes et très maquillées, couvertes de bijoux, dévisageaient avec envie cette jeune fille au visage pâle à peine effleuré par un nuage de poudre, sur lequel ressortaient des yeux clairs aux cils alourdis de mascara. Les hommes aussi la regardaient avec des sentiments bien différents. Ceux qui connaissaient Raphaël Mahl et sa douteuse réputation, s'étonnaient qu'une jeune femme aussi distinguée se compromette en sa compagnie.

Léa éprouvait une grande satisfaction d'amour-propre à se sentir ainsi regardée. Elle se félicita de ne pas avoir eu de robe à la mode et de marquer ainsi la différence qu'elle sentait exister entre ces femmes et elle-même. C'était aussi l'avis de Raphaël, qui la complimenta avec son exubérance habituelle.

— Bravo. Vous êtes la plus belle. Voyez comme ils vous regardent tous, surtout les femmes. C'est trop drôle. D'où sortez-vous cette toilette à la fois sévère et tellement « sexy » comme disent les Américains ? Les rares femmes du monde qui sont ici ont l'air de cocottes à côté de vous. Merci d'être si belle. Sommelier, du champagne. Un grand millésime.

— Bien monsieur.

— Il faut fêter dignement nos retrouvailles. J'ai trouvé mesdames vos tantes absolument charmantes. Je croyais que l'une d'entre elles était malade ?

— Elle va mieux, dit précipitamment Léa.

— Vous m'en voyez ravi. Ah ! voici le champagne. A cause de

la guerre qui nous prive de lumière, vous ne pouvez admirer le chevet de Notre-Dame, la Seine et l'île Saint-Louis ; mais je vous promets que la cuisine vous consolera de ne pas voir le panorama. Vous êtes ici dans le plus ancien restaurant de Paris et l'un des plus prestigieux.

Léa regarda son compagnon. Il avait beaucoup changé depuis leur dernière rencontre : il avait grossi, la veste de son smoking tirait par endroits. Il avait le teint brouillé de ceux qui se couchent tard, il semblait inquiet et fumait cigarette sur cigarette.

— Donnez-m'en une.

— Je croyais que vous ne fumiez pas, dit-il en lui tendant l'étui ouvert.

Léa prit une cigarette à bout doré. Un maître d'hôtel se précipita pour lui donner du feu.

— Merci, fit-elle en rejetant la fumée.

— Vous aimez ?

— D'où viennent-elles ? Elles ont un drôle de goût.

— Ce sont des cigarettes turques. Le chasseur du *Crillon* me les fournit par cartouches. Si cela vous intéresse, je peux vous en avoir.

— Merci, ce n'est sûrement pas dans mes moyens.

— Qui parle d'argent entre nous, chère amie ? Vous me les paierez plus tard.

— Non, merci, je préférerais une bonne paire de chaussures.

— Qu'à cela ne tienne, je peux vous en procurer. Dites-moi ce que vous voulez : escarpins, bottines, sandales ? Je peux tout vous fournir. Voulez-vous une zibeline, une marmotte, des bas de soie, des pull-overs en cachemire, un manteau en poil de chameau ? Je peux vous procurer tout ça.

— Comment faites-vous ?

— Ça, belle amie, c'est mon secret. En général, cela importe peu à mes clients de savoir d'où provient la marchandise. Ils se contentent de payer et... bonsoir. Et croyez-moi, moins on en sait dans ce domaine, mieux on se porte.

Le sommelier leur servit le champagne.

— Buvons à votre beauté.

Léa inclina la tête sans répondre et vida son verre d'un trait.

— Voyons, ma chère, ce vin se déguste, ce n'est pas de la limonade. Que voulez-vous ?

308

— Je veux des fruits de mer, beaucoup de fruits de mer, et ce fameux canard au sang dont j'ai entendu parler.

— Voilà un excellent choix, je vais prendre la même chose.

Peu après, arriva sur la table un somptueux plateau de belons, d'oursins, de moules et de praires. Ensuite, ils mangèrent le célèbre canard au sang, un brie fait à point et une énorme part de gâteau au chocolat. La dernière bouchée avalée, Léa se renversa sur le dossier de sa chaise sous l'œil amusé de ses voisins de table.

— Mmm... pour la première fois depuis des mois, je n'ai plus faim.

— Je l'espère bien, vous avez mangé comme quatre.

— C'est un reproche ?

— Non. C'est un plaisir de vous regarder manger. On a l'impression que vous jouissez. C'est délicieux.

— Vous trouvez ? fit-elle renfrognée, j'en ai honte. Donnez-moi une cigarette et dites-moi qui sont tous ces gens-là, en dehors des Allemands, bien sûr.

— Ces gens-là, ce sont les mêmes qu'avant la guerre. Voir et être vu a toujours été la règle du monde parisien. C'est le Tout-Paris, ma chère, qui est là. Comme il est chez *Maxim's,* au *Fouquet's,* chez *Carrère,* chez *Ledoyen,* partout où il se doit d'être.

— Je ne vous crois pas.

— Regardez ces deux femmes là-bas, entre cet officier allemand distingué et cet homme portant beau à la chevelure bleutée.

— On dirait Sacha Guitry.

— C'est lui. Sa voisine de droite est la grande pianiste Lucienne Delforge. C'est elle qui a eu ce joli mot : « Si l'on me demandait de définir la collaboration, je dirais : la collaboration, c'est Mozart à Paris. »

— Je ne vois pas le rapport.

— C'est que vous manquez d'humour, chère. L'autre dame, c'est la meilleure spécialiste de Wagner, Germaine Lubin. Quant à l'officier allemand, c'est le lieutenant Rademacher, grand responsable des services de la censure. Sans son accord, aucune pièce, aucun spectacle ne peut se montrer à Paris. Là-bas, à la table près de la fenêtre, vous avez Albert Bonnard, Bernard Grasset, Marcel et Elise Jouhandeau. Regardez là-bas Arletty : après vous, c'est la plus belle femme de l'endroit...

Un homme, l'air encore jeune, au profil aigu, portant négligemment sur son smoking une cape doublée de satin rouge, aux mains fermes et nerveuses, suivi d'un très beau jeune homme en smoking également, s'approcha d'eux :

— Raphaël, toi ici ! Je suis heureux de voir que tes affaires semblent s'être améliorées.

— Ça va mieux, beaucoup mieux, je suis dans une bonne passe. Léa, permettez-moi de vous présenter un ami très cher : M. Jean Cocteau.

— Jean Cocteau... Bonsoir, monsieur. J'ai bien aimé *Thomas l'imposteur*.

— Merci, mademoiselle. Je ne savais pas que mon ami Raphaël connaissait d'aussi charmantes personnes que vous.

— Jean, voici Mlle Delmas qui habite Bordeaux.

— Bordeaux ! Quelle jolie ville ! Nulle part ailleurs, l'ennui n'y a cette élégance aristocratique. Même les petites frappes des Quinconces y ont une classe inégalable. Puis-je vous déposer quelque part ? Un ami a eu l'obligeance de mettre sa voiture et son chauffeur à ma disposition.

— Nous allons être serrés.

— Oh ! Excusez-moi, mon cher. Où ai-je la tête ? Cette jeune fille me trouble. Mademoiselle... excusez-moi, je n'ai pas retenu votre nom.

— Delmas.

— Mademoiselle Delmas, je vous présente le plus remarquable danseur de Paris, que dis-je d'Europe, mon ami Serge Lifar.

Le jeune homme, mince et élégant dans son smoking bleu nuit, s'inclina sèchement.

— Où allez-vous ? demanda le poète.

— Chez mon ami Otto.

— Comme c'est amusant, nous y allons aussi. Venez, nous sommes les derniers.

La porte d'une somptueuse limousine sombre leur fut ouverte par un chauffeur allemand. Léa recula.

— Allons, venez, chère amie, vous ne risquez rien, vous êtes entre bonnes mains et l'endroit où nous allons est un des plus courus de Paris. Je connais des gens célèbres qui font des bassesses pour y être reçus.

Léa s'installa entre Jean Cocteau et Raphaël. Toujours boudeur, le danseur s'assit près du chauffeur.

Ils roulèrent en silence le long des quais déserts. Dans la nuit claire et froide, la masse noire de Notre-Dame semblait veiller sur la cité. Cette image rappela à Léa son arrivée à Paris en compagnie de son père. Comme tout cela paraissait loin...

Ils tournèrent rue des Saints-Pères et prirent la rue de Lille. Quelques instants plus tard, la voiture passa sous une vaste porte cochère gardée par des soldats allemands et s'arrêta devant le grand escalier d'un hôtel particulier.

Galamment, Jean Cocteau aida Léa à descendre de voiture.

— Où sommes-nous ? demanda-t-elle.

— Dans l'hôtel que Bonaparte offrit à Joséphine.

Ils arrivèrent en haut des marches. Les rideaux de la large porte vitrée bruirent en s'écartant. Un flot de lumières, de chaleur, de parfum les accueillit. Des domestiques en habit les débarrassèrent de leurs manteaux. Léa abandonna à regret sa cape de renard. Eblouie, elle regardait autour d'elle avec un ravissement enfantin, à peine gâché par un sentiment de malaise qu'elle tentait en vain de chasser.

— Où sommes-nous ? redemanda-t-elle.

— A l'ambassade d'Allemagne.

Léa eut l'impression qu'elle recevait un coup de poing dans l'estomac. Son geste de recul fut arrêté par la poigne vigoureuse de Raphaël qui l'entraîna vers les salons illuminés.

— Je veux partir !

— Vous n'allez pas me faire ça. De toute façon, c'est trop tard : voici l'ambassadeur.

Un bel homme, jeune encore, très élégant dans un smoking dissimulant un léger embonpoint salua Jean Cocteau.

— Cher ami, c'est toujours un plaisir pour moi que de recevoir dans ma maison un poète tel que vous.

— Excellence...

— Présentez-moi vos amis.

— Excellence, voici Serge Lifar, dont vous avez déjà entendu parler.

— Bien sûr. J'adore votre manière de danser, monsieur.

— Votre Excellence...

— L'écrivain-journaliste Raphaël Mahl.

— Je connais monsieur, fit l'ambassadeur, en passant devant lui sans lui tendre la main.

Une légère rougeur parut sur les joues de Raphaël qui s'inclina avec raideur.

— Quelle est cette ravissante jeune fille, la future interprète d'un de vos futurs chefs-d'œuvre ?

— Permettez-moi de vous présenter Mlle Léa Delmas. Léa, je vous présente Son Excellence, M. Otto Abetz, ambassadeur d'Allemagne à Paris.

Léa n'osa refuser sa main à celle tendue par l'ambassadeur, qui lui dit dans un excellent français, en la prenant familièrement par le bras :

— Venez, mademoiselle, je vais vous présenter à ma femme. C'est une Française comme vous, je suis sûr que vous vous entendrez très bien.

Mme Abetz salua Léa de façon charmante.

— Ma chère, vous avez une robe d'une grande originalité, il faudra me donner l'adresse de votre couturier.

Puis, sans attendre la réponse, elle alla au-devant de nouveaux invités. Léa resta seule au milieu du salon, tandis que passaient et repassaient autour d'elle des gens élégants et parfumés, riant, papotant, un verre à la main. Presque tous jetaient un regard vers cette mince jeune fille, dont l'étrange et large robe noire soulignait la pâleur. Sous ces regards, Léa se raidissait, se félicitant que la longueur de sa robe dissimulât si bien de vieux et vilains escarpins noir et or ayant appartenu à Lisa. Sans chercher à cacher sa curiosité, elle regardait évoluer cette foule en apparence gaie, détendue, heureuse d'être là, où les luxueuses toilettes des femmes, leurs bijoux, mettaient une note claire au milieu des habits noirs des hommes.

— C'est étonnant, n'est-ce pas ? murmura à son oreille Raphaël.

— Qu'est-ce qui est étonnant ?

— Tous ces gens qui font leur cour à l'ennemi.

— Et vous, que faites-vous ?

— Oh moi ! Je ne suis qu'un ver de terre et puis, comme je vous l'ai déjà dit, j'aime les vainqueurs.

— Ils ne le seront peut-être pas toujours.

— Plus bas, mon cœur, fit-il en jetant un regard inquiet autour de lui. Pensez-vous, continua-t-il en lui prenant le bras et en lui parlant à l'oreille, que ceux qui sont ici et leurs semblables ne soient pas convaincus de la totale victoire du grand Reich ?

— Pourtant, en Russie, les troupes allemandes perdent de plus en plus de monde.

— Chut ! Vous voulez nous faire arrêter. Voilà une chose que vous ne devriez pas savoir et encore moins répéter. Un conseil : écoutez plutôt Radio-Paris que Radio-Londres, c'est moins dangereux.

Ils s'arrêtèrent devant le buffet où Léa avala, coup sur coup, cinq ou six petits fours.

— Je crois me revoir au temps où je ne mangeais que dans les cocktails de la rive gauche. Ce que j'ai pu engloutir comme canapés au saumon et au caviar. Cela me nourrissait pour deux jours. Tenez, buvez, vous allez vous étouffer.

D'un salon voisin, leur parvint un air de valse.

— Le bal commence. Quel dommage que je sois un si piètre danseur, j'aurais adoré vous enlever dans mes bras au son d'une valse de Vienne. Venez visiter la maison. Je vais vous montrer le boudoir de Joséphine.

Il y avait tellement de monde dans la petite pièce qu'ils renoncèrent à y entrer. Ils s'assirent dans un salon un peu à l'écart, près d'une table où était posé un admirable vase de Chine monté en lampe. La lumière rose thé que diffusait l'abat-jour donnait au teint et aux cheveux de Léa un éclat particulier. Un homme de taille moyenne, assez corpulent, passa près d'eux.

— Mais n'est-ce pas mon cher éditeur en personne ?

— Décidément, on vous voit partout. Cette jeune beauté est avec vous ? Présentez-moi.

— Léa, je vous présente M. Gaston Gallimard, grand éditeur et grand amateur de femmes. Mlle Delmas.

— Ne l'écoutez pas, mademoiselle, fit-il en s'asseyant près d'elle.

— Gaston, voudriez-vous venir un instant, l'ambassadeur vous demande.

— Excusez-moi, mademoiselle, ne bougez pas, je reviens. Me voici, Marie.

— N'est-ce pas Marie Bell ?

— Oui, c'est elle, une femme charmante. C'est une soirée très littéraire aujourd'hui. Outre notre ami Cocteau, il y a Georges Duhamel, Jean Giraudoux, Robert Brasillach, le beau Drieu La Rochelle, Pierre Benoit en grande conversation avec son ami Arno Breker...

— Le sculpteur ?

— Oui, il vient préparer sa grande exposition qui a lieu en mai. Tenez, voici deux de ses collègues, talent en moins, Belmondo et Despiaux, qui viennent se joindre à eux. Là-bas, c'est Jean Luchaire et Edwige Feuillère...

— Ça suffit, arrêtez votre énumération, c'est trop déprimant à la fin...

— M'accorderez-vous une danse, mademoiselle ?

Léa leva les yeux.

— François...

Elle avait crié son nom.

— François...

D'un bond, elle se leva.

— Léa...

Debout, l'un en face de l'autre, ils se regardaient, incrédules, sans oser se toucher.

— C'est un drôle d'endroit pour se retrouver, murmura François. J'avais oublié que vous étiez si belle, venez danser.

Il y avait longtemps que Léa n'avait fait un rêve aussi agréable : valser lentement dans les bras d'un homme qu'elle désirait et qui manifestement la désirait aussi. Quelle délicieuse sensation de se laisser emporter ! Surtout, ne pas se réveiller, ne pas ouvrir les yeux. Elle se serra davantage contre le corps de François. Elle oubliait l'endroit où elle était, ces gens qui les entouraient, Allemands ou Français, la mission dont l'avait chargée Adrien, la guerre, Laurent même. Elle ne voulait être qu'une femme dans les bras d'un homme.

— Cher ami, je ne saurais vous blâmer de continuer à danser même sans musique, dit Otto Abetz en posant sa main sur l'épaule de François Tavernier.

Celui-ci le regarda sans le voir et, sans répondre, entraîna Léa.

— Ah ! il n'y a que les Français pour aimer comme ça, murmura l'ambassadeur en suivant le couple avec un regard d'envie.

Dans le hall d'entrée, Raphaël s'approcha de Léa.

— Vous partez ?

— Oui, répondit François Tavernier, Mlle Delmas est lasse, je la raccompagne.

— Mais...

— Bonsoir, monsieur.

— Bonsoir, Raphaël.

François la fit monter dans une Bugatti garée dans la cour de l'ambassade.

Pas âme qui vive dans les rues sans lumières de Paris. La place de la Concorde ressemblait à un décor de cinéma, les arbres des Champs-Elysées dressaient haut leurs branches dépouillées.

— Où allons-nous ?

— Je ne sais pas, dit-il en arrêtant la voiture le long d'un trottoir.

Il alluma son briquet et promena la flamme devant le visage de Léa qui s'offrait avec une tension insupportable.

La flamme s'éteignit et les deux corps se précipitèrent l'un vers l'autre. Très vite, leurs lèvres eurent un goût de sang et de sel qui exaspéra leur désir.

Sans l'arrivée d'une patrouille allemande, à qui François Tavernier dut montrer ses papiers et qui s'en fut en s'excusant, ils auraient sans doute fait l'amour dans la voiture.

— Vous habitez chez vos tantes ?

— Oui.

— Je loge actuellement tout près de chez vous, à l'Hôtel du Pont-Royal. Vous voulez que nous y allions ?

— Oui.

— Léa, vos tantes vont être folles d'inquiétude, il est cinq heures du matin.

— Je suis si bien, je n'ai pas envie de bouger.

— Il le faut, ma chérie.

— Oui... vous avez raison...

Léa s'habilla d'un air endormi.

« Quelle folie ! » pensa-t-il.

— Je suis prête.

— Souhaitons que vos tantes ne vous attendent pas sur le pas de la porte. Vous auriez du mal à leur expliquer les cernes que vous avez sous les yeux et le désordre de votre coiffure.

— C'est vrai, j'ai vraiment l'air de sortir d'un lit, fit-elle en se regardant devant une glace.

Rue de l'Université, tout le monde dormait. Sur le palier, François et Léa n'arrivaient pas à se détacher l'un de l'autre.

— Mon amour, j'ai tant pensé à vous durant tous ces mois. Il faudra me raconter tout ce qui vous est arrivé.

— J'ai sommeil.

— Allez dormir, mon cœur, je passerai vous chercher demain pour dîner.

Après un dernier baiser, Léa referma la porte de l'appartement. Telle une somnambule, elle regagna sa chambre. Ses doigts s'impatientaient sur les agrafes du col de dentelle. Elle prit sous les couvertures son épaisse chemise de nuit, dans laquelle on avait roulé une boule d'eau chaude. Comme il faisait froid, en frissonnant, elle l'enfila.

Grâce aux bouillottes de tante Lisa, les draps étaient chauds. Léa n'avait pas atteint le fond du lit qu'elle dormait déjà.

— Oh, non ! éteignez la lumière, fermez les rideaux, grogna Léa en se dissimulant sous les couvertures.

— Mais, ma chérie, tu nous as dit hier que tu avais des courses à faire ce matin. Alors, j'ai pensé qu'il était temps de te réveiller.

Des courses à faire ?... Que voulait dire Lisa ? Quelles courses ? Oh, zut ! le prospectus !

Elle rejeta les draps et bondit hors du lit.

— Quelle heure est-il ?

— Dix heures et demie, je crois.

— Dix heures et demie... Mon Dieu, je vais être en retard.

Elle se précipita dans la salle de bains, fit une toilette sommaire,

316

enfila des bas épais, une combinaison de laine, une jupe et un gros pull-over.

— Tu ne vas pas sortir sans manger ?

— Je n'ai pas le temps. Où est mon sac ?

— Là, sur le fauteuil. Quel désordre, ma pauvre petite !

— Je rangerai tout à l'heure.

Le prospectus, où était le prospectus ?... Le voici... quelle peur elle avait eue !

— Bois au moins ton thé.

Pour faire plaisir à sa tante, Léa avala une gorgée.

— Couvre-toi bien, il fait froid ce matin, dit Albertine en entrant dans la chambre, pendant que Léa enfilait son manteau et nouait par-dessus une grosse écharpe de laine rouge.

Elle ajusta son béret noir en descendant l'escalier.

Elle s'arrêta de courir quelques mètres avant la librairie. Il était onze heures moins deux. Encore essoufflée, elle poussa la porte.

A l'exception des trois vendeurs, le magasin était vide. L'un d'eux sortit, un autre descendit un escalier, il ne resta que le jeune homme brun, au regard intelligent et curieux, qui remplissait des fiches. Il leva la tête.

— Puis-je vous aider ?

— Non merci, je regarde.

Comme la veille, elle s'arrêta devant le rayon des auteurs dont les noms commençaient par la lettre P.

Autant, en entrant dans la librairie, elle était fébrile et inquiète, autant au moment de prendre le tome 2 d'*A la recherche du temps perdu*, elle fut calme et détendue. Elle retira le volume et se mit à le feuilleter. Le prospectus était là. Machinalement, elle s'assura de son épaisseur et avec habileté le mit dans la poche de son manteau. Le livre toujours en main, elle se retourna et fit quelques pas en ayant l'air de le lire. Le jeune homme brun était toujours dans ses fiches. Elle prit dans son sac l'autre prospectus et le glissa entre les pages. Naturellement, sans se presser, elle le remit sur l'étagère.

Toujours pas de client dans la librairie.

Sur la table, Léa prit un livre portant le célèbre sigle N.R.F. et lut les premières lignes : « *Portant dans sa serviette en cuir les copies à corriger de ses quarante-deux élèves, M. Josserand imaginait qu'il était le poète Virgile, remonté des Enfers par la sortie*

principale du métro Clichy, et il s'étonnait avec une naïveté ingé-
nieuse d'être rendu à la lumière du soleil dans cette contrée
curieuse où il voyait beaucoup à apprendre. » Elle leva la tête, son
regard croisa celui du garçon brun.

— C'est un excellent livre, vous devriez le prendre, dit-il en
s'approchant.

— D'accord, je vous fais confiance. Je n'ai rien lu de cet auteur.

— C'est une erreur, il faut lire tout Marcel Aymé.

— Merci, je m'en souviendrai.

Léa paya et sortit.

— Au revoir, mademoiselle, à bientôt.

Aucun client n'était entré. Il était presque onze heures et quart.

Malgré un soleil printanier, il faisait encore très froid. En passant
devant l'hôtel du Pont-Royal, le souvenir de la soirée de la veille lui
revint brusquement. Elle rougit.

« Il faut que je réfléchisse », ne cessait-elle de se répéter encore
en poussant la porte de sa chambre.

Une immense corbeille de fleurs blanches occupait toute la commode. Léa sourit, retira ses chaussures, s'allongea sur son lit en
ramenant l'édredon sur elle, ferma les yeux, les rouvrit, regardant
l'enveloppe posée devant la corbeille.

Il était trois heures et demie quand elle sortit du métro au rond-
point des Champs-Elysées. Elle s'efforça de ne pas voir les lourds
panneaux entourant le refuge central, dans lequel un gardien de la
paix réglait une maigre circulation.

L'après-midi était beau. Malgré le froid, de nombreux promeneurs arpentaient l'avenue. Les files s'allongeaient devant les cinémas. *Nous les gosses* passait au Normandie. Léa prit place dans la
queue. Le documentaire sur les camps de jeunesse n'en finissait
pas. Quant aux actualités, elles ne montraient que « les exploits des
glorieux soldats allemands », des foules acclamant le maréchal, le
départ joyeux de jeunes travailleurs volontaires, un élégant mariage
à Vichy, la répétition d'une pièce de Montherlant, Maurice

Chevalier chantant en Allemagne pour les prisonniers, et la nouvelle mode de printemps. Le film lui parut interminable. Lorsqu'il s'acheva enfin, elle fit mine de laisser tomber son gant et en profita pour glisser le livre sous son siège. Elle se leva et sortit sans regarder derrière elle.

Sur les Champs-Elysées, il lui semblait que tout le monde la dévisageait. Elle s'attendait à chaque instant à entendre :

— Suivez-moi, mademoiselle.

Etait-ce une idée, elle eut l'impression de reconnaître le jeune homme brun de la librairie. Elle se retint de ne pas courir.

Le métro était bondé. Léa se retrouva coincée entre un soldat allemand, qui s'efforçait sans succès de ne pas la toucher, et une grosse fille au parfum entêtant. Elle changea à Concorde, la grosse fille aussi.

Il était six heures et demie quand elle poussa la porte de la rue de l'Université. La première chose qu'elle entendit fut le rire de Lisa, puis celui, plus discret, d'Albertine. Qui pouvait bien faire rire ainsi les demoiselles de Montpleynet ? Elle entra dans le boudoir, seule pièce de l'appartement à peu près convenablement chauffée par un poêle à bois qui tenait lieu de chauffage central. Assis dans une bergère, François Tavernier frottait l'une contre l'autre ses mains tendues vers le feu. A l'entrée de Léa, il se leva.

— Ma chérie ! s'écria Lisa, pourquoi ne nous as-tu pas dit que tu avais rencontré M. Tavernier ?...

— ... et que tu devais dîner avec lui, ajouta Albertine.

— Ce matin, je n'ai pas eu le temps de vous en parler.

— Tu devrais remercier M. Tavernier pour ses merveilleuses fleurs.

— Laissez, mademoiselle, ce n'est rien. Vous n'avez pas oublié que nous dînions ensemble ?

— Non, non. Excusez-moi, je vais me changer.

— Ce n'est pas la peine, vous êtes très bien comme ça. L'endroit où je vous emmène est très simple. Simple mais bon.

— Le temps de me recoiffer, je suis à vous.

Un quart d'heure plus tard, Léa revint. Elle s'était changée et avait légèrement maquillé ses yeux.

— Cher monsieur, ne la ramenez pas trop tard. Par les temps qui courent, nous avons tellement peur.

— Bonne soirée, ma chérie, mange bien surtout, fit Lisa d'un ton gourmand

Rien n'indiquait qu'il s'agissait d'un restaurant. Lorsqu'ils furent arrivés au deuxième étage d'un immeuble bourgeois de la rue Saint-Jacques, François sonna selon un code discret, la porte s'entrouvrit, puis s'ouvrit.

— Monsieur François !

— Bonjour, Marcel, toujours en forme ?

— Faut pas se plaindre. Vous tombez bien, j'ai reçu une pièce de bœuf, à moins que vous ne préfériez des cailles ou des poulets.

— Faites à votre idée. Ce sera excellent, comme d'habitude.

— Que diriez-vous d'un petit chablis comme apéritif ?

— Très bien, mettez-nous dans un coin tranquille.

— Dame, j'vois guère que la chambre à coucher, dit-il sans oser regarder Léa.

— Parfait, va pour la chambre à coucher.

L'endroit ne manquait pas de pittoresque. Dans leur appartement de quatre pièces, les époux Andrieu avaient installé un restaurant clandestin fonctionnant avec une clientèle d'habitués qui en gardaient l'adresse jalousement secrète. Les voisins immédiats, évidemment au courant, étaient avantageusement récompensés de leur discrétion.

Dans la salle à manger familiale, la table d'hôte permettait d'accueillir douze convives. Un buffet Henri II, une desserte, de mauvaises peintures représentant des scènes campagnardes accrochées sur un papier fleuri aux teintes passées, une suspension dispensant une maigre lumière, une nappe à carreaux rouges, d'épaisses assiettes de porcelaine blanche, des gros verres, des couverts dépareillés donnaient un caractère bon enfant à cet endroit.

Ce côté gentiment provincial venait de Mme Andrieu, femme corpulente et joviale, dont les qualités de cœur et de cordon-bleu s'épanouissaient devant ses fourneaux. Originaire de Saint-Cirq-Lapopie dans le Lot, elle avait gardé la truculence de cette région généreuse, et surtout une nombreuse famille qui lui faisait parvenir truffes, foie gras, volailles de toutes sortes, de la charcuterie en abondance, un merveilleux vin de Cahors, de l'huile de noix, les fruits les plus beaux, les légumes les plus frais, de délicieux petits fromages de chèvre, et même un peu de tabac cultivé en cachette.

320

Bien sûr, il avait fallu acheter quelques complicités pour pouvoir assurer des arrivages réguliers. « Mais, seulement des Français », répétait avec orgueil M. Andrieu quand on lui demandait par quel miracle on trouvait des fraises chez lui avant même qu'il y en eût chez *Maxim's, Ledoyen* ou *Carrère.*

Chez les époux Andrieu, on était sûr de ne jamais rencontrer un uniforme allemand. Le fond de la clientèle se composait de retraités aisés, d'universitaires, d'écrivains, de riches commerçants et de quelques artistes en renom. Quelquefois, on pouvait y voir des figures plus inquiétantes et des femmes plus voyantes ; mais le franc-parler de la patronne décourageait vite ces pratiques-là.

Avant la guerre, le couple possédait, dans le quinzième arrondissement, un petit restaurant de spécialités du Quercy, que François Tavernier fréquentait régulièrement. Très vite, le mari et la femme avaient éprouvé pour ce client simple et généreux plus que de la sympathie. A la fin de l'année précédente, une bombe avait mis fin à leur prospérité. Du jour au lendemain, ils avaient tout perdu.

C'était Tavernier qui leur avait procuré le logement de la rue Saint-Jacques. Ils l'avaient aménagé à bon marché en se meublant aux Puces. Comme la plupart des Français, ils avaient éprouvé, à l'annonce de l'armistice, un grand soulagement. Leur fils unique allait revenir. Très vite, Marthe Andrieu comprit le parti qu'elle pourrait tirer de sa famille restée au pays. Comme avant la guerre, les oncles, les cousins redevinrent leurs fournisseurs. Grâce à une ou deux interventions de François Tavernier, depuis un an, le restaurant clandestin fonctionnait très bien.

Devant le succès, on avait dû installer des tables partout : six dans le salon, trois dans le couloir et même dans la chambre à coucher des époux Andrieu. Mais cette table-là était spécialement réservée aux amis.

La table de la chambre conjugale était éclairée par les bougies d'un assez joli candélabre d'argent. Son jumeau était posé sur la commode, qui faisait office de desserte. Par pudeur, sans doute, le lit était dissimulé derrière un paravent chinois, qui détonnait dans ce décor.

Avant de passer à table, François dut aller embrasser le petit-fils du patron, qui était son filleul. C'était un rite auquel il ne pouvait échapper sous peine de blesser ces braves gens. Léa éclata de rire quand elle le vit avec le bébé dans les bras.

— Ça ne vous va pas du tout. Je ne savais pas que vous aimiez les enfants.

Il lui sourit tandis que le petit bavait sur sa chemise.

— Je les aime beaucoup. Pas vous ?

— Pas du tout. Je les trouve encombrants et bruyants.

— Un jour vous changerez d'avis.

— Je ne crois pas, répondit-elle sèchement.

Il redonna l'enfant à sa mère.

— Je vous félicite, Jeannette, mon filleul est de plus en plus beau.

La femme rougit de plaisir.

— Je vous envoie mon mari pour la commande.

François aida Léa à s'installer. La flamme vacillante des bougies semblait animer les dragons du paravent et donnait au visage de la jeune fille une douceur que démentait son regard. François la contemplait en silence.

— Cessez de me regarder ainsi.

— J'ai si souvent essayé d'imaginer votre visage durant tous ces mois...

Le fils de la maison entra, une bouteille à la main :

— Me voilà, monsieur François, pardonnez-moi de vous avoir fait attendre, mais il y a du monde ce soir.

— Bonjour, René, ça va ?

— Ça va, monsieur François. Que diriez-vous, pour commencer d'un peu de foie gras, de jambon de pays et de cous d'oie farcis ?

— Très bien.

— Pour suivre, maman vous prépare une fricassée de poulet aux girolles avec quelques pommes de terres sautées à la graisse d'oie ; une petite salade à l'huile de noix et des cabécous dont vous me direz des nouvelles. Comme dessert, une mousse au chocolat.

— Oh, oui ! s'écria Léa.

— Va pour la mousse au chocolat. Vous nous donnerez aussi une bouteille de cahors.

— Bien, monsieur François. Goûtez-moi ce chablis, fit-il en lui tendant un verre.

— Mmm... pas mal !

— N'est-ce pas ?

322

René servit Léa, finit de remplir le verre de François, puis sortit. Pendant un instant, ils burent en silence.

— Racontez-moi ce que vous êtes devenue. Mais avant, donnez-moi des nouvelles de Mme d'Argilat.

— Elle va très bien. Elle a eu un petit garçon qui se prénomme Charles.

— Ça ne m'étonne pas d'elle. Et son mari ?

— Il s'est évadé à deux reprises, la deuxième fois avec succès. Il a rejoint le général de Gaulle à Londres.

Léa avait dit cela à la fois avec fierté et défi, mais aussitôt elle le regretta. François Tavernier lisait sur son visage tout ce qui se passait en elle.

Coup sur coup, il but deux verres de vin. Il fallait qu'il lui parle. Mais que pouvait-il lui dire ? Sa peur et sa méfiance lui étaient insupportables. Comment lui faire comprendre ?...

— Léa...

Elle leva lentement les yeux sur lui.

— Oui ?...

— Laurent a fort bien fait de rejoindre le général de Gaulle, c'est très courageux de sa part. Mais vous ne devriez pas en parler, même à moi.

— Surtout à vous, voulez-vous dire.

Il sourit avec lassitude.

— Non, vous pouvez tout me dire, c'est sans conséquence. Par contre, j'ai eu peur pour vous hier quand je vous ai vue entrer avec cette petite ordure de Raphaël Malh.

— C'est un vieil ami. Pourquoi le traitez-vous d'ordure ? Après tout, il fréquente les mêmes gens que vous.

— Touché. Sur ce point vous avez raison. Mais sur ce point seulement. C'est une ordure pour plusieurs raisons. Une entre autres : pour de l'argent, il n'hésite pas à dénoncer ses amis à la Gestapo.

— Je ne vous crois pas.

— Si vous le revoyez, ce que je vous déconseille, demandez-le-lui. Comme c'est un grand pervers, doublé d'un masochiste profond, il vous répondra certainement et comme c'est un homme précis, en vous donnant des détails.

— Ce n'est pas possible, ce serait trop ignoble.

— Avec lui, tout est possible. N'a-t-il pas recueilli un enfant juif...

— Vous voyez, il n'est pas si mauvais.

— ... qu'il a reconduit au bout de quelques mois à son orphelinat car il le trouvait sans génie. Il a dépouillé plusieurs personnes qui lui avaient confié leurs dernières ressources pour pouvoir passer en zone libre ; il trafique de l'or, des devises, de l'héroïne. La police française l'a arrêté deux fois. Deux fois, elle a dû le relâcher.

— Comment expliquez-vous qu'il soit reçu dans les salons, que ses livres soient publiés ?

— Il n'est reçu nulle part, à peine chez les gens d'hier soir, où l'on se sert de lui, et chez quelques gros trafiquants du marché noir. Quant à ses livres, ils ont été publiés avant la guerre. Croyez-moi, évitez-le. Il salit tous ceux qui l'approchent.

— Mais, à Bordeaux, il m'a averti que mon oncle...

Léa laissa sa phrase en suspens et but un peu de vin pour se donner une contenance.

— Je sais ce que fait Adrien, mais vous, vous ne devriez pas le savoir.

— Qui vous parle de mon oncle Adrien ? Que savez-vous de lui ?

— Rien, passons. Continuez. Qu'a donc fait encore d'admirable votre ami Raphaël ?

— A Bordeaux, il a donné sa place à bord du *Massilia* au père de Sarah Mulsteïn.

— C'est vrai, elle me l'a dit. J'avoue avoir été surpris. Sarah est comme vous, elle a de l'indulgence pour lui. Elle dit qu'en lui, tout n'est pas mauvais.

— Sarah est encore à Paris ?

— Oui. Elle ne veut pas partir. Elle en a assez de fuir.

— Mais c'est de la folie.

— Je sais, je le lui dis chaque fois que je la vois. Mais quelque chose s'est brisé en elle depuis la mort de son père.

— Je ne savais pas qu'il était mort.

— A Alger, la police de Vichy l'a fait mettre en prison.

— Pourquoi ?

— Parce qu'il était juif et étranger. Il n'a pas supporté la détention. C'était un vieux monsieur fatigué, qui ne vivait que pour la musique. Un matin, on l'a retrouvé mort dans sa cellule.

— Vous l'aimiez beaucoup ?

— Oui, c'était un être remarquable. Une partie du meilleur de l'humanité est morte avec lui.

Jeannette entra, portant deux assiettes copieusement garnies.

— Bon appétit, m'sieu-dame.

Léa contempla son assiette. Vaguement prise de nausée, elle passa sa main sur son front.

— Je sais ce que vous éprouvez, Léa. Pour l'instant, je ne peux rien vous dire. Il faudrait que vous m'aimiez aveuglément pour avoir confiance en moi. Mais je sens bien que ce serait beaucoup vous demander. C'est trop tôt. Mangez. De nos jours, c'est devenu un plaisir rare.

— Pas pour vous, apparemment.

— Voulez-vous continuer au chablis ou voulez-vous du cahors ?

— Du cahors.

Il se leva, prit un verre sur la desserte et lui servit du vin rouge.

Au début, Léa mangea du bout des lèvres, mais peu à peu, le délicieux foie gras, le velours du vin lui redonnèrent son bel appétit.

Quand elle eut soigneusement nettoyé son assiette avec un morceau de pain, son regard avait retrouvé un peu d'aménité.

— Vous êtes comme un petit animal, Léa, il suffit de vous nourrir, de vous caresser, pour vous faire oublier le présent.

— Ne croyez pas ce que ce soit si facile, bredouilla-t-elle, la bouche pleine.

Marthe Andrieu entra en essuyant ses mains à son tablier blanc, suivie de son fils portant un plat recouvert d'une cloche d'argent. D'un geste fier, elle souleva la cloche.

— Sentez-moi ça, monsieur François. Moi, cette senteur, ça me renverse, c'est tout le pays qui me revient en mémoire. Je revois ma pauvre mère devant la grande cheminée de la ferme en train de faire sauter les cèpes, les girolles ou les trompettes de la mort. Personne ne savait préparer les champignons comme ma mère.

— Sauf vous, ma bonne Marthe.

— Oh ! que non, monsieur François, ceux de maman étaient bien meilleurs.

Il sourit à cette manifestation naïve d'amour filial et goûta ce plat préparé avec autant de savoir-faire que d'amour.

— Madame, je n'ai jamais rien mangé d'aussi bon, dit Léa en essuyant son menton taché de graisse.

La cuisinière eut un sourire de satisfaction et dit, à l'intention de François, avec un air à la fois complice et égrillard :

— C'est bon signe quand une jolie fille aime la bonne cuisine... Je vous laisse, les clients attendent.

A elle seule, Léa mangea presque tout le poulet, les girolles et les pommes de terre. Elle but beaucoup aussi. Tout au plaisir de manger, elle avait oublié ses appréhensions et profitait pleinement du moment. Elle ne protesta pas quand les jambes de son compagnon enlacèrent les siennes sous la table ni quand ses doigts caressèrent l'intérieur de son poignet.

Avec la salade, arrivèrent les cabécous. Léa en dévora trois sous l'œil ravi de François. La deuxième bouteille de cahors était sérieusement entamée.

Quand elle eut fini la mousse au chocolat, onctueuse, abondante, elle trouvait que la vie était belle.

Plus d'une fois, François s'était retenu de se jeter sur elle et de la porter sur le lit derrière le paravent. Maintenant, elle fumait un petit cigare, à demi renversée sur sa chaise, qu'elle avait éloignée de la table, ses longues jambes haut croisées laissant apercevoir la dentelle d'un jupon. Les yeux mi-clos, elle savourait sans retenue ce moment de bien-être total.

A travers la fente de ses yeux, elle observait cet homme qui était son amant. Elle aimait la force qui se dégageait de lui et cet œil tour à tour clair et noir, tendre et dur, indulgent et méprisant, elle regardait ce visage aux traits marqués, cette bouche si belle, si savante dans les baisers. Le souvenir de la soirée de la veille la fit frissonner. « J'ai envie de lui », pensait-elle.

— Si nous faisions l'amour ?

François sourit. A vrai dire, il s'attendait à cette proposition mais, prudent, il s'abstenait de le lui dire. Dans sa carrière amoureuse, il avait rencontré peu de femmes aussi naturellement douées pour l'amour. Elle aimait avec une spontanéité et un joyeux paganisme que ne lui avaient sûrement légué ni sa mère ni les dames du Sacré-Cœur de Bordeaux. De plus, jamais elle n'avait manifesté la moindre peur d'être enceinte. Etait-elle ignorante ou bien inconsciente ?

Derrière le paravent, le lit était une masse d'ombre. Il l'allongea en douceur, baisa tendrement ses paupières, ses lèvres, son cou.

Elle se laissait faire, passive. Brusquement elle l'enlaça, mordit sa bouche à pleines dents.

— Faites-moi mal, prenez-moi comme à Montmorillon.

Avec quelle joie il viola sa victime consentante !

François avait fait préparer un panier rempli des meilleures conserves de la famille Andrieu, qu'il donna à Léa pour ses tantes.

— Remettez-leur ceci de ma part.

— Merci.

— Quand vous reverrai-je ?

— Je ne sais pas : je repars dans deux jours.

— Déjà !

La façon dont il dit cela la toucha. Ce fut avec plus de douceur qu'elle répondit :

— L'état de mon père, depuis la mort de maman, ne me permet pas de le laisser seul trop longtemps.

— Je comprends. Si vous revoyez votre oncle Adrien, transmettez-lui mon meilleur souvenir.

Cela lui remit en mémoire la recommandation du dominicain : « Si tu avais un problème grave, appelle ou fais prévenir François Tavernier. » De quelle utilité pouvait lui être quelqu'un qui semblait être au mieux avec les Allemands ?

— Je n'oublierai pas, d'autant qu'il m'avait dit de m'adresser à vous en cas de besoin.

Un sourire de plaisir détendit ses traits.

— Il a raison, dites-lui aussi que rien n'est changé.

— Bonsoir, je le lui dirai. Merci pour ce merveilleux dîner et pour ça, fit-elle en montrant le panier. C'est tante Lisa qui va être contente !

Léa passa la journée du lendemain dans son lit, enfermée dans sa chambre avec une crise de foie.

Le surlendemain, un peu pâle et chancelante, elle alla au musée Grévin. Tout se passa comme l'avait prévu Adrien. Quand elle revint rue de l'Université, Sarah Mulsteïn l'attendait.

— François Tavernier m'a dit que vous étiez de passage à Paris. J'ai eu envie de vous revoir, dit-elle en l'embrassant.

Comme elle avait changé ! Elle était toujours aussi belle, davan-

tage peut-être, mais elle semblait avoir subi une profonde transfor-
mation intérieure, qui modifiait totalement ses expressions et son
regard. Léa avait l'impression étrange qu'elle était habitée par
quelqu'un d'autre. Comme pour le lui confirmer, Sarah lui dit :

— J'ai tellement changé ces derniers temps que je ne me reconnais plus.

— François m'a dit pour votre père...

— Oui, n'en parlons pas, voulez-vous ?

— Et votre mari ?

— J'espère pour lui qu'il est mort à l'heure qu'il est.

Un goût de bile envahit la bouche de Léa.

— Après l'avoir torturé, ils l'ont mis dans un camp de concentration. Je ne sais pas lequel.

Sarah marqua un long silence que personne ne brisa.

— François m'a dit que vous aviez de l'amitié pour Raphaël
Mahl : moi aussi, malgré tout ce que je sais sur lui. Cependant,
prenez garde, c'est un être qui fait du mal même à ceux qu'il aime.

— Mais vous continuez à le fréquenter ?

— Au point où j'en suis, que peut-il me faire ? Je le vois parce
qu'il m'intrigue, que je voudrais comprendre d'où lui vient cette
part mauvaise et cette lucidité. Pourquoi cette recherche de sa propre destruction, ce mépris de lui-même, ce goût de l'humiliation
accouplé à l'orgueil le plus grand ? Je sais qu'il peut faire le bien,
sans raison, par jeu, et, l'instant d'après, rendre cet acte dérisoire,
comme s'il voulait se punir d'un moment de bonté.

— Pourquoi ne quittez-vous pas la France ?

— Je ne sais pas, j'aime ce pays, je suis lasse de fuir. Et puis, je
ne veux pas trop m'éloigner de l'Allemagne, car je me dis, contre
toute logique, que mon mari pourrait être libéré.

— Passez au moins en zone libre.

— Oui, peut-être. François voudrait que je parte chez des amis à
lui, dans le Limousin.

— Où ? A Limoges ?

— Non, à Eymoutiers, une petite ville, pas très loin.

— Je vais à Limoges demain, vous ne voulez pas venir avec moi ?

— Que vas-tu faire à Limoges ? s'écria Albertine.

Léa regretta son imprudence, mais il était trop tard. Elle impro-
visa.

328

— Papa a un client qui lui doit de l'argent, il m'a demandé d'aller le voir.

— Tu aurais pu nous en parler.

— Excusez-moi, mes petites tantes, je n'y ai pas pensé. Qu'en dites-vous, Sarah, vous venez avec moi ?

— Pourquoi pas, ici ou ailleurs.

La sonnette de la porte d'entrée immobilisa les quatre femmes. La porte du boudoir s'ouvrit sur François Tavernier.

— Quelle peur vous nous avez faite, s'écria Sarah, j'ai cru que c'était la Gestapo.

— C'est à cause d'elle que je suis ici. Vous ne pouvez pas rentrer chez les Donati : ils viennent d'être arrêtés.

— Non !...

— Il faut que vous partiez. Je vous ai apporté des papiers et un laisser-passer pour vous rendre en zone libre.

— Mais, je ne peux pas partir comme ça, je n'ai pas mes vêtements, mes livres...

— Je sais, Sarah, mais nous n'avons pas le choix. Ce soir, il n'y a plus de train pour Limoges, et le premier est à 7 heures 30 demain. Il faudra le prendre. A Limoges, il y a une correspondance pour Eymoutiers. Maintenant, il faut vous trouver un endroit pour dormir.

— Mme Mulsteïn peut dormir ici, dit Albertine. N'est-ce pas, Lisa ?

— Bien sûr, avec plaisir.

François Tavernier regarda les deux vieilles demoiselles avec un sourire.

— C'est très généreux à vous. Mais je dois vous dire que cela peut être dangereux.

— Ne parlons pas de cela, cher monsieur.

— Je vais faire préparer un lit, dit Lisa.

— Ce n'est pas la peine, mademoiselle, je dormirai avec Léa, si elle le veut bien, comme ça nous nous réveillerons plus facilement et nous ne manquerons pas le train.

— Léa va à Limoges ? demanda François, étonné.

— Oui, j'avais proposé à Sarah de partir avec moi avant que vous n'arriviez.

— Cela me rassure de savoir que vous voyagerez ensemble. Le

329

moment le plus délicat est le contrôle des papiers au passage de la ligne de démarcation. A deux, c'est plus facile. Léa, puis-je vous parler seule un instant ?

— Venez dans ma chambre.

Léa s'assit sur le lit en s'enveloppant dans l'édredon.

— Je ne vous demande pas ce que vous allez faire à Limoges, car je suppose que vous ne me le direz pas. Mais je vous supplie d'être prudente. Voulez-vous me rendre un service ?

— Si je peux.

— Je voudrais que vous accompagniez Sarah chez mes amis à Eymoutiers. Elle parle très bien le français, mais j'ai peur que son accent intrigue la police allemande et la police française.

— Pourquoi veut-on l'arrêter ?

— Parce qu'on arrête tous les juifs étrangers. Acceptez-vous ?

— Oui.

— Merci.

On sonna une nouvelle fois. D'un bond, Léa se leva pour aller ouvrir. Raphaël Mahl la bouscula pour entrer.

— Où est Sarah ?

De surprise, Léa s'appuya au mur. Pourvu qu'Estelle, qui venait d'arriver, ne dise rien !

— De qui voulez-vous parler ?

— De Sarah Mulsteïn, évidemment.

— Je ne l'ai pas revue depuis 1940. Pourquoi la cherchez-vous ici ?

— Elle vous aimait bien, je lui ai dit que vous étiez à Paris, j'ai pensé qu'elle viendrait vous voir. Depuis deux heures, je la cherche partout.

— Pourquoi ?

— Pour lui dire de ne pas rentrer chez elle, que la Gestapo l'attend.

Léa joua la surprise aussi bien qu'elle le put.

— Oh ! mon Dieu !

Raphaël se laissa tomber sur la banquette de l'entrée.

— Où peut-elle être ? Je ne peux pourtant pas faire le guet devant sa porte pour la prévenir. J'ai déjà suffisamment d'ennuis comme ça.

— Je croyais que vous étiez au mieux avec ces messieurs ?

— Oui, tant que je leur sers à quelque chose. S'ils apprennent, par exemple, que je cherche à soustraire la fille d'Israël Lazare à leurs griffes, c'est moi qui me retrouverai en camp de concentration à sa place.

— Mon pauvre Raphaël, vous ne voulez pas que je vous plaigne ? Après tout, ce sont vos amis.

— Vous avez raison, fit-il en se levant, ne me plaignez pas, je n'en vaux pas la peine. Je vous laisse, je vais continuer mes recherches. Si par hasard vous voyiez Sarah, dites-lui de ne pas rentrer chez elle. Et vous, petit cœur, vous partez toujours pour votre campagne ?

— Oui.

— Eh bien, bon voyage. Pensez à moi de temps en temps. Adieu.

— Au revoir, Raphaël.

Songeuse, Léa referma lentement la porte sur lui et écouta le bruit de son pas décroître dans l'escalier.

— Bravo, vous avez été formidable, dit François en la prenant par les épaules.

— Vous voyez bien qu'il n'est pas aussi mauvais que vous le dites.

— C'est possible, mais j'en doute. Ce pouvait être un piège.

— Non. Je suis sûre qu'il était sincère.

— Moi aussi, dit Sarah en sortant du boudoir.

— Bon, bon. Malgré tout, nous devons être encore plus prudents Demain, quelqu'un viendra vous chercher et vous accompagnera jusqu'à la gare. Il montera à six heures et demie, sonnera et dira : « Le taxi vous attend. » C'est un homme qui fait le vélo-taxi et que j'utilise de temps en temps. Il aura vos billets. Jusqu'au départ du train, il restera avec vous... Sarah, je dois partir. Promettez-moi de ne pas vous exposer.

— J'essaierai, François, je vous le promets, dit-elle en l'embrassant. Merci, merci pour tout.

— Tant que vous serez ensemble, faites attention à Léa, dit-il à voix basse.

— Je vous le promets.

Dans l'esprit de Léa régnait la plus grande confusion : qui étaient vraiment François Tavernier et Raphaël Mahl ? Et même

Sarah Mulsteïn ? A quoi jouaient-ils tous ? Et elle-même, qui laissait tomber des livres dans les cinémas, ramassait des prospectus dans les musées, allait prendre un train pour Limoges avec une Juive recherchée par la Gestapo, pour aller demander *Les Mystères de Paris* à une libraire ? Tout cela était fou. Pourquoi avait-elle accepté cette mission de son oncle Adrien ? Elle était si profondément perdue dans ses réflexions que la voix de François la fit sursauter :

— Ne pensez pas trop, Léa. Il n'y a pas de réponses certaines à vos questions. Tout est à la fois beaucoup plus simple et beaucoup plus compliqué que vous ne l'imaginez. Au revoir, petite fille, vous allez me manquer.

Il sembla à Léa que quelque chose se déchirait dans sa poitrine. Au comble de l'étonnement, elle se dit : « On dirait que ça me fait mal de le quitter ? » Agacée, elle tendit sa joue. Le baiser qu'il y déposa fut si léger qu'elle le sentit à peine.

Il faisait nuit noire quand l'homme au vélo-taxi sonna à la porte de l'appartement.

24.

Les Allemands des différents passages de la ligne de démarcation de la région connaissaient maintenant Léa. Ils l'appelaient : *Das Mädchen mit dem blauen Fahrrad*[1]. Quand elle revenait de la zone « nono » avec un panier rempli de fruits sur son porte-bagages : fraises, cerises, pêches ou abricots, qu'elle ne manquait jamais d'offrir aux soldats de garde. Souvent, sous les fruits, étaient cachées les lettres qu'elle venait de retirer de la poste restante de Saint-Pierre-d'Aurillac.

— Hé bé ! vous en avez des amoureux, ne manquait jamais de lui dire le vieux postier.

Pour plus de sûreté, quelquefois, elle roulait les lettres et les glissait dans le tube de selle ou dans le guidon. Un jour, un Allemand, plus méfiant que ses camarades, lui avait dit :

— Ouvrez vos sacoches et votre sac, vous passez du courrier.

Léa avait éclaté de rire en présentant son sac :

— Si je voulais passer du courrier, je le cacherais sous la selle, pas dans mon sac !

— Ce serait en effet une bonne cachette, lui avait dit l'homme, riant aussi, en le lui rendant.

1. La demoiselle à la bicyclette bleue.

Léa avait eu peur et était remontée sur sa bicyclette les jambes flageolantes. Ce jour-là, la côte de Montaunoire lui avait paru bien rude. Elle aimait cependant ces courses à travers la campagne qui lui permettaient d'échapper à l'atmosphère de Montillac chaque jour plus pesante à cause de l'état de douce démence de Pierre Delmas, de la pression de plus en plus insupportable qu'exerçait Fayard pour obtenir la vente du domaine, des lamentations de Bernadette Bouchardeau à propos de son fils, de la présence des deux officiers allemands qui se faisait moins discrète, et surtout de Françoise, dont l'humeur depuis deux mois était massacrante. L'argent commençait à manquer sérieusement. Ruth avait remis à Léa toutes ses économies. Avant d'en arriver là, Léa avait tenté une démarche auprès de son oncle Luc, l'homme riche de la famille. L'avocat, dont les idées collaborationnistes n'étaient un secret pour personne, lui avait conseillé de vendre la propriété à Fayard, puisque son père n'était plus en état de s'en occuper et qu'il n'avait pas de fils pour lui succéder.

— Mais, je suis là, moi, et il y a mes sœurs.

— Une femme !... comme si une femme était capable de diriger une exploitation viticole ! Si tu tiens à Montillac, trouve un mari capable de s'en occuper. Ce ne devrait pas être bien difficile à une jolie fille comme toi, même sans dot.

Pâle d'humiliation, elle avait insisté :

— Mon oncle, il y a les propriétés de maman en Martinique. Quand la guerre sera finie, nous pourrons les vendre.

— Ma pauvre enfant, tout cela est bien aléatoire. Qui te dit que ces terres ne sont pas occupées par les communistes, ou volées par les nègres... Excuse-moi, j'ai un rendez-vous. Transmets mes amitiés à ton pauvre père. Je donne une petite soirée en l'honneur de ta cousine la semaine prochaine. Laure et Françoise y viennent, veux-tu être des nôtres ?

— Non, merci, oncle Luc, je n'aime pas les gens qu'on rencontre chez vous.

— Que veux-tu dire ?

— Vous le savez très bien. Vous recevez chez vous le chef de la police de Bordeaux, les...

— Tais-toi ! Je reçois qui je veux. Je constate que tu es sous l'influence de ce pauvre Adrien, dont le supérieur me disait il y a quelques jours encore : « Je prie Dieu pour notre malheureux frère, qu'il le ramène dans le droit chemin et lui fasse voir où est l'intérêt véritable de la France. » Je considère qu'Adrien a trahi son pays et l'Eglise. Pour la famille, c'est une grande honte que de savoir un de ses membres allié aux terroristes. Grâce au ciel, personne ici n'a pensé que je pouvais partager ces idées funestes. D'ailleurs, j'ai dit à mes amis que si ce traître se présentait devant moi, je n'hésiterais pas à le dénoncer. Pour moi, mon frère est mort.

— Salaud !

Menaçant, Luc Delmas s'était avancé vers Léa.

— Sais-tu à qui tu parles ?

— Pour moi aussi vous êtes mort, je crache sur votre cadavre.

Léa avait joint le geste à la parole et craché au visage de son oncle.

Avec l'argent de Ruth, elle pouvait faire face jusqu'aux vendanges.

Le mois de juillet ramena Laure à la maison ; une Laure haineuse qui, depuis la dispute de Léa et de l'oncle Luc, n'était plus reçue dans le bel appartement. Elle passait ses journées enfermée dans sa chambre, ou à Langon, chez la fille d'un notaire, camarade de pensionnat.

Léa avait bien tenté de se rapprocher de cette petite sœur qu'elle aimait, mais l'autre refusait tout contact. Par esprit de provocation, Laure se promenait dans les vignes avec Frederic Hanke, riait aux éclats et se comportait avec lui comme une coquette.

Ce mois de juillet 1942 vit également revenir à Montillac, Camille et son petit garçon. La Gestapo les avait chassés des Roches-Blanches. La propriété et tous les biens de Laurent d'Argilat, dénoncé comme agent de Londres, avaient été mis sous séquestre. Le lieutenant S.S. Friedrich-Wilhelm Dohse avait longuement interrogé Camille à Bordeaux. Il voulait savoir où se trouvait son mari. La jeune femme, avec le plus grand calme, avait dit n'avoir eu d'autres nouvelles que celles envoyées par les services officiels. Dohse n'avait pas été dupe, mais avait jugé plus utile de la laisser aller, pensant que tôt ou tard, Laurent d'Argilat essaierait de lui faire parvenir un message ou de la rejoindre.

Chaque semaine, à la poste de Saint-Pierre-d'Aurillac, Léa recevait une lettre de Sarah Mulsteïn qui, avec humour, dépeignait sa vie limousine. Elle lui avait décrit avec une poignante drôlerie la tête des habitants d'Eymoutiers, quand elle s'était promenée dans les rues de la petite ville avec l'étoile jaune cousue sur sa robe par solidarité envers les Juifs de zone occupée :

« Je me serais promenée toute nue qu'ils n'auraient pas été plus gênés. La plupart détournaient la tête. Seul un vieil homme manchot, avec une grosse moustache grise comme en portent les paysans d'ici, une brochette de décorations sur sa veste de velours, s'est approché de moi, a retiré son grand chapeau de feutre noir, et m'a dit d'une voix bourrue : ''J'srai ben pus fier d'porter une étoile comme la vôtre que toute c'te quincaillerie qu'j'ai gagnée à Verdun.'' »

Dans une autre lettre, elle raillait les mesures vexatoires promulguées à l'encontre des Juifs :

« Après nous avoir interdit de posséder un poste de T.S.F., un téléphone, voilà qu'on nous interdit maintenant l'entrée des restaurants, des cafés, des théâtres, des cinémas, des cabines téléphoniques, des piscines, des plages, des musées, des bibliothèques, des châteaux forts, des expositions, des marchés et des foires, des terrains de sports et de camping, des champs de courses, des parcs... Je suppose que faire l'amour avec un non-Juif est également interdit. En fait, les nazis ne rêvent que d'une chose : nous interdire de respirer, de crainte que l'air que nous rejetons, enjuive la pure race allemande. »

Dans ses lettres, elle parlait souvent de François Tavernier, de leur amitié d'avant la guerre, de la totale confiance qu'elle avait en lui. Elle approuvait Léa de vouloir conserver Montillac, lui conseillant de se montrer prudente dans ses conversations avec Fayard.

Le 27 juillet, arriva la dernière lettre de Sarah. Léa s'arrêta sous un arbre et déchira l'enveloppe.

« Quand tu liras ces lignes, je serai de retour à Paris. Les événements de ces derniers jours m'interdisent de rester cachée quand les gens de mon peuple sont conduits à l'abattoir. La censure fonctionnant parfaitement bien, peut-être n'es-tu pas au courant. Voici les faits tels qu'ils m'ont été rapportés par un ami juif et sa compagne, employée aux Affaires juives.

« Dans la nuit de mercredi à jeudi, entre trois heures et quatre heures du matin, des policiers français ont frappé aux portes de milliers de familles juives étrangères, de toutes origines, et les ont arrêtées. Quelques-uns ont pu fuir grâce à la complicité de policiers compatissants ou vénaux, trop peu, hélas. Les autres, les femmes, les enfants, les vieillards, les hommes, les malades mêmes ont été emmenés avec le maigre bagage qu'on les a autorisés à emporter, en autobus pour les plus faibles, à pied pour les autres. Sur leur passage, les Parisiens détournaient la tête. Ils ont été parqués au Vélodrome d'Hiver : 7 000 dont 4 051 enfants ! 6 000 autres ont été conduits au camp de Drancy. La police française a arrêté 13 000 personnes, uniquement parce qu'elles étaient juives !... Il paraît que les autorités allemandes sont déçues : elles en attendaient 32 000 !... Pour échapper à cette rafle, plusieurs malheureux se sont suicidés. Des femmes, se souvenant des pogroms de leur enfance en Russie ou en Pologne, se sont jetées par les fenêtres avec leurs enfants.

« Rien n'avait été prévu pour recevoir cette foule qui, durant sept jours, est restée là sous les tôles et les verrières chauffées par le soleil, sans aucune ouverture pour aérer, dans une puanteur chaque jour plus intolérable. Les latrines en nombre insuffisant étaient devenues très vites inutilisables, les malheureux pataugeaient dans une boue immonde, l'urine s'écoulait le long des gradins. A la peur, s'ajoutait l'humiliation. Des malades mouraient faute de soins. Deux médecins seulement avaient été autorisés à pénétrer dans le Vel d'Hiv, mais, malgré quelques infirmières de la Croix-Rouge, ils ne pouvaient faire face aux fausses couches, à la dysentrie, à la scarlatine... Une dizaine seulement réussirent à s'échapper. Le dimanche 19 juillet, 1 000 personnes, des hommes pour la plupart, ont été enfermés dans des wagons à bestiaux et conduits en Allemagne.

« Je sais, moi, le sort qui les attend, mais c'est tellement horrible que personne ne veut me croire, pas même mes amis juifs, quand j'en parle. Pourtant, certains de ces amis avaient lu comme moi *Mein Kampf*, et le *Livre blanc* anglais, paru en France en 1939, qui donnait sur le camp de Buchenwald et son fonctionnement d'épouvantables précisions. Ils n'y ont vu que des récits de science-fiction. Et puis, ils avaient tellement confiance en la France !

« Pourquoi les Français se font-ils complices de ce qui restera à jamais une des hontes de l'humanité ? Pourquoi ?

« Par mes voyages, les langues que je parle, ma culture cosmopolite, n'étant ni croyante ni pratiquante avant tous ces événements, je me sentais libre citoyenne du monde. Maintenant, je suis juive, et seulement juive. Je rejoins donc mon peuple, sachant que c'est vers la mort que je vais. Je l'accepte. S'il s'avère que la lutte est possible pour arracher quelques-uns d'entre nous à l'anéantissement, je me battrai. Alors, je ferai peut-être appel à toi. Je sais que tu ne me décevras pas.

« Garde-toi de tout, petite amie, tu es si jeune. Pense quelquefois à moi, ta pensée soutiendra mon courage. Je t'embrasse comme je t'aime. Sarah. »

Sur la dernière page, il y avait un post-scriptum :

« Je te joins une ignominie parue dans le journal antisémite *Au Pilori* du 23 juillet 1942, ceci afin de n'oublier jamais ce qu'osent écrire des Rebatet, des Céline, des Chateaubriant, des Philippe Henriot, des Brasillach…. N'oublie pas non plus mon ami François Tavernier. Je sais qu'il t'aime et je ne crois pas me tromper en disant que tu l'aimes aussi, mais que tu ne le sais pas encore. Tu es faite pour lui comme il est fait pour toi. »

La coupure de presse envoyée par son amie tomba à terre. C'était une partie seulement de l'article annoncé qui était signé : Jacques Bourreau.

14 juillet 1942. Une nouvelle merveilleuse parcourt les rues de Paris. Les chroniques parlées de radio et de télévision nationales nous ont informés : le dernier Juif vient de mourir. Ainsi, c'en est donc fini avec cette race abjecte dont le dernier représentant vivait, depuis sa naissance, à l'ancien zoo du bois de Vincennes, dans une tanière spécialement réservée à son usage, et où nos enfants pouvaient le voir s'ébattre en un semblant de liberté, non pour le plaisir des yeux. mais pour leur édification morale. Il est mort. Dans le fond, c'est mieux ainsi. J'avais personnellement toujours peur qu'il ne s'évade, et Dieu sait tout le mal que peut faire un Juif en liberté ! Il restait seul, soit, depuis la mort de sa compagne, laquelle par bonheur était stérile, mais, avec cette engeance, on ne sait jamais. Il faudra que j'aille au zoo pour m'assurer de la véracité de la nouvelle.

C'était un merveilleux matin d'été, chaud mais sans excès, pas un nuage, à peine un léger souffle de vent, les champs et les vignes formaient un camaïeu de verts aux formes géométriques. Quelques prés étaient piquetés par les taches claires des troupeaux. Au loin, le clocher et les toits d'un village complétaient l'harmonie doucement vallonnée du paysage.

Léa se leva, remettant à plus tard la lecture de la lettre qu'Adrien lui écrivait. Elle reprit sa bicyclette pour aller porter le courrier à Mouchac, à Verdelais et à Liloy.

De retour à Montillac, elle se réfugia dans la chambre des enfants pour lire enfin la lettre. Son oncle la félicitait une nouvelle fois de la bonne exécution de sa mission à Paris et à Limoges. Il lui demandait d'écouter tous les soirs Radio-Londres, où un message lui dirait de venir le retrouver à Toulouse. A la poste principale, elle retirerait une lettre lui indiquant le lieu du rendez-vous. Elle devait partir deux jours après avoir entendu le message qui était : « Les violettes fleurissent au calvaire. »

Léa finissait de brûler la lettre, quand Camille entra sans frapper.

— Excuse-moi de te déranger. Il n'y avait rien pour moi ?

— Non, seulement une lettre d'Adrien, fit-elle en montrant la feuille brûlée, et de Sarah Mulsteïn qui a quitté Eymoutiers.

— Pour aller où ?

— A Paris.

— A Paris ! Elle est folle !

— Tiens, lis ce qu'elle écrit, tu comprendras mieux.

Ce fut le 2 août que Léa entendit le message à la T.S.F. Durant son absence, Camille se chargea du courrier.

A la poste de Toulouse, elle trouva un mot laconique lui disant de se rendre vers cinq heures de l'après-midi à la basilique Saint-Sernin, après s'être arrêtée à Notre-Dame du Taur.

Il faisait une chaleur étouffante, et Léa avait soif et faim, n'ayant bu qu'une limonade tiède au buffet de la gare Matabiau. Très peu de monde dans les rues Bayard et Rémusat, et sur la place du Capitole. La petite église de la rue du Taur sembla à Léa une oasis dans ce désert de briques chauffées à blanc. Ses yeux mirent longtemps à s'habituer à la pénombre. Elle s'approcha de l'autel, près duquel brûlait la petite lumière rouge. Des bribes de prières se heurtaient dans sa tête : Notre Père qui êtes aux cieux... Marie pleine de grâce,... le Père Tout-Puissant... qui est ressuscité des vivants et des morts... Agneau de Dieu... que votre volonté soit faite... délivrez-nous du mal...

Elle posa la petite valise de cuir qui avait appartenu à sa mère et s'agenouilla, emplie du désir de croire encore, et de se réfugier sous la protection de Dieu. Mais elle ne ressentait qu'un ennui profond. Quatre heures seulement ! Une vieille femme entra dans l'église en traînant les pieds. Elle s'arrêta devant Léa, qu'elle dévisagea longuement, puis s'en alla en bougonnant :

— C'est pas une tenue dans une église.

La chaleur de l'été lui avait fait oublier le décolleté de sa trop courte robe de toile bleue. Elle fouilla dans la valise à la recherche d'un foulard, qu'elle mit sur sa tête et qui lui couvrit un peu les épaules. Comme ça, elle attirerait moins les regards.

Quatre heures et demie. Léa sortit de l'église et se dirigea vers la basilique Saint-Sernin. Il faisait toujours aussi chaud, pas un souffle d'air. Sur les pierres inégales de l'étroit trottoir, les semelles de bois claquaient, sonores. Soudain, un des battants d'une lourde porte cochère d'un hôtel du XVIᵉ siècle s'ouvrit devant elle, un homme en sortit, qui l'attira et la poussa sous la voûte.

— Mais...

Une main la bâillonna.

— Taisez-vous, vous êtes en danger.

Il y eut, dans la rue du Taur, un bruit de course, puis des voix, toutes proches :

— Ils peuvent plus s'échapper, ces salauds...

— Chante pas victoire si vite, ces putains de youpins sont malins.

— D'accord, mais le patron il est encore plus malin qu'eux.

— C'est vrai qu'il y a des curés qui les aident ?

— On le dit, mais moi, on ne m'ôtera pas de l'idée que ce sont des communistes déguisés en curé.

— Pourtant le dominicain qu'on a arrêté hier, c'était bien un vrai.

Contre celui qui la maintenait toujours, Léa se mit à trembler.

— Faut voir. Si c'est un vrai, tout curé qu'il est, il regrettera d'être né. Faut pas avoir de religion pour aider les Juifs.

Un long coup de sifflet retentit dans la rue.

— Allons-y.

Les deux hommes repartirent en courant. Puis il y eut des cris, des jurons, des coups de feu et... le silence.

Les yeux fermés, Léa s'appuya contre la porte.

— Venez, nous allons passer par les caves.

— Je vous en prie, dites-moi si c'est mon oncle qu'ils ont arrêté ?

— Je n'en sais rien. Hier Lécussan et ses hommes ont tendu un piège à des Juifs et à leurs passeurs. Je sais qu'il y avait un prêtre avec eux.

— Comment était-il ?

— Je n'en sais rien. Venez, bientôt le quartier va être bouclé.

— Une question encore. Comment saviez-vous que je devais passer par là ?

— J'avais ordre de vous protéger de Notre-Dame-du-Taur jusqu'à Saint-Sernin. En passant devant la basilique, j'ai reconnu Joseph Lécussan et deux de ses hommes, et j'ai pensé qu'ils étaient peut-être là à cause de vous. Ça vous va ? Vous venez maintenant ?

— Oui.

— Donnez-moi votre valise, dit-il en glissant sous son bras le pistolet qu'il n'avait pas lâché.

Ils pénétrèrent dans l'hôtel par une petite porte, descendirent quelques marches et se trouvèrent devant une autre porte, que l'homme ouvrit avec une clé. Pendant un temps qui parut interminable à Léa, ils parcoururent un dédale de couloirs à demi effondrés, d'escaliers défoncés, montant, descendant, ils passèrent sous des voûtes superbes rapidement éclairées par la lampe électrique. Essoufflée, Léa s'arrêta.

— Où sommes-nous ?

— Sous le Capitole. Dans le vieux Toulouse, il y a parfois plusieurs étages de caves. Certaines ont mauvaise réputation, car elles servaient de salles de tortures du temps de l'Inquisition. Mais beaucoup au fil des siècles ont servi de refuge. Depuis le début de la guerre, avec quelques camarades, nous avons étayé, réparé, déblayé, dégagé des ouvertures.

341

Ils cheminèrent encore quelques instants en silence. Puis, par un étroit passage où ils durent courber la tête, ils débouchèrent dans une immense salle de briques roses aux arcs d'ogives admirables éclairée par des torches fichées dans le sable du sol. Stupéfaite, Léa s'immobilisa, leva la tête vers la voûte gothique et lentement tourna sur elle-même. Pas une ouverture apparente en dehors de celle par laquelle ils étaient entrés. La lumière mouvante accentuait le mystère et la splendeur de l'endroit.

Quand elle baissa la tête, le long des murs, elle aperçut des tables, des caisses et des lits de camp sur lesquels des hommes étaient étendus, certains très jeunes, pauvrement vêtus.

— Vous avez fini votre examen ? demanda son compagnon.

— C'est merveilleux !

Un homme s'approcha d'eux.

— Pourquoi l'avez-vous amenée ici ?

— Chef, j'ai cru bien faire : je n'allais pas la laisser tomber entre les mains de Lécussan. Vous savez ce qu'il fait aux femmes ?

— Michel, ne vous inquiétez pas, je réponds d'elle.

Cette voix...

— Mon vieux, si vous en prenez la responsabilité...

— Je la prends.

— Laurent !...

Les mains serrées l'une contre l'autre sur ses lèvres, elle vit, émerveillée et incrédule, s'avancer vers elle l'homme qu'elle aimait. Comme il avait changé.

— Oui, Léa, c'est moi.

— Laurent, répéta-t-elle.

Il l'attira à lui et l'enferma dans ses bras.

Plus rien d'autre n'existait maintenant pour Léa que cette chaleur qui pénétrait son corps, que ce souffle qui caressait son cou, que cette voix qui murmurait son nom. L'enchantement ne fut pas rompu quand celui qui s'appelait Michel leur dit :

— Pour cette nuit, elle peut rester, mais dès demain, elle doit partir.

Que lui importait demain, c'était maintenant qui comptait, car maintenant, elle savait qu'il l'aimait, malgré sa question :

— Comment vont Camille et le petit Charles ?

342

— Bien. Comme tu le sais, ils sont à Montillac depuis que la Gestapo a mis les Roches-Blanches sous séquestre. Charles est un très gentil garçon, qui te ressemble beaucoup. Il m'aime bien je crois.

— Qui pourrait ne pas t'aimer ? Comment pourrai-je jamais te remercier de tout ce que tu fais pour nous ?

— Tais-toi, tout ce qui est à moi est à toi. Que cela soit dit une fois pour toutes.

— Je crains que cela ne t'attire des ennuis.

— Tant que le capitaine Kramer sera dans la maison, nous n'aurons pas d'ennuis.

— Comment peux-tu en être aussi sûre ? Il y a tellement de dénonciations.

— Qui nous dénoncerait ? Tout le monde nous connaît et nous aime.

— Quelle confiance ! Chaque jour, des camarades sont dénoncés par leurs voisins, leurs amis même.

— Pendant que nous étions cachés dans la rue du Taur, j'ai entendu dire qu'on avait arrêté un dominicain...

— Rassure-toi, ce n'est pas ton oncle, mais un de ses amis, le père Bon.

— Mais alors, ils ont peut-être arrêté mon oncle tout à l'heure à la basilique ?

— Ils n'ont arrêté personne. Mais il ne fait aucun doute que quelqu'un l'a dénoncé.

— Que dois-je faire maintenant ?

— Pour l'instant, te reposer.

— J'ai faim et j'ai soif.

— Viens t'asseoir ici.

Laurent l'installa sur une caisse devant une table. Peu après, il revint avec une grande terrine de pâté, une miche de pain, un panier de pêches, une bouteille de vin et deux verres. Léa se jeta sur la miche entamée et respira à pleins poumons la bonne odeur.

— Comment faites-vous pour avoir du pain comme celui-là ? Le nôtre est noir et gluant.

— Pour la nourriture, nous avons beaucoup de chance. Les paysannes du marché de la place du Capitole nous fournissent en viandes, en pâtés, en légumes, en fromages et en fruits. Un vieux boulanger de Caraman nous fabrique notre pain et un viticulteur des environs de Villemur nous fait parvenir son vin. Nous les payons quand nous le pouvons. Le réseau n'est pas riche. Quand nous serons plus nombreux, cela posera des problèmes.

— Qu'est-ce qui fait du bruit ?

— C'est notre imprimerie. Nous imprimons une bonne partie de la presse clandestine du Tarn, de la Garonne, de l'Hérault et de l'Aude, plus les tracts, les fausses cartes d'alimentation et les faux papiers. Maintenant nous sommes organisés.

— Mais c'est dangereux !

— Nous sommes très prudents et ici nous ne risquons pratiquement rien.

— Ici, mais vous êtes complètement renfermés : on dirait une prison.

— Ne crois pas ça. C'est plein d'issues invisibles, de trappes, de souterrains, d'oubliettes aussi. Le sous-sol de Toulouse est un vrai gruyère, que certains d'entre nous connaissent depuis leur enfance...

— S'ils le connaissent, l'interrompit Léa, d'autres peuvent le connaître aussi.

— C'est vrai, c'est pour ça que nous avons muré les accès les plus connus et les plus faciles.

— Et celui de la rue du Taur ?

— Cette nuit, il y aura un éboulement qui en fermera l'entrée.

Tout en parlant, Léa coupait une grande tartine de pain, sur laquelle elle étala le pâté.

— Que c'est bon !

— Je n'ai jamais vu quelqu'un manger comme toi. On dirait que tout en toi, corps et esprit, participe à ton repas.

— Pas toi ? fit-elle la bouche pleine.

Cela le fit rire.

— Non, je ne crois pas.

— Tu as tort. Quoique, en ce moment, tu aies plutôt de la chance. Tu es comme Camille, qui ne mange pratiquement rien. « Je n'ai pas faim », c'est agaçant d'entendre ça quand tu as toujours le ventre creux.

Elle sourit en tendant son verre.

— Donne-moi à boire. Trinquons.

— A quoi trinquons-nous ?

— A nous, fit-elle en levant son verre

— A nous... et à la victoire.

— Et moi, alors, on ne m'offre pas à boire ?

Un homme sale et mal vêtu se tenait debout près d'eux.

— Oncle Adrien !

— Père Delmas !

Devant leur stupeur, le dominicain éclata de rire.

— Bonjour mes enfants, dit-il en s'asseyant sur une caisse.

Léa lui tendit un verre qu'il but d'un trait.

— J'ai eu une des plus belles peurs de ma vie quand j'ai vu que la basilique était surveillée. S'ils t'avaient prise, je ne me le serais jamais pardonné.

— Jacquet a été formidable, il a réussi à l'intercepter à temps et à l'amener jusqu'ici.

Léa ne cessait de dévisager son oncle.

— Tu sais, si je t'avais vu comme ça, je ne t'aurais jamais reconnu et je me serais sauvée.

— Tu n'aimes pas mon déguisement ? Il est cependant parfait. Je me fonds complètement dans la masse des miséreux qui demandent l'aumône sur le parvis de Saint-Sernin.

C'est vrai, impossible de reconnaître dans ce clochard crasseux à la barbe grise, au pantalon difforme retenu par une ficelle, au feutre verdâtre et cabossé, nu-pieds dans d'incroyables godillots, l'élégant prédicateur dont les prêches étaient courus par les fidèles du monde entier, le pieux dominicain que tous à Bordeaux connaissaient.

— Je ne savais pas, mon oncle, que tu avais la barbe grise.

— Moi non plus, ç'a été une surprise, je ne m'imaginais pas aussi vieux. Ecoute-moi attentivement : je ne vais pas pouvoir rester longtemps, je dois repartir, nous avons un parachutage cette nuit. Je t'ai demandé de venir pour plusieurs raisons. Restez, Laurent, ce n'est pas un secret pour vous. Il faut que tu sois de plus en plus prudente. La surveillance des passages de la ligne de démarcation va être renforcée. Pour le courrier, tu iras maintenant jusqu'à Caudrot. Le receveur et la demoiselle des postes sont des nôtres. Camille et toi, vous irez à tour de rôle et une fois sur cinq, ensemble. Vous aurez quelquefois des messages à remettre en main propre. Dans ces cas-là, M. et Mme Debray vous donneront les indications. Si un jour, vous entendez à la radio de Londres : « Sylvie aime les champignons de Paris », ça voudra dire de ne plus aller à Caudrot, que vous êtes grillées. Maintenant, par la poste, vous allez recevoir des journaux et des tracts. Il faudra les distribuer. Tu as bien apporté une valise solide, pas trop grande ?

— Oui, elle est là, dit Léa en la lui montrant.

— Très bien. Ce que tu vas avoir à transporter est dangereux. Tu peux refuser. Si j'avais eu quelqu'un d'autre sur place, je n'aurais pas fait appel à toi.

— De quoi s'agit-il ?

— D'aller à Langon et de déposer un poste émetteur-récepteur chez Oliver.

— Mais c'est plein d'officiers allemands !

— Justement, c'est pour ça que c'est l'endroit idéal. Le lendemain de ton retour, tu mettras l'appareil dans le panier avec lequel vous faites les courses et tu l'attacheras sur le porte-bagages de ta bicyclette. Ce sera jour de marché. Tu iras de bonne heure, tu achèteras tout ce que tu pourras trouver : fruits, légumes et fleurs. Comme par hasard, tu rencontreras le vieux sommelier des Oliver, Cordeau, que tu connais. Il te demandera des nouvelles de ton père et te dira qu'il a une gâterie pour la fille de son vieil ami. Tout en bavardant, vous irez jusqu'au restaurant. Là, il te prendra ton panier et l'emportera. Quand il te le redonnera, il sera plus léger, mais te semblera aussi plein. Bien en évidence, tu verras trois bocaux de confit de canard et un de cèpes. Tu acceptes ?

— Ça me met l'eau à la bouche. Pour du confit, je ferais n'importe quoi, dit-elle en riant.

— Tu le remercieras vivement et tu partiras. La difficulté, ce sera à la gare de Langon. Le chef de gare est un sympathisant, mais je redoute de le mettre au courant.

— Je le connais, je lui apporte souvent des lettres de son fils. Dès qu'il me voit, il s'arrange pour éloigner les gendarmes et les douaniers. Ça ira, tu verras. C'est lui qui garde ma bicyclette, et il m'aidera à attacher la valise.

— Ça me semble pouvoir marcher. Qu'en penses-tu, Laurent ?

— Je le crois aussi.

— Ce n'est quand même pas le père Cordeau qui va se servir de l'émetteur ?

— Non, un pianiste a été parachuté de Londres hier soir.

346

— Un pianiste ?

— Oui c'est comme ça qu'on appelle celui qui transmet les messages.

— Où est-il ?

— Tu n'as pas besoin de le savoir. Ton seul contact sera Cordeau. Si tu veux transmettre un message qui te paraît important, préviens-le, il me le fera parvenir et te dira ce que tu dois faire. Tu as bien compris ?

— Oui.

— Si tu es arrêtée, ne joue pas les héroïnes, mais essaie de faire traîner l'interrogatoire le plus longtemps possible afin que nous ayons le temps de prendre des dispositions.

— J'essaierai.

— Autre chose : dans la clandestinité, je suis connu sous le nom d'Albert Duval. Maintenant, je dois partir.

Adrien Delmas se leva et plongea un instant ses yeux dans ceux de sa nièce.

— Ne t'inquiète pas, oncle Adrien, tout ira bien, fit-elle en se blottissant dans ses bras.

— Dieu te garde, dit-il en la bénissant. Au revoir, Laurent.

— Au revoir, mon père.

Après le départ du dominicain, ils restèrent un long moment silencieux.

Léa se pencha à l'oreille de Laurent.

— Où sont les toilettes ?

— Tu vas voir, ce n'est pas très confortable. Prends cette lampe électrique. Après le passage, c'est le deuxième couloir à droite, puis à droite encore, une salle : c'est là. La pelle que tu verras sert à recouvrir le tout de sable, comme font les chats.

Quand Léa revint, Laurent vérifiait le chargeur de son pistolet.

— Ces caves sont étonnantes. Fais-les-moi visiter.

Laurent prit une torche et ils repassèrent par l'ouverture.

— C'est la seule issue de cette salle ? demanda Léa.

— Non, il y en a une autre, mais nous ne devons l'utiliser qu'à la dernière limite.

— J'aime mieux ça, j'ai vraiment l'impression d'être prisonnière. Pas toi ?

— On s'habitue à cette vie. Mais je suis peu souvent ici. Viens par là, regarde les murs.

— Qu'est-ce que c'est toutes ces inscriptions ?

— A différentes périodes, cette salle a servi de prison.

Léa lut :

— 1763, cinq ans déjà ; 1848, Amélie je t'aime ; Vive le roi, Vive la mort. Qui est ce Lécussan dont vous parliez tout à l'heure ?

— C'est un ancien officier de marine, originaire de Haute-Garonne. A l'armistice, il a rejoint l'Angleterre. Après Mers-el-Kébir, il a été emprisonné par les Anglais, puis rapatrié en France. C'est une brute arrogante, violemment anti-Anglais et anticommuniste, mais ce n'est rien à côté de son antisémitisme fanatique. Pour te donner un exemple, les étudiants antisémites de la faculté de médecine de Toulouse lui ont offert en hommage une étoile de David en peau humaine, découpée sur le cadavre d'un Juif et soigneusement tannée.

— Quelle horreur !

— Quand il a bu, il la montre avec complaisance en disant : « C'est de la fesse. » C'est ce joli personnage que Xavier Vallat a nommé directeur aux Questions juives à Toulouse. Depuis un an, il fait la chasse aux Juifs et aux terroristes avec une bande d'individus aussi abjects que lui, qu'il entretient fastueusement.

Durant quelques instants, ils marchèrent en silence.

— Ici, c'est un peu mon domaine : j'y ai mis quelques livres, des couvertures et une lampe à pétrole. Je m'y réfugie quand j'ai besoin d'être seul ou après une opération difficile, dit-il en écartant une tenture défraîchie.

C'était une des plus petites salles. La voûte s'appuyait sur une seule croisée d'ogives, le sol était tapissé d'un sable blanc et doux. Par endroits, sur la brique rose des murs, des traces de feu. Dans un coin, le petit campement de Laurent. Léa s'agenouilla sur les couvertures, brusquement attentive, regardant son ami enfoncer la torche dans le sable : il semblait tout à coup emprunté, malheureux.

— Viens près de moi.

Il secoua la tête.

— Viens, je t'en prie.

Comme à regret, il s'avança. Léa l'attira et il tomba à genoux auprès d'elle.

— Depuis que je suis arrivée ici, je n'attendais que le moment d'être seule avec toi.

348

— Il ne le faut pas.

— Pourquoi ? Tu m'aimes et je t'aime. Demain, tu seras peut-être pris ou blessé ou... Je ne peux pas supporter de ne pas être complètement à toi, de n'avoir comme souvenir que quelques baisers. Non... ne parle pas, tu dirais des bêtises ou, pire, des banalités. Ce que j'éprouve pour toi est au-delà des convenances. Cela m'est égal de n'être que ta maîtresse. Je veux que tu sois mon amant puisque tu n'as pas voulu être mon mari.

— Tais-toi...

— Pourquoi me tairais-je ? Je n'ai pas honte de te désirer et de te le dire. La guerre a changé bien des choses dans le comportement des jeunes filles. Avant, je n'aurais peut-être pas osé te parler ainsi... Bien que... Non, je n'aurais pas été très différente : comme aujourd'hui, je t'aurais dit que je t'aime, que j'ai envie de faire l'amour avec toi et que rien ni personne ne pourra m'en empêcher.

Léa fit passer par-dessus sa tête sa robe de toile bleue. A l'exception d'une enfantine culotte de coton blanc, elle était nue.

Laurent n'arrivait pas à détacher ses yeux de la splendeur de ce corps, de ces seins qui attiraient ses mains. Comment résister à ces doigts habiles qui déboutonnaient sa chemise, puis s'attaquaient à la ceinture du pantalon ?... D'un bond, il se releva et se rejeta en arrière.

— Léa, nous ne devons pas..

Se traînant sur les genoux, elle vint à lui.

La lumière de la torche, les voûtes séculaires, le sable sur lequel elle progressait sans se presser, tel un animal sûr de sa proie, ses cheveux décoiffés, ses seins qui se balançaient doucement, ses reins cambrés, ses cuisses longues, donnaient à l'homme qui la contemplait l'impression d'être à l'aube des temps, quand la femelle primitive choisissait son compagnon.

Lorsque les mains nerveuses et fortes s'agrippèrent à lui, il ne résista plus. Pas plus qu'il ne repoussa la bouche qui se refermait sur son sexe. Il eût voulu que cette caresse ne cessât jamais, et cependant, il s'arracha à la douce emprise. Léa cria :

— Non !

Mais son cri de révolte fit place à un cri de victoire quand enfin il la pénétra.

Le sable blanc collé sur leurs corps immobiles les faisait ressembler à des gisants de pierre. La première, Léa ouvrit les yeux, tourna la tête vers son amant et le regarda avec un mélange de tendresse et de fierté : il était à elle, bien à elle. Pauvre Camille ! De quel poids était-elle face à leur amour ! Désormais, rien ne pourrait les séparer. Elle éprouvait cependant comme une déception, dont elle ne comprenait pas la raison. Jamais, elle n'avait fait preuve d'un abandon aussi grand. Ce n'était pas seulement son corps qu'elle avait donné à Laurent, mais son âme. Ce n'avait pas été la même chose avec François et Mathias. Avec eux, son corps avait été présent, mais là, avec l'homme qu'elle aimait, seul son cœur avait été comblé. Après la brutalité de l'attaque, il s'était montré doux, tendre, trop tendre, trop doux pour satisfaire son désir. De nouveau, elle aurait voulu qu'il la prenne, que ses mains lui fassent à la fois du bien et du mal, que son sexe la fouille sans ménagement, mais une brusque pudeur l'empêchait de le lui demander.

Comme il était beau, avec ses cheveux blonds, son visage aux lignes pures, la peau blanche de son torse lisse. Les yeux fermés, il ressemblait à un enfant. Quand il les rouvrit, elle fut bouleversée de joie.

— Pardonne-moi, mon amour, murmura-t-il, ses lèvres dans son cou.

Lui pardonner ? Quoi ? Il était fou. Elle s'allongea sur lui, se laissant envahir par un bonheur immense. Leurs regards se rencontrèrent et se perdirent l'un dans l'autre. Ce fut à ce moment-là que Léa éprouva une jouissance qui la fit longuement frissonner.

Des appels les ramenèrent à la réalité.

— J'arrive, cria Laurent en repoussant doucement Léa.

Celle-ci s'accrocha à lui.

— Mon amour, je dois m'en aller. Veux-tu passer la nuit ici ? Tu n'auras pas peur ?

— Non. Mais il faut vraiment que tu partes ?

— Il le faut.

A la hâte, il s'habilla. Ses vêtements ressemblaient à ceux d'un ouvrier agricole : un mélange de bleu et de brun et un béret complétaient sa tenue. Plus rien de l'élégant jeune homme de l'été 39, qui l'emmenait faire de longues promenades sur les routes interminables de la forêt des Landes.

350

— Tu es beau.

Cela le fit rire. Il se pencha vers elle.

— Ma chérie, je veux que tu saches que jamais je n'oublierai le moment que nous avons passé ici, malgré la honte que j'éprouve d'avoir abusé des circonstances et de ton affection pour moi.

— Mais c'est moi...

— Je sais, mais je ne devais pas, ni vis-à-vis de toi ni vis-à-vis de Camille.

— Mais tu ne l'aimes pas, c'est moi que tu aimes.

— Oui, je t'aime. Je crois que tu ne peux pas comprendre ce que j'éprouve pour Camille. Elle est à la fois ma sœur, ma fille et mon épouse. Elle est fragile, elle a besoin de moi et je sais que, sans elle, je ne pourrais pas vivre. Ne me regarde pas comme ça. J'essaie de te faire comprendre que Camille et moi, nous sommes de la même race, nous aimons les mêmes choses, les mêmes livres, la même manière de vivre...

— Tu me l'as déjà dit. Tu verras, je changerai : j'aimerai ce que tu aimes, je lirai tes livres, je vivrai à ta façon, je serai aussi ta sœur, ta fille, ta femme et ta maîtresse. Je deviendrai dame d'œuvres, si ça te plaît. Je suis capable de tout pour te garder.

— Tais-toi, tu me fais peur.

— Serais-tu lâche ?

— Face à toi, oui.

— Je ne veux pas, je veux que tu sois fort. Je veux pouvoir toujours t'admirer.

— J'essaierai de ne pas te décevoir. Repose-toi, tu dois te lever tôt demain matin. Promets-moi de ne commettre aucune imprudence.

— Je te le promets. Maintenant, je suis invulnérable ! Toi aussi, sois prudent : je ne te pardonnerai pas s'il t'arrivait quelque chose.

Ils n'échangèrent qu'un baiser, mais dans lequel ils mirent tout ce qu'ils ne savaient pas exprimer.

La main sur la tenture, Laurent s'arrêta, tourna la tête vers Léa, sans la regarder.

— N'oublie pas que je t'ai confié Camille. Veille sur elle. Je peux compter sur toi, n'est-ce pas ?

Le sable étouffait le bruit de ses pas. Quel silence ! Léa n'avait pas encore remarqué à quel point il était total. « Le silence du tombeau » ricana en elle une petite voix.

Elle s'enfouit sous les couvertures.

Quand on la réveilla, elle eut l'impression qu'elle venait de s'endormir et que jamais elle ne pourrait se lever, tant son corps lui faisait mal !

Jacquet, le jeune homme qui l'avait conduite, l'accompagna à la gare, portant sa valise et un sac de voyage. Il lui trouva sans trop de peine une place assise dans un compartiment de troisième classe. Il glissa la valise sous le siège et mit le sac dans le filet au-dessus de sa tête.

Ils étaient en avance, et allèrent dans le couloir fumer une cigarette. Depuis quelques mois, Léa avait pris l'habitude de fumer, en partie par la faute de Françoise, qui laissait ses cigarettes traîner partout puisqu'elle n'avait aucune difficulté à s'en procurer.

— Je n'ai pas mis la valise dans le porte-bagages, j'ai eu peur que vous ne puissiez pas la descendre et que si quelqu'un vous aidait, il la trouve anormalement lourde. Dans le sac, sous des fromages et du saucisson, il y a des tracts et notre journal *Libérer et Fédérer*. Faites-le circuler dans la région. C'est le numéro du 23 juin, celui dans lequel nous avons publié la déclaration du général de Gaulle. Si vous ne l'avez pas lue, lisez-la, ça fait du bien.

— Vous voulez me faire fusiller ?

— Ce serait dommage, une jolie fille comme vous. Dans le train se trouvent deux de nos camarades, prêts à intervenir en cas de danger. Si vous voyez que vous êtes sur le point d'être prise, laissez les bagages. Ils créeront une diversion pour pouvoir s'en emparer. Si l'on vous interroge, dites qu'on vous les a volés. Compris ?

— Compris.

Un coup de sifflet retentit.

— C'est le départ. Bonne chance.

Il sauta du train comme il démarrait.

Penchée à la fenêtre, Léa agita longuement sa main.

— C'est triste de quitter son amoureux, fit une voix à l'accent germanique.

Léa se retourna, les jambes soudain molles.

Mais l'officier allemand tout souriant passa dans le couloir encombré sans rien ajouter. Le cœur battant, elle retourna s'asseoir dans son compartiment.

— Langon. Ligne de démarcation. Quarante-cinq minutes d'arrêt. Tous les voyageurs descendent de voiture avec leurs bagages.

Léa laissa passer ses compagnons de voyage. Que cette valise était lourde ! Si seulement Loriot, le chef de gare, était sur le quai ! Debout sur le marche-pied, elle essayait de repérer un visage connu dans la foule qui piétinait, papiers à la main, dans l'attente d'être contrôlée. Soudain, elle vit monter dans les compartiments vides les douaniers allemands pour la fouille du train. Un officier les accompagnait.

— Lieutenant Hanke !
— Mademoiselle Léa ! Que faites-vous là ?
— Bonjour, lieutenant. Je regardais si je ne voyais personne de connaissance pour m'aider à porter ma valise qui est très lourde.
— Laissez-moi vous aider. En effet. Qu'y a-t-il là-dedans, on dirait du plomb ?
— Vous n'êtes pas loin ! C'est un canon en pièces détachées !
— Ne plaisantez pas avec ces choses-là, mademoiselle, c'est tous les jours qu'on arrête des gens qui transportent des choses illégales.
— Les livres font-ils partie des choses illégales ?
— Certains.
— Il faudra que je vous demande un jour lesquels.

Tout en parlant, ils étaient arrivés à la sortie. Léa fit mine de se diriger vers l'endroit où l'on fouillait les voyageuses.

— *Es ist nützlich, Fraulein, das Mädchen ist mit mir* [1], dit-il à l'adresse d'une des deux femmes chargées d'effectuer le contrôle.

Dans le hall de la gare, Loriot s'avança.

— Bonjour, mademoiselle Delmas, je vais vous chercher votre bicyclette. Bonjour, mon lieutenant.

1. Ce n'est pas la peine, mademoiselle, cette jeune femme est avec moi

— Bonjour, monsieur Loriot. Je dois retourner sur le quai. Aidez Mlle Delmas à charger ses bagages, dit-il en lui tendant la valise.

Le lieutenant Hanke avait fait de grands progrès en français.

La bicyclette, déséquilibrée par la valise et le sac, menaçait à chaque instant de basculer. Essoufflée, le visage en feu, Léa descendit et poussa sa machine jusqu'à la propriété. La première personne qu'elle vit fut son père, qui semblait en proie à une grande agitation. Elle appuya la bicyclette contre le mur de la grange, tentant de reprendre son souffle.

— Salaud... vermine... Isabelle va vous chasser...

— Qu'as-tu, papa ?

— Où est ta mère ? Il faut que je lui parle immédiatement.

— Mais papa...

— Il n'y a pas de « mais papa » qui tienne, va me chercher ta mère. Ce que j'ai à lui dire est important.

Léa passa sa main sur son front en sueur, submergée tout à coup par la fatigue de ces dernières heures : son père qui lui réclamait sa femme morte, cette valise lourde comme le plomb, Laurent qui était son amant, le lieutenant Hanke portant ses bagages, les voûtes gothiques de Toulouse, son oncle le clochard, l'étoile en peau de Juif et Camille qui venait vers elle les bras tendus... Elle se laissa tomber aux pieds de Pierre Delmas.

Quand elle rouvrit les yeux, sa tête reposait sur les genoux de Ruth, et Camille lui bassinait les tempes avec une serviette humide, qu'elle trempait dans l'eau d'une cuvette tenue par Laure. Les yeux exorbités d'angoisse, son père pleurait en disant à Fayard :

— Dites, elle n'est pas morte, ma petite ? Sa mère ne me le pardonnerait pas.

— Ne vous inquiétez pas, monsieur, dit Ruth, c'est seulement un coup de chaleur. On n'a pas idée aussi de faire du vélo sans chapeau par un temps pareil !

— Ce n'est rien, papa, ne t'inquiète pas. Laure, occupe-toi de lui, s'il te plaît.

Le malaise de Léa n'avait duré que quelques instants. Aidée de Camille, elle se releva très vite.

— Je suis désolée de vous avoir fait cette peur. Ruth a raison, c'est la chaleur. Où sont ma valise et le sac ?

— C'est Fayard qui les a pris pour les emporter à la maison.

— Vite, il faut le rejoindre.

Elles le retrouvèrent dans la cuisine.

— J'sais pas, mademoiselle Léa, ce que vous avez dans vos baga-ges, mais ça pèse. J'vas vous les monter dans vot' chambre.

— Non, laissez, je vous remercie, je le ferai moi-même.

— Mais non, c'est ben trop lourd pour vous.

Léa n'osa pas insister, de peur d'éveiller ses soupçons. Elle le sui-vit jusqu'à la chambre des enfants.

— Merci, Fayard, merci beaucoup.

— De rien, mademoiselle.

Camille et Ruth entrèrent. Ruth portait un verre.

— Bois ça, après tu iras mieux.

Léa but sans discuter.

— Maintenant couche-toi et repose-toi.

— Mais...

— Ne discute pas : tu as peut-être une insolation.

— Ne vous inquiétez pas, Ruth, je m'en occupe. Voyez plutôt M. Delmas.

Léa s'allongea sur ses coussins et ferma les yeux pour ne pas voir Camille.

— Depuis que tu es partie, je n'ai pas dormi tant j'étais inquiète. Dès que je m'assoupissais, je vous voyais, toi et Laurent, en danger de mort, c'était horrible.

Tout en parlant, elle lui avait retiré ses chaussures et lui caressait doucement les jambes. Léa avait envie de crier. Elle se leva.

— J'ai vu Laurent à Toulouse.

Camille se redressa.

— Tu as de la chance ! Comment va-t-il ? Que t'a-t-il dit ?

Un désir méchant s'empara de Léa. Et si elle lui disait tout : qu'elle et Laurent s'aimaient, qu'ils étaient amants ? Quelque chose dans le petit visage fatigué et tendu de Camille l'arrêta.

— Il va très bien. Il m'a chargée de te dire qu'il pensait beau-coup à toi et à Charles et qu'il ne fallait pas que tu t'inquiètes pour lui

— Comment pourrais-je ne pas m'inquiéter ?

— J'ai vu également oncle Adrien. Il m'a confié une mission et m'a donné de nouvelles instructions pour le courrier.

— Est-ce que je peux t'aider dans ta mission ?

— Non.

— Ton père m'inquiète. Depuis hier soir, il n'est plus le même : il profère des injures, des menaces. J'ai essayé de lui parler, de savoir de quoi il s'agissait, mais il ne savait que répéter : « Que va dire Isabelle ? » J'ai cru à un moment qu'il s'était disputé avec Fayard, comme cela arrive malheureusement souvent, mais Fayard m'a affirmé que leur dernière querelle remontait à la semaine dernière. Ruth ne sait rien, ta tante Bernadette non plus ; quant à Françoise, elle est de garde à l'hôpital depuis trois jours. Seule Laure semble être au courant, mais elle refuse de me parler et s'enferme dans sa chambre d'où je l'entends pleurer.

— Je vais aller la voir.

— Repose-toi d'abord.

— Non, j'ai comme le pressentiment qu'il s'agit de quelque chose de grave. J'ai peur pour papa.

Léa chercha sa sœur à travers toute la maison, mais ne la trouva point.

Elle ne la revit qu'au moment du dîner. La petite avait les yeux rouges. Personne n'avait faim. Léa ne cessait de regarder son père, qui semblait plus calme, mais d'un calme presque plus inquiétant que l'agitation de l'après-midi. Dès le repas terminé, Léa prit le bras de sa sœur et l'entraîna.

— Viens faire un tour, j'ai à te parler.

Laure eut un geste de recul, puis se résigna. Elles descendirent vers la terrasse. La vallée semblait figée dans la lumière du soleil encore très chaud. Elles s'assirent sur le muret, à l'ombre de la glycine.

— Que s'est-il passé pour que papa soit aussi nerveux ?

Laure baissa la tête. Deux larmes coulèrent sur ses mains posées sur ses genoux.

— Petite sœur, ne pleure pas. Dis-moi ce qui s'est passé.

Laure se jeta en sanglotant au cou de son aînée.

— Jamais je n'oserai te le dire, surtout à toi.

— Pourquoi, surtout à moi ?

— Parce que toi, tu ne peux pas comprendre.

— Comprendre quoi ?

Les sanglots redoublèrent.

— Parle, je t'en prie, pense à papa.

— Oh ! papa, ce n'est pas le plus grave.

Que voulait-elle dire ? Agacée, Léa la secoua.

— Qu'est-ce que ça veut dire ? Qu'y a-t-il de plus grave ?

— Françoise, balbutia-t-elle.

— Françoise ?...

— Françoise et Otto.

— Françoise et Otto ? Explique-toi, je ne comprends pas.

— Ils veulent se marier.

— Se marier...

— Oui. Hier, le capitaine a fait sa demande à papa.

— Je comprends. Et papa a refusé, évidemment.

— J'en étais sûre, je le savais bien que tu ne comprendrais pas et que Françoise n'avait aucune chance que tu l'aides. Je le lui avais dit. Mais elle répétait : « Tu te trompes, Léa a de l'expérience, elle sait ce que c'est que l'amour. » Et moi, je lui disais que ce n'était pas vrai, que tu n'en savais rien. Que si elle voulait un conseil et une aide, c'est à Camille qu'elle devait les demander.

La violence de Laure surprit Léa.

— En dehors de Montillac, tu n'aimes rien ni personne. Le pauvre Mathias l'a bien compris. C'est pour ça qu'il est parti.

— Laisse Mathias en dehors de ça, veux-tu. C'est de Françoise dont il s'agit et de ses sales amours avec un Allemand.

— De ça aussi, j'en étais sûre. Tu ne jures que par ton général de Gaulle et les terroristes qu'il envoie de Londres pour saboter les lignes téléphoniques, faire sauter les trains et assassiner des innocents.

— Assassiner des innocents ! Comment oses-tu qualifier d'innocent l'ennemi qui occupe notre pays, qui l'affame, qui le déporte, qui le tue ? Sans ces « innocents », notre mère serait vivante, papa ne serait pas fou, oncle Adrien et Laurent ne seraient pas obligés de se cacher...

— C'est eux qui ont tort, ce sont des rebelles.

— Des rebelles ! Ceux qui se battent pour l'honneur de la France ?

— Ce ne sont que des mots, de grands mots vides. L'honneur de la France, c'est le Maréchal qui l'incarne.

357

— Tais-toi, tu n'es qu'une sotte ignorante. Ton Maréchal est le complice d'Hitler.

— Ce n'est pas vrai : il a fait don de sa personne à la France.

— Joli cadeau. C'est d'une armée bien équipée dont elle a besoin et d'un chef qui continue à se battre.

— Tu insultes un vieillard.

— Et alors ? Est-ce une excuse d'être vieux si on se conduit comme un salaud ? Je trouve ça au contraire doublement grave. Il s'est servi de son prestige de héros de la guerre de 14 pour faire accepter la honte de l'armistice.

— Sans cet armistice, des centaines de milliers de gens seraient morts, comme maman, sous les bombes.

En prononçant le mot de « maman », Laure se remit à pleurer. Léa prit sa tête et l'attira contre son épaule.

— Tu as peut-être raison, je ne sais plus. Qu'aurait fait maman, dans ces circonstances ?

Accablées, elles restaient assises, tête baissée, jambes pendantes.

— Laure, ça ne te choque pas que Françoise veuille épouser un Allemand ?

— Un peu, admit-elle. Mais puisqu'ils s'aiment.

— Alors, qu'ils attendent la fin de la guerre.

— Ce n'est pas possible.

— Pourquoi n'est-ce pas possible ?

— Parce que Françoise attend un bébé.

— Oh non !...

— Si.

Léa se leva d'un bond. Au loin, la ligne noire des Landes barrait l'horizon. De la Garonne, montait une brume légère qui s'étirait sur Langon et vers les fontaines de Malle.

— Pauvre Françoise, murmura-t-elle.

Laure avait entendu.

— Aide-la, Léa. Parle à papa : il t'écoutera.

— Je ne le crois pas. Il est trop loin de nous maintenant.

— Essaie, je t'en prie, essaie.

— Si seulement Françoise était là, je pourrais lui parler, savoir ce qu'elle veut faire exactement.

— Parle à papa. Il faut qu'il donne son autorisation, sinon Françoise se tuera.

— Ne dis pas de bêtises.

— Ce ne sont pas des bêtises : je te jure qu'elle est désespérée.

— Je te promets de faire tout ce que je pourrai. Maintenant, laisse-moi, j'ai besoin de réfléchir. Va me chercher Camille.

— J'y vais.

Puis, après un instant d'hésitation, Laure embrassa la joue de sa sœur.

— Merci, Léa.

Quelques instants plus tard, Camille rejoignit Léa, qui la mit brièvement au courant.

— Je me sens coupable. Nous n'avons rien fait.

— Que pouvions-nous faire ?

— L'entourer de plus d'affection, provoquer ses confidences.

— Je la connais, cela n'aurait rien changé. Demain, j'irai au marché de Langon ; en revenant, j'irai la voir à l'hôpital et, selon ce qu'elle me dira, je parlerai à papa. Ce soir, je suis trop fatiguée. Bonsoir, Camille.

— Bonsoir, ma chérie.

— Tenez, mademoiselle Léa, vous m'en direz des nouvelles de ce confit, dit le père Cordeau en redonnant à Léa son panier.

— Merci beaucoup, c'est papa qui va être content, lui qui est si gourmand.

— Dites-lui bien le bonjour, et que ça me ferait plaisir de le voir un de ces jours.

— Je le lui dirai. Merci beaucoup. Au revoir, monsieur Cordeau.

Léa sortit du restaurant, portant son grand panier recouvert d'un torchon à rayures rouges. Près de sa bicyclette appuyée contre le mur se tenait un soldat allemand.

— Pas prudent, mademoiselle, de laisser là belle bicyclette. Beaucoup voleurs, faire attention.

— Merci.

Ses mains tremblaient quand elle fixa le panier sur le porte-bagages, aidée par le serviable soldat.

Enfourchant sa machine, elle se dirigea vers l'hôpital.

La cour était encombrée d'ambulances et de voitures militaires. Au secrétariat, elle demanda à parler à sa sœur. On lui dit qu'elle était dans le bâtiment du fond, au service des urgences. Elle remonta sur son vélo. La première personne qu'elle rencontra fut le capitaine Kramer, qui s'inclina devant elle avec raideur.

— Bonjour, mademoiselle Léa. Je suis heureux de vous rencontrer et de pouvoir vous faire mes adieux.

— Vos adieux ?

— Oui, je dois monter de toute urgence à Paris et y demeurer. Je pars dans une heure. Mon ordonnance s'occupera de mes affaires. Vous présenterez, je vous prie, mes respects à Mme d'Argilat : c'est une femme admirable. Je n'aimerais pas que son amour de la patrie la pousse à commettre des actes imprudents. Dites à monsieur votre père que cela a été pour moi un honneur de le connaître et que j'espère qu'il reviendra sur ses préventions. Saluez également la gentille Laure, la dévouée Ruth et madame votre tante.

— Vous n'oubliez personne ?

— Je viens de faire mes adieux à Françoise. Elle va avoir besoin de toute votre affection. Puis-je compter sur vous ?

Lui aussi ! C'était une manie qu'ils avaient, les hommes, de lui confier leur femme ou leur maîtresse !

— Je ferai ce que je pourrai, mais cela ne dépend pas de moi seule.

— Je vous remercie. Françoise n'a pas votre force : c'est une nature influençable et tendre. Ne la jugez pas. J'aurais aimé mieux vous connaître, mais vous avez toujours refusé la moindre conversation. Je vous comprends. A votre place, j'en aurais fait autant. Mais j'aurais voulu que vous sachiez que j'aime la France, que je la considère toujours comme un grand pays à l'égal de l'Allemagne. Un jour, ces deux belles nations n'en formeront plus qu'une seule et apporteront au monde la paix. C'est pour ça que nous devons nous unir.

Léa l'écoutait à peine. Le pire, c'est qu'il était sincère.

— Vous ne croyez pas ?

— Je le croirais peut-être si vous n'occupiez pas notre pays et si vous ne poursuiviez pas ceux qui ne pensent pas comme vous. Adieu, capitaine Kramer.

Portant son panier, Léa entra dans la salle de repos des infirmières. Elles étaient toutes groupées dans le fond de la pièce. Léa s'avança.

Entourée par ses camarades, Françoise, assise, la tête entre ses bras appuyés sur une table, pleurait.

— Que voulez-vous ? demanda une infirmière.

— Je voudrais parler à ma sœur, Françoise Delmas.

— La voilà. Si vous réussissez à la calmer, nous vous serons reconnaissantes.

— Pouvons-nous être seules ?

— Bien sûr. Mesdemoiselles, il est temps de reprendre votre travail. Mlle Delmas va s'occuper de sa sœur.

Quand les infirmières furent toutes sorties, Léa s'assit près de Françoise, qui n'avait pas bougé.

— Viens, Françoise, rentrons à la maison.

Elle avait dit juste ce qu'il fallait dire. Les épaules de la pauvre amoureuse cessèrent de trembler et une main timide chercha la sienne et la serra.

— Je ne peux pas : que dira papa ?

Cette voix d'enfant perdue émut Léa plus qu'elle ne l'aurait cru.

— Ne t'inquiète pas, je m'en occupe. Viens.

Elle l'aida à se lever.

— Il faut que je me change.

— Où sont tes affaires ?

— Dans le placard, là-bas.

Léa alla ouvrir le placard et prit la robe de rayonne fleurie de sa sœur, son sac et ses chaussures à semelles compensées. Françoise finissait de s'habiller quand l'infirmière chef entra.

— Reposez-vous, mon petit, je vous donne congé pour demain.

— Merci, madame.

Les deux sœurs firent les trois kilomètres de Langon à Montillac sans échanger une parole. Comme la veille, Léa descendit de bicyclette dans la côte tandis que Françoise continuait à pédaler en danseuse. « Elle pourrait m'attendre », pensa-t-elle.

Dans la cuisine, Camille et Ruth finissaient de préparer le déjeuner.

— Vous n'avez pas vu Françoise ?

— Si, elle a dit qu'elle montait se coucher, dit Ruth en faisant sauter des pommes de terre dans la poêle.

— Regardez ce que j'apporte pour accompagner les pommes de terre.

— Du confit ! firent ensemble les deux femmes.

— C'est un cadeau du père Cordeau.

— Du père Cordeau ? demanda Ruth. C'est pourtant pas dans ses habitudes d'être aussi généreux.

— En attendant, nous allons nous régaler. C'est papa qui va être content !

— Qu'est-ce qui va me rendre content, ma fille ? dit Pierre Delmas en entrant dans la cuisine.

Léa eut un haut-le-corps en voyant son père. Lui, d'ordinaire si soigneux de son apparence, n'était pas rasé, sa chemise sale et chiffonnée sortait de son pantalon couvert de taches et de poussière. Comme il avait changé depuis la veille ! Il n'avait plus le même regard. Il avait l'air désespéré, mais lucide.

« Il a compris que maman était morte », pensa Léa.

Elle contint son envie de le prendre dans ses bras, de le consoler, de lui dire que ce n'était pas vrai, qu'Isabelle, d'un instant à l'autre, allait rentrer, un panier de fleurs coupées au bras, avec son grand chapeau de paille qui l'abritait si bien du soleil. La force du souvenir était telle que Léa se tourna vers la porte. Elle se rendit compte, alors, que tout au fond d'elle-même, elle aussi avait nié cette mort, et que maintenant que son père acceptait la vérité, elle était séparée de sa mère pour l'éternité.

Le bocal de confit glissa de ses mains et éclata sur le dallage avec un grand bruit qui les fit sursauter.

— Que tu es maladroite, ma chérie, fit Pierre Delmas en se baissant pour ramasser les morceaux de verre.

— Laissez, monsieur, dit Ruth, je vais le faire.

Des larmes qu'elle ne pouvait retenir coulaient sur les joues de Léa. Son père s'en aperçut.

— Voyons, ce n'est pas grave, on va laver les morceaux, il n'y paraîtra plus. Allez, viens te moucher comme quand tu étais petite.

Redevenir petite, s'asseoir sur ses genoux, se blottir sous sa veste, comme pour s'y cacher, se moucher dans le mouchoir paternel, sentir les grands bras se refermer et respirer l'odeur familière de tabac, de chais, de cuir et de chevaux, à laquelle se mêlait parfois le parfum de sa mère.

— Papa...

— C'est fini, mon petit, maintenant, je suis là.

C'était vrai, il était là, revenu enfin parmi les vivants.

Pour quels drames et pour combien de temps ?

Tous firent honneur au confit, soigneusement débarrassé de ses éclats de verre par Ruth, sauf Françoise, qui resta dans sa chambre.

Avant le déjeuner, Pierre Delmas s'était rasé et avait changé de vêtements. Durant le repas, la famille put constater qu'il était brutalement redevenu lui-même.

25.

Quelques jours plus tard, fidèle à sa promesse, Léa essaya de parler à son père lors d'une de leurs promenades d'après-dîner, à travers les vignes. Dès les premiers mots, il l'arrêta :

— Je ne veux plus entendre parler de ce mariage contre nature. Tu oublies trop facilement que les Allemands sont nos ennemis, qu'ils occupent notre pays et que la capitaine Kramer a trahi les lois les plus élémentaires de l'hospitalité.

— Mais papa, ils s'aiment.

— S'ils s'aiment vraiment, ils attendront la fin de cette guerre. Pour l'instant, je refuse de donner mon accord à une union que ta mère eût désapprouvée.

— Françoise a...

— Plus un mot là-dessus, cette conversation me rend malade. Je suis déjà bien fatigué.

Il s'assit sur une des bornes du chemin.

— Est-ce bien nécessaire que tu ailles demain à Bordeaux ?

— Absolument. Je dois voir avec Luc comment je peux reprendre la promesse de vente que j'ai signée à Fayard.

— La promesse de vente !... Oh ! papa, comment as-tu pu faire cela ?

— Je n'en sais rien. Depuis la mort de ta pauvre mère, il me harcelait, me demandant sans cesse davantage d'argent pour acheter du nouveau matériel. Finalement, quand il a vu nos difficultés, il m'a proposé de racheter la propriété. La première fois qu'il m'en a parlé, j'ai retrouvé un peu de lucidité et je lui ai dit que je le chasserais, s'il revenait là-dessus.

— Pourquoi ne m'en as-tu rien dit ?

— Tu as bien vu, ma pauvre petite, que je n'avais pas toute ma tête. Isabelle n'était plus là et j'imaginais que tu étais encore une enfant.

— Mais papa, c'est grâce à moi si Montillac existe toujours. J'ai porté à bout de bras cette terre et ses gens, j'ai surveillé Fayard et les ouvriers, j'ai réussi à nourrir tout le monde avec les légumes du potager que j'ai cultivé moi-même, j'ai remis Fayard à sa place, et toi, tu me dis...

Léa ne put terminer. Pierre Delmas prit entre ses mains celles de sa fille et les baisa tendrement.

— Je sais tout cela. Ruth et Camille m'ont dit ton courage. C'est pour cela que je dois faire annuler cette promesse de vente et que j'ai besoin des conseils d'un avocat.

— Méfie-toi d'oncle Luc : c'est un collaborationniste.

— Je ne peux pas te croire. Il a toujours été maurassien, fervent partisan d'une droite musclée, farouchement antisémite et anti-communiste, mais de là à collaborer avec les Allemands...

— Si oncle Adrien était là, il te convaincrait.

— Luc et Adrien n'ont jamais pu se supporter. Enfants, ils étaient déjà dans des camps complètement opposés. Ils ont toujours été bons chrétiens tous les deux, mais ils ignoraient le pardon des offenses. Les choses se sont un peu arrangées quand Adrien est entré dans les ordres, mais Luc en a quand même profité pour dire que c'était introduire le loup dans la bergerie. Les succès de ton oncle, en tant que prédicateur, ont flatté la vanité et le snobisme de Luc, mais la guerre d'Espagne et l'aide qu'Adrien a apportée aux républicains espagnols, les propos qu'il a tenus en chaire dans la cathédrale de Bordeaux, dénonçant l'attitude de l'Eglise et du gouvernement, ont ranimé une antipathie proche de la haine. Camille m'a dit qu'Adrien était en relation avec Londres et qu'il s'était réfugié en zone libre. Cela n'a pas dû être du goût de Luc.

— Il m'a dit que s'il savait où était Adrien, il le dénoncerait.

— Je n'en crois rien, il a dit ça sous le coup de la colère. Luc a bien des défauts, mais ce n'est pas un Judas.

— Je voudrais tellement que tu aies raison !

— J'espère également avoir des nouvelles d'Adrien. J'ai écrit à son supérieur pour lui annoncer ma visite. J'ai également rendez-vous avec mon notaire.

— Je t'accompagne, je serai plus tranquille.

— Comme tu voudras, ma chérie. Maintenant, laisse-moi. J'ai besoin d'être seul.

Après un baiser sur la joue de son père, Léa s'éloigna.

Tout en marchant vers la maison, rose dans le soleil couchant, elle se disait, cherchant à ne pas penser au lendemain : il faudrait qu'il pleuve, la terre est complètement desséchée, certaines feuilles commencent à jaunir. Sans s'arrêter, elle se pencha et prit une poignée de poussière. « Demain, je dirai à Fayard de faire nettoyer cette pièce qui est pleine de liserons. » Elle contourna le petit bois et arriva sur la terrasse. Certaines lumières du soir donnaient à la vallée un relief qui en accentuait la beauté et provoquait immanquablement chez Léa un sentiment d'allégresse. Françoise l'attendait à l'ombre des charmilles, assise sur l'herbe, ramassée sur elle-même. Léa s'assit près de sa sœur. Celle-ci releva la tête. Elle avait une mine pitoyable.

— As-tu parlé à papa ?

— J'ai essayé, mais il a refusé de m'écouter. Je trouverai un moyen, je te le promets.

— Il ne t'écoutera pas davantage. Que vais-je devenir ?

— Tu pourrais...

Léa hésitait, faisant passer la motte de terre d'une main dans l'autre.

— Tu pourrais aller à Cadillac, chez le docteur Girard. On dit...

— Quelle horreur ! Comment oses-tu me proposer une chose pareille ? Otto et moi, nous voulons cet enfant. Je préférerais mourir plutôt que de...

— Alors, cesse de pleurnicher, et annonce toi-même à papa que tu es enceinte.

— Non, jamais je ne pourrai le lui dire. Je vais m'en aller rejoindre Otto. Peut-être cela fera-t-il céder papa.

366

— Ne fais pas ça, il en serait trop malheureux. Pense à ce qu'il a souffert depuis la mort de maman.

— Et moi, sais-tu ce que je souffre ?

— Excuse-moi, mais je n'ai guère envie de te plaindre. Ce que tu as fait me dégoûte.

— Et toi avec Mathias ?... et d'autres sans doute...

Léa protesta.

— Ils n'étaient pas allemands, les miens.

— C'est trop facile. Est-ce de ma faute s'il y a la guerre entre nos deux pays ?

— Il a mal agi.

— Mais il m'aime !

Léa haussa les épaules. Françoise reprit :

— Je connais des tas de filles qui ont des amoureux allemands. Notre cousine Corinne est fiancée au commandant Strukell. Oncle Luc a bien un peu hésité à donner son consentement, mais la visite du père du commandant, qui est un grand dignitaire nazi, proche d'Hitler, venu spécialement d'Allemagne pour demander la main de sa fille, l'a tellement flatté qu'il a accepté. De plus, la famille est très riche et d'une vieille noblesse de robe. Tout pour plaire à notre oncle ! Corinne a bien de la chance. Si maman avait été là, j'aurais pu lui en parler, elle m'aurait comprise et aidée.

— Tu pouvais te confier à Ruth.

— Je n'ai pas osé.

— C'est pour ça que tu as pris Laure pour confidente ? Une gamine. Tu n'as pas pensé que tu pouvais la bouleverser par tes révélations ?

— Non. Elle n'avait rien contre les Allemands, et ça me faisait du bien de parler à quelqu'un qui n'était pas hostile.

Têtes baissées, elles se turent un long moment.

— Françoise, je voudrais tant t'aider...

— Je sais, Léa, et je t'en remercie. Je me sens moins mal depuis que tu es au courant. Bien que nous ne soyions du même avis sur rien, je sais que je peux te faire confiance, dit-elle en embrassant sa sœur.

— Demain, j'accompagne papa à Bordeaux ; il va chez oncle Luc. L'annonce du mariage de Corinne le fera peut-être changer d'avis. Je te promets d'essayer encore de lui parler. Mais, toi, promets-moi de ne rien faire qui puisse lui faire de la peine.

— Je te le promets, fit-elle en essuyant ses mains sur sa robe.

Ce fut un homme accablé que Léa ramena à Montillac. D'après Luc Delmas, l'annulation de la promesse de vente se révélait impossible puisqu'elle était assortie d'une forte indemnisation que Pierre Delmas n'était pas en mesure de payer. De plus, le notaire s'était montré pessimiste concernant les propriétés d'outre-mer et leur vente éventuelle.

La visite au couvent des dominicains de la rue Saint-Genès avait été également une épreuve. Le supérieur n'avait pas caché qu'il considérait Adrien comme un terroriste, un traître et un apostat. Il avait estimé de son devoir de prévenir la maison mère de Paris et souhaitait qu'elle avertisse Rome des agissements de ce frère dévoyé. Non, il ne savait pas où il était et ne tenait pas à le savoir. Par son attitude, Adrien s'était retranché de la communauté catholique, il était indigne d'appartenir à l'ordre de Saint-Dominique et n'était plus qu'un défroqué. Chaque jour, il priait pour lui, demandant à Dieu de ramener cette brebis égarée. Léa était sortie de cette pieuse demeure avec la nausée. Dans tout cela, l'annonce du mariage de Corinne avait été accueillie par Pierre Delmas avec une indifférence méprisante, à peine entamée quand Luc lui avait dit :

— Tu devrais accepter que Françoise se marie avec le capitaine Kramer : il est d'une famille aussi excellente que celle de mon futur gendre.

Pierre Delmas s'était alors levé pour prendre congé et avait simplement répondu.

— Ne parlons plus de ça. Adieu.

Combien de fois Françoise avait-elle fait la centaine de mètres qui séparait la maison de la route, guettant le retour de son père et de sa sœur ? Dix fois ? Vingt fois ? L'heure de l'arrivée du dernier train de Bordeaux était passée depuis longtemps. Depuis longtemps déjà, la carriole du père Chombas, qui faisait office de taxi entre Langon et Verdelais, aurait dû s'arrêter en haut de la côte devant l'entrée de la propriété. Et s'ils avaient décidé de passer la nuit à

Bordeaux ? Elle ne supporterait pas une nouvelle nuit d'insomnie dans l'incertitude. Jamais, depuis le départ d'Otto, elle n'avait tant souffert de son absence. Pour cet amour, elle avait déjà tant enduré : le mépris de ses collègues de l'hôpital, celui de son père et de Léa, la pitié de Camille, l'air goguenard de Fayard, la honte des rencontres clandestines, la peur d'être surprise. Tout cela était trop dur. Tant qu'il était là, elle se sentait toutes les audaces. Sans lui, elle n'était qu'une pauvre petite fille timide.

Le roulement de la carriole la fit sursauter. Comme une enfant prise en faute, elle alla se cacher derrière un des gros platanes qui bordaient l'allée. Quand elle vit son père, aidé par Léa, descendre de la voiture et marcher lentement d'un pas à la fois lourd et hésitant, tête baissée, Françoise comprit que, pour elle, tout était perdu. Elle appuya son front contre l'écorce de l'arbre, remarqua la course affairée d'un couple de fourmis, se revit, toute petite, cachée derrière ce même arbre pour surprendre son père quand il revenait du travail ou de la promenade, se souvint de sa joie quand il disait :

— Ça sent la chair fraîche ici : il me semble qu'il y a une petite fille de cachée pas très loin. Je vais la chercher et la manger...

— Non papa ! Non papa ! criait-elle en sortant de sa cachette et en se jetant dans ses bras tendus.

C'était fini... Demain, après-demain au plus tard, elle partirait.

Le lendemain, Léa se rendit à Caudrot chercher le courrier. A la poste, elle trouva un message lui disant de se rendre à La Réole, chez M. et Mme Debray. Elle les trouva inquiets, fébriles.

— Pouvez-vous aller ce soir ou demain à Bordeaux ? demanda Mme Debray.

— Je ne sais pas. J'y suis allée hier avec mon père, il faudrait que je trouve une raison.

— Trouvez-la. Il y va de la vie de nombreuses personnes d'un réseau. Vous irez 34, cours de Verdun, au cabinet d'assurances de M. André Grand-Clément, et vous lui direz que le foie gras de Léon des Landes n'est pas de bonne qualité. Il vous répondra qu'il le sait, que lui-même et sa femme ont été intoxiqués. A ce moment-là, dites-lui que vous venez pour la police d'assurance que désire contracter votre père. Il vous fera entrer dans son bureau, vous lui remettrez ces papiers : ce sont de faux contrats d'assurance dans lesquels il trouvera nos informations. Au bout d'un moment, dites-lui que vous ne vous sentez pas bien, que vous avez besoin de prendre l'air. Il vous accompagnera. Dans la rue, vous lui direz que le commissaire Poinsot est sur sa piste, et que s'il ne l'a pas encore arrêté, c'est sur les conseils du lieutenant S.S. Dohse, qui a vraisemblablement infiltré le réseau et qui attend d'avoir tous les éléments pour frapper un grand coup. Qu'il n'hésite pas à prévenir certaines personnes afin qu'elles se mettent à l'abri. Vous avez bien compris ?

Léa répéta les instructions.

— Très bien. Plus tôt vous irez à Bordeaux, mieux cela vaudra.

— Je vais essayer de prendre le train de 18 heures. Ce Dohse, n'est-ce pas celui qui a interrogé Camille ?

— C'est le même, un homme redoutable et intelligent, qui a un flair de chien policier et qui n'abandonne jamais une piste. Il n'est pas impossible que quelqu'un espionne encore Camille d'Argilat pour son compte. De votre côté, montrez-vous d'une extrême prudence... D'ailleurs, pour plus de sécurité, un de nos amis va vous faire passer la ligne par le bois de la Font de Loup.

— Mais les Allemands de Saint-Pierre me connaissent. S'ils ne me voient pas repasser, ils vont se poser des questions ?

— S'ils vous en posent quand vous repasserez la ligne de démarcation, dites-leur que vous l'avez passée à Saint-Laurent-du-Bois où vous aviez une amie à voir. Je ferai en sorte qu'on se souvienne de vous à Saint-Laurent.

— Comme ça, ça va.

— Je me suis peut-être trompée sur vous, petite, fit Mme Debray avec un bon sourire en embrassant Léa.

— Peut-être, madame, mais est-ce tellement important ?

— Pour moi, oui. Nous avons reçu hier des nouvelles de votre oncle, qui vous charge d'annoncer à sa sœur Bernadette que son fils Lucien est avec lui.

— Oh ! cela me fait plaisir. J'aime beaucoup mon cousin, et je craignais tant qu'il lui soit arrivé quelque chose. Oncle Adrien n'a rien dit d'autre ?

— Non.

— Il est temps de partir. Vous allez passer par Labarthe, où vous attend le maréchal-ferrant. Il vous connaît et vous fera franchir la ligne sans encombre. Faites exactement ce qu'il vous dira et tout ira bien. Il vous accompagnera jusqu'à Saint-Martin-de-Grave ; après, vous connaissez le chemin. Au revoir, mon enfant, Dieu vous bénisse.

— Au revoir.

Les époux Debray regardèrent s'éloigner Léa sur sa bicyclette bleue, se demandant s'ils avaient le droit de risquer la vie de cette fille si belle et si étrange.

Quand ils furent arrivés dans le bois de Manchot, le passeur fit signe à Léa de se dissimuler avec sa bicyclette le mieux possible. Lui-même coucha la sienne dans les fougères. A travers bois et vigne, ils atteignirent la nationale 672, qui délimitait la frontière entre la zone libre et la zone occupée. Au lieudit Maison-Neuve, la route, très droite à cet endroit, était déserte. Le maréchal-ferrant appela Léa d'un grand geste. Sans encombre, ils passèrent la frontière. Jusqu'à Saint-Martin-de-Grave, ils roulèrent sur la bicyclette de Léa. Au carrefour du Moulin, ils se séparèrent. A Mouchac, elle creva un pneu et termina sa route à pied en pestant.

Camille jouait avec son fils dans le pré devant la maison. Le petit courut au-devant de Léa, riant, les bras tendus. Elle laissa tomber son vélo et le souleva.

— Bonjour, Charlie, bonjour, mon chéri. Aïe, tu me fais mal.

L'enfant la serrait de toute la force de ses petits bras. Souriante, Camille vint vers eux.

— Il t'aime. Je devrais être folle de jalousie...

Elle les enveloppait d'un regard d'amour tellement confiant que Léa se sentit mal à l'aise.

— Promets-moi que, s'il m'arrivait quelque chose, tu t'occuperais de lui comme s'il était ton fils, dit Camille soudain sérieuse.

— Arrête de dire des bêtises. Pourquoi veux-tu qu'il t'arrive quelque chose ?

— On ne sait jamais. Je t'en prie, promets-le-moi.

Non seulement, elle devait protéger la mère à la demande du père, mais maintenant le fils à la demande de la mère. Et elle, qui la protégeait ? Haussant les épaules, Léa répondit :

— Je te le promets, je m'en occuperai comme de mon fils.

— Merci. Comment ça s'est passé pour le courrier ?

— Bien, mais je dois aller à Bordeaux. Peux-tu trouver une explication pour papa et Ruth ?

— Ne t'inquiète pas, je trouverai.

— Je vais me changer. Tu me prêtes ta bicyclette, j'ai une roue à plat ?

— D'accord.

— Pourras-tu dire à tante Bernadette que Lucien va bien et qu'il est avec oncle Adrien.

— Ça, c'est une bonne nouvelle ! Je cours la lui annoncer.

En redescendant de sa chambre, des éclats de voix lui parvinrent du bureau de son père. Son premier mouvement fut d'entrer. Mais elle se rendit compte qu'elle n'aurait pas le temps d'attraper le train de 18 heures. Le cœur rempli d'appréhension, elle quitta Montillac, imaginant sans peine les propos échangés entre Pierre Delmas et Fayard.

Léa confia au chef de gare la bicyclette de Camille. Comme d'habitude, elle passa sans anicroche les contrôles policiers et douaniers.

Dans le compartiment, il y avait seulement deux paysannes. Léa se détendit, se demandant où elle irait coucher le soir. Pas question d'aller chez Luc Delmas. Elle aviserait sur place. C'était une bonne nouvelle que Lucien soit auprès d'oncle Adrien. Laurent était peut-être avec eux. Il lui manquait. Comme à chaque fois qu'elle pensait à Laurent, François se présenta à son esprit. Les derniers mots de la lettre de Sarah Mulsteïn lui revinrent en mémoire : « Tu es faite pour lui comme il est fait pour toi. » Ridicule ! Elle était faite pour Laurent et pour personne d'autre. Et Françoise, pour qui était-elle faite ? La pauvre, si elle aime vraiment son Allemand, je la plains, elle va souffrir. Que va-t-elle devenir avec son enfant ? Il faut absolument convaincre papa de la laisser épouser Otto.

Le train entra en gare de Bordeaux.

De la gare Saint-Jean au cours de Verdun, il y avait une sérieuse trotte. Léa suivit les quais jusqu'à l'esplanade des Quinconces. A plusieurs reprises, des soldats allemands tentèrent de retenir cette jolie fille court vêtue d'une robe de toile blanche et dont les sandales à semelles de bois claquaient sur le pavé. Certains s'offrirent même à porter sa petite valise d'osier qui contenait les documents remis par les époux Debray. Jamais chemin ne lui parut plus long.

Il était près de huit heures du soir quand elle arriva cours de Verdun. La porte ne s'ouvrit qu'à son troisième coup de sonnette ; l'homme qui se tenait dans l'entrée correspondait à la description donnée.

— M. Grand-Clément ?

D'un signe de tête, il acquiesça.

— Bonjour monsieur. Je tenais à vous dire que le foie gras de Léon des Landes n'est pas de bonne qualité.

— Je le sais, hélas, ma femme et moi avons été intoxiqués.

— Je voudrais vous consulter au sujet d'une police d'assurance pour mon père.

— Entrez dans mon bureau, je vous prie.

Léa remit les papiers, demanda à prendre l'air et dehors, délivra le message.

— Remerciez nos amis pour cette précieuse information. Je vais faire le nécessaire pour prévenir les nôtres, dit M. Grand-Clément.

— N'avez-vous rien à me donner pour eux ?

— Non, pas pour le moment. Soyez sans crainte, mademoiselle, je fais le nécessaire pour l'assurance de votre père, dit-il à voix trop haute.

Près d'eux passèrent deux hommes, apparemment deux tranquilles promeneurs qui profitaient de la douceur du soir.

— Partez ! ce sont des policiers du commissaire Poinsot.

Léa partit droit devant elle et arriva place de Tourny. Là, elle marqua un temps d'arrêt. Où aller ? En dehors de son oncle Luc, elle ne connaissait personne à Bordeaux. Elle descendit les allées de Tourny pratiquement désertes, ayant l'impression d'être suivie. Elle arriva sur la place du Grand Théâtre. Là, il y avait un peu de monde, des soldats surtout. Elle s'arrêta devant le kiosque à journaux de la place. *La Petite Gironde*... Il lui semblait que le nom de ce journal voulait lui faire comprendre quelque chose. *La Petite Gironde*... Raphaël Mahl... Le Chapon Fin... le directeur... Richard Chapon. Un soupir de soulagement gonfla sa poitrine : rue de Cheverus, c'est là qu'elle devait aller.

Neuf heures sonnaient à la cathédrale Saint-André quand elle arriva au journal. C'était le même gardien que lors de sa première visite.

— Le journal est fermé.

— Je veux voir M. Chapon.

— Il n'est pas là, revenez demain.

— Je vous en prie, il faut absolument que je le voie, dit Léa en se dirigeant vers la porte qu'elle savait être celle du directeur. Elle s'ouvrit avant même qu'elle eût posé la main sur la poignée. Au même moment, deux hommes entrèrent dans le hall.

— Messieurs, messieurs, le journal est fermé, s'écria le gardien en se plaçant devant eux.

Léa reconnut les promeneurs du cours de Verdun. L'un des hommes la repoussa d'un geste brutal tout en continuant à avancer.

— Messieurs, qu'est-ce que cela signifie ? demanda Richard Chapon dans l'embrasure de la porte.

— Nous voulons parler à cette jeune fille.

Le directeur de *La Petite Gironde* se tourna vers Léa.

— Vous connaissez ces messieurs ?

— Non, fit-elle de la tête.

— Alors, messieurs, je vous prie de quitter mon journal.

— Je regrette, nous devons l'emmener pour l'interroger, dit celui qui semblait être le chef, en montrant une carte que Richard Chapon regarda attentivement.

— Je réponds de Mlle Delmas : c'est une amie. De plus, son oncle, maître Luc Delmas, est un homme important de la ville.

— Ça ne nous regarde pas. Le commissaire Poinsot nous a donné des ordres, on les exécute.

— Il va faire nuit, ne peut-on remettre l'interrogatoire à demain ?

— Non, nous devons l'emmener.

— Très bien, je l'accompagne. Dufour, prévenez maître Delmas que je suis avec sa nièce.

Le mouvement de contrariété des policiers n'échappa pas au journaliste.

— Qu'attendez-vous, Dufour ? Appelez maître Delmas.

Il ne sortit de l'immeuble qu'après avoir constaté que le gardien avait bien au bout du fil l'oncle de Léa.

Devant la porte, une Citroën traction avant et son chauffeur les attendaient. Léa et Richard Chapon montèrent à l'arrière avec un des policiers.

Durant quelques instants, ils roulèrent en silence dans le dédale des rues sombres.

— Mais ce n'est pas le chemin pour aller au commissariat de Poinsot ! s'étonna Chapon.

— Nous allons avenue du Maréchal-Pétain.

— Au 224 ?

— Oui, c'est là que le commissaire nous a donné l'ordre de conduire la demoiselle.

Léa remarqua l'air soucieux de son compagnon.

— Qu'est-ce qui ne va pas ? demanda-t-elle à voix basse.

Richard Chapon ne répondit pas.

A toute vitesse, Léa réfléchissait : elle n'avait plus rien de compromettant sur elle, ses papiers étaient en règle et sa visite à Grand-Clément était plausible. Elle se détendit un peu, réconfortée par la présence de Richard Chapon.

L'obscurité était si dense que Léa ne put identifier la maison dans laquelle on la faisait entrer. Près de la porte, un soldat allemand en train d'écrire, assis derrière un bureau, leva la tête et dit en français :

— Qu'est-ce que c'est ?

— C'est pour le lieutenant Dohse.

— Bien, je vais le prévenir.

— Qu'est-ce que ça signifie ? Je croyais que c'était le commissaire Poinsot qui voulait voir Mlle Delmas ?

— Le lieutenant Dohse veut également la voir.

Le soldat revint.

Au fond du couloir, ils entrèrent dans une pièce aux doubles portes capitonnées de cuir noir.

Un homme très grand, aux cheveux noirs, d'une trentaine d'années, les attendait debout.

— Laissez-nous, fit-il aux deux policiers.

Les hommes sortirent.

— Bonjour, cher monsieur Chapon. Comment se fait-il que vous soyez ici ?

— Pas pour mon plaisir, croyez-le bien. Je préférerais être dans mon lit. J'accompagne une amie, Mlle Delmas, que vos hommes disaient vouloir conduire au commissaire Poinsot.

— C'est exact, je l'attends d'un instant à l'autre. Ce pauvre commissaire est tellement débordé que je lui donne quelquefois un coup de main. Mais asseyez-vous, je vous en prie.

— Ainsi, mademoiselle Delmas, vous êtes la nièce du célèbre avocat ? Mes félicitations, voilà un homme qui connaît son devoir ! Une de vos cousines ne doit-elle pas épouser un de nos plus brillants officiers ? Comment mieux concrétiser l'union de nos deux grands pays, n'est-ce pas ? Vous-même, je suis convaincu que vous êtes une bonne patriote, n'est-ce pas ?

— Evidemment, fit Léa souriant malgré la peur qu'elle sentait monter en elle.

— Je n'en doutais pas. Beaucoup de vos compatriotes sont comme vous et sont d'une aide précieuse dans la chasse aux terroristes, heureusement peu nombreux, qui tentent de semer le trouble dans ce pays. Voyez-vous, notre rôle est bien ingrat et souvent mal compris. Mais notre récompense est dans le maintien de l'ordre et dans le repos des citoyens, n'est-ce pas ? C'est sans doute pour affaire de famille que vous alliez chez M. Grand-Clément ?

— Oui, mon père désire revoir certaines de ses polices d'assurances.

— Il n'a sans doute pas eu le temps, n'est-ce pas, de s'en occuper lui-même hier ?

Instinctivement, Léa eut la bonne réaction.

— Vous nous faites donc surveiller pour savoir que mon père était à Bordeaux hier ?

— Surveiller est un bien grand mot. Nous avons dans les gares un certain nombre de nos agents, qui nous signalent l'arrivée de certaines personnes.

— Et pourquoi mon père ?

— N'est-il pas le frère du père Adrien Delmas que nous soupçonnons fort d'être à la solde de Londres ?

— Mon oncle Luc est également son frère, et apparemment vous ne le faites pas surveiller.

Richard Chapon fit semblant d'être pris d'une quinte de toux pour cacher son sourire.

— Mademoiselle, votre oncle nous a donné toutes les garanties de son attachement à l'Allemagne, n'est-ce pas ?

— Je n'en doute pas, ne put-elle s'empêcher de répondre.

Le téléphone sonna. Dohse décrocha.

— Oui, très bien, faites-les entrer... Voici le commissaire Poinsot, ainsi que maître Delmas.

Le lieutenant SS accueillit l'avocat avec déférence, et le policier
avec une condescendance marquée.

— Croyez bien, maître, que je suis désolé de vous avoir dérangé.
Le commissaire Poinsot vous a sans doute expliqué, n'est-ce pas,
que c'est un contrôle de routine qui nous a amenés à entendre
votre nièce.

— En effet, mais je trouve inadmissible que l'on s'en prenne à
quelqu'un de ma famille. Comment pouvez-vous penser que cette
enfant puisse s'intéresser à autre chose qu'à ses robes et à ses chapeaux ?

— Hélas ! maître, les jeunes filles de nos jours ont bien changé,
fit le commissaire Poinsot.

— Pas celles de ma famille, monsieur, fit sèchement Luc Delmas.

— Excusez-moi, Chapon, je ne vous ai pas salué. Comment se
fait-il que vous soyez ici ?

— Je n'allais pas laisser Mlle Delmas partir seule avec des policiers que je ne connaissais pas.

— Je vous en remercie, mais que venait-elle faire chez vous, à la
tombée de la nuit ? demanda le commissaire.

— Je n'ai pas eu le loisir de le lui demander. Vos hommes ne
m'en ont pas laissé le temps.

— Mademoiselle, qu'alliez-vous faire chez M. Chapon ?

Léa réfléchissait à toute allure, il fallait absolument qu'elle
trouve une réponse satisfaisante.

— J'allais demander du travail à M. Chapon.

— Du travail ? firent ensemble Luc Delmas et le commissaire.

— Oui, un jour il m'a dit que si j'avais besoin de quelque
chose, je pouvais compter sur lui et comme j'ai besoin de
travailler...

— Mais pourquoi ? s'étonna son oncle.

— Pour aider papa.

Les quatre hommes se regardèrent.

— Je connais les difficultés financières de ton père, mais je ne
crois pas que ton salaire suffirait à l'aider. Je te félicite tout de
même de ce bon mouvement.

— Je suis touché de votre confiance, Léa. Je crois que d'ici quelque temps, je pourrai vous faire une proposition.

— Bon, messieurs, je pense que vous êtes satisfaits des réponses de ma nièce. Il se fait tard, et demain, je plaide de bonne heure. Allez Léa, viens, tes cousins nous attendent. Poinsot, voulez-vous que je vous raccompagne ?

— Merci, maître, j'ai deux ou trois choses à voir avec le lieutenant. Excusez-nous encore de ce contretemps. Au revoir mademoiselle Delmas, au revoir monsieur Chapon.

Le lieutenant S.S. Friedrich-Wilhelm Dohse s'inclina.

— Au revoir, mademoiselle, faites attention à vos fréquentations, n'est-ce pas ?

Sans répondre, Léa fit un signe de tête et sortit, suivie de Luc Delmas et de Richard Chapon.

En s'installant dans la voiture de l'avocat, le directeur de *La Petite Gironde* fit remarquer :

— Vous en avez de la chance de pouvoir rouler : moi, il y a longtemps que je n'ai plus de voiture.

Luc Delmas ne répondit pas. Richard Chapon reprit :

— J'ai eu chaud vous savez. Sans vous, ça ne se serait pas passé comme ça.

— Et pourquoi, si elle n'avait rien à se reprocher ?

— Avec ces gens-là, on a toujours quelque chose à se reprocher.

Luc Delmas ne releva pas.

— Je vous dépose au journal ?

— Oui, si ça ne vous dérange pas.

Ils n'échangèrent plus une parole jusqu'à la rue de Cheverus.

— Au revoir Léa, comptez sur moi.

— Au revoir, monsieur. Merci pour tout.

Jusqu'au domicile de Luc Delmas, l'oncle et la nièce gardèrent le silence.

Quand ils entrèrent dans l'appartement, Luc Delmas lui dit :

— Ne fais pas de bruit. Viens dans mon bureau.

Le moment tant redouté des explications était venu. Léa entra dans la pièce aux murs recouverts de livres aux reliures sévères. Pendant un moment, son oncle marcha de long en large, les mains derrière le dos. Enfin, il s'arrêta devant la jeune fille qui était restée debout.

— Que tout soit bien clair entre nous. Je ne suis venu te chercher que pour éviter le scandale qui aurait pu rejaillir sur nous. Il y a assez de ton oncle Adrien comme brebis galeuse dans la famille. J'espère pour toi que le lieutenant Dohse et le commissaire Poinsot ont été dupes de ta petite comédie avec Chapon.

Malgré la haine et le mépris que lui inspirait son oncle, Léa sentit qu'elle devait le convaincre.

— Mais ce n'était pas une comédie. Je cherche réellement du travail. Il n'y a plus d'argent à la maison.

Elle avait dit cela avec une telle sincérité que Luc Delmas parut ébranlé.

— Tu crois vraiment que cela suffirait à sauver Montillac ?

Léa n'eut pas à se forcer pour que ses yeux se remplissent de larmes.

— Non, bien sûr, mais cela aiderait un peu. La vendange s'annonce belle.

— Pourquoi t'obstiner à vouloir garder cette terre ? fit-il d'une voix adoucie.

— Tu as bien cette vieille maison et ces pins du côté de Marcheprime, auxquels tu tiens beaucoup, paraît-il ?

A la manière dont il la regarda, elle comprit qu'elle venait de toucher le point sensible. Cet homme, qui avait toujours semblé à tous soucieux d'augmenter sa fortune, entretenait avec passion une modeste bergerie entourée de bois, qu'il avait héritée de sa pauvre nourrice.

— Oui, je comprends, dit-il en abandonnant le combat. Viens te coucher.

Léa eut un geste de surprise.

— Tu ne croyais tout de même pas que j'allais te mettre à la rue ?

Sa cousine Corinne, fraîche, élégamment coiffée, vêtue d'une robe de foulard rouge et bleu, la réveilla tard dans la matinée avec le plateau du petit déjeuner. Léa n'en croyait pas ses yeux : de la confiture, du pain blanc, du beurre et, ô merveilles ! une brioche et un croissant ! Devant le regard extasié de Léa, Corinne sourit.

— Ne crois pas que c'est tous les jours comme ça. Grâce aux relations de papa, on ne manque de rien, mais les croissants, c'est seulement deux fois par semaine.

— Si je comprends bien, je suis tombée sur un bon jour ! dit Léa la bouche déjà pleine.

— Oui ! Ne mange pas si vite, tu vas te rendre malade !

— Tu ne peux pas comprendre, c'est tellement bon. Et ce café ? Du vrai café. Comment faites-vous ?

— Je t'en donnerai un sac. Cela vient d'un client de papa dont les cargos font l'Amérique du Sud, les Antilles et je ne sais quel pays. Chaque fois qu'un de ses bateaux revient il nous approvisionne en sucre, café, cacao et tissus.

— Tissus ?

— Oui, ça nous permet de faire des échanges

— Je vois que vous êtes bien organisés.

— Il le faut, par les temps qui courent.

Elle avait dit cela d'une petite voix pointue de bourgeoise, soucieuse de la bonne tenue de sa maison. Dans quelques années, ce sera tout le portrait de sa défunte mère, pensa Léa, plaignant par avance le fiancé allemand.

— Il est tard, tu aurais dû me réveiller plus tôt.

— Papa a téléphoné à Montillac.

— Tu le remercieras. Je prendrai le train de quatre heures.

— Ne peux-tu rester jusqu'à demain ? J'aimerais tellement que tu connaisses mon fiancé.

— Ce n'est pas possible, je dois absolument rentrer. Ce sera pour une autre fois.

— Je n'insiste pas. Papa m'a dit que tu avais beaucoup de soucis. Mais j'exige que tu m'accompagnes chez la couturière pour l'essayage de ma robe de mariée. Tu ne peux pas me refuser ça.

Léa avait vu arriver l'heure du départ de son train avec soulagement. Dans sa valise, elle emportait du sucre, du café et trois coupons de jolis tissus. Corinne avait tenu à l'accompagner jusqu'à la gare. Léa n'avait pas revu son oncle.

Elle dépassa le domaine de la Prioulette. Encore un petit effort, et elle retrouverait sa maison enfin débarrassée de la présence des

Allemands. Elle imagina la joie des habitants de Montillac lorsqu'elle ouvrirait sa valise…

Assises autour de la table de la cuisine, Camille, Laure, Bernadette Bouchardeau, Ruth et la vieille Sidonie paraissaient accablées.

— Léa ! cria Laure en se jetant contre sa sœur.

— Enfin te voilà ! soupira Ruth, sans se lever, les traits tirés.

— Quel malheur, quelle honte ! pleurnichait Bernadette, le visage tuméfié.

— Pauvre petite, murmura Sidonie en se tenant le ventre.

Léa se tourna vers Camille qui s'était levée et ne disait rien.

— Que se passe-t-il ?

— Françoise est partie.

— Partie ? Quand ? Pour où ?

— Hier soir, je pense. On ne l'a su que ce matin. Elle avait laissé une lettre pour ton père et une pour toi, dit Ruth.

— Où est-elle ?

La gouvernante sortit une enveloppe froissée de la poche de sa robe.

« Ma petite sœur,

« Je pars rejoindre Otto, je souffre trop, loin de lui, j'espère que tu me comprendras. Je sais que papa va avoir beaucoup de peine, je compte sur toi pour le consoler. Dis à Laure que je l'aime tendrement et qu'elle me pardonne le mauvais exemple que je lui ai donné. Ruth va beaucoup me manquer, dis-le-lui. Embrasse tante Bernadette. Que Camille prie pour moi, elle sait mieux que vous tout ce que j'ai souffert. Parle quelquefois de la petite Françoise à la bonne Sidonie et bois son cassis à ma santé.

« Je te laisse une lourde charge. Mais toi, tu as la force de tout supporter. Quoi qu'il puisse arriver tu fais face avec orgueil et courage. Je ne te l'ai jamais dit, mais je t'ai beaucoup admirée quand tu as porté la maison à bout de bras et que tu t'abîmais les mains à vouloir tirer de la terre notre nourriture. Mes petites provisions qui amélioraient l'ordinaire avaient un goût amer auprès de tes légumes.

« Autre chose, soyez très prudentes Camille et toi. Il faut que vous sachiez que de nombreuses lettres anonymes sont arrivées sur le bureau d'Otto, disant que vous passiez du courrier de la zone libre à la zone occupée, que vous fréquentiez des terroristes et faisiez passer la ligne de démarcation à des Anglais. Otto a déchiré ces lettres, mais son successeur risque de prêter attention à de nouvelles dénonciations. J'ajoute que je vous approuve. Cela peut vous paraître surprenant de ma part. C'est vrai que j'aime un Allemand, mais j'aime aussi mon pays.

« Léa, tu pourras m'écrire poste restante dans le huitième arrondissement. Dès que j'aurai une adresse, je te la communiquerai. Tu m'écriras, n'est-ce pas ? Tu ne me laisseras pas sans nouvelles de papa ?

« Ne me juge pas, ma chérie, et pardonne-moi de vous quitter de cette manière, mais je n'ai pas le courage de vous revoir. Je t'embrasse tendrement. »

Sa lecture terminée, Léa s'assit, la bouche tremblante, le regard lointain.

— Françoise est partie pour Paris.

— Rejoindre son boche, siffla Bernadette.

Le regard que lui jeta Léa arrêta là son commentaire. Puis, au prix d'un grand effort, Léa transmit à chacune la petite phrase la concernant.

— Comment papa a-t-il réagi ? demanda-t-elle à Camille.

— D'abord, il est entré dans une grande colère, puis est resté abattu sur le banc du chemin, regardant de temps en temps vers la route, comme s'il espérait la voir revenir. Ensuite, il t'a demandée. C'est à ce moment-là que ton oncle Luc a téléphoné, longuement. Je ne sais pas ce qu'ils se sont dit. Ton père a pris son chapeau et sa canne. Il est parti vers le calvaire. Depuis, nous ne l'avons pas revu. Sidonie est venue nous dire qu'elle l'avait aperçu au cimetière de Verdelais, où il priait devant la tombe de ta mère. Elle s'est approchée de lui, lui a parlé. Il l'a regardée comme s'il ne la reconnaissait pas et lui a fait signe de s'en aller. Il avait l'air d'**avoir** à nouveau perdu la tête.

— Et depuis ?

— Laure a été à Verdelais, il n'y était plus.

— Je suis allée dans l'église, chez des gens qu'il connaissait, je suis revenue par le calvaire, je ne l'ai pas vu, affirma Laure.

— On doit absolument le retrouver avant la nuit. Il va sûrement y avoir un orage dans la soirée, dit Léa.

L'orage éclata vers huit heures du soir, comme Léa venait de rentrer. Personne n'avait trouvé trace de Pierre Delmas. Le docteur Blanchard, prévenu de la disparition de son vieil ami, était venu dès qu'il avait pu. Fayard, qui avait visité chaque pièce de vigne avec son chien, rentra trempé à la nuit tombée. Des voisins qui participaient aux recherches rentrèrent à leur tour. Chacun se sécha dans la cuisine devant le feu, y allant de son commentaire et buvant du vin chaud offert par Ruth. Le petit Charles, terriblement excité par ce mouvement inhabituel, allait de l'un à l'autre en criant. Vers minuit, tous rentrèrent chez eux, sauf le docteur Blanchard.

Léa refusa de se coucher et, aux premières lueurs de l'aube, repartit dans la campagne. Elle alla dans tous les endroits où elle aimait se promener avec son père quand elle était enfant. Pas la moindre trace. Elle s'assit dans l'herbe humide au pied de la croix de Borde. Un immense ciel gris, agité de nuages plus sombres encore, écrasait le paysage, avec cependant, dans le lointain, vers les Landes et la mer, une mince bande de clarté. Le temps va se lever, pensa Léa, avant de s'assoupir appuyée contre la croix.

Le froid la réveilla. Le temps ne s'était pas levé, le ciel était devenu franchement menaçant, la lointaine lueur avait disparu. La pluie se remit à tomber. Léa releva sa bicyclette et redescendit à pied le chemin boueux. Comme la veille au soir, la cuisine était pleine d'hommes aux vêtements mouillés. Ils étaient silencieux. Trop silencieux. Fallait-il que ce soit toujours dans cette cuisine chaude et accueillante que Léa apprenne ce qu'elle redoutait le plus ? Elle regarda autour d'elle : les têtes étaient baissées et découvertes.

Une horrible douleur pulvérisa son cœur, un flot de larmes monta à ses yeux et se tarit sous ses paupières, un cri broya sa gorge, qui ne laissa passer aucun son, tandis qu'en elle une voix d'enfant appelait son père.

C'était le curé de Verdelais qui avait découvert le corps de Pierre Delmas, recroquevillé dans le coin sombre d'une des chapelles du calvaire où il s'était sans doute abrité de la pluie. Son cœur fatigué, épuisé de chagrin, avait cessé de battre au milieu de la nuit.

26.

La souffrance muette et sans larmes de Léa inquiétait Ruth et Camille.

Elle avait longuement contemplé le cadavre raidi que le docteur Blanchard avait fait transporter sur le divan du bureau. C'est elle qui avait arrangé sur le front glacé une mèche grise, regardant ce qui avait été son père avec une sorte d'indifférence. Qui était ce vieillard rétréci aux pauvres mains débiles dont le corps mort gisait là ? Son père était grand et fort ; quand il la prenait dans ses bras, elle avait l'impression d'être protégée contre le monde entier, rien ne pouvait lui arriver ; sa main disparaissait tout entière dans la sienne, chaude, enveloppante, rassurante ; marcher auprès de lui à travers les vignes, c'était partir à l'aventure, à la conquête de l'univers. Il parlait de la terre, comme Isabelle parlait de Dieu. Pour lui, l'un et l'autre se confondaient en une même vérité. Chez Léa, seule la foi dans la terre avait survécu. La terre, elle, ne l'avait ni trahie ni abandonnée. Quand tous avaient eu faim, c'est elle qui avait généreusement récompensé son labeur. Comme elle, Pierre Delmas avait tiré du sol de Montillac leur subsistance. Le père et la fille étaient de la même race. Alors, devant la triste dépouille, Léa sut que c'était l'image de son père debout dans ses vignes qui demeurerait à jamais.

Avec un grand calme, elle donna ses instructions à Ruth et à sa tante Bernadette pour les obsèques, appela elle-même Luc Delmas, Albertine et Lisa de Montpleynet, leur demandant d'annoncer la nouvelle à Françoise si elles la voyaient.

Elle chargea Camille de prévenir les amis et les voisins et d'avertir le curé de Verdelais.

Elle monta dans sa chambre se changer et redescendit, vêtue d'un de ces tabliers noirs de vieille femme que l'on trouvait encore facilement sur les marchés. Elle prit au portemanteau de l'entrée son chapeau de paille, dont elle noua les rubans sous son menton : le soleil était revenu.

— Tu sors ? demanda Ruth.

— Oui, je dois aller à La Réole.

— Maintenant ?...

— Oui.

Camille s'avança.

— Tu ne veux pas que je t'accompagne ?

— Non, merci, j'ai besoin de toi ici. Je dois aller prendre le courrier et dire aux Debray comment cela s'est passé à Bordeaux. Je veux aussi leur demander d'essayer de joindre oncle Adrien.

Léa s'éloigna sur sa bicyclette bleue.

Tous ceux qui avaient pu, parents, amis, voisins, étaient venus s'associer à la peine des habitants de Montillac. Malgré le risque d'être arrêtés, le père Adrien, dans sa longue robe blanche était là, ainsi que Laurent d'Argilat. Lucien, au bonheur de sa mère, les avait accompagnés. Seule Françoise manquait. Quand ses tantes en grand deuil lui avaient dit, le matin de leur départ pour Bordeaux, qu'elles allaient à l'enterrement de son père, et qu'elles souhaitaient faire le voyage avec elle, Françoise leur avait dit que pour rien au monde elle n'irait, qu'elle ne voulait pas être accusée de sa mort. Elle s'était enfuie en larmes.

Adrien avait tenu à dire la messe que servirent Luc et Laurent.

Pendant l'office, ces trois hommes oublièrent tout ce qui les séparait.

Prévenus par leurs espions que deux terroristes activement recherchés se trouveraient à Verdelais, le lieutenant Dohse et le commissaire Poinsot s'apprêtaient à les faire arrêter, quand un ordre venu de Paris leur imposa de ne pas bouger. Luc Delmas avait exigé de son futur gendre, le commandant Strukell, qu'il obtienne de son père que rien ne soit fait tant qu'il serait à Montillac.

Assise au premier rang avec les femmes de la famille, Léa, derrière son voile de crêpe, se laissait bercer par les voix monotones des enfants de la chorale de la basilique. Elle se reprochait la joie qu'elle avait eue à revoir Laurent, joie qui lui avait fait oublier durant quelques instants sa douleur. La veille, quand il l'avait prise dans ses bras et longuement serrée contre lui, elle avait éprouvé un grand sentiment de paix et de bonheur. Par amour pour elle, il était venu, risquant sa vie. Léa était si remplie, si sûre de cet amour, qu'elle n'éprouva pas de jalousie en le voyant monter l'escalier avec Camille pour aller se coucher. Dès qu'elle s'était allongée, elle s'était endormie d'un sommeil sans rêve. Et au matin, le visage heureux de Camille n'avait pas entamé cette paix.

Elle prenait peu à peu conscience que, maintenant, plus rien ne la retenait à Montillac. A quoi bon se battre pour garder une terre dont son père lui-même s'était détaché ? Laure ne rêvait que d'habiter en ville. La vente de la propriété leur permettrait d'acheter un appartement à Bordeaux ou à Paris et de vivre largement pendant quelques années. Elle pouvait aussi louer les vignes et garder la maison. Il fallait qu'elle demande conseil à son oncle Adrien et à Laurent. Françoise aussi aurait à donner son avis : elle était l'aînée et majeure depuis un mois. Rien non plus ne l'empêchait de rejoindre Laurent dans son combat. Elle vivrait près de lui, partagerait les mêmes dangers, les mêmes combats... Incapable de prier, elle se levait, s'agenouillait, s'asseyait machinalement, obéissant aux mouvements de l'assistance.

Soudain, sans raison, son cœur se mit à battre plus fort, une chaleur enveloppa sa nuque et ses épaules. Une envie irrésistible de se retourner la saisit. Elle se retourna. Là, près du pilier, dans l'ombre... Elle eut l'impression stupide que son cœur allait s'échapper de sa poitrine. Elle détourna la tête se bornant à regarder l'autel. Brusquement, elle se retourna de nouveau. Ce n'était pas un fantôme : François était bien là, qui la regardait... Pourquoi ses seins lui faisaient-ils mal ? Pourquoi ce frisson au creux de son ventre ? Camille, assise auprès d'elle, posa sa main sur son bras. D'un mouvement agacé, Léa s'en libéra, baissa la tête et ferma ses paupières, comme pour mieux endiguer le tumulte qui montait en elle. A une vitesse extraordinaire passaient dans son cerveau les images des moments les plus intenses, les plus fous, les plus délicieux, les plus honteux qu'elle avait connus avec les trois hommes qui avaient été ses amants. Vainement, elle tentait de repousser ces souvenirs impudiques, choquée de ses pensées indécentes face à la dépouille de son père... La cérémonie touchait à sa fin.

La fastidieuse coutume des condoléances n'en finissait pas. Dans les allées fortement pentues et crevassées du petit cimetière, le cortège se dispersait sous un soleil qui blessait les yeux. Léa sentait la sueur couler dans son dos, et coller à sa peau sa robe d'épaisse soie noire. La tête lui tournait. Il lui vint comme une envie de se laisser glisser dans la fosse ouverte et de s'allonger sur le cercueil de chêne clair. Il devait faire frais sous terre. Elle tituba. Une main ferme la retint. C'était bon de sentir cette force passer en elle. Fermant les yeux, elle se laissa aller contre l'homme. Elle percevait autour d'elle un mouvement d'inquiétude, des paroles anxieuses pendant qu'on l'entraînait vers l'ombre des arbres du chemin, le long du cimetière. Elle posa sa tête contre cette épaule sur laquelle elle savait pouvoir s'appuyer sans crainte.

Avec quelle douceur il lui retira son chapeau au voile encombrant, souleva ses cheveux aux racines humides et déboutonna les trois premiers boutons de sa robe. S'il lui disait « Je vous emmène », elle le suivrait.

— A quoi songez-vous ?

— A partir, dit-elle en se redressant.

François Tavernier la regarda comme s'il voulait lire en elle.

— Pourquoi partir ?

— Trop de choses ici me rappellent ceux qui n'y sont plus.

— Laissez faire le temps, Léa. Moi aussi, je compte sur lui pour m'aider à accomplir ma besogne.

— Quelle besogne ?

— Il est encore trop tôt pour en parler.

Camille, Adrien et Ruth venaient vers eux.

— Nous rentrons, Léa, tu viens avec nous ? demanda Camille.

Puis, se tournant vers François, elle ajouta en l'embrassant .

— Je suis heureuse de vous revoir, monsieur Tavernier.

— Moi aussi, madame d'Argilat. Bonjour, mon père.

— Bonjour Tavernier. Je vous remercie de votre présence parmi nous. Comment avez-vous su ?

— Par les demoiselles de Montpleynet. Je ne pensais pas que vous seriez là, mon père. Ni vous, ni M. d'Argilat.

— Nous ne devons qu'aux relations de mon frère Luc de n'être pas encore arrêtés. Mais il serait bien imprudent de nous éterniser ici. Nous repartirons dans la soirée.

— Déjà ! s'exclama Léa.

— Si nous restons plus longtemps, nous sommes en danger. Nous allons rentrer à Montillac, où j'aurai une conversation avec l'oncle Luc et Fayard, afin de voir comment protéger vos droits.

Laurent les rejoignit et serra la main de François.

— Je suis heureux, Tavernier, de pouvoir vous remercier de tout ce que vous avez fait pour ma femme. Je suis à jamais votre débiteur.

— N'exagérons rien. Vous en auriez fait autant.

— Sans doute, mais ça ne m'empêche pas d'être reconnaissant.

François Tavernier s'inclina avec, du moins sembla-t-il à Léa, une certaine ironie. Puis se tournant vers elle, il lui dit :

— Me permettez-vous de vous accompagner ?

— Si vous voulez.

Appuyée à son bras, Léa descendit vers la place de l'église où étaient garées voitures et charrettes. Elle monta dans la Citroën de François en compagnie d'Adrien, de Camille et de Laurent.

A Montillac, une collation avait été préparée dans la cour, à l'ombre des tilleuls. Léa, distraite, laissa Camille, sa sœur, Ruth et ses tantes s'occuper des invités. Un verre à la main, elle descendit vers la terrasse.

Deux hommes suivirent d'un même regard sa mince silhouette noire glissant sur l'herbe de la pelouse. Le premier, François Tavernier se détourna et s'approcha d'Adrien.

— Père Delmas, voudriez-vous me faire visiter les chais ?

— Avec plaisir, mais ils sont bien modestes comparés à ceux des grands crus de la région.

Les deux hommes s'éloignèrent en direction d'une porte basse donnant sur la cour.

— Serons-nous tranquilles ? murmura François, j'ai à vous parler.

Léa, débout contre le muret de la terrasse, suivait des yeux la lointaine progression d'un train traversant la Garonne.

— Camille s'inquiète de te voir seule, lui dit Laurent avec tendresse.

— C'est elle qui t'envoie ? J'aurais préféré que tu viennes de toi-même. Tu n'as rien à me dire ? demanda Léa en se retournant.

— A quoi bon, oublions.

— Pourquoi oublierais-je ? Je n'ai pas honte. Je t'aime, et toi aussi tu m'aimes, fit-elle en lui prenant le bras et en l'entraînant dans le petit bois, hors de la vue de la cour.

— Je regrette ce qui s'est passé, j'ai mal agi envers toi et envers Camille. Je ne comprends pas comment j'ai pu...

— Tu as pu, parce que comme moi tu en avais envie, et parce que tu m'aimes, bien que tu t'en défendes. Tu m'aimes, tu entends ? Tu m'aimes.

Elle le secouait en disant cela. Ses cheveux, qu'elle avait relevés en chignon, tombèrent sur ses épaules, lui donnant cet air sauvage et fou auquel il avait tant de mal à résister, ses yeux trop brillants le captivaient, sa bouche entrouverte l'attirait, ses bras l'enlaçaient, son corps se collait au sien, se frottait à lui avec frénésie. Il abandonna une lutte inégale et baisa ses lèvres qui s'offraient.

Léa appréciait sa victoire et essayait d'en prolonger l'émotion.

Il lui sembla entendre des pas sur le gravier de l'allée. Malgré elle, son corps se raidit. Laurent la repoussa. François Tavernier apparut au détour de l'allée.

— Ah ! mon cher, vous êtes là ! Votre femme vous demande.

— Merci, balbutia-t-il en rougissant comme un gosse pris en faute.

Léa et François le regardèrent s'éloigner à grandes enjambées.

— Décidément, il faut que vous soyez toujours là où il ne faut pas.

— Croyez, chère amie, que je suis désolé d'avoir interrompu ce tendre tête à tête, dit-il d'un ton insolent. Je me demande ce qu'une fille comme vous peut bien trouver à un homme comme lui ?

— Vous aussi, vous vous répétez. Que lui reprochez-vous ? Il est très bien !

— Parfait, on ne peut plus parfait. Mais que voulez-vous, je ne vous vois pas avec un homme parfait.

— Sans doute me voyez-vous davantage avec un homme tel que vous ?

— En quelque sorte. Nous sommes, vous et moi, très semblables. Nous avons un curieux sens de l'honneur, qui peut nous conduire à des actes de courage absurdes et nous faire trouver bien ce qui nous arrange. Tout comme moi, vous êtes capable de tout, même de tuer, pour obtenir ce que vous désirez. Votre désir sera toujours plus fort que votre intelligence et votre instinctive prudence. Vous voulez tout, Léa, et tout de suite. Vous êtes une enfant gâtée qui n'hésite pas à prendre le jouet d'une autre — en l'occurrence, son mari — même si, une fois en votre possession, le jouet vous semble moins beau.

— Ce n'est pas vrai.

— Bien sûr que si, mais vous vous feriez plutôt arracher la langue que de l'admettre. Quelle importance ? Que vous croyiez aimer M. d'Argilat est sans intérêt, cela vous passera...

— Jamais !

Il eut de la main un geste d'une insolente désinvolture.

— Parlons de choses plus intéressantes. Vous devriez venir passer quelque temps à Paris, cela vous changerait les idées. Vos tantes seraient très heureuses de vous recevoir.

— Je n'ai pas envie d'aller à Paris. Je dois rester ici pour régler les affaires de mon père.

— Vous vous ferez tondre comme au coin d'un bois. J'ai proposé à votre famille les services de mon homme d'affaires, maître Robert. C'est un homme honnête et compétent.

— Pourquoi accepterais-je une aide de vous ?

— Parce que je vous le demande, dit-il d'une voix adoucie.

Tout en marchant, ils étaient arrivés au bout de la propriété par le chemin qui, en contrebas, longe la terrasse.

— Rentrons.

— Non, je n'ai pas envie de voir tous ces gens, j'ai envie d'être seule.

— Je vais vous laisser.

— Non, pas vous, fit-elle en s'accrochant à son bras. Marchons un peu. Allons à la Gerbette.

Tavernier la regarda avec étonnement. Que de contradictions chez cette petite fille en deuil !

— La Gerbette ?

— C'est une bicoque où je jouais quand j'étais petite. Elle est à moitié enfoncée dans la terre, il y fait très frais. On y met la luzerne des lapins, les vieux outils. Je n'y suis pas allée depuis bien long-temps.

Ils descendirent à travers les vignes en pente et arrivèrent devant un petit toit de tuiles au ras du sol. Ils le contournèrent. Un raidil-lon à moitié fermé par les ronces et les herbes menait à la porte, qui était close. D'un coup d'épaule, François fit sauter la serrure rouil-lée. La moitié de la petite pièce au sol de terre battue était remplie de foin. D'épaisses toiles d'araignée pendaient aux poutres.

— Ce n'est pas très beau. Dans mon souvenir, c'était beaucoup plus grand.

François enleva sa veste et la posa sur le foin.

— Allongez-vous. Je trouve cet endroit charmant.

— Ne vous moquez pas. C'est là que je me cachais quand Ruth voulait me donner ma leçon d'allemand. Derrière la mangeoire que vous voyez là, il y a un renfoncement. Ce qu'on a pu s'amuser ici !

— Vous êtes encore une enfant, dit-il en s'asseyant près d'elle.

D'enfantine, l'expression de Léa devint provocatrice. Elle regarda François de ses yeux mi-clos, allongée, les mains sous la tête, cam-brant les reins, la poitrine insolente.

François la regardait d'un air amusé.

— Cessez de jouer les coquettes avec moi, sinon, je cesse aussitôt de me conduire en grand frère.

— C'est bien comme ça que vous m'aimez, non ?

— Comme ça et autrement.

— Je ne vous reconnais plus ! Vous, si sage ?

— Je n'aime pas servir de compensation.

— Que voulez-vous dire ?

— Vous le savez très bien.

— Et alors, si cela me plaît ainsi ? Je croyais que nous étions pareils. N'avez-vous pas envie de moi ?

D'un bond, il fut sur elle, relevant sa jupe, prenant le sexe bombé à pleine main.

— Petite garce, je ne suis pas...

Il ne put achever, Léa, pendue à son cou, écrasait ses lèvres sur les siennes.

— Je voudrais fumer.

— Ce n'est pas prudent, fit François en sortant un paquet de cigarettes américaines de sa poche.

Nus, le corps en sueur sur lequel se collaient des brins d'herbe, les jambes enlacées, ils fumèrent en silence. Maintenant, dans la cabane, il faisait presque sombre.

— Ils vont s'inquiéter.

Sans répondre, elle se releva, enfila sa robe de deuil, fit une boule de ses dessous et de ses bas qu'elle cacha sous une pierre, secoua ses cheveux et sortit en tenant ses chaussures à la main.

Sans se retourner, elle remonta vers Montillac, et ce n'est qu'à mi-chemin que François la rejoignit. Ils arrivèrent en silence sur la terrasse. Camille était assise sous les glycines. Dès qu'elle aperçut Léa, elle se leva et la prit dans ses bras.

— Où étais-tu ?

— Je ne risquais rien, j'étais avec notre ami.

Camille eut un bon sourire.

— Laurent et Adrien sont partis. Ils étaient tristes de partir sans t'avoir revue.

Léa eut un geste fataliste. Tournée vers la plaine, les mains appuyées sur la pierre chaude de la terrasse, elle regardait en se penchant le disque rouge du soleil disparaître derrière la colline de Verdelais.

Elle ne répondit pas à l'adieu de François ni à l'appel de Camille qui lui disait de rentrer à la maison. Un peu plus tard, elle entendit le bruit d'un moteur puis, à nouveau, tout fut silencieux.

Un petit vent venu de la mer souleva ses cheveux, tandis que les premières étoiles s'allumaient. Elle glissa à genoux contre le mur, se confondit avec sa masse sombre et doucement laissa couler ses premières larmes depuis la mort de son père.

FIN DU PREMIER VOLUME

Achevé d'imprimer en décembre 1984
sur presse CAMERON
dans les ateliers de la S.E.P.C.
à Saint-Amand-Montrond (Cher)
pour le compte des Éditions Ramsay

Imprimé en France
Dépôt légal : décembre 1984.
N° d'Édition : 777. N° d'Impression : 2241.